Sammlung Luchterhand 663

Über dieses Buch: »Hubert oder die Rückkehr nach Casablanca« ist die Geschichte eines Schicksals vieler – ein deutscher Lebenslauf. Hubert Windisch, geboren 1923, zählt zu jener Generation, die im Dritten Reich aufwuchs, in den Krieg geschickt wurde, desillusioniert heimkehrte und sich dem Wiederaufbau verschrieb. Trotzdem: Diesem Hubert Windisch passen die Rollen nicht. Die des Nazi – sein Vater, ein SS-Führer, versucht, sie ihm einzuprügeln – ebensowenig wie die des Geschäftsmanns. Er flüchtet in die Traumwelt des Kinos, zu den männlichen Idolen.

Über den Autor: Peter Härtling, geboren 1933 in Chemnitz, Gymnasium in Nürtingen bis 1952. Danach journalistische Tätigkeit; von 1955 bis 1962 Redakteur bei der Deutschen Zeitung, von 1962 bis 1970 Mitherausgeber der Zeitschrift Der Monat, von 1967 bis 1968 Cheflektor und danach bis Ende 1973 Geschäftsführer des S. Fischer Verlags. Seit Anfang 1974 freier Schriftsteller.

Peter Härtling
Hubert
oder Die Rückkehr
nach Casablanca
Roman

Luchterhand
Literaturverlag

Sammlung Luchterhand März 1987
Lektorat: Klaus Siblewski

Umschlagentwurf: Max Bartholl. Druck und Bindung: Wagner GmbH, Nördlingen. Printed in Germany.
ISBN 3-630-61663-1

3 4 5 6 7 8 95 94 93 92 91 90

Rick: Who are you, really? And what were you before? What did you do and what did you think?

Aus dem Film »Casablanca«

1.

Ein Hut wird gekauft

Ernst wurde es, als Hubert Windisch sich einen Hut kaufte, den ersten seines Lebens, einen Hut mit weicher Krempe, dunkelgrau und mit noch dunklerem Band. Er hatte lange unschlüssig vor dem nobel dekorierten Schaufenster gestanden, mit sich selber gesprochen, war dann aber, die Hände in den Manteltaschen, in den Laden geschlendert, wie jemand auf Durchreise, und hatte den älteren, makellos gekleideten Herrn, dem vermutlich das Geschäft gehörte, eher angeherrscht als angesprochen:
Ich möchte einen Hut.
Was in diesem Geschäft ein blödsinniger Wunsch war. Was sonst hätte er hier kaufen sollen?
Für Sie, mein Herr?
Die Frage war nicht minder albern. Sollte ein Mann von Mitte vierzig, der so entschlossen in einen Laden tritt, stellvertretend für einen anderen einen Hut kaufen wollen?
Für mich natürlich. Jetzt konnte Hubert so ungehalten sein, wie er es sich zuvor ausgedacht hatte. Für wen denn sonst?
Der Verkäufer verbeugte sich unmerklich und gab auf diese Weise seine Torheit zu.
Haben Sie eine bestimmte Vorstellung?
Einen ähnlichen haben Sie ausgestellt, sagte Hubert, fügte aber rasch hinzu: Doch den meine ich nicht.
Der ältere Herr bittet Hubert dennoch, das Stück zu zeigen, verläßt mit einer etwas zu aufwendigen Geste seine Stellung hinter dem Ladentisch, geht seinem Kunden voraus. Wieder vor dem Schaufenster, ist sich Hubert nicht mehr schlüssig, ob er den Hut, der dem gewünschten gleicht, aber auch wieder nicht, überhaupt zeigen soll.

Der Verkäufer schaut erst forschend die Hüte an, dann den schweigenden Kunden.
Welcher wär's denn?
Der Konjunktiv ärgert Hubert, möglicherweise ist es auch der gönnerhafte Tonfall, der ihm auf die Nerven geht. Er wendet sich vom Fenster ab, sagt nachdenklich: Es ist doch keiner, der meinem ähnlich wäre. Sie haben bereits einen solchen? fragt der Geschäftsmann, froh, eine Anknüpfung gefunden zu haben, und läßt Hubert den Vortritt. Hubert ist inzwischen nicht mehr sicher, ob er mit diesem Geschäft die richtige Wahl getroffen hat. Es gibt nicht nur dieses. Der Mann behagt ihm nicht. Er ist ihm zu ironisch, zu überlegen. Der wiederum hat offenbar Huberts Zweifel gespürt und beginnt mit einer für sein Alter erstaunlichen Behendigkeit Hüte und Hutschachteln auf dem Ladentisch zu stapeln.
Das sind nun wirklich die feinsten, Italiener und Engländer, murmelt er, öffnet die Schachteln, hebt einen Hut nach dem anderen hoch.
Nun?
Italiener? fragt Hubert, beinahe träumerisch, ohne die einzelnen Hüte anzusehen.
Ja, Italiener. Borsalinos!
Hubert fährt zusammen, das ist sein Stichwort, und es kommt ihm zu früh.
Ein Borsalino.
Wie gesagt! Der Verkäufer wird ihm allmählich zu laut.
Das entspricht meiner Vorstellung, sagt Hubert so leise, daß der Hutverkäufer in seiner Geschäftigkeit innehält und dem Satz nachlauscht.
Aha.
Energisch schiebt er Hüte und Schachteln zur Seite, zieht aus einem mit Seidenpapier ausgeschlagenen Karton einige Exemplare, die ihm anscheinend besonders teuer sind.
Wenn diese nicht . . . Er hält im Satz inne, läßt ihn in einer unausgesprochenen Drohung aufgehen.

Hubert ist nun wirklich entzückt. Vier Hüte, die dem geliebten Modell, dem Vorbild ganz entsprechen. Zwei davon zwar ein wenig zu hell, aber auch sie weich, mit weicher Krempe und dem seidenen, mit einem Schmetterling zusammengefügten Band.
Sehr schön. Windischs Hände werden gierig, tasten den Filz.
Es fragt sich, ob einer davon Ihre Größe hat?
Die selbstverständliche Frage des Verkäufers verursacht bei Hubert einen Schweißausbruch, er zieht hastig die Hände zurück, läßt sie in die Manteltaschen versinken, sagt dennoch: Die helleren gefallen mir ohnehin nicht.
Das dachte ich mir. Die Selbstgefälligkeit des Verkäufers berührte Hubert kaum mehr. Er nahm einen der beiden grauen Borsalinos, stellte sich vor den Spiegel, versuchte den Hut aufzusetzen. Er war zu klein, saß ihm lächerlich auf dem Hinterkopf. Er riß ihn wütend herunter. Der Verkäufer hielt, um seinen Kunden halbwegs bei guter Laune zu halten, schon den zweiten Hut bereit. Vorsichtig schob Hubert den Hut über die Stirn auf den Kopf. Er saß. Er saß so, als wäre er mit ihm aufgewachsen, als trüge er ihn schon immer, bei jedem Wetter, bei jeder auch unpassenden Gelegenheit, eben so, als gehöre er seit je zu ihm. Mit einem entschlossenen Griff bog Hubert die Krempe herunter, dann erst bemerkte er das lächelnde, nein, triumphierende Gesicht des Hutverkäufers im Spiegel. Er war versucht, den Hut abzunehmen, doch er ließ ihn auf, sagte: Ich nehme ihn.
Er steht ihnen vorzüglich, bemerkte der Verkäufer. Sie sehen ein wenig aus wie Humphrey Bogart.
Hubert erschrak derart, daß der Verkäufer ihm unter den Arm griff und fragte, ob ihm nicht gut sei.
Nein. Wieviel habe ich zu zahlen? fragte er.
Hubert wollte die Prozedur so schnell wie möglich abschließen. Wie Humphrey Bogart, hatte der Mann gesagt. Hatte er ihn lächerlich machen wollen oder war es eine Anerkennung? Der Hut war sehr teuer. Er mußte mit Scheck zahlen. Drau-

ßen, auf dem Weg zum Parkplatz, war er noch eine Weile irritiert über das Verhalten des Hutverkäufers, doch schon änderte sich sein Schritt, wurde lässiger, er ging ein wenig nach vorn geneigt, nicht sonderlich schnell, aber wachsam. Die Hände wieder in den Taschen des Trenchcoats. Die Falten in seinem Gesicht wurden deutlicher. Er kniff die Augen zusammen. Er hatte das Gefühl, daß der Hut, den sein Kopf nicht mehr spürte, so vertraut war er ihm schon, daß der Hut einen Schatten um ihn herum werfe, einen Kreis von männlicher Einsamkeit.

2.
Kindheit auf der Klitsche

Aus dir wird nie ein richtiger Mann. Das war der Kehrreim seiner Kindertage. Jedesmal, wenn sein Vater, dreckig von der Feldarbeit und in dem Drillichanzug, den er zu seiner Uniform gemacht hatte, ihn mit dieser Feststellung überfiel, jedesmal dachte er sich, daß Kinder offenbar nur eine Hülle seien, denn etwas anderes konnte dieses »Aus dir« nicht bedeuten, als eine kleine Hülle für etwas sehr Großes, dem am Ende der Mann entschlüpfte. Bei ihm war diese Hülle leer. In ihm steckte der Mann nicht, den Vater erwartete. Daß Mutter ihn manchmal tröstete, allerdings heimlich, war ihm eher unangenehm, denn sie wurde von Vater mit noch größerer Verachtung behandelt als er. Ernstgenommen wurde auf der Klitsche, wie Vater den kleinen Bauernhof nannte, auf dem sie vier Jahre lang lebten, ohnedies nur Huberts älterer Bruder Wilhelm, aus dem nach Vaters Meinung ein richtiger Mann werden könnte, und Winfried Mehrwald, der Freund, mit dem Vater zusammen »gedient« hatte.

Friedrich Windisch hatte die »Schmach von Versailles« und den »Verrat der Zivilisten« als Oberleutnant erlebt, am Kapp-Putsch ebenso teilgenommen wie an den Kämpfen in Ostpreußen und Oberschlesien, stets begleitet von seinem »Fähnrich Mehrwald«, der selten ein Wort sagte, um so häufiger die Hacken zusammenschlug und sich, wenn auch nicht gerade heftig, die Seele aus dem Leib arbeitete. Die Republik war Windisch zuwider, das Judenpack, das Demokratengesindel, er feierte, auf einer Riesengebirgsbaude, zusammen mit Kameraden von der Brigade Ehrhardt und anderen tollen Hechten, deren Geist in Stahlgewittern gehärtet oder doch besser endgültig abgestumpft war, den Mord an Rathenau. Und als es keine Kleinkriege mehr gab, auch keine Volksabstimmungen, denen mit Gewehren nachzuhelfen war, als dieser und jener sich schon einem Hitler verschworen hatte, als man nur noch Sozis und Kommunisten nachts verprügeln konnte, hörten Windisch und sein unbeirrbarer Freund von der Landvolkbewegung und beschlossen, dem ganzen roten Kehricht den Rücken zu kehren und sich der Scholle zu widmen. Bereits eingeweihte und geübte Kämpfer hatten ihnen den kleinen Bauernhof vermittelt, in der Nähe von Neustadt am Rübenberge, mit einem Acker an der Leine. Und das Steinhuder Meer war nicht weit.

Die Kartoffeln gediehen noch am besten. Die beiden Milchkühe blieben so mickrig wie das halbe Dutzend Schweine, auf die zu achten Martha Windisch abkommandiert war. Doch die Frau machte, so Windisch, die Sache nur halben Herzens, hätte überhaupt wenig Deutsches, Ländliches, so daß Wilhelm, der älteste Sohn, schließlich die Aufsicht über die Stallungen, wie Windisch den halbverfallenen Schuppen großzügig nannte, übernehmen mußte. Die Frau solle gefälligst in der Küche bleiben, für kräftige Nahrung sorgen und sich um den zu schwach geratenen zweiten Sohn kümmern, aus dem, das schwöre er bei den Toten der Somme, nie ein richtiger Mann werden würde.

So war das.

Dachte Hubert, ohnehin ungern, später an die Zeit auf dem Hof, sah er sich im Dämmerlicht auf der hölzernen Eckbank in der Küche sitzen, der Mutter beim Kochen oder beim Abwasch zuschauen, und hoffte, daß die Männer nicht so bald kämen. Er solle wenigstens seine Nase in die Bücher stecken, meinte Mutter, dann könne er sich durch Bildung bald aus dem Hause entfernen, wenn es schon an der Kraft hapere.

Ja.

Aber er liest nicht, starrt vor sich hin, rollt sich in der Küchenwärme zusammen wie eine junge Katze.

Paß auf, bis der Vater kommt. Mutter sagte »Vater«, als meinte sie »unser Herr«.
Im nachhinein redete er sich ein, er habe nie Angst gehabt. Die Angst sei ihm als Kleinkind, auf der Schwelle zwischen Bewußtem und Unbewußtem, genommen worden. Wie, könne er nicht genau sagen. Wahrscheinlich durch eine unerhörte Anhäufung von Gewalt.
Damals, in Neustadt am Rübenberge, etwa im Jahre achtundzwanzig/neunundzwanzig, als er selbst fünf war, noch nicht in der Schule, fürchtete er die Größe des Vaters nicht mehr. Sie war einfach vorhanden, zog solche Heldennaturen an wie Mehrwald und den älteren Bruder. Das war wie mit dem Magneten aus Mutters Nähkassette: Metallstückchen riß er an sich. Holzsplitter nicht. Hubert war anscheinend ein Holzsplitter.
Ganz schützte ihn diese für den Vater falsche Natur nicht. Zur Saat und zur Ernte mußte er, wie auch Mutter, mit auf den Acker. Da müsse jeder anpacken, da müßten selbst die Drükkeberger aus der Ecke. Natürlich alles nach des alten Frontschweins erfahrener Ordnung. Nicht einfach sich auf dem Pferdewagen lümmeln, sondern straff auf der eingeschobenen Latte sitzen, das Gesicht in den Morgenwind. Mitunter, und nur bei gutem Wetter, begannen die Männer zu singen. Hubert wurde genötigt, einzustimmen. Dazu reiche seine Puste wohl aus. Fehern, bei Sehedan, auf der Höööhen. Hatten sie den Acker erreicht, sprang Vater als erster ab, legte den Pferden die Zügel um, drehte die Bremse fest, stellte sich, die Arme in die Taille gestemmt, in Front und brüllte: Absitzen! Das hatte »zügig« zu geschehen. Dann: In Linie aufstellen! Auch hier hatte Tempo zu herrschen. Hubert stand stets, vom Vater aus gesehen, am linken Flügel. Richt euch! Sie rissen die Köpfe zu Mehrwald hin, der das Kinn gewissermaßen ballte und nach vorn reckte. Augen geradeaus!
Hubert ärgerte es bei dieser Prozedur, die erst in seiner Erinnerung lächerlich wurde, daß sich auch die Mutter in sie

schicken mußte. Er war der Meinung, Vater wollte Mutter nur quälen.
Zur Arbeit wegtreten!
So begann der Tag. Die Kartoffelernte wurde zur Schinderei. Der Oberleutnant außer Diensten achtete darauf, daß keiner nachhängte, trieb an. Über Pausen entschied allein er. Da er sich mit dem Befehlen nicht so verausgabte wie die andern, wurde die Erholung sparsam dosiert. Mittags, es wurde erst abends warm gegessen, verteilte Mutter klobige Schnitten, die Vater, sonst seine sächsische Herkunft gern verleugnend, Bemmen nannte.
Hubert fror, schwitzte. War Ohnmachten nahe. Phantasierte, während er die Knollen ausgrub: Ließ in den Vater Blitze einschlagen. Ließ ihn krank und krumm werden. Machte sich selber groß und mächtig, daß der Vater schließlich um Erbarmen flehte. Kotzte beim Abendessen dem Alten in den Suppenteller. Schlug die Tür hinter sich zu, verließ endgültig die väterliche Zuchtstätte.
Er hätte diese hilfreichen Gedanken in seinen Träumen fortsetzen können. Aber die Arbeit erschöpfte ihn jedesmal derart, daß er nach dem Abendessen sofort zu Bett ging, sich in die Laken grub, nur kurz noch die geschundenen Glieder spürte, dann ermattet und bilderlos schlief, bis ihn das Trompetensignal, das Mehrwald durchaus gekonnt blies, aus dem Schlaf riß.
1929 hätte Hubert eingeschult werden sollen, doch der Vater machte diese Aussicht auf ein wenig Freiheit und die ersten Freunde zunichte, indem er bei der Behörde auf die schwächliche Konstitution des Zweitgeborenen hinwies, diese sich auch ärztlich bestätigen ließ, und den Jungen wieder aufs Feld kommandierte. Eine solche Schule sei auf jeden Fall besser und härter und das jetzt übliche republikanische Gesäusel bekomme der Bursche früh genug zu hören.
Das Jahr darauf, die Einkünfte blieben kärglich, hatte Vaters Interesse an der Scholle, wenigstens an dieser, nachgelassen. Mehr und mehr mußte Martha Windisch mit ihren beiden

Söhnen den Laden allein umtreiben. Das hatte Gründe. Aufgeregte Boten waren gekommen. Kampf- und Spießgesellen des Vaters, darunter ein Major Hartmann, der bei einer Bank tätig war und sich überdies durch einen Doktortitel auszeichnete, was den ergebenen Windisch stark verwirrte, denn er wußte nicht, wie er den Kameraden titulieren sollte, ob mit Herr Major oder Herr Doktor, was dazu führte, daß der fette und unkriegerisch aussehende Mann in der Familie der Doktormajor genannt wurde.

Die Männer redeten Schlachten noch einmal und immer wieder. In meist unvollständig bleibenden Sätzen brannten Tanks, brannte der Himmel, brannte das innere Feuer, brannte der Durst, den sie mit enormen Mengen von Bier und Korn löschten. Obwohl Martha Windisch die beiden Söhne von den Umtrieben der Männer fernzuhalten versuchte, was ihr bei Wilhelm gar nicht gelang, und obwohl Hubert die Männer fürchtete, ihre bösen Späße, ihre Hänseleien und ihr Kraftmeiertum, zog es ihn dennoch in deren Runde, am frühen Abend, wenn sie sich um den Gartentisch setzten, und das Licht allmählich brach, die Tiere im Stall rumorten, der Himmel flacher wurde, eine graue Decke mit gelben Fransen: vieles hatte seine Erinnerung gelöscht, diese Szenen nicht. Manchmal wußte er nicht mehr, ob er sie in Filmen gesehen oder selbst erlebt hatte. Es war im Grunde gleichgültig. Dieser schweißigen Männerromantik konnte er gelegentlich verfallen.

Wovon sollen wir leben? war das nun von Martha Windisch angestimmte Leitmotiv für die beiden folgenden Jahre. Wovon? Der Alte war inzwischen viel unterwegs, Mitglied der NSDAP, häufig in Saalschlachten zwischen Erfurt und Kassel verwickelt, aber wenn er heimkehrte, wußte er Antwort auf den Jammer seiner Frau: Pack eben an. Unsereiner muß den Gürtel enger schnallen. Nicht mehr lange! Bis Hitler –

Bis Hitler!

Sie schnallten den symbolischen Gürtel enger. In Wirklichkeit schlappte Hubert die Bleylehose am Träger.

Bis Hitler – und das kann nicht mehr lange dauern. Dann ist es aus mit der Klitschenwirtschaft, sage ich euch. So schnell, so ungerührt konnte Vater der noch unlängst gerühmten Mutter Erde den Rücken kehren. Jetzt ging es um Deutschland. Das war ein bißchen mehr als dieser Acker. Selbst der Lehrer in Neustadt hatte sich eine andere Tonart zugelegt. Nicht nur das. Früher saß er freundlich und schlaff vor den ABC-Schützen, neuerdings marschierte er mit gereckter Brust durch die Reihen.

Haben die sich alle verstellt? fragte sich Hubert. Macht das die Morgenluft, von der Vater fortwährend spricht und die er nicht spürt? Macht das Hitler, der auf dem Foto, das Vater über die Küchenbank gehängt hat, gar nicht so aussieht, als sei er ein Freund der Morgenluft?

1932 erschien Vater in Uniform. Sie war schwarz, auf Kragen und Schultern blitzte es silbern. Der Sieg ist unser, brüllte er. Anscheinend wurden rundum Schlachten geschlagen, und nur Neustadt vor dem Rübenberge blieb verschont, vielleicht weil die Klitsche der Windischs von geringer strategischer Bedeutung war.

In der Schule lernte Hubert den »Deutschen Rat« auswendig. Es wurde ihm eingepaukt, wie schädlich Sozis und Kommunisten seien, daß man dieses Ungeziefer vernichten müsse. Er stellte sie sich wie Engerlinge vor, nach denen sie im Frühling gruben. Wilhelm belehrte ihn. Es seien zwar Menschen, aber Demokraten und darum auf jeden Fall Vaterlandsverräter.

Also doch Menschen. Und die witterten keine Morgenluft?

Nee, sagte Wilhelm, und es hörte sich so an, als sei denen jegliche Luft abgeschnitten.

Am 30. Januar 1933 wurde Adolf Hitler Reichskanzler. Vier Tage später hatte Hubert seinen zehnten Geburtstag. Unerklärlicherweise brach Mutter ständig in Tränen aus.

Vater feierte seinen Sieg in Kassel, wohin sie im Juli zogen, da dort der »Standort« des Sturms war, den Vater befehligte. Nun

war aus dem Morgenwind ein Sturm geworden. Und Vater immer vorne an.
Als das Auto kam, das sie abholte, Vater konnte nun schon über Autos gebieten, sagte Mutter sehr leise, es seien schlimme Jahre gewesen, all diese Plackerei, vielleicht jedoch stünden ihnen noch schlimmere bevor. Wilhelm, ihr vierzehnjähriger Sohn, traute sich, sie eine Transuse zu nennen. Der Fahrer lachte und schlug Wilhelm gönnerhaft auf die Schulter. Unterwegs mußten sie mehrfach am Straßenrand anhalten, da Hubert das Fahren nicht vertrug und sich übergab. Aus dir wird nie ein richtiger Mann, sagte Wilhelm, der vorne neben dem Chauffeur saß.

3.
Die umgeworfene Schlacht

In Kassel nahm die Sache mit dem Hut eigentlich ihren Anfang. Nicht, daß Hubert die absonderliche Neigung gehabt hätte, als Halbwüchsiger sich einen Hut anzuschaffen, obwohl damals, Mitte der Dreißiger, nahezu jeder Zivilist einen Hut trug, die Uniformierten Mützen, Helme, Kappen, Baretts in allen möglichen Formen – aber die Leidenschaft, die zum Hut, zum weichkrempigen Borsalino führte, begann hier unter der Wilhelmshöhe, genauer gesagt: in den Kinos der Stadt. Von Kassel selbst, das Hubert 1941 in Uniform verließ, nahm er wenig wahr. Als er Jahre danach zur Beerdigung seiner Mutter reiste, erinnerte er sich an keinen einzigen Straßenzug. Er erklärte sich die sonderbare Gedächtnislücke mit den baulichen Veränderungen nach dem Krieg, doch er hätte sich wohl auch nicht zurechtgefunden, wäre auf Kassel keine Bombe gefallen.

Ehe er in die dunklen Höhlen flüchten konnte, wo er auf Klappsitzen zusammenkroch, wo ihn niemand anfocht, ihn einen schwachbrüstigen Taugenichts schimpfte, wo er mit Bildern träumen und unangreifbar stark werden konnte, ehe er diese bequeme Möglichkeit der Verwandlung entdeckte, verlor er durch einen ungewollten Handstreich die restliche Zuneigung seines Vaters. Daran war ohne Zweifel Wilhelm schuld, der inzwischen mit seinen sechzehn Jahren zu den Erwachsenen gezählt wurde. Wilhelm war Rottenführer bei der Hitlerjugend, stieß Befehle aus, selbst wenn kein Mensch sich in seiner Nähe aufhielt. An Hubert, der ungern und unter Ängsten beim Jungvolk diente, übte sich der Ältere, und da der Vater wie dessen Freund Winfried ebenfalls sich selbst und ihre Umgebung ständig zur Ordnung riefen, wimmelte es um Hubert von Befehlen. Er straffte sich fortwährend. Er wußte

längst, denn es war ihm zahllose Male vorgeworfen worden, daß bei ihm »Brust raus« und »Bauch rein« gar keinen Sinn hatten, er vielmehr durch einen Affenbuckel verunstaltet sei, keine soldatische Gestalt, nein, gewiß nicht, ein gekrümmter Zivilist, ein Fehler in der Sippe.
Wilhelm nützte ihn aus. Er machte ihn zu seiner Ordonnanz, zum Stiefelburschen, wie Mutter verbittert feststellte. Sie griff manchmal in die Männerspiele ein, Hubert schützend, ihr Mann jedoch rief sie zurück, der Schwächling brauche diese Härte, sonst komme er im ersten Feuer um.
Im Garten der Villa, in deren zweitem Stockwerk sie wohnten – die Räume darunter wurden »dienstlich« genutzt –, trafen sich beinahe jedes Wochenende ss-Männer, die von Vater belehrt wurden. Die Vorbereitungen für diese »Übungen« gefielen Hubert. Der unnahbare, meistens hinter Gebrüll verschwindende Vater wurde mit einem Male freundlicher, ja verspielter, und es konnte passieren, daß er Hubert übers Haar strich. Allerdings durfte sich Hubert, im Gegensatz zu Wilhelm, dem Schauplatz nur bis zu einer bestimmten, vom Vater in die Luft geschriebenen Grenze nähern. Dort stand er und sah zu. Auf mehreren Böcken lagerte ein riesiger Sandkasten. In ihm bildeten sich unter den kundigen und hier erstaunlich zarten Händen Vaters – und unter Assistenz von Winfried – Landschaften. Kleine Bäumchen und Häuser aus Holz wurden an jedem Freitag neu und anders aufgestellt; das Wichtigste waren die hölzernen Soldaten, Panzer, Kanonen, Autos, Pferde. Es gab auch kleine Ruinen aus Holz. Vater arbeitete mit Büchern, in denen Schlachten nachgeschrieben waren, doch manchmal wußte er sie aus dem Kopf, was Winfried verwirrte.
Ich bin dabeigewesen, sagte Vater.
Aber nur an diesem einen Punkt, Fritz, wagte Winfried zu korrigieren, dir fehlte doch im Schützengraben der Überblick.
Denen auch, pflegte Vater dann zu antworten, und der Sand wurde unter seiner hohlen Hand zum Hügel.

Douaumont!
Tannenberg!
Die Marneschlacht!
Die italienische Front lassen wir, sagte Vater, da müßten wir, um die Alpen zu markieren, mit Steinen arbeiten, und das gefällt mir nicht. So blieben sie in Frankreich und Rußland.
Ein einziges Mal hatte Hubert aus dem enormen Vorrat ein grünes Pferd entwendet und mit Sicherheit angenommen, es werde nicht auffallen.
Am frühen Freitagabend, als Mutter eben Schüsseln mit Kartoffelsalat auf die Veranda trug, brüllte es unvermittelt: Wo ist das 12. Kavallerieregiment? Und dem drohend nachgesetzt: Winfried? Freund Winfried war für die Aufbewahrung der Figuren zuständig, das heißt, er gab die Befehle an einen Burschen weiter, der die Holzkisten, in denen die Figuren säuberlich geordnet und geschichtet wurden, in einem dafür freigehaltenen Kellerverschlag verwahrte. Dieser Mann hieß Querder. Winfried brüllte, ebenso fragend und schneidend wie Vater: Querder? Doch Querder hatte ordnungsgemäß Urlaub und sein Vertreter war ahnungslos. Scheiße, schrie Vater, wie soll ich so Zieten aus dem Busch kommen lassen? An diesem Wochenende kämpften sie nämlich historisch, hatten sich die Schlacht von Torgau vorgenommen. Es wäre also besser gewesen, Hubert hätte einen hölzernen Panzer gestohlen. Nun war es zu spät. Vater entschloß sich nach einigen weiteren Wutausbrüchen, bei denen er fuchtelnd ein Wäldchen demolierte, Zietens Kavallerie durch drei rote Pferdchen zu ersetzen, die eigentlich auf der österreichischen Seite, bei den Reitern Dauns hätten stehen müssen.
Na ja, sagte er.
Scheiße, sagte nun Winfried, und: Den Querder werde ich mir vorknöpfen.
Was Hubert sich ganz bildhaft vorstellte: Wie Vater oder Winfried, die häufig ein Vorknöpfen androhten, sich den Delinquenten an die Jacke knöpften und vor sich herschoben.

Hubert hatte den Zietenschen Reiter tiefer in seine Hosentasche vergraben und vermied es, in die Nähe der Männer zu kommen. Er half Mutter, nahm es in Kauf, als Muttersöhnchen verhöhnt zu werden, doch die Männer waren viel zu beschäftigt.
Hätte er später erklären müssen, was er unter Sommer verstehe, wie er Sommerliches erinnere – was freilich niemand von ihm wünschte, da er eben mit Zahlen umging, in der Addition von Geschäftssummen ausgedörrt schien –, dann wären ihm die Kasseler Sommer eingefallen, der Duft des weiten Rasens ums Haus, der ständige Aufenthalt im Freien, die Männer in Uniform, die jüngeren Frauen auch in wollenen Badeanzügen, daß es Wolken gab wie danach nie wieder, weiße Bäusche hoch oben im Blau, ein sanftes menschenfreundliches Licht bis in die Abende, die lau waren und an denen die Männer laut wurden, nachdem sie getrunken hatten, Abende, die ihn gierig machten nach etwas, das er nicht ausdrücken konnte: vielleicht war es das Leben, das er leben wollte, aber nie leben würde, eine große Sehnsucht, die seine ohnedies schmale Brust zu sprengen drohte.
Es fiel nicht auf, wenn er im Garten herumstrich, allein, oder mit Wilhelm und dessen Freunden. Um acht rief die Mutter, die ihnen stets dasselbe Abendessen vorsetzte, einen Teller Haferflockensuppe und ein trockenes Schwarzbrot, weil dies, nach Friedrich Windischs Ansicht, selbst die schwächsten Hühnchen stärke, und dann mußten sie auf ihre Kammern, wogegen sich Wilhelm regelmäßig wehrte, nicht jedoch Hubert, der es genoß, bei geöffnetem Fenster auf dem Bett zu liegen, die Hände unterm Kopf verschränkt, den Stimmen zu lauschen, die er in Wachträume mitnahm, und sich Geschichten zu erzählen begann, in denen er größer war als alle die Uniformierten mit ihren Litzen und Orden und außerdem von einem Geheimnis umgeben, das die lauten Kerle beunruhigte.
Ich werde es euch zeigen.
Ich werde es euch zeigen.

An diesem Abend verließ er sein Zimmer wieder, lief die Küchentreppe hinunter, durch die Hintertür, auf den ausgetretenen, mit Spänen bedeckten Vorplatz, wo einmal in der Woche Hulwa, ein alter Mann, Holz hackte und am Kellereinstieg aufschichtete. Es war niemand zu sehen. Hubert setzte sich auf den Hackblock, kostete den Triumph aus, den er selbst mit Wilhelm nicht teilen konnte, zog das Zietensche Regiment aus der Tasche, zögerte, rieb das Holzpferdchen zwischen den Händen, warf es dann mit heftigem Schwung ins Gras. Er hörte es nicht auffallen, so leicht war es. Es würde verrotten und verschwunden bleiben.
Das Pferdchen wurde gefunden. Einer von Wilhelms Freunden sah es beim »Geländespiel«, und Wilhelm selbst brachte es stolz seinem Vater, der unverzüglich Querder zu sich befahl und dem Armen alle Schuld zuschob, seiner notorischen Unordnung. Er könne von Glück reden, daß er solch einen nachsichtigen Vorgesetzten habe, aber mit Urlaub in den nächsten drei Monaten, das sei klar, werde es erst einmal nichts, das könne er gleich nach Hause schreiben. Querder beteuerte seine Unschuld, was Hubert wiederum bewog, ihn darin zu unterstützen: Nein, Querder sei doch an jenem Tag im Urlaub gewesen.
Schnauze, brüllte Sturmführer Windisch.
Es ist aber wahr, bemerkte um vieles leiser sein guter Freund Winfried.
Vielleicht ist das Pferd schon längere Zeit weg, sagte schließlich Mutter, die sich vorsichtig der Gruppe zugesellt hatte, um, sollte es notwendig werden, wenigstens den jüngsten Sohn aus dem Getümmel zu ziehen.
Das kann unmöglich sein. Nicht wahr, Winfried?
Unmöglich, bestätigte Winfried. Eine Woche zuvor hatten wir Roßbach. Da brauchten wir es auch.
So ist es.
Martha Windisch strich mit der Hand Hubert über den Rücken, als wolle sie ihn massieren. Sie gab ihm aber nur zärtlich das Zeichen für den Rückzug. Es gelang ihnen, ohne

daß es Windisch bemerkte. Querder stand weiter stramm, noch eine Weile wurde über seinen Kopf hinweg gestritten über die verlorengegangene Kavallerie.
So mühelos konnte er sich also wehren; so einfach war es, der Allmacht des Vaters zu entrinnen. Hubert ging mit seiner Mutter auf das Haus zu, drückte sich ein wenig an sie, spürte ein Glück, von dem er sich wünschte, daß es schütze. Dann riß er sich los und rannte quer über die Wiese zum Tor.
Daß es zum unwiderruflichen Bruch zwischen Windisch und seinem zweiten Sohn kam, war eher Zufall und nicht durch Hubert verschuldet, sondern durch Wilhelm, der in seinem kämpferischen Eifer ganz das Ebenbild des Vaters war. Wilhelm bekam auch nicht die Schuld.
Es ist gleichgültig, ob sich das Debakel an jenem Wochenende ereignete, als wegen der Umstellung des Zietenschen Reiterregiments die Befehlshaber beunruhigt waren, oder an einem anderen. Das Bild, die Szene änderte sich nie. Rund um den Tisch drängten sich Uniformen, natürlich alle mit den Insignien höherer Chargen. Die Sonne, von Vater herbeibefohlen, schien kräftig und aus einem günstigen Winkel. Mutter bereitete, assistiert von einigen jungen Damen, auf der Veranda einen Imbiß vor. Vater stand an dem einen Ende des aufgebockten Sandkastens, ihm gegenüber der ranghöchste Gast, beide Zeigestöcke in der Hand, die Hubert unangenehm an die Schule erinnerten. (Hubert lernte übrigens aus der Art und Weise, wie die Feldherren mit den Stöcken umgingen, deren Charakter zu lesen. Vater, zum Beispiel, ließ den Stock meistens jäh aus der Schulter fahren, wie einen bösen Stachel, und zog ihn ebenso ruckartig wieder zurück. Sein Gegenüber an diesem Tag, der Hauptsturmführer Schwämmle, ein vierschrötiger Schwabe, fuchtelte außerordentlich ungenau, der Stock zeigte nirgendwo hin, wischte über das Schlachtfeld hinweg, und Hubert schloß daraus, daß dieser Mann so gut wie nie ja oder nein sage, aber um so gemeiner und listiger sein könne. Da war ihm Vaters Eindeutigkeit schon lieber.)

Schwämmle leitete übrigens das Unheil ein. Genauer, es war seiner falschen Generosität zu danken. Er hatte bemerkt, daß die beiden Jungen sich hinter der Wand von schwarzen Uniformen herumdrückten, den Fortgang der Schlacht verfolgen wollten, und unterbrach mit einem weich in die Sommerluft gemalten Fragezeichen die Aktion: Kommet, Buebe, stellet euch nebe mi. Mir send grad in der schönscht Phase von Torgau –
(Also ist es doch Torgau, also ist es doch der Tag nach dem Verlust Zietens gewesen.)
Wilhelm folgte der Einladung unverzüglich; Hubert zögernd. Hauptsturmführer Schwämmle setzte an, den Jungen die Lage zu erklären, der Stock stotterte über einen Sandwall, auf dem zwischen vielen Holzbäumchen viele Holzsoldaten gesteckt waren – doch Vater fing diesen verschwommenen Ansatz von Freundlichkeit ab mit einem barschen: Die Schlacht beginnt!
Da die Böcke ziemlich hoch waren, reichte die Kante des Kastens Hubert bis zum Kinn. Sein Blick befand sich auf gleicher Höhe wie die eigentümliche, vielfach aufgeworfene Landschaft, die sich vor ihm geradezu unermeßlich ausbreitete. Tatsächlich Wälder und Berge, Dörfer, zahllose Soldaten, Kanonen und Pferde.
Sie Daun! sagte Vater, ich Friedrich.
Na na, murmelte Schwämmle. Das war, nahm Hubert an, von Vater nicht sonderlich höflich. Er hätte ja auch Schwämmle den Alten Fritz sein lassen können und selber mal diesen Daun spielen.
Der Schlachtkasten fesselte ihn nun ganz, die wunderbar gegliederte, so übersichtlich und ordentlich an das Vergangene erinnernde Szenerie. Noch rührte sich nichts. Noch war keine einzige Figur verschoben worden. Vater begann mit erhobener Stimme zu reden, und es kam Hubert vor, als habe er die Sätze auswendig gelernt:
»Am 3. November, in früher Morgenstunde, machte sich Friedrich auf den Marsch; seine Armee ging in drei voneinan-

der getrennten Kolonnen durch den großen Wald, der sich bis an die eine Seite der feindlichen Stellungen heranzog. Ein österreichisches Regiment, das als Vorposten im Walde stand, geriet hierbei ganz unerwartet zwischen die beiden ersten Kolonnen –«

Los! zischte Vater, und die beiden Kulissenschieber, Querder und die Ordonnanz von Schwämmle, fingen an, die Holzfigürchen umzustellen. Sie mußten das schon am frühen Morgen geprobt haben, denn der österreichische Feldherr und der preußische König hatten an ihrer Aktion nichts auszusetzen.

»Jetzt hörte man«, fuhr Vater fort, »von jenseits eine Kanonade beginnen, die immer heftiger wurde. Zieten war nämlich auf einen Vorposten der österreichischen Armee gestoßen –«

Welche Sätze Vater einfielen, wenn er alte Schlachten führte, wie ausdrucksvoll, gewählt er sprach! Er war doch nicht nur grob. Mit wachsendem Respekt hörte Hubert zu, verlor ihn aber zwei oder drei Jahre später im Geschichtsunterricht, als der Lehrer aus Kuglers Geschichte des Königs von Preußen vorlas, genau die Passagen aus dem Torgau-Kapitel, und das Wiedererkennen war so heftig, daß Hubert aufseufzte und der Lehrer hämisch fragte, ob er sich schon so früh und so wehleidig auf seine Frontuntauglichkeit vorbereite.

Die Bewegungen vor Huberts Augen wurden nun stürmischer, ganze Reihen von Holzfiguren stürzten unter den Händen von Schwämmles Ordonnanz um, die Preußen drohten den Kampf zu verlieren. Schwämmles Atem wurde laut, fuhr über ihre Köpfe hinweg wie ein Sturm.

Wilhelm hatte sich, um den Ereignissen nahe zu sein, auf die Kante des Kastens gestützt, was Hubert sich noch nicht traute. Als aber Vaters Stimme sich erhob, die freche Hand von Schwämmles Helfer nach der etwas größeren Reiterfigur des Alten Fritz griff, als zu hören war: »Da traf eine Kugel seine Brust; er sank ohne einen Laut vom Pferde«, als dieser unvergleichliche Höhepunkt preußischer Kriegsgeschichte erreicht war, stemmte Hubert sich über den Rand und überblickte für einen Augenblick die von Granaten zerwühlte Landschaft. Dann jedoch hob sie sich ihm entgegen, Heerscharen rutschten auf ihn zu, wurden von Sand begraben, die Düne kam und deckte sie zu, fiel ihm sonderbarerweise ein, alle die schwarzen Männer standen erstarrt, während Wilhelm als erster schrie, ihn zur Seite riß. Er fiel hin, hörte ein gewaltiges Krachen, endlich mehrere Schreie, und er beschloß, bewußtlos zu werden.

Nein!

Verdammt!

Huuubert!

Das war Vater. Hubert rührte sich nicht. Ein Schatten fiel über ihn, Vater fragte: Ist dem Kerl was passiert?, was von Schwämmle mit: »Das kann ich mir nicht denken« beantwortet wurde, und um dies zu prüfen, fuhr ihm ein Stiefel gegen den Brustkorb. Hubert sprang auf, versuchte davonzurennen, doch Vaters Hand packte ihn. Er erwartete Schläge. Sie kamen nicht, sondern Vater brüllte: Abführen! Querder packte seinen Arm. In den Bau! Damit war ein fensterloser Verschlag neben dem Kohlenkeller gemeint. Querder schob ihn vor sich her. Hinter Hubert wurde ein Murmeln laut, das sich bedauernd anhörte. Er fragte sich, ob es ihm oder der demolierten Schlacht gelte.

Es war das zweitemal, daß er in dem Kellerloch auf einer umgestürzten Obstkiste saß. Nur wenige Tage nach dem Einzug ins Kasseler Haus hatte ihn Vater zum erstenmal dorthin verbannt: weil er Mutters Erbvase aus Ungeschick vom Rauchtisch gerissen hatte und, wie Vater urteilte, nicht einmal fähig war, sich für eine derartige Untat zu entschuldigen. Er ängstigte sich nicht vor Kälte, Nässe, Finsternis. Furcht flößten ihm allein die Kellerasseln ein, schwarze, widerwärtige Käfer, von denen er glaubte, sie könnten mit winzigen Scheren zwicken oder sich sogar unter seine Haut fressen. Er zog die Beine an und hockte fast schwebend auf der Kiste.

Es war so dunkel, daß er nicht einmal die Wände des Verschlags sah. Aber an eine konnte er sich lehnen, spürte deren Nässe, bemühte sich, aufrecht zu sitzen, schlief ein.
Ein Lichtstrahl weckte ihn. Als er die Augen aufriß, die Hände hob, um sich vor dem blendenden Licht zu schützen, prasselten auch schon die Schläge auf ihn. Sie trafen wahllos. Den Kopf, den Nacken, die Brust. Es endete nicht. Er unterdrückte das Wimmern, zog sich zusammen. Ihm schien es, als ob an den getroffenen Körperstellen sich ein Pelz bilde, der ihn fühllos werden ließ. Das Ächzen des prügelnden Vaters war das einzige Geräusch in dem kleinen Raum.
Laß ihn. Du schlägst ihn tot. Das war Mutter.
Vater ließ nicht ab. Um den ist es nicht schad.
Es wäre schön, wenn ich jetzt tot vor seine Füße fiele, dachte Hubert. Und er dachte: Ich bin Richard Löwenherz. Der dumme Hund weiß es nur nicht. Der weiß es nur nicht.
Die Schläge setzten sich fort, als Vater die Tür hinter sich geschlossen hatte und Hubert wieder allein war. Sie hatten die Luft in dem Verschlag bewegt und waren geblieben. Unzählige Schläge, die ihn weiter trafen. Wenn er sich rührte, brannte die Haut. Dennoch schlief er ein, wurde von Mutter geweckt. Komm, sagte sie. Zur Schule mußt du heute nicht. Im Spiegel erkannte er sich kaum wieder. Seine Augen steckten in grünblauen Fleischwülsten und seine Unterlippe sah aus wie ein grindiger Riß. Das war im Juni 1935.

4.
Erziehungsversuche

Hubert fragte sich oft, warum er Sohn sei und doch nicht, warum er zur Familie gehöre und sich doch als Fremder fühle. Er spielte mit dem Gedanken, fortzulaufen, ließ in Tagträumen den Vater umkommen oder sich selbst sterben, wobei die Eltern natürlich reumütig trauerten, nachträglich den Wert des mißratenen Sohnes begriffen. Oder er stellte sich, nachdem er in die Gestalt eines Helden geschlüpft war, eine Auseinandersetzung mit dem Vater vor, in der er ihn mit wenigen Sätzen bezwang, ihn demütigte, und die Mutter weinend um Verständnis für den armen, irrenden Mann bitten mußte. Es fiel ihm leicht, ein anderer zu sein, Richard Löwenherz oder Dietrich von Bern oder Winnetou. Nahm er deren Rollen an, spürte er, wie er wuchs, wie sein Kopf sich mit großen, mächtigen Gedanken füllte, wie er unangreifbar wurde. Manchmal spielte er Hagen von Tronje, der Siegfried tötete, aber es strengte ihn an, die Flucht in die Traumfigur gelang nicht so leicht wie bei den anderen, es blieben Reste und Zweifel, er traute sich nicht, weil er Hagen nicht traute, weil er womöglich Hagen gar nicht sein wollte, dessen verschwiegene Rachsucht ihn aber wieder anzog.

Sie machten sich über ihn lustig. Selbst Mutter zog sich immer mehr von ihm zurück. Er sei ein Spintisierer, man könne nicht vernünftig mit ihm reden. Wilhelm beachtete ihn so gut wie gar nicht mehr. Da nahm der Vater sich seiner unvermutet an, was Hubert beunruhigte, denn ohne Vorsatz konnte der Alte gar nicht freundlich sein, auch bei den andern nicht, allenfalls bei Winfried. Vaters Plan wurde in den Monologen deutlich, die er laut vor dem Sohn hielt, ein Stratege nicht nur in Schlachten, sondern auch im Leben.

Laß den Jungen doch, hört er die Mutter sagen.
Es sind Gespräche, die er noch nach Jahrzehnten wiederherstellen kann.
Sie sitzen auf der Veranda, gegen Abend, Vater hat die Uniformjacke aufgeknöpft, streckt die Beine von sich, raucht eine Zigarre, spielt mit der linken Hand auf dem Knie Klavier, eine Unart, die Mutter ihm hatte austreiben wollen, er mache sich und die andern nervös. Was Vater jedoch, und sie hätte es sich denken können, dazu brachte, das Fingerspiel auszubauen und in Unterhaltungen bewußt als Irritation zu benützen.
Jetzt klopft er virtuos.
Laß den Jungen doch, ich bitte dich.
Ich bittä dich. Jedesmal, wenn Vater Mutter nachäfft, wenn der kleine Finger mit höhnischem Nachdruck tippt, drängt es Hubert, sich auf den selbstsicheren, selbstgerechten Mann zu stürzen.
Aber Hubert sitzt aufrecht, den Rücken frei von der Lehne, die Hände auf dem Tisch und wartet ab, was Vater mit ihm vorhat.
Er hat Großes vor.
Und mehrfach wiederholt er: Jetzt oder nie! Womit er, was erst allmählich klarwird, ausdrücken möchte, daß unverzüglich oder überhaupt nicht ein Mann aus dem Sohn geschmiedet werde, und als Gelegenheit dafür betrachtet er Huberts Übergang vom Jungvolk in die Hitlerjugend, vom »Pimpfenspiel zum Ernst des Lebens«.
Und da Vater derartige »Stahlbäder«, wie er sich ausdrückte, vorbereitete, nach Helfern gar nicht suchen mußte, sondern sie, wie es beliebte, zu sich befahl, saß an jenem Abend der Stellvertreter des Bannführers am Tisch, ein drahtiger junger Mann mit überlangen Beinen und einem ebenfalls in die Länge geratenen Schädel, was den damals geschätzten nordischen Normen durchaus entsprach, und erzählte, wohl um Hubert Mut zu machen, von seiner aufregenden Kindheit als Auslandsdeutscher.

Er sei auf Haiti groß geworden, in Port au Prince, unter Niggern und ähnlichem Gesindel, habe da früh gelernt, sich zu wehren und durchzusetzen. Eine kleine Gruppe von Deutschen habe sich dort zusammengefunden, und sie sei bald schon, als im Reich die Republik noch alles verrotten ließ, Adolf Hitler gefolgt.
Na ja, ein paar waren auch hier, wollte Vater korrigieren, doch der junge Mann ließ ihn nicht aussprechen. Vater fügte sich zu Huberts Verwunderung.
Na ja . . .
Franz Wehrhahn hatte eine weltmännische Art, die Vater beeindruckte. So jung und schon so weit herumgekommen und dabei ein ganzer Deutscher, das sei schon was.
Der Himmel spannte sich als eine blaßblaue dünne Haut und der Rasen darunter war unverschämt grün. Er könnte aufstehen, weggehen, ganz ruhig, nicht rennen, nein, mit geradem Rücken und herausfordernd langsam, diese beiden hinter sich sitzenlassen, und er wünschte sich, ihre verblüfften Gesichter zu sehen, die offenen Münder – da staunt ihr, wie? –, aber er wagte nicht, sich umzudrehen. Es ist nicht wahr, Hubert blieb sitzen.
Hör genau zu, was wir mit dir vorhaben.
Es sei bedauerlich, daß er es beim Jungvolk nicht einmal bis zum Hordenführer gebracht habe.
Das läßt sich ausbügeln.
Aber da muß er mitmachen!
Sie reden, reden ihn kurz und klein. Es ist ihm gleichgültig, er heuchelt Aufmerksamkeit, aber versteht die Sätze nicht.
Also! sagt Vater mehrmals: Also. Und reiß dich am Riemen, Hubert!
Wehrhahn erzählt wieder von Haiti, wie er eine Horde von solchen kaffeebraunen Kerlen in Schach gehalten habe, erst einmal ganz allein, bis ihm Freunde geholfen hätten.
Ja, sagt Vater, so wird man zum Mann.
Er will keiner werden, so nicht.

In den Ferien ging er mit der Hitlerjugend auf Fahrt, fürchtete, Wehrhahn werde ihn nach den Vorstellungen Vaters schleifen, aber der nahm sich seiner freundlich an, holte Hubert häufig zu sich ins Zelt, machte ihn gleichsam zu seinem Adjutanten, was einige der andern Jungen ärgerte, doch Wehrhahn, der auch hier unerhört arrogant auftrat, nicht störte. Hubert brauchte eine Weile, um Wehrhahns Sympathie zu verstehen. Sie erklärte sich an den verlängerten Abenden, wie Wehrhahn die Gespräche am Lagerfeuer nannte, wenn die meisten Jungen schon schliefen, müde von den Geländespielen und Übungen, und nur noch die Ausdauernden, die Kurzschläfer und die Kriecher, sich um ihren Führer sammelten. Hubert war stets dabei. Nicht, weil er Wehrhahn imponieren wollte, sondern weil ihm dessen Geschichten aus Port au Prince gefielen. Die meisten waren erlogen, meinten alle, auch Hubert. Soviel konnte einem Jungen selbst auf einer exotischen Insel nicht passieren, so stark, so frei von Ängsten war keiner. Wehrhahn bewältigte noch nachträglich seine Furcht mit Heldengeschichten. Das war Hubert vertraut. Er spürte, wie in einem Spiel, wenn Wehrhahn erzählend die Wirklichkeit verließ und sich durch Phantasie stärkte. Und Wehrhahns Schwindeleien regten ihn an, sie lösten seine Skrupel, seine Scham. Das konnte er auch, so sich der Gemeinheit entziehen und in eine andere Größe flüchten.

Er versuchte es erst gar nicht mit einer kleinen, schüchternen, halbwahren Geschichte. Er war wie entfesselt. Und in einer der Pausen am Feuer, als Wehrhahn erschöpft innehielt oder mit dem Erzählen zu früh fertig war, begann er, mit leiser Stimme, als hätten ohnedies alle erwartet, daß er jetzt den Faden aufnähme: Ich bin im letzten Winter mit meinem Vater –

(um dessen Macht ihn nicht wenige beneideten)

in Italien gewesen,

(wieso plötzlich Italien? Nie hatte Vater von Italien gesprochen, nie war er dorthin gereist)

erst in den Abruzzen,

(diesen Namen wußte er aus einer Geschichte, in der Schnee und die letzten Wölfe vorkamen; und Namen waren gut, sie machten Erzählungen glaubhafter)
ja, und danach in Rom,
(vielleicht wäre es sogar besser gewesen, nicht Rom als Reiseziel zu nennen, sondern einen anderen Ort, doch es fiel ihm so rasch keiner ein)
und dort habe sich Vater mit dem Duce, mit Mussolini getroffen,
(er war sicher, seine Zuhörer murmelten aus Bewunderung und Neid, nicht aus Zweifel)
er habe den Duce nur begrüßen dürfen und sei dann in einen großen Garten geführt worden, wo die italienische Hitlerjugend sich zu einem Sportfest getroffen hatte.
(Ihm fiel die Bezeichnung nicht ein, aber es störte niemanden, wahrscheinlich dachten die Jungen, es gäbe so etwas wie die Hitlerjugend beinahe in jedem Land.)
Man fragte mich, sagte er,
(und nun war er durch nichts mehr zu verwirren, da ihm das triumphale Ende der Geschichte eingefallen war)
wo ich am liebsten mitmachen wolle, beim Wettlaufen, beim Hoch- oder beim Weitsprung, oder beim Schießen. Ich sagte, beim Schießen. Zwei Jungen, die gut Deutsch sprachen, führten mich zum Schießstand. Der war phantastisch, mit beweglichen Figuren.
(Aber so toll auch wieder nicht, denn den, an den er dachte, hatte Vater bei Kassel einrichten lassen, und er fragte sich einen Augenblick, ob die Italiener auch so fortschrittlich seien.)
Wir haben um die Wette geschossen, neun Italiener und ich.
Und?
Und?
Sie fragten mit einem Beiklang von Mißtrauen.
(Sollte er die Geschichte so zu Ende bringen, wie er sie sich ausgedacht hatte? Jetzt konnte er sie nicht mehr ändern.)
Ich habe am besten geschossen.

Der Hubert hat am besten geschossen!
Ihr Hohn verletzte ihn, doch Wehrhahn griff ein: Daß Hubert gut schießen kann, weiß ich.
(Das genügte nicht. Anderntags mußte Hubert seine Schießkunst beweisen, was ihm, den jahrelangen Drill des Vaters in Arm und Auge, mühelos gelang. Von da an glaubten ihm die Kameraden fast, nur ein Rest Mißtrauen blieb.)
Also erzähl weiter, Hubert.
(Er hatte sich vom Duce selber loben lassen wollen, nun nahm er es zurück.)
Die Italiener haben mir, als Sieger, einen Orden und eine Badoglio-Mütze geschenkt. Ihr könnt euch das Zeug angukken, wenn ihr mich mal besuchen kommt.
Und der Duce?
Als man mich zurückbrachte, war Mussolini schon fort.
(Es ärgerte ihn, daß ihr Unglauben seine Phantasie einengte.)
Stimmt das denn, Hubert? fragte Wehrhahn, als sie allein waren.
Ja, sicher.
Soll ich deinen Vater fragen?
Wenn du mir nicht glaubst.

In den folgenden zwei Wochen wurde er nicht geschont. Er mochte Geländespiele nicht, versuchte sich vor den schwierigeren Aufgaben zu drücken, Gräben auszuheben zum Beispiel, oder allein als Späher unterwegs zu sein, aber Wehrhahn erwischte ihn jedesmal, wenn er sich drücken wollte, wies ihn barsch zurecht. Dennoch gelang es Hubert, ein zweites Mal, die Aufmerksamkeit aller auf sich zu ziehen.
Sie hatten, zum Abschluß des Lagers, ein Spiel eingeübt, dessen Sinn ihm dunkel blieb, weil er in die Proben kaum einbezogen wurde. Er hatte keine feste Rolle, sondern war »der Narr«, der Träumer, der in der Pause, wenn die Spieler sich umzogen und neue Requisiten auf die Freilichtbühne getragen wurden, auf der Wiese lag und phantasierte. In dem

Stück traten, soviel wußte er, fortwährend Ritter auf, die vom Reich erzählten, das vom welschen Feind bedroht werde. Währenddem brauchte er bloß am Rande der Wiesenarena zu sitzen und wurde manchmal, ohne daß er antworten durfte, von den Rittersleuten gehänselt.
Zur Aufführung waren auch Leute aus dem Dorf geladen und eine Gruppe von BDM-Mädchen hatte sich angesagt.
Sie mußten nicht aus den Zelten gescheucht werden, wie sonst. Die meisten hatten unruhig geschlafen, hatten sich gegenseitig ihre Rollen abgefragt, ganz still war es die Nacht über nicht geworden. Hubert genoß diese Anspannung. Es war, fand er, seine Stimmung: Ein wenig schrill, das Herz schlug härter und die Stimme in seinem Kopf, die dauernd redende erzählende Stimme war lauter und verrückter und fröhlicher.
So beginnen Träume, die ihm behagen. Er ist umgeben von Menschen, deren Wärme und Erregung ihm wohltun, die ihn jedoch nicht ansprechen, die ihn mitreißen, ohne ihn zu beachten.
Er hört Wehrhahn rufen. Hastig zieht er sich an, einer neben ihm schubst ihn, sagt: Nicht die Uniform, Hubert, du mußt doch deine Narrenkluft anziehen.
Wir spielen erst am Nachmittag.
Aber wir probieren.
Ihr braucht mich doch dazu nicht.
Und wenn schon.
Dabei mußt du sein, sagt ein anderer.
Ihre Stimmen sind so freundlich wie nie.
Den ganzen Vormittag sitzt er am Rand der Freilichtbühne, auf einem Brett, döst, hört die Ritter, vor allem aber Wehrhahn, der immer wieder verbessert: Denk dran, das mußt du markig sagen, denn du willst ja das Deutsche Reich.
Weißt du schon, was du für Quatsch machen wirst? fragt ihn einer.
Nein.
Du bist verrückt. Das kannst du doch nicht einfach aus dem hohlen Bauch.

Ich weiß nicht. Mir wird schon was einfallen.
Er weiß es wirklich nicht. Aber sein Kopf füllt sich allmählich an mit wunderbaren Bildern. Er ängstigt sich nicht vor dem Auftritt.
Aus dem verrußten Kessel überm Feuer duftete Erbsensuppe. Hubert wünschte sich – er staunte, wie verrückt nun seine Wünsche waren –, daß dieser Vormittag sein Leben sei, immer dieser Vormittag, die laue, mitunter von Wolken bedeckte Sonne, das wie aus Wortfäden gewirkte unablässige Stimmengewirr, der Geruch des Grases, der allmählich dem der Suppe weicht, die undeutliche, ihn nicht meinende, aber einschließende Freundlichkeit und diese steigende Spannung.
Er stand auf, ließ sich sein Eßgeschirr mit Suppe füllen.
Er setzte sich wieder abseits.
Na, Hubert, rief Wehrhahn über die Köpfe weg, denkst du dir deine Witze aus?
Alle sahen zu ihm hin, und das ihn schützende kunstvolle Wohlbefinden war bedroht.
Ja, sagte er rasch. Und war froh, daß Wehrhahn sich abwendete und die andern auch.
Als das Spiel begann, saß er längst schon an seinem Platz.
Die Ritter kamen und neckten ihn, wie es vorgesehen war, einige fügten Gemeinheiten hinzu:
Du Schwächling.
Du Lügner.
Hubert Hühnerbrust.
Wehrhahns Herzblatt.
Er krümmte sich, stopfte sich die Finger in die Ohren, was die Zuschauer für närrisch hielten, für sein Spiel. Sie lachten, und so halfen sie ihm.
Nein, niemand konnte ihm etwas anhaben.
Es war soweit. Plötzlich war es ganz still. Er hörte nur den Atem der Jungen, die bemalte Bretterwände hinaus- und hereinschleppten, Tische, Stühle, Podeste.

Du bist dran, Hubert! Wehrhahn hätte es nicht sagen müssen. Das Schweigen glich einem großen Raum, in den er hineintaumelte.
Er taumelte tatsächlich, sah sich beim Stolpern zu. Das war gut.
Er warf sich ins Gras, stützte sich auf den rechten Arm, guckte in den Himmel.
Da! schrie er und zeigte auf eine Wolke.
(Wie kam er darauf? Er fragte sich das und freute sich über das Echo, das langgezogene A.)
Ich sehe einen dicken Mann. Alle legen den Kopf in den Nacken, starren die Wolke an, bemühen sich, ebenfalls einen dicken Mann zu erkennen.
Unheimlich dick.
Ja, das stimmt. Sie lachen.
Aber der wird dünner, der dicke Mann, er kriegt Hunger.
Sie lachen, feuern ihn mit ihrem Gelächter an.
Er hat Schwindsucht.
Das Gelächter wird dünner. Er muß sie herausfordern. Hubert wälzt sich auf den Bauch, reißt den Kopf hoch: Warum willst du kein dicker Mann sein?
Warum? ruft einer aus dem Publikum. Die Frage läßt ihn zusammenfahren. Ja, warum. In seinem Kopf rennen Sätze suchend und sich verhakend herum, einer springt über seine Lippen: Weil ein dicker Mann nicht fliegen kann.
Sie lachen, einige klatschen.
Da! schreit er glücklich, da, ein Stuka. Seht ihr.
Mensch, ist das eine Wolke.
Aber kein Stuka! Da will ihn einer reizen. Es ist immer derselbe, der dazwischenredet.
Ja, antwortet er leise. Ja. Kein Stuka. Richtig. Er brüllt, stützt sich auf beiden Händen auf, fühlt sich wieder wohl: Denn eine Wolke kann keinen Sturzflug!
Sie lachen, applaudieren heftig. Ihre Zustimmung wirft ihn auf den Rücken, er kommt sich leicht, allen überlegen vor und

weiß, daß er sie, aber auch sich, überraschen wird. Irgend etwas wird ihm jetzt einfallen. Was denn?
Ein Stiefelschaft. Er zeigt gegen den Himmel und wartet auf Reaktion.
Ein Stiefelschaft ohne Schuh.
Du spinnst ja, schreit der Zwischenrufer. Aber die andern weisen ihn mit einem heftigen »Pst« zurecht.
Ein Stiefelschaft.
Eine Leidenschaft.
Eine Knappschaft.
Eine Kameradschaft.
Eine Ortschaft
Eine Schaft.
(Das war richtig schön, so wie ein Narr quatschen soll. Oder?)
Im Kreis wird nur sehr zaghaft gelacht.
Er muß verrückt werden. Nur wie?
Er fängt an zu stottern. Schafft ein Stiefel einen Stiefelschaft? Schafft ein Leiden eine Leidenschaft? Schafft ein Knapp eine Knappschaft?
Endlich lachen sie wieder.
(Wegen dem Knapp? Das muß er wiederholen.)
Schafft ein Knapp eine Knappschaft? Und er fügt, spielerisch, die Antwort hinzu: Knapp.
Einer von den Stuhlträgern winkt ihm. Sie sind fertig, er, der Narr, soll wieder zur Seite gehen. Er muß noch was draufsetzen.
Was hat der Stiefel mit dem Schaft vom Leiden zu schaffen? Weiß das der Schaft vom Knapp? Häh, soll ich das dem Ortschaft melden? Schaffst du es dann, Kamerad?
Die klatschen, etwas verwirrt, aber anhaltend, er springt auf, legt die Hand vor die Augen, um sie nicht zu sehen, er kann kaum atmen, die Atemlosigkeit macht ihn glücklich und er bedauert, daß Vater ihn nicht so erlebt hat. Aber sie werden es ihm erzählen. Wehrhahn faßte in seinem Bericht alles in einem

Satz zusammen, der Hubert wieder zurückwarf und Vater bestätigte: Wissen Sie, Sturmführer, Hubert hat sich ganz gut geschlagen, der muß bloß auf dem Teppich bleiben, und das fällt ihm nicht leicht, dem Jungen.

5.
Anfänge einer Leidenschaft

Von sich aus wäre Hubert nie ins Kino gegangen. Vater hielt Filme für Firlefanz und Mutter beugte sich seinem Urteil. Wilhelm war ohnedies damit beschäftigt, Offizier zu werden. Nur einmal, erinnerte sich Hubert, hatten sich die Eltern einen Film angesehen, ansehen müssen, wie Vater beteuerte, einen der ungezählten über Friedrich den Großen, und Vaters Urteil war herb: Wenn der Alte Fritz tatsächlich ebenso lasch gequatscht, befohlen und auf dem Pferd gesessen habe wie dieser dämliche Schauspieler, der sich, sagen wir mal, bei Leuthen die Hosen vollgemacht hätte, dann wäre von Preußen nichts, aber auch gar nichts übriggeblieben.
Hubert war sicher schon fünfzehn, als er, mehr aus Trotz gegen den Vater, sich an einem Nachmittag ein Billett kaufte und zum erstenmal in einer dieser schwachbeleuchteten Höhlen Unterschlupf suchte. Das livrierte Mädchen, das ihn, den Lichtstrahl der Taschenlampe vorausschickend, zu seinem Sitz führte, beeindruckte ihn. Er ging derart ungeschickt mit dem Klappsitz um, daß er durchrutschte und mit dem Hinterkopf gegen die Lehne schlug. Er schämte sich, so unbeholfen zu sein, faltete die Hände, zog sich im Sessel zusammen und sah sich vorsichtig um, ob er aufgefallen sei. Die wenigen Besucher saßen über die Reihen verstreut, beachteten ihn nicht, jeder blieb, konzentriert und aufmerksam, für sich, und es schien Hubert die angenehmste Art von Einsamkeit zu sein, ohne Leiden und den Wunsch nach einem anderen. Wie die anderen richtete er seine Aufmerksamkeit auf die Leinwand, auf die bewegten, springenden Bilder, den Wechsel von Helligkeit und Schatten. Er spürte den Sog und gab ihm nach. Hatte er sich je so wohl gefühlt? Als es ganz dunkel, das Deckenlicht

mit kunstvoller Verzögerung zurückgenommen wurde, die ersten Bilder der Wochenschau zu sehen waren, der Führer beim Besuch einer Kunstausstellung, verfestigte sich der Raum um ihn, umgab ihn als eine wärmende, undurchdringliche Schutzschicht. Keiner würde ihm etwas anhaben können. Später wird das alles zu ihm gehören, eine zweite, bessere Heimat, Zuflucht, zahllose dämmrige Inseln, alle vertraut, keine der andern gleich. Höhlen, Scheunen, Paläste, oft ausgepolstert mit rotem lüsternem Plüsch, Kinos in den Vorstädten, Schläuche, an deren mit rotzgrüner Ölfarbe bestrichenen Wänden Fingernägel gegraben haben, knirschende Klappstühle und ein dreckiger, sich nach vorn neigender Dielenboden; Säle mit Lüstern und Logen, Sessel, in die man tief einsinkt, die Stuckränder der Decke vergoldet, Schlösser für die armen Sehnsüchte, Bonbonnieren für Träume; Kinos, kaum größer als ein Zimmer, vornehm als Studio bezeichnet und nur für die Kenner, die Genießer kinematographischen Tiefsinns; Vergnügungshöhlen, deren breite Sitze zum Räkeln einladen, zu Fingerspielen mit der Nachbarin; Etablissements, die Rauchern und Trinkern eigens Logen anbieten. Ach, und diese Kassenhallen, diese Foyers, manche so kläglich wie ein Vorzimmer in der Mietswohnung, andere aber Theater nachäffend, voller Glanz, mit falschem Kristall und schwungvoll aufsteigenden Treppen; Mädchen an der Kasse, die man gleich wieder im Film zu sehen glaubt, gelackter Bubikopf und Bijoumund, oder dicke alte Madams, Puffmütter, die mit Illusionen handeln, oder die Platzanweiserinnen, unansprechbare Pfadfinderinnen in der Dunkelheit, seltsam sinnliche Geschöpfe, deren Kunstfaserlivreen im Halbdunkel schimmern, oder die mürrischen alten Männer in den Vorstädten, auf den Dörfern, heruntergekommene Charons, die dem Lichtspiel den Garaus wünschten und dann doch auf einem Stühlchen zwischen den Reihen stumm den Dialogen folgen, sich mit dem Taschentuch Tränen aus den Augen reiben – er kennt sie alle, schließt sie alle in sein Gedächtnis ein, das satt ist von dieser eingedunkelten unerschöpflichen zweiten Wirklichkeit.

Rückblickend brachte Hubert den Anfang durcheinander. Eine Zeitlang bemühte er sich, Bilder und Gestalten zu ordnen. Dann war es ihm gleich und er entschloß sich, Quax, den Bruchpiloten als ersten zu sehen, eine Geschichte, die ihn ungemein vergnügt, aber auch ernsthaft angezogen hatte, mehr noch, die zum erstenmal zu seiner geworden war.
Der Kerl war zu komisch, ständig in Niederlagen fliegend, ein Trottel unter Helden. Aber im Grund war er ein tollkühner Flieger und den andern überlegen. Sosehr sie auch lachten, er siegte hinter ihrem Rücken. Sie verkannten ihn, mußten ihn verkennen, weil er herzlicher, verwundbarer war als sie. Kein Aufschneider. Nicht stumpf, wie all die Uniformierten, die Lackaffen. In seiner Montur sah er immer verkleidet aus. Sie saß ihm nicht wie angegossen. Trotzdem kam er durch, zeigte es den Spöttern. Und wie sie ihn dann aufnahmen, in ihre Runde einbezogen, bewunderten, wie er mehr war als sie – auch ein Held, doch ein anderer, keine Ausschneidepuppe ...
Als sie »Heimat, deine Sterne« sangen, heulte Hubert.
Er hatte gewonnen. Es war schlimm gewesen. Doch nun wärmte ihn Freundschaft. Wie leicht hätte er umkommen können. Die Abstürze waren nicht von Pappe.
Als er ins Licht trat, der Tag ihn blendete, legte sich spürbar eine Maske auf sein Gesicht. Er lächelte. Die Fliegermontur schlappte ihm um den Bauch. Er ging unbeholfen.
Warum bist du so abwesend, fragte ihn Mutter.
Grins doch nicht so blöd, schrie Vater ihn an.
Wilhelm, der auf ein paar Tage von der Truppe nach Hause gekommen war, mahnte ihn eindringlich, auf Wehrhahn zu hören, der habe Einfluß und könne ihm die Spinnereien austreiben.
Er flog sehr niedrig über den Garten, das Haus hinweg, der Motor heulte auf, er zog die Maschine hoch in die Bläue; als er hinunter sah, war das Haus nicht größer als ein Kiesel und auf dem Rasen liefen bunte Tupfen zusammen. Die würden ihm wohl zum Abschied winken.

6.
Vater beschließt Huberts Zukunft

Mutter rennt hinter ihm her, wie besessen, den Atem ächzend ausstoßend, doch wortlos, und Hubert denkt nicht daran, seine Schritte zu kürzen, langsamer zu werden, sich nach ihr umzudrehen, womöglich auf sie zu warten. Er sieht das geschmiedete, schwarz lackierte Gartentor vor sich, durch das eben ein Kübelwagen fährt, und er muß ausweichen. Er fängt an zu lachen. Entweder läuft er weiter und das Gelächter wird ihm die Luft rauben, oder er hält an und Mutters Vorwürfe werden ihm den Tag verderben.

Er bleibt stehen.

Sie hat noch soviel Schwung, ist noch so sehr konzentriert auf seine Verfolgung, daß er sie auffangen muß: er öffnet, wenn auch befangen, die Arme, als wäre er ein Vater, der spielerisch die kleine Tochter auffängt, und sie läuft tatsächlich hinein. Doch rasch und ärgerlich löst sie sich wieder.

Du bist doch kein kleiner Junge mehr, mit sechzehn.

Er ist größer als sie, sieht über sie hinweg.

Mußt du denn immer den Verrückten spielen, Hubert?

Was soll er ihr antworten? Soll er sagen: Ich bin gern verrückt, Mutter, wie könnte ich mich sonst unter euch halten, unter den wirklich Verrückten, neben Vater, der immer Soldat spielt, und, weil es ihm nicht genügt, es auch mit hölzernen Figuren tut, neben Wilhelm, in dessen Kopf nur noch Befehle und Märsche dröhnen, der im Schlaf die Hacken zusammenschlägt, der auf Hüsteln gehorcht wie ein dressierter Hund, und neben dir –

Ach was, sagt er.

Was soll das wieder heißen?

Eben: Ach was.

Bei dir weiß man nie, ob du frech oder kindisch bist. Womöglich hat Hubert seine Mutter an diesem Herbsttag zum erstenmal bewußt angeschaut, nicht als jemanden, der immer vorhanden ist, ein meistens freundliches Wesen ohne Anspruch und Eigenständigkeit, die einzige wohltuende Erfindung des Vaters.
Überrascht sagt er: Du bist sehr klein, Mutter.
Ebenso überrascht fragt sie: Ja?
Eine Zeitlang stehen sie sich gegenüber. Sie ist verwirrt über sein Verhalten, er ist verblüfft über die Erfahrung, jemanden zu sehen, den er immer gesehen hat und doch nicht, der jetzt, in dieser kuriosen Atempause sichtbar wird, und er wehrt sich nicht gegen die Zärtlichkeit, die er für sie empfindet. Sie ist wirklich klein. Das krause schwarze Haar fällt ihr in einzelnen Löckchen in die Stirn. Er findet, daß sie schön sein könnte, wenn sie nicht schon so alt wäre. Das Gesicht ist zart wie das von einem Mädchen, nur viel müder. Jetzt brennen die Augen, die braun sind und nicht, wenn es nach Vaters Wille und Vorstellung ginge, blau. Er versteht, weshalb Vater das Slawische in Mutter beklagt. Die Nase sitzt klein und flach zwischen hohen Backen, und der runde fleischige Mund wirkt jung. Hubert tritt einen Schritt zurück, sieht sie wie auf einem Bild: in der etwas zu lang geratenen Kleiderschürze mit den Schmetterlingsärmeln, ein ins Alter geratenes Mädchen, schutzbedürftig und eigensinnig. Gleich wird sie mit dem Fuß aufstampfen. Er hat sie gern.
Was starrst du mich so an, sagt sie, manchmal glaub ich, du bist nicht normal.
Was ist? fragt er. Warum rennst du mir nach?
Du sollst zu Vater kommen, sagt sie. Er hat sich deine Zukunft überlegt.
Ja, wenn einer, dann ist Vater für die Zukunft zuständig. Es kann sein, sie gehorcht ihm sogar.
Vater hat nicht viel Zeit, sagt Mutter, in den letzten Tagen ist alles durcheinander. Sie hat sich schon wieder in die Unschein-

barkeit zurückgezogen. Er sieht sie kaum mehr. Mutter handelt in Vaters Auftrag und der Auftrag ist wichtiger als sie. Es schmerzt ihn, daß er sie wieder verloren hat.
Warte einen Augenblick, Mutter, bittet er.
Aber der Druck lastet auf ihr, sie zappelt vor Furcht: Nein, komm, Hubert!
Ist es immer Sommer? Es muß Ende September gewesen sein, nur, wenn er sich erinnert, liegt kein Laub auf dem Weg und es ist warm. Vater erwartet ihn allerdings nicht auf der Terrasse, sondern in seinem Dienstzimmer. Mutter läßt ihn vor der Tür. Sie löst sich einfach in Luft auf, verschwindet, sie hat es in vielen Jahren geübt.
Vater ist nicht allein, er ist umgeben von seinen Schranzen, von Winfried, Querder, von fremden Männern, darunter auch zwei Zivilisten. Sie sitzen oder stehen, verbreiten Unruhe, bündeln Papiere, stopfen Akten in große Taschen, andere flüstern aufeinander ein. Alle Schubladen von Vaters Schreibtisch sind herausgezogen. Hubert würde gern fragen: Ziehen wir denn aus? Gehen wir woanders hin? Er traut sich nicht, bleibt mitten im Zimmer stehen, preßt die Hände an die Hosennaht, wartet auf ein aufforderndes oder erklärendes Wort seines Vaters, doch der ist damit beschäftigt, Winfried einen Plan zu erklären, der ausgebreitet auf dem Tisch liegt, keine Landkarte, sondern ein schwarz und rot beschriebenes Faltblatt. Er muß Hubert bemerkt haben, achtet nicht auf ihn, läßt ihn schmoren. Dann endlich sagt er: Setz dich da vor den Schreibtisch. Auf dem Stuhl liegt ein Stapel Papier. Hubert fragt sich, ob er ihn zur Seite räumen darf, zögert. Querder hilft ihm, wischt den Stapel vom Stuhl, als wären die Papiere ohne Bedeutung. Ein anderer hebt sie auf, schichtet sie in einen Metallkoffer.
Der Trubel nimmt Hubert gefangen. So fällt ihm gar nicht auf, daß Vater ihn angesprochen hat, betont leise, und von allem hört er nur: ... als Soldat. Hast du mich verstanden? fragt Vater laut. Hubert nickt, obwohl es nicht stimmt.
Also gut.

Was ist gut? Wie kann er das Rätsel lösen, ohne Vater zu fragen?
Er sieht, wie Vater sich im Stuhl zur Seite beugt, aus der untersten Schublade Broschüren zieht, sie vor sich, eine neben der anderen, auf den Schreibtisch legt. Er sieht auch, wie die Lippen Vaters sich bewegen, aber die Sätze kommen verspätet bei ihm an, als sei es ein weiter Weg zwischen ihm und dem Mann, der offenbar mit irgendeinem unklaren Aufbruch beschäftigt ist.
Die Zeit, Hubert, fordert alles von uns. Auch von dir. In zwei Jahren legst du die Reifeprüfung ab. Was dann? Machst du dir überhaupt Gedanken über dein Leben, deine weitere Zukunft? Hä? Ich bin ja bereit, dir zu helfen. Aber nur, wenn du nicht wieder mit dem Kopf durch die Wand willst. Wir werden alle Kraft zusammennehmen müssen. Ja. Und der Führer wird es von uns verlangen. Darum bleibt dir gar nichts anderes übrig. Klar? Wilhelm hat es dir vorgemacht. Ihr werdet unser Stolz sein. Ja?
Vater steht auf. Er erwartet keine Antwort von ihm.
Du kannst jetzt gehen, Hubert, sagt er, und wenn Hubert sich nicht täuscht, hat die Stimme eine Beifarbe von Freundlichkeit.
Er stolpert über Aktenstapel, wird murmelnd zurechtgewiesen, und vor der schweren Eichentür, die klemmt, seit sie eingezogen sind, hält er an, fragt sich, was damit gemeint ist, daß ihm nichts anderes übrigbleibe. Was? Vaters Rede bekommt wenig Sinn, sie droht undeutlich und meint eine Bedrohung. Zürnt der Führer jemandem? Erst als er die Treppe zum Garten hinuntergeht, fällt ihm, wie ein Losungswort, der fragmentarische Beginn ein. Hat Vater nicht vom Soldaten gesprochen, hat er nicht etwas gesagt wie: Du als Soldat? Darum hat er also auf den vorbildlichen Wilhelm hingewiesen.
Er soll, wie Wilhelm, Soldat werden.
Er soll Soldat werden.
Ja. Soldat.
Vater ist nichts anderes eingefallen, weil er nichts anderes kennt.

Fällt ihm je etwas anderes ein?
Vielleicht Bruchpilot?
Oder Alchimist?
Oder Festungsbauer?
Oder Friedrich der Große?
Vor fünf oder sechs Jahren hat Hubert davon geträumt, Tierarzt zu werden, weil der einzige Mensch in Neustadt, der Vater und seinen Freunden nicht glich, der Tierarzt gewesen war, ein leiser und freundlicher Mensch, der die Kinder nicht aus dem Stall trieb, sondern ihnen die Krankheiten der Schweine und Kühe bilderreich und ausdauernd erklärte, als handle es sich um das Siechtum von Göttern oder Majestäten.
Nur eine kurze Zeit, und ebenfalls in Neustadt, plante Hubert auch Fememörder zu werden, da Vater und Winfried unaufhörlich von denen schwärmten und die finsteren und unfaßbaren Figuren so für ihn in die Nähe von Dietrich von Bern oder Hagen von Tronje rückten, was ihm freilich Mutter auszureden wußte, es seien, hatte sie bitter gesagt, gekaufte Kerle, die der Krieg zu Totschlägern gemacht habe und die nichts, aber auch gar nichts dazugelernt hätten.
Gekauft?
Ja. Gekauft.
Es war ein entsetzliches Wort. Man kann den Tod eines anderen kaufen.
Von wem?
Von solchen, die zu feige und zu reich sind, es selber zu tun.
Das genügte ihm. Es waren bestimmt keine Helden und es bekümmerte ihn nur, daß Vater solche Finsterlinge rühmte.
Er geriet im Garten Querder in den Weg, der schwarze Kästen zu einem Lastwagen schleppte.
Ziehen wir um? fragte Hubert.
Ihr noch nicht, antwortete Querder schwer atmend.
Ich gehe auch noch zwei Jahre in die Schule, sagte er laut.
Querder schob die Kästen neben andere auf den Lastwagen und sagte: Ob ihr so lange hierbleiben könnt, weiß ich nicht.

In dieser Schwebe zwischen Vergangenheit und Zukunft, in einem Haus, das sich leerte, in einem Garten, der unversehens kleiner wurde und welkte, galt allein Vaters Beschluß, und Hubert hatte, als er Querder ins Haus nachging, um Mutter zu suchen, das Gefühl, alle Tage, die noch vor ihm lagen, auf ihn warteten, waren von Vater schon markiert worden.
Mutter wußte Bescheid. Sie wollte sich nicht mit ihm unterhalten, und als er ihr in das winzige Nähzimmer folgte, in dem er sie nie nähen gesehen hatte, in das sie flüchtete, wenn sie mit Vater gestritten hatte, wenn ihr die männlichen Widersprüche zuviel wurden, sagte sie, er solle sich, wenn er unbedingt bei ihr bleiben wolle, auf das Sofa setzen und den Mund halten. Sie rückte ihren Stuhl an die Nähmaschine, faltete dann die Hände im Schoß, starrte vor sich hin. Er sah sie an, was sie anscheinend nicht störte, dann lehnte er sich zurück, guckte an die Decke, die Gedanken lösten sich auf, wurden wortlos, er fing an zu schweben, zu fliegen, war Quax.

Nachdem Vater das Haus verlassen hatte, die Räume im Parterre und im ersten Stock bis auf den letzten Papierkorb ausgeräumt worden waren und die ersten Briefe aus Berlin eintrafen, wurden Mutter und er durch eine »amtliche Verfügung« in den Dachstock verwiesen.
Da kann man sehen, wie unwichtig wir ihm sind, sagte Mutter, mehr nicht. Andererseits genoß sie es wohl, von Vater beinahe vergessen zu sein, fand die engen heruntergekommenen drei Zimmer mit den schrägen Wänden bald angenehmer als die kalten Säle »da unten«. Dort zogen Zivilisten ein, die dennoch Polizisten waren, Geheimpolizisten, wie es hieß.
Halt dich von denen fern, befahl ihm Mutter.
Er hielt sich ohnedies von allem fern. In die Schule und in den Dienst ging er wie sonst. Wehrhahn bemühte sich durch eine abscheuliche Mischung von Freundlichkeit und Härte Hubert den Vater zu ersetzen, wovon er jedoch, da Hubert nur stumm folgte, bald abließ.

Die Mansarde kühlte aus. Immer seltener empfing Mutter Gäste, Damen aus der Nachbarschaft. Es schien, als habe man sie vergessen. Von Wilhelm kam keine Post mehr. Er war Fähnrich geworden. An den Nachmittagen brütete Hubert über seinen Schularbeiten, und da er seine Gedanken wandern ließ, brauchte er für die einfachste Arbeit lang. Eigentlich genoß er diese Abgeschiedenheit.

Der Krieg verdarb sie.

Mutter weckte ihn früher als sonst. Sie glich einer Somnambulen, allerdings einer, die sich durch unmäßiges Weinen in Trance versetzt hatte. Ihre Augen waren geschwollen und rot, ohne Schluchzen rannen ihr unaufhörlich Tränen aus den Augenwinkeln, Tränen, die über die Backen zum Kinn liefen, in zwei Rinnsalen, sich dort trafen und abtropften.

Was ist?

Steh auf, Hubert.

Es ist doch noch Nacht.

Ja. Aber der Krieg hat begonnen.

Was?

Wir sind in Polen einmarschiert.

Fabelhaft! Er freute sich. Es war etwas geschehen, unerwartet, und die Langeweile unterm Dach würde ein Ende haben. Alles würde sich ändern, überhaupt alles.

Mutter setzte sich auf den Bettrand, sie kauerte eher. Warum weinst du? Er schob sich neben sie, legte ihr den Arm um den Hals.

Das weiß ich auch nicht, Hubert.

Eine Weile saßen sie schweigend nebeneinander. Dann sagte sie: Ich muß hinunter. Vater will um acht Uhr anrufen. Wahrscheinlich holt er uns nach Berlin. Vater rief nicht an, ließ erst Tage später von sich hören. Er war mit dem Krieg beschäftigt. Sie beide sollten vorerst einmal in Kassel bleiben.

Er braucht uns nicht, sagte Mutter. Der Krieg ist eben keine Klitsche.

7.
Edith, kein Anfang

Hubert vermied lange den Umgang mit Mädchen. Die Erzählungen der Jungen in der Schule oder im Dienst stießen ihn ab, außerdem vermutete er, sie schnitten auf, denn mit Widerständen schienen sie, so wie sie ihre Abenteuer zum besten gaben, nicht zu rechnen, selbst die zurückhaltenden und schüchternen Mädchen wurden unter diesen Erobererblicken weich, ließen sich in die Büsche ziehen, hatten nichts dagegen, die dreckigen Hände der Kerle über ihre Haut wandern zu lassen, und was sonst noch geschah. Manchmal sah Hubert sich eines der Mädchen, das eben noch halb nackt durch die Geschichte eines Aufschneiders getobt hatte, prüfend an, stellte sich vor, wie die Bluse sich über dem Busen öffnete und der Rock hochrutschte, und wenn dann die derart Gemusterte sich abwandte oder rot wurde, war er sicher, bereits zu weit gegangen zu sein. Nein, die Brüder logen. Tatsächlich aber trieben sich manche allabendlich auf dem Bummel herum, und da sich ihnen dort Mädchen, meist zu zweit oder zu dritt, anschlossen, mußten die ekligen Geschichten einen wahren Kern haben.
Schließlich träumte er auch. Schließlich wachte er ja beinahe jeden Morgen mit einem steifen Glied auf, das sich ohne sein Zutun zu erregen schien oder länger träumte als er. Schließlich waren die Mädchen in seinen Träumen fast immer Frauen, nicht ganz so alt wie Mutter, doch beinahe, und sie benahmen sich so furchtbar, sie waren so entfesselt, daß er sich im Traum vor Entsetzen aufschluchzen hörte. Schließlich sollte er, nach Vaters Feststellung, längst ein Mann sein. Und das gehörte wohl dazu.
Er fürchtete, den Mädchen nicht zu gefallen, weil er dünn war, schwächlich, wenig Muskeln hatte. Weil er zu lange, staksige

Beine hatte und in kurzen Hosen lächerlich aussah. Weil er sich langsamer behaarte als die anderen. Deshalb hielt er sich zurück. Seine Schwindeleien handelten nie von Mädchen, sondern nur von männlichen Dingen, von Wettbewerben, Zweikämpfen, Siegen.

Damals, als er in dem Ferienlager verrückt und selbstvergessen Wolken beschrieben hatte, hätte er vielleicht die Liebe ausprobieren können. Eines der BDM-Mädchen war ihm nach dem Spiel auf den Fersen geblieben, wahrscheinlich angezogen von seinen Träumereien, doch ihre Unverfrorenheit hatte ihn eingeschüchtert und er hatte sich zu den Kameraden geflüchtet, die von der Anfechtung nichts merkten.

Als er sich das erste Mal selbst befriedigte, dem Zwang nachgab, sich von diesem peinigenden Druck zu erleichtern, dachte er daran, zu sterben, sich das Leben zu nehmen. Er hatte sich in den Geräteschuppen zurückgezogen, der kaum mehr benützt wurde. Jeder Schritt wirbelte Staub auf. Er hockte auf einem Bretterstapel, die Hose offen, starrte auf die Pfütze vor sich. Es war Schleim aus ihm, eine furchtbare Spur seiner Unfähigkeit, seiner Unmännlichkeit. Mit Spänen und Sägemehl versuchte er sie zu löschen. Doch immer wieder schlugen, wie bei einem Menetekel, die Ränder durch. Er schämte sich, hielt sich für krank. Weil er unfähig war, sich einem Mädchen zu nähern, mußte er in solcher Heimlichkeit leiden.

In dieser Zeit sah er sich nur noch historische Filme an. Nicht, um sich fortzubilden, oder weil ihn die Geschichte mehr interessierte als früher, sondern weil er Busen studieren konnte, genauer, Halbbusen, Viertelbusen, Ausschnitte, Dekolletés, Kugeln aus weißem oder dunklem Fleisch. Er bevorzugte verständlicherweise Sujets aus dem Rokoko. Die uniformierten oder in enge Hosen und Wämse gepreßten Affen beachtete er kaum. Er wartete auf die Frauen. Wartete darauf, daß sie sich nach vorn beugten, daß sie tanzten, daß sie, was er am reizvollsten fand, die Arme unter der Brust kreuzten und die Kugeln sich hoben, prall und doch weich, die einen rund und hoch, die andern ein wenig flacher, die einen von einer tiefen Kerbe geteilt, die andern von einer milden Rinne. Er wurde Spezialist. Er beurteilte Schauspielerinnen nicht nach Aussehen, Stimme, gar Können, sondern nach dem Ausschnitt. Die Finkenzeller mit den kleinen Brüsten, die bei jeder Gelegenheit hüpften, die Leander mit den schweren und der breiten Rinne. In seinen Träumen ordneten sich die einzelnen Bilder zu einer Busengalerie. Er ertappte sich dabei, daß er auch Mutter nach diesen Qualitäten prüfte, sie könnte, was ihn verblüffte, noch mit der Finkenzeller konkurrieren. Mit La Jana natürlich nicht. Sie war eine Ausnahme. Sie durfte mehr zeigen, die ganzen Brüste unter einer schütteren Flitterschicht.

Der Krieg, der sich für Hubert in Siegesmeldungen aus Polen und danach aus Frankreich, die von den älteren Lehrern pathetisch kommentiert wurden, eher abstrahierte, raubte zunehmend seine Umgebung aus. Die jungen Männer verschwanden, zuerst Wehrhahn, dann die anderen HJ-Führer, einige Lehrer. Mutter hingegen wurde geselliger. Sie traf sich mit den übriggebliebenen Frauen. Es kam Hubert so vor, als ob einige von ihnen erleichtert seien. Vater schrieb so gut wie nie. Er befand sich mit Winfried in Polen. Einmal hatte sie Querder überrascht, der, so erklärte er seinen kurzen Besuch, dienstlich für den Hauptsturmführer unterwegs sei, dem es ganz ausgezeichnet gehe, er müsse sich nur mit den störrischen Polen und Juden herumärgern. Mutter überreichte er einen Pappkarton, aus dem sie eine mit bunten Garnen bestickte Bluse packte, die ihr zu klein war, viel zu klein. Hubert versuchte sich Vater vorzustellen, der Polen und Juden kommandierte, vielleicht so, wie er es mit Querder oder Wilhelm oder ihm tat. Oder doch anders? Aber Querders beiläufige Bemerkung machte für ihn erst einmal Polen und Juden gleich, offenbar Menschen, die von den germanischen Segnungen, auf die der Führer so viel Wert legte, wegen eines Naturfehlers ausgeschlossen und deshalb minderwertig waren.

Im Sommer 1940 lernte er Edith kennen. Nachmittags ging er meistens schwimmen, stets allein, nahm Bücher mit und paukte auf der Badewiese liegend – das Abitur rückte näher. Er genoß die ständige Hochstimmung oder Spannung, die wahrscheinlich mit dem Krieg zusammenhing und dazu führte, daß die Menschen im allgemeinen freundlicher, vielleicht auch ängstlicher miteinander umgingen. Um die kriegerischen Einzelheiten kümmerte er sich kaum. Die Siege in Frankreich hatten ihn zwar gefreut und er gönnte es Mutter, daß Vater und Wilhelm ungeschoren davongekommen waren (zwei Lehrer fielen gleich in der ersten Woche), aber es gelang ihm sonderbarerweise nicht, sich mit den Helden zu identifizieren. Wilhelm schickte aus Paris Parfüms und Seidenstrümpfe, und in Briefen schwärmte er kindisch von einer ganz neuen Lebensart.
Manchmal überredeten ihn Klassenkameraden, in der Gruppe mitzutoben, Wasserball zu spielen oder, auf Pfiff, gemeinsam ins Becken zu bomben, was den Bademeister, einen Invaliden, erzürnte. Er war allerdings leicht zu beschwichtigen. Einer der Jungen hatte im geheuchelten ernsten Ton gesagt, das nächste Jahr seien auch sie schon an der Front und er könne ihnen doch nicht verwehren, das Leben zu genießen. So verlogen dieser Einwand sich auch anhörte, im Grunde traf er zu: Es war ein Sommer auf Abruf. Wenn Hubert sich in der Sonne räkelte, schläfrig Latein repetierte, spürte er ein undeutliches Glück, das nicht von Dauer sein konnte, eine Wärme, die dem Frost schon nahe war.
Einen Grashalm zwischen den Lippen, wie er es bei den andern gesehen hatte, den Bauch eingezogen, damit die Brust sich sichtbarer wölbt – aber die dünnen Beine bleiben ein Makel, die Stelzen, diese verdammte Mitgift aus der mütterlichen Familie, alle die sind Störche und bilden sich auch noch etwas darauf ein. Er nicht. Liegt er auf der Decke, verschränkt er die Beine. Er döst in den Grashorizont hinein, der sich ein wenig wölbt, als sei die Erdkugel geschrumpft bis zum Rand seines Blicks. Mehr als Füße sieht er nicht und Anschnitte von Waden,

schlanke Fesseln, unförmige und schwächliche Wädchen oder dicke und behaarte. Die Frauen, die ihm gegenüberliegen, öffnen ihm den Ausschnitt. Stehen sie auf, baumeln die Busen. Er täuscht Gleichgültigkeit vor, doch den Bauch preßt er gegen den Boden und jede kleine Erdwelle wird lebendig, fängt an zu atmen. Schön sind Sommerweiber, schreibt er mit dem Tintenstift in sein Mathematikbuch, und als er die verfängliche Zeile ausradieren will, geht es nicht. Er reißt den Rand ab.
Edith liegt ihm nicht im Blick. Sie spricht ihn unvermittelt von der Seite an.
Mensch, hast du mich erschreckt.
Sie lacht, stemmt ihr Kinn in die Hände.
So einen wie dich gibt's gar nicht. Dauernd pauken. Das könnte sie sein, vielleicht, wenn er sie sich auch anders ausgemalt hat, den Rokokodamen ähnlicher, hochmütig und abweisend. Der dunkelblaue Badeanzug paßt nicht in seine Phantasie.
Ich beobachte dich schon länger.
Ja?
Machst du das Abi?
Ja.
Du bist ganz schön wortkarg.
Nein.
Sie lacht von neuem, rollt sich mit einem Schwung auf seine Decke.
Dann sag mal was. Einen Satz oder zwei.
Hör mal –
Das ist kein Satz.
Ach, Quatsch.
Er liegt platt auf der Decke, das Gesicht ihr zugewendet, studiert Details. Wie sich die Sehnen an ihrem Hals spannen, wie die Brüste aufeinanderliegen, vom Arm gequetscht werden, über den Rand des Badeanzugs quellen, wie der Bauch unter dem Badeanzug atmet und der Stoff Falten schlägt, wie, wenn er nach unten sieht, die Perspektive sich verzerrt, die

Schenkel dick und kurz werden, blonder Flaum auf der braunen Haut.
Sie treffen sich Tag für Tag.
Bis morgen.
Bis morgen.
Ehe sie miteinander ins Wasser springen, muß sie ihn eine halbe Stunde abfragen. Latein, Englisch oder Mathe.
Sie ist siebzehn wie er, doch sie ist einmal sitzengeblieben: Ich hab noch Zeit.
Es fällt ihm zuerst schwer, Edith zu sagen.
Sie sagt gleich von Anfang an Hubert, so leicht, so selbstverständlich, daß er sich seines dämlichen Namens nicht schämen muß.
Kommst du mit ins Wasser, Hubert?
Geh alleine. Nachher wieder.
Er hört Stimmen, würde ihr gern eine Geschichte erzählen, in der er anders ist, nicht unter dem Dach des Hauses wohnt, in dem Vater geherrscht hat, er und Mutter allein.
Ist dein Vater Offizier?
Ja. Bei der SS.
In Frankreich?
Nein, in Polen.
Sie reibt ihre Beine an seinen, der denkt, sie liegt unter ihm, ihr Bauch atmet, hebt und senkt sich.
Gefalle ich dir, Hubert?
Ja sehr. Es ist nur halb wahr. Sie kann nicht strahlen, kann ihn nicht in die Enge treiben, wie er es sich wünschte, sie kann ihn nicht durch Distanz herausfordern, im Gegenteil, sie kuschelt sich an ihn, möchte von ihm gefressen werden, ist klein und dick und ihre hellen, meist zusammengekniffenen Augen sind trüb von enger Sehnsucht. Schön sind nur ihre Brüste, sie gleichen denen der Rokokofrauen, und trüge sie Mieder und nicht die BDM-Bluse, könnte sie ihm mehr gefallen.
Ihre kindliche, drängelnde Nähe macht ihn verrückt. Sie gibt nicht nach, folgt ihm, auch wenn er sich, vor dem Schwimm-

bad, verabschiedet, mit dem Rad losfährt, hechelt und hustet, er solle doch auf ein Mädchen Rücksicht nehmen, Mensch Hubert, ich bin doch kein Meldefahrer, worauf er nachgibt, was soll er tun, und in der zweiten Woche hat sie schon den Garten erobert, den er ihr dann doch stolz vorführt, das sei ja mehr als ein Garten, ein richtiger Schloßpark, und in der dritten Woche sitzt sie neben Mutter auf dem Sofa, erzählt von daheim, Frau Windisch müsse unbedingt ihre Mama kennenlernen.

Gern, sagt Mutter, das Mädchen gefällt mir, sie lenkt dich ein bißchen ab. Ihre Mutter werde ich besuchen, oder sie mich, solche Verbindungen soll man pflegen. Weil wir Frauen doch jetzt auf uns angewiesen sind.

In Mutters Gegenwart zieht Edith den Rock übers Knie, den sie, sind sie allein auf seinem Zimmer oder im Garten oder auf der Wilhelmshöhe, hochrutschen läßt, geschickt und wie nebenbei.

Es ist möglich, daß Edith in ihrer Heftigkeit ihn zu Laura trieb, Laura ihm einbleute, kurz: Edith war an Laura schuld. Edith war schlau. Als ihre Mutter die seine besuchte, sah sie die Figuren richtig geordnet, schleppte ihn in ihre Wohnung, machte ihn hitzig, versicherte, niemand könne kommen, außer Mama, und die werde mindestens zwei Stunden sich bei seiner Mutter aufhalten, also könnten sie sicher sein, sie ließ den Rock runter, rannte wie entfesselt im Schlüpfer vor ihm herum, warf sich schließlich auf die Couch, sagte: Wenn du jetzt nicht, Hubert. Er kniete sich neben sie, legte seinen Kopf auf ihren halbnackten Bauch, was sie, wie er hoffte, nicht beruhigte, sondern derart erregte, daß sie die Bluse auszog und dann noch, mit einiger Mühe, das Unterhemd über den Kopf zerrte. Den Schlüpfer kannst du, sagte sie. Er tat es nicht. Er war so aufgeregt, daß es in seiner Kehle fiepte.

Du heulst doch nicht etwa, fragte sie hinterhältig.

Er schüttelte den Kopf, drückte ihn wieder auf ihren Bauch.

Guck mal, sagte sie.

Hubert richtete sich zögernd auf, als erwarte er Ohrfeigen, aber sie streifte nun selbst das Höschen ab und wölbte den Bauch.
Er hatte noch nie eine nackte Frau gesehen, außer Laura natürlich. Mutter hatte es vermieden, vor ihm oder Wilhelm ausgezogen zu erscheinen. Wenn sie sich wusch oder badete, schloß sie sich ein.
Edith trug einen Badeanzug aus weißer Haut. Jetzt wölbte sich kein Stoff, jetzt lud das Verhüllte nicht die Phantasie ein, jetzt war das sichtbar, was er sich ausgedacht hatte, und es war anders, machte ihn begierig, stieß ihn gleichermaßen ab, war nur Haut und Haar, die Haare in den Achselhöhlen und auf dem Bauch und sogar ein paar sich kräuselnde Härchen um die Brustwarzen. Jetzt sah er, was er zu sehen gewünscht hatte und auf einmal nicht mehr sehen wollte, weil es warm war, weich, atmete, weil es ihm Schweiß austrieb und ihn hilflos werden ließ. Nicht einen so schauderhaft mächtig wirkenden Bauch mit einem ordinären Nabelloch, nicht solche Brüste, die längst nicht so steil und so fest sind wie in seinen Träumen, ein wenig über die Rippen zur Seite gerutscht, nicht das, was er nicht sehen konnte, das zwischen den Beinen.
Sie stellte Fragen, auf die er lieber nicht antworten wollte: Bin ich deine erste Frau? So schuf sie Laura. Laura half ihm, rettete ihn aus seiner Hilflosigkeit.
Nein.
Wirklich?
Sie hieß Laura.
Der Name gefällt ihm, er bekommt, wie von allein, Umriß und schafft ihm Erinnerung. Ja, Laura hat es gegeben. Soll ich dir von ihr erzählen?
Nachher. Edith wird energisch, zieht an ihm, er gibt nach, ihre Ungeduld ist ihm angenehm, reizt ihn, sie hilft ihm, sich auszuziehen und er findet, erstaunt darüber, wie leicht es geht, zu ihr. Die Zeit hält an und treibt ihm Laura aus dem Gedächtnis.

Doch schon in der Atemlosigkeit danach, in der ihre Haut endlich freundlich wird, er sich an ihr reiben und trösten kann, die Furcht, sie könnten überrascht werden, zu glimmen beginnt, sie dennoch stillhalten und nicht aufhören wollen, miteinander zu atmen, gleich hastig und gleich glücklich, da schon meldet sich Laura wieder, aufgerufen von Edith:
War es mit Laura auch so?
Noch kennt er solche Fragen nicht. Später wird er sie ebenso stellen, lauernd, ohne Gewinn.
Nein, anders, sagt er, weiß aber noch nicht, wie. Denn der Name hat noch keine Geschichte und nur wenig Gestalt.
War sie blond?
Rasch sagt er: Ja, um sich nicht durch sein Zögern zu verraten, er hätte sie lieber schwarz sein lassen.
Laß das doch, bittet er, läßt sich von der Couch rollen und zieht sich an. Deine Mutter kann kommen.
War sie dünn oder dick?
Weder noch, sagt er, unwillig, aber kann Laura nicht mehr sehen. Er hätte sich für Heli Finkenzeller entscheiden sollen oder für Renate Müller. Jetzt war es zu spät und es gelang ihm nicht, Laura sich selber deutlich zu machen. Er hatte aus Not einen Namen gefunden, nicht viel mehr.
Also wie ich?
Nein. Das nicht.
Du bist richtig doof, Hubert. Nicht mal aufschneiden kannst du.
Zieh dich an, bittet er Edith. Seine Furcht vor ihrer Mutter vertreibt Laura endgültig. Das Wohnzimmer wird enger, muffiger als es ist. Er stellt sich an eines der beiden Fenster, sieht auf die Straße. Im Vorgarten nagelt ein alter Mann umständlich ein Vogelhäuschen an einen Baum. Er möchte der alte Mann sein, oder doch nicht: Er möchte nur draußen und anders sein und etwas hinter sich haben, was er noch vor sich hat und was ihn beklommen macht.
Ich geh jetzt.

Ich geh mit.
Bleib lieber hier, wegen deiner Mutter.
Sie sahen sich wieder, immer im Schwimmbad, und, als es kühler wurde, auf der Wilhelmshöhe; er richtete sich auf Dauer ein. Sie unterhielten sich nur über das Nächstliegende. Einmal fragte er sie, ob ihr Vater auch an der Front sei. Nein, sagte sie, mehr nicht. Sie vermied es, über ihn zu reden. Es war ihm gleichgültig. Vielleicht hatten sich Ediths Eltern getrennt.

Es war früh Schnee gefallen. Der Krieg dehnte sich aus, bestand nicht mehr nur aus Siegen. Mutter las jeden Morgen in der Zeitung als erstes die Anzeigen der Gefallenen. Die gedruckte Sammlung der Heldentoten. Ehe er in die Schule ging, sprach sie manchmal darüber, mehr zu sich selbst, und an einem Morgen, nachdem sie den Soldatentod des Bäckermeisters Schurstein mit den vertrauten Floskeln, so jung, so unnötig, hatte doch ein langes Leben vor sich, beklagt hatte, sagte sie: Weißt du, Hubert, laß das mit der Edith lieber bleiben. Wenn es auch schade ist. Sie ist ein liebes Mädchen und ihre Mutter gefällt mir. Aber ihr Vater ist politisch im Ausland.
Er begriff nicht, was es bedeutete, sich politisch im Ausland aufzuhalten. Es schien auf jeden Fall ein gefährlicher Makel zu sein.
Er wich Edith aus. Einige Male mußte er mit ihr reden.
Es ist wegen meinem Vater? fragte sie.
Er fragte Mutter: Was ist denn mit Ediths Vater?
Er ist gegen Hitler gewesen, erklärte Mutter, deswegen ist er verreist.
Warum hat er Edith und ihre Mutter nicht mitgenommen?
Vielleicht hatte er dazu keine Zeit mehr, sagte Mutter. Und fügte hinzu: Lassen wir das.
So behielt er die anderen Fragen für sich:
Weswegen mußte er gehen?
Was bedeutete politisch?
War er Kommunist?

Oder Jude?
Oder Pole?
Wie kann denn überhaupt jemand gegen den Führer sein?
Obwohl alle diese Fragen sich ihm einfraßen und ihn kränkten, wenn nicht krank machten, obwohl Mutter die Grenze traurig und deutlich gezeichnet hatte, bemühte er sich wieder um Edith, die ihm nun auswich; sie war wohl, wie er, verwarnt worden, nur mit Worten, die er sich nicht ausdenken konnte, denn ein Vater, der bei der ss ein hohes Tier war, konnte schließlich keine Schande sein.
Er fing einen Brief an sie an.
»Liebe Edith, es war schön mit Dir. Vielleicht –« Es war ein Vielleicht, dem er nichts ansetzen konnte, das nicht weiter wollte, das so schäbig blieb wie die meisten Vielleichts.

8.
Vater fällt auseinander

Wenn Mutter ihn weckte, ins Zimmer rief: Es ist Zeit, Hubert, beeil dich, blieb er noch ein paar Minuten liegen, hörte das Radio aus dem Wohnzimmer, hörte Mutter mit Geschirr in der Küche scheppern, er hörte jemanden im Stockwerk darunter telefonieren, hörte einen Wagen vorfahren, den Kies unter Stiefeln knirschen, hörte Befehle, hetzende, fragende, streitende, drohende Männerstimmen, er hörte, war nur ein wenig Wind, die Bäume im Garten und die Vogelrufe anders im Sommer als im Winter, er hörte auch manchmal sich selber oder den Vater, Winfried und Querder, ganz selten Wilhelm. Wurden Sondermeldungen gesendet, drehte Mutter den Volksempfänger lauter und er erfuhr gleich am Morgen die Siege des Vortags. Das war wichtig, denn die Neuigkeiten wurden von den Lehrern, vor allem den pensionsreifen, die für die Einberufenen eingesprungen waren, mit vaterländischer Glut behandelt. Wer unkundig zum Unterricht erschien, hatte geschlafen, aus dem war nichts zu machen, er stand im Verdacht, ein Verräter zu sein.

Nahezu ein Jahr war Vater fortgewesen. Im Juni 1940 überraschte er sie unangemeldet, stürmte durch die Mansarde, fluchte über die enge Bude, in der sie hausen müßten, woran er freilich selber schuld hatte, lehnte es ab, mit ihnen Kaffee zu trinken, für Klatsch fehle es ihm an Zeit, er müsse, so renommierte er, vor wichtigen Kreisen über die Kriegsziele des Führers referieren. Er werde im Hotel übernachten, doch vor seiner Abreise werde er sich selbstverständlich ausführlich mit ihnen unterhalten –

Was denn seine Pläne seien? fragte Mutter vorsichtig. Übermorgen, vertröstete Vater und hinterließ nichts als ein penetrantes Duftgemisch von Schuhwichse und Juchten.
Drei Tage zuvor, am 14. Juni, waren die deutschen Truppen in Paris einmarschiert und Mebus, einer der alten Lehrer, hatte Glückstränen vergossen, über die nun getilgte Schmach von Versailles phantasiert, die Schüler dann, in einer eigentümlichen Verschattung seiner Siegeslaune, ein Gemälde interpretieren lassen, das pathetisch den »Letzten« zeigte, einen Matrosen in der Skagerrak-Schlacht, die wehende Kriegsflagge hochhaltend, auf sinkendem Schiff. Hubert schrieb über das heroisch gereckte Kinn und den »Siegeswillen«, der aus den Augen des »Todgeweihten« leuchte. In solchen Wendungen waren sie geübt, wußten, wie sie eingesetzt werden mußten, wie sie ankamen. Jeder Lehrer hatte andere metaphorische Vorlieben. Die alten Männer teilten, Ischias und Rheumatismus leugnend, in den Schlachten des ersten Weltkriegs »gestählt«, die Träume der Schüler, freuten sich mit ihnen über den »Heldenkampf General Dietls um Narvik«, über die Flugkünste Ernst Udets, wünschten sich, Gebirgsjäger zu sein oder Unterseebootfahrer oder Stukapiloten, denn die erhielten, wie die Jagdflieger, Schoka-Kola und genossen mehr Vorteile als gewöhnliche Sterbliche. So waren alle ihre Helden, die in untadeliger Uniform selbst aus einer Hölle von Blut und Dreck entkamen. Lies doch nicht dauernd Kriegsheftchen, Hubert, bat ihn Mutter.
Er versteckte sie, ihr zuliebe, im Geräteschuppen, doch er las und tauschte sie weiter, obwohl die darin geschilderten Grausamkeiten ihn bedrängten, das »Antlitz des Kampfes« ihn schaudern machte, da er sich durchaus vorstellen konnte, wie alle die Männer, die Vater umgeben hatten, böse und gemein sein könnten. Abends las er Mutter Raabes »Else von der Tanne« vor, und sie sagte jedesmal abschließend: Siehst du, es gibt auch Geschichten, in denen die Menschen leiden wie wir, ja, wie wir.
Vielleicht stimmte das sogar. Vielleicht mußte wegen des Kriegs das Leid abgeschafft werden. Er war sich nicht schlüssig

und wollte auch nicht darüber grübeln, um sich durch solche Gedanken nicht zu verweichlichen.
In einem Film, dessen Handlung er nicht begriff, in dem aber mehr Liebespaare als nötig auftraten und sich bei jeder Gelegenheit, meistens auf Wiesen, umarmten, und ihn, der nur zweimal zugesehen hatte, wie sein Vater die Mutter in die Arme nahm, mit dieser dauerhaften Lust betrübten, in diesem Film, der ein vornehmes Landleben illustrierte, sah er eine Ballonfahrt, die ihn so beglückte, daß er jeden Blick nacherzählen konnte, die Entfernung von der Erde, die Schwerelosigkeit. Zuerst kann man sich mit den Helfern auf dem Stoppelfeld, von wo aus man startet, noch unterhalten, die Leinen werden losgelassen, eine Hand greift an den Korbrand, als wolle einer den Flug nicht erlauben, aber danach, mit einem unerhörten Schwung, reißt es einen in die Höhe, reißt es uns, mich in die Höhe, und das Licht blendet mich –
Er hatte es Vater erzählt, als der, nach seinem Kasseler Auftritt, sich von ihnen verabschiedete, es allerdings nur zu einem fragmentarischen Gespräch kam, von dem Mutter sich so viel erhofft hatte, Änderung, Verbesserung, womöglich, wie sie noch am Abend zuvor gemeint hatte, wirklich eine Wende: und Vater holt uns zu sich. Hubert solle nicht, wie sonst, aus dem Raabe vorlesen, sondern Johann Peter Hebels Geschichte vom »Unverhofften Wiedersehen«. Er kannte die Geschichte von dem Bergmann in Falun nicht, der vor seiner Hochzeit steht, aber im Bergwerk zu Tode kommt. Und je mehr er las – bis er zu der Stelle kam, an der, nach fünfzig Jahren, die unversehrte Leiche entdeckt wird, konserviert vom Vitriolwasser, und die altgewordene Frau den junggebliebenen Toten als ihren Bräutigam erkennt –, desto verwirrter fragte Hubert sich, weshalb Mutter so an der Geschichte hing. Ob sie Vater vielleicht auch lieber erst am Ende ihres Lebens wiederfinden wollte? »›Es ist mein Verlobter‹, sagte sie endlich, ›um den ich fünfzig Jahre lang getrauert hatte und den Gott mich noch einmal sehen läßt vor meinem Ende. Acht Tage vor der

Hochzeit ist er auf die Grube gegangen und nimmer gekommen.‹« Vielleicht erhoffte Mutter, daß etwas von ihrem Mann erhalten blieb, etwas ganz Frühes, das Hubert nicht kannte.
Ich bin mit einem Ballon gefahren, erzählte er Vater, weißt du, man sagt nicht fliegen, sondern fahren. Mutter fiel ihm erstaunt ins Wort, sie wisse gar nichts davon, wann das gewesen sei? Während Vater trocken abwimmelte, es sei mal wieder eine dieser dummen Lügengeschichten.
Nein! Nein! Hubert schrie und sein Nein hörte sich an wie ein Hilferuf.
Wann und mit wem? fragte Mutter betont ruhig.
Vor drei Wochen. Mit unserem neuen Bannführer. Er hat mich und einen anderen dazu eingeladen.
Wirklich. Wirklich.
Wenn der schon wirklich sagt, höhnte Vater.
Er hat uns mit dem Auto zu einem Feld gebracht. Dort war schon alles vorbereitet. Der Ballon, ganz weiß, war schon voll. Er zerrte an den Tauen. Wir stiegen in den Korb und Männer lösten die Seile. Mit einem tollen Schwung riß er uns in die Höhe. Ich sah noch, wie einer von den Helfern sich am Korb festhielt. Er ließ los. Der Ballon flog immer höher, der Korb schaukelte und ich hatte ein bißchen Angst. Wir flogen über Städte, Flüsse, Wälder, die klein waren, wie auf einer Landkarte, nur schöner und genauer. Die Wolken waren ganz nah.
Hör auf, Hubert, unterbrach ihn Vater. Ich hab wenig Zeit. Der Fahrer wartet schon.
Ich bin gleich fertig. Am Ende mußten wir die Sandsäcke abwerfen. Der Ballon verlor an Höhe. Es wurde wieder wärmer und wir rochen die Erde, die Bäume, die Wiesen. In der Nähe von – Hubert zögerte einen Moment, in der Nähe von Fritzlar sind wir gelandet.
Also nein, und davon sagt er mir nichts. Mutter staunt und hat vergessen, wonach sie Vater fragen will. Es kann sein, er hat sie mit seiner Ballonfahrt gerettet.
Geh mal raus, Hubert, sagt Vater.

Er soll bleiben. Es handelt sich um uns beide, nicht wahr? Mutter sagt es beiläufig, doch Hubert merkt, daß die Angst sie steif und förmlich macht.
Meinetwegen. Vater steht auf, geht zum Fenster, fragt, warum die Rahmen so scheußlich braun lackiert seien, bekommt erst keine Antwort, will weiterreden, da sagt Mutter, wieder leise und scheinbar heiter: Die waren immer so. Du kennst die Wohnung da oben nicht.
Na ja, sagt Vater und redet gegen das Fenster. Also mit Berlin wird es nichts.
Nein?
Nein. Ich bin selten dort. Das kannst du mir glauben.
Ich glaub es dir, Friedrich. Nur häufiger als hier in Kassel – oder?
Na ja, sagt Vater. Es kann sein.
Also, sagt Mutter.
Das hilft nichts. Es hat sich alles geändert. Meine Stellung, meine Arbeit, überhaupt alles.
Wieso, fragt Mutter, bist du befördert worden?
Das nicht – aber. Jetzt wendet er sich um, strafft sich, zieht mit einem Ruck die Falten aus der Jacke: Nein, das nicht, Martha, aber es wäre doch wohl vernünftiger, wir redeten, ohne daß Hubert –
Er bleibt hier.
Gut. Mir ist es egal. Das hast du zu verantworten.
Bei dir hat immer einer was zu verantworten, Friedrich.
Laß das doch.
Paß ich nicht nach Berlin, meinst du das? Mutter hatte sich nach vorn gebeugt, sich mehr selber gefragt, darum bemerkte sie nicht, wie Vater geradezu befreit nickte, immer nur nickte, endlich sagte: Ja. Das ist ein anderes Pflaster. Du hast es erfaßt.
Bist du nun stolz auf mich? Sie sah ihn an, lächelte. In das Lächeln brachen Tränen, ihr Gesicht verzerrte sich. Die Verletzung riß es geradezu schamlos auf. So hatte er Mutter nie gesehen, nicht einmal, als der Krieg ausbrach und sie geheult hatte.

Das ist Unsinn. Vater stieß sich mit den Händen vom Fensterbrett ab, als wolle er sich durch die Stube zur Tür hinausschleudern. Am Tisch machte er halt und kramte in seiner Aktentasche.
Wahrscheinlich gibt's da eine andere, flüsterte Mutter.
Das auch, bestätigte Vater, und dieses »das auch« fuhr wie ein Blitz in Hubert; er rannte hinaus, lehnte sich gegen den Türrahmen, weinte.
Ich hab dich gewarnt, hörte er Vater sagen.
Und die Anfänge? Und Neustadt, diese furchtbare Plackerei? Und die beiden Jungen? Und daß ich deine Unruhe aushielt?
Die Jungen sind erwachsen, sagte Vater. Er knallte, wie zur Bestätigung, die Aktentasche auf den Tisch. Ich werde alles regeln. Du bekommst regelmäßig dein Geld, die Wohnung hier bleibt dir, ich habe das gestern festgemacht.
Geh, sagte Mutter.
Martha, sagte Vater.
Ich bitte dich, sagte Mutter.
So können wir doch nicht auseinandergehen.
Doch, sagte Mutter.
Hubert hörte Vaters Schritte, lief vor ihnen weg, sie drohten ihm, verfolgten ihn, er floh vor unverstandener Gemeinheit, vor einer verratenen Vergangenheit. Alles war kaputt. Er drehte den Schlüssel in seiner Zimmertür, hoffte, daß Vater ihn vergessen hätte, aber der klopfte, fragte: Hubert, bist du da?, drückte die Klinke herunter, sei doch nicht kindisch, komm, verabschiede dich von mir. Hubert preßte die Lippen aufeinander, er solle nichts als sein Schweigen hören.
Du mußt zur Schule, Hubert, rief Mutter.
Er sah Vater so vor sich, wie er am Fenster gestanden hatte, und er fiel Stück für Stück auseinander, einer zerstörten Puppe gleich, die Arme, der Kopf, der Rumpf, die Beine, und alles lag durcheinander vor seinen Füßen.
Vater ging schon die Treppe hinunter.

9.
Die ausgesparte Figur

Tage und Wochen schoben sich, Bilder tilgend, ineinander. Ein halbes Jahr vor dem Abitur hatte sich Hubert freiwillig gemeldet, war, ohne daß es seine Mutter wußte, zum Wehrkreiskommando gegangen, hatte sich ausfragen, untersuchen lassen, war zum erstenmal diesem Dunst von Lederwichse, Fußlappengestank und ungelüfteter Montur ausgesetzt, wollte erst zu den Fallschirmjägern, und, als man ihn auf seine doch schwache Konstitution hinwies, zur Marine, was den Stabsarzt zu anzüglichen Bemerkungen provozierte, bei einer solchen Figur und dieser gepflegten Hühnerbrust, doch Hubert hörte kaum hin, war über die Grenze hinweg.

Ihr Vater ist der Hauptsturmführer Windisch? fragte der Arzt.

Ja. Sie fragen immer wieder nach Vater, als wäre er, der Sohn, nur ein Schatten, ein kläglicher Ableger.

Ja, sagt er noch einmal und sehr laut.

Weiß er, daß Sie sich freiwillig melden?

Nein.

Soll wohl eine Überraschung sein?

Hubert zieht die Hose hoch, greift nach dem Unterhemd, das er, zum Unwillen des Arztes, auf dessen Schreibtisch geworfen hatte.

Ja.

Aber er fragt sich, ob Vater überrascht sein wird. Erfüllt er nicht nur dessen Auftrag, fügt er sich nicht nur Vaters Vorstellungen, wie Wilhelm und Mutter?

Hat er nicht auch klein beigegeben?

Ja.

Was meinen Sie, Herr Windisch?

Ich meine ... Mein Vater wird wirklich überrascht sein.

Der Arzt, der seinen knapp geschnittenen weißen Mantel wie eine Galauniform trägt und durch vielfach erprobte Manöver vertuscht, daß er kleiner als die meisten seiner Patienten ist (er steht hinterm Schreibtisch, stützt sich wuchtig auf; er hält sich hinter seinen Probanden auf, klopft ihnen den Rücken, lauscht mit dem Stethoskop unter den Schulterblättern; er setzt sich, wenn sein Assistent die jungen Männer mißt oder wiegt, denn sitzend ist der Doktor ein Riese; oder er stellt sich vors Fenster und wird größer, als sauge er das Licht wie ein Schwamm auf), der Arzt sieht Hubert sorgenvoll an, malt, nun wieder hinterm Schreibtisch, einige Kringel in den Fragebogen: Ich weiß nicht, sagt er, ob Sie in vollem Maße tauglich sind, aber wir wollen, selbst bei mageren Voraussetzungen, Ihren Herrn Vater ja nicht enttäuschen.
Nein, sagt Hubert und zieht den Gürtel bis zum Dorn.
Er bekommt, sehr rasch, den Bescheid, daß er zu den Panzergrenadieren einberufen werde, die nun nicht gerade zu den rücksichtsvollen Waffengattungen zählen.
In den Zeitungen wechseln die Kriegsschauplätze, vom Nordmeer ziehen die Barden nach Afrika, nur ihre Sprache wechselt nicht, »heldenhaft« wird überall gekämpft, »sieggewohnt« marschieren die »Soldaten des Führers«, wenngleich diesmal durch den Wüstensand, allen voran Rommel – die Wörter werden zur Kriegern und besetzen die Köpfe. Hubert würde es nicht merken, störte ihn Mutter nicht, die vor alle diese großen dröhnenden männlichen Wörter ein »Ach« setzt: Ach, sieggewohnt; ach, stählern; ach, heldenhaft. Sie weicht auf, was steinern scheint. Ihre Wehleidigkeit macht ihn wütend.
Auch Wilhelm fräst sich mit einem Panzer durch die Wüste. Er ist Leutnant geworden, schickt gelegentlich Stenogramme seines Heldentums, Feldpostbriefe, die Martha Windisch täglich mehrmals liest, mit einer Mischung aus Liebe und Widerwillen, allen Sätzen ihr wehrfeindliches »Ach« voranschikkend. Mitte April 1941 kommt die Nachricht, Wilhelm sei bei der Schlacht um Bengasi schwer verwundet worden.

Schwer? fragt Mutter, die, was Hubert verblüfft, nicht weint, kaum klagt. Schwer? fragt sie. Was heißt schwer? Wo? Hat man ihm einen Arm abgenommen, kann er noch gehen, sehen? Ach, seufzt sie jetzt, ohne ein folgendes Wort. Ach. Ach. Da sie, zeternd und listig, »denen im ersten Stock« den Gartenpavillon abgeschwatzt hat, empfängt sie ihre wenigen Bekannten in der vom Geißblatt geschützten Laube, stopft, strickt, schichtet alte und neue Zeitungen neben sich, räsoniert und wartet auf die kurzen Besuche Huberts.
Sie hat inzwischen erfahren, daß Wilhelm die Lunge durchschossen und er an der linken Schläfe von einem Splitter getroffen wurde. Er würde auf dem linken Auge blind bleiben.
Ach, das hat er davon, sagt sie, als habe sich Wilhelm die Verletzung selber zugefügt, die Kugeln, die Granaten auf sich gezogen.
Komm, lieber Mai, und maaache die Bäume wieder grün, singt sie mit ihren Freundinnen und deren Kindern, alle Strophen, und wiederholt sie, bis einer aus dem ersten Stock »Ruhe« brüllt, die Stimmen sich vereinzeln, leise werden.
Den ganzen Winter über wurde im Parterre und im ersten Stock umgebaut. Bis in den Abend bohrten und sägten die Handwerker, die sich nicht ausfragen ließen. Beinahe alle Türen wurden gepolstert und verdoppelt.
Es ist besser, wir wissen nicht, was die dahinter anstellen.
Nachts fuhren immer häufiger Wagen vor, der Kies knirschte, Stimmen blieben gedämpft, Türen schlugen zu und sperrten die Stille aus.
Er würde Mutter erst nach dem Abitur sagen, daß er sich freiwillig gemeldet hatte. Sie sollte nicht noch unglücklicher sein, wenigstens die nächsten zwei Monate nicht.
Juden, sagte sie einmal während des Abendessens in der Laube. Sicher sind es Juden, die sie hierher schleppen, hinter die dicken neuen Türen.
Juden?
Wenn es hier in Kassel noch welche gibt.

Hubert hatte noch nie einen Juden gesehen. Aber seitdem sie in Vaters Reden unter einer Schicht von Dreck und Haß mit den Polen verschmolzen waren, hatten sie viele seltsame Wandlungen durchgemacht, freilich von einem Bösen ins andere Böse, von einer Fratze in die andere. In der Schule hatte ihnen Schweikhardt, der Geschichtslehrer, von dem einsamen Kampf Adolf Hitlers gegen die Geldjuden erzählt, wie in der Systemzeit die Juden alles beherrscht hätten, Banken und Fabriken, wie sie durch ihre internationalen Beziehungen das verratene Deutschland hätten ausbluten lassen, wie die jüdischen Schmierfinken sich in den Zeitungen ausgetobt, Lügen verbreitet, wie sie ein abscheuliches Machwerk nach dem andern veröffentlicht und wie sie die Jugend verdorben hätten. Und jetzt wurden die Juden hinter die Doppeltüren geholt und Mutter seufzte ihnen nach.
Kennst du Juden? fragte er.
Sie legte das Besteck säuberlich neben den Teller, wischte sich die Lippen mit der über den Zeigefinger gezogenen Serviette und sah ihn lächelnd und etwas traurig an.
Wenn Vater bei uns säße, sagte sie, würde er schon wieder toben. Was die uns alles angetan haben. Mir nicht.
Warum sind die Juden so? fragte er.
Wie? fragte sie, wurde ernst und fügte hinzu: Zum Beispiel so wie Edith?
Du bist verrückt.
Ihr Vater ist Jude. Deswegen floh er ins Ausland und deswegen sind ihm Edith und ihre Mutter nachgereist.
Sie sind weg?
Schon lange, Hubert. Aber du hast dich ja nicht mehr um Edith gekümmert.
Er ließ sie in der Laube sitzen, ging in den dunklen Garten, starrte hinüber zu den hellen Fenstern im ersten Stock. Sie arbeiteten Tag und Nacht, schlossen mit ihren Türen den Tag und die Mitwisser aus.
Juden.

Was war an Edith anders gewesen? Er zwang sich, Makel zu erkennen, Verkrüppelungen, eine Schmutzschicht überzog Sommerbilder – sie hatte Angst gehabt, daraus erklärte sich vieles: Ihre zeitweilige Hast und daß sie es vermied, über ihren Vater zu sprechen. Oder redete er sich das jetzt ein?

In dieser Nacht träumte er von sich und Edith. Sie beide waren nackt, badeten in einem See und rannten unter dem Gelächter der Passanten durch die Stadt nach Hause. Mutter stand oben vor der Mansarde und erwartete sie. Sie schien überhaupt nicht verwundert, bat sie zum Abendessen. Der Tisch war besonders schön gedeckt, in einem Leuchter brannten Kerzen.
Er schämte sich, nackt zu sein. Als er zu Edith hinübersah, ihre vollen bleichen Brüste lagen auf dem Tischrand, bemerkte er, wie ein Flaum aus ihrer Haut wuchs, immer dichter, bis der Flaum zum Pelz wurde.
Mutter! schrie er und zeigte mit der Gabel auf Edith, die gleichgültig weiter aß.
Ja, sagte Mutter, sah Edith prüfend an und sagte dann: Aber das ist doch nicht schlimm, Hubert, das kommt vor. Es geht auch wieder weg.
Er sprang auf, rannte zum Klo, erbrach sich. Als er aufwachte, floß ihm Speichel aus dem Mundwinkel. Es schien ihm vernünftiger, an Edith nicht mehr zu denken. Bald würde er in der Kaserne und danach an der Front sein und all das, Mutter, den Garten, das zu klein werdende Zimmer mit den Kindersachen, all das, was längst eine falsche Geschichte erzählte, läge hinter ihm.

Er ging nur noch wenig ins Kino. Es gelang ihm kaum, weiterzuspielen, nur einmal, und dann war es nicht die Figur, sondern der Augenblick, der ihn traf, seine Träume auslöste und ihn veränderte. Der Film hieß »Alcazar« und spielte im spanischen Bürgerkrieg, über den er wenig wußte. In der Schule hatte man die Heldentaten der Legion Condor gerühmt, und Hubert erinnerte sich, daß Göring und seine Flieger damit etwas zu tun hatten. Als der Krieg anfing, waren sie schon in Kassel gewesen und es kam ihm eigentümlich vor, daß Vater, wenigstens in seiner Erinnerung, gar nicht darauf reagiert hatte, keine großen Reden geschwungen, nicht eine einzige Schlacht in seinem Kasten nachgestellt hatte. Doch vielleicht hatte er es nur nicht begriffen und den Bürgerkrieg für den Weltkrieg gehalten. Ob Châlons-sur-Marne oder Toledo, das hörte sich ja auch gleich fremd an.

Der Alcazar wurde von Francos Soldaten gegen die Republikaner verteidigt. Die »Roten«. Das war eine ähnliche Bezeichnung wie »die Juden«. Sie ließ in der Phantasie Krüppel zurück, Aussätzige. Er dachte sich, der Film könne nur während des Kampfes gedreht worden sein, so nah, so deutlich waren die Bilder: Wie Frauen und Kinder sich in die berstenden Kasematten drängten, wie in allen Ecken Feuer ausbricht, wie die Verwundeten blutend und dreckig in einem Gang aufgereiht werden, sterben.

Bis die Offiziere auftraten, die Generale. Ihre Uniformen waren makellos, die Bügelfalten korrekt und der Mörtel, der von der Decke rieselte, fiel vorschriftsmäßig neben die großen Männer. Diese widersinnige Reinlichkeit machte ihn wütend, wie konnte ein General, dessen Sohn – doch jetzt beginnt schon seine Verwandlung, jetzt ist es ihm schon gleichgültig, ob Filmgenerale allzu geschniegelt sind – dessen Sohn in der Hand des Feindes ist und erschossen werden soll, wenn der General sich nicht ergibt – wie konnte ein General an Bügelfalten denken? Der General denkt nicht daran. Er denkt vielmehr an seinen Sohn, und den wird er opfern. Sein Sohn, dem sich der Blick aller zuwendet, der neben dem republikanischen General steht, mit aufgerissenem Hemd, nimmt den Telefonhörer, spricht mit seinem Vater, bestärkt ihn, er wolle lieber sterben. Der rote General kann diesen Heldenmut offenbar nicht begreifen. Der Sohn tritt zurück, dort, wo er gestanden hatte, bleibt eine leere Stelle, so, als hätte eine große Schere ihn aus einem Bild ausgeschnitten. Jemand, der sich auf die Erde geworfen hat und mit angewinkelten Armen und Beinen liegt, beinahe wie ein schlafendes Kind. Es geht ganz leicht, Hubert muß sich nicht mühen. Er füllt den blinden Fleck aus. Er steht wieder auf. Es ist entsetzlich heiß. Das Khakihemd klebt ihm am Leib und das enggezogene Koppel reibt. Der Republikaner reicht ihm den Hörer. Es ist tatsächlich Vaters Stimme.

Mein Sohn?

Ja.

Wir können nicht aufgeben.

Das ist klar, Vater.

Wir müssen durchhalten.

Ja, Vater. Wie geht es Mutter?

Ich weiß es nicht.

Grüße sie bitte.

Ich werde es tun, Wilhelm, sagt Vater mit bebender Kinostimme.

Er will es nicht wahrhaben, daß er, Hubert, diese Männerrolle spielt, daß er als Held sterben soll, daß er ganz ruhig bleibt und als Hubert auf dem Nachhauseweg die Szene wiederholt, als die Kulisse wie in einem Traum greifbar wird, furchtbar wirklich, als er sogar die Hand des roten Offiziers an seinem Arm spürt, wie sie sich zusammenkrampft und ihn halten will, als der Staub dieses Sommers sich mit seinem Gaumen verklebt und er nur noch heiser sprechen kann, da ändert sich nichts. Vater möchte Wilhelm in dieser Rolle und nicht ihn.

Hubert zerreißt das Programmheft, versucht zu entkommen: Die zusammengezogene liegende Figur kehrt immer wieder in seine Phantasie zurück. Es ist besser, er bleibt so liegen und denkt nicht weiter.

Die Freiwilligen werden in der Reifeprüfung sichtlich geschont, und da Hubert in seinem Lieblingsfach Mathematik durchaus glänzt, sieht man ihm die Schwächen in Deutsch und

Englisch nach. In einer von Reden dröhnenden Feier verabschiedet sie die Schule.
Er erhält seinen Gestellungsbefehl zu den Panzerjägern in Meseritsch, irgendwo in der Tschechei. Er zeigt ihn Mutter.
Sie habe es gewußt. Die ganze Zeit.
Dann hätten wir darüber reden können.
Nein, sagt Mutter, so und so nicht.
Sie sitzt, wie von allen vergessen, in der Laube und zieht einen Wollstrang von der Stuhllehne weg auf einen Knäuel.
Zum Bahnhof begleite ich dich nicht, Hubert, sagt sie, das mußt du verstehen.

10.
Eine abgebrochene Geschichte

Sein Krieg war keiner. Er fühlte sich geschützter, unangefochtener als die meisten, hörte Schreie, Klagen, Flüche wie durch eine gepolsterte Wand, reiste später durch ausgebombte Städte und betrachtete sie wie Bilder. Mutters Briefe berührten ihn ebensowenig wie die zunehmend bitter werdenden Lagebeschreibungen seiner Vorgesetzten. Er hatte sich eingepuppt. Um ihn krachte zusammen, was Vater für ewig und unzerstörbar gehalten hatte.

An die Front kam er nicht. Die Front kam zu ihm. Das brauchte immerhin fast vier Jahre und die verbrachte er lebloser denn je, wenn auch mit gewissen Abwechslungen und durchaus behütet.

Der Krieg spielte sich für ihn vor allem in Papieren ab, erst Urlaubsscheine, später Krankmeldungen, Gefallenenmeldungen, in Weitersendungen von Personalakten an Lazarette oder Heimatstandorte.

Weshalb er, ein Freiwilliger mit Reifeprüfung, jüngster Sohn des Hauptsturmführers Windisch, kein Muttersohn mehr, sondern von Wehrhahn gedrillt, auf Vordermann gebracht, weshalb Hubert nie die Gelegenheit erhielt, auf die Offiziersschule zu kommen, Fähnrich zu werden, weshalb man ihn übersah und dennoch auserwählte, ihn nämlich, kaum war er in Wallachisch-Meseritsch und sofort nach der Grundausbildung, die er mühelos überstand, auf die Schreibstube befahl, weshalb er nach dem unerklärten Beschluß seiner Vorgesetzten nie kämpfen, sondern nur schreiben und rechnen durfte, konnte Hubert sich nicht erklären, und er wollte, nach einem vergeblichen Anlauf, auch nicht weiter danach fragen.

Wie so vieles, hatte es sich ergeben. Er war nicht als das Ebenbild seines Vaters aufgenommen worden, sondern als dessen Schatten. Oder vielleicht sogar als eigenständige, allerdings schwer durchschaubare Person, als der Panzergrenadier Hubert Windisch mit der besonderen Eignung für die Schreibstube, für Intelligenzarbeiten, die dann allerdings nicht sonderlich viel Intelligenz erforderten, sondern Ausdauer und ein wenig Übersicht, vor allem, wenn es um Angelegenheiten der Versorgung ging, natürlich auch Diskretion, sobald sich die Vorgesetzten Dienstreisen bewilligen ließen oder Kurzurlaub aus Familiengründen. Die Herren bereisten die Etappe und sprachen von der Front. Nahezu ein Jahr ließen sie ihn mit seinen Papieren und zwei ebenfalls allmählich ausdörrenden Kameraden zufrieden, belustigten sich über seine Pedanterie und seine Schweigsamkeit. Hubert ging nur selten ins Kino, war abends kaum in der Kantine zu sehen, schloß sich keinem enger an, und es war ihm selber so, als spare er seine Lebenskräfte für eine Zukunft auf, die von ihm ungut gesinnten Kräften ferngerückt wurde. Ihm umgab eine von Schlachtennamen, Führerbefehlen, Durchhalteparolen, Angstseufzern durchwirkte Gegenwart. Manchmal wünschte er sich, man hätte ihn doch an die Front geschickt. Also wartete er auf das Unglaubliche, eine geringfügige Änderung, die nach anderthalben Jahren feldgrauer Dürre eintrat, als der Major Egon Lauer, der ihn bisher meist übersehen hatte, sich ihm unversehens zuwandte.

Aber das ist schon Huberts Geschichte, die er, wieder einmal, nicht angefangen hatte, in die er hineingeraten war: Der Schreibstubengefreite Hubert Windisch wurde von einem seiner Vorgesetzten, dem Major Lauer, gebeten, die Hoteliersfrau Slotosch in Prerau aufzusuchen, um ihr –

Ja was? Weswegen hatte ihn Lauer dienstlich beauftragt, Frau Slotosch zu besuchen, die in seiner Geschichte nur eine Nebenrolle spielen würde, der aber immerhin der erste Satz gewidmet sein wird: Hubert wurde vom Portier in dem

Hotel, das er, ohne fragen zu müssen, gefunden hatte, ausschweifend belehrt, Frau Slotosch halte sich zwar »ieblicherweise« zu dieser Zeit im Hotel auf, aber Ausnahmen müsse es geben und eben heute treffe der geehrte Herr auf eine »solchige«, was er, der Portier, »betriebt« zugeben müsse, wobei man aber auch nicht mit einem Boten des geehrten Herrn Majors gerechnet habe, nicht an diesem Tage, vielmehr an einem späteren, wenn er jedoch warten »mechte«, der Herr Soldat, vorliebnehmen »mechte« mit einem schönen kühlen Pilsener und einer deutschen Zeitung – also er werde es ihm an nichts fehlen lassen, er solle halt, der Herr Soldat, ein bissel Platz nehmen in der Halle und für alles weitere »mecht« er, der Portier, sorgen, auch für die Unterrichtung der Madame Slotosch.

Er hatte sich noch immer nicht an das gewundene, sich mit sämtlichen Nebensätzen verbeugende Böhmisch-Deutsch gewöhnen können, ließ sich von dem Portier in eine von Gummibäumen flankierte Ecke der Halle führen, trank das Pilsener, blätterte nur einen Moment in der Zeitung, richtete sich darauf ein, dösend den Nachmittag zu verbringen. Dennoch prägte sich ihm die Szene ein: Wie er inmitten des glatten Grüns in dem weichen niedrigen Sessel erst nach vorn gebeugt saß, die Hände ums Bierglas, sich dann zurücklehnte, die Zeitung auffaltete, wieder zur Seite legte, mit einem Gefühl von Lustlosigkeit und ungenauer Erwartung erschlaffte, durch die durchbrochenen Vorhänge auf der Straße Bewegung notierte, Menschen und Autos, wie die wenigen Geräusche in der Halle sehr laut waren und ihn erschreckten, wie sich ihm kurze, entschiedene Schritte näherten, er trotzdem weiter durch die Scheiben blickte, bis die Schritte nah waren, anhielten und jemand fragte: Schickt Sie der Herr Major Lauer? In dem Moment beginnt auf der Straße ein Kind zu singen, ein tschechisches Lied, und die einfache Melodie trifft ihn, er kann sich nicht schützen, schlägt die Hände vor die Brust, als könne es ihm so gelingen, den überraschenden Schmerz abzuwenden,

steht auf, läßt die Arme nun hängen; es ist eine junge wasserstoffblonde Frau, die vor ihm steht und noch einmal fragt: Hat Sie der Herr Major geschickt?
Er verbeugt sich, küßt ihr, wie er es inzwischen gelernt hat, die Hand und erwidert knapp: Jawoll, gnädige Frau.
Sie riecht nach Vanille, nach böhmischer Bäckerei, nach Kinderküche.
Meine Mama kann Sie leider nicht empfangen. Sie ist krank. Ich bin über alles unterrichtet.
Worüber? Hat er ihr etwas sagen oder ein Päckchen geben, hat er etwas abholen sollen? Sosehr er nachdenkt, es fällt ihm nichts ein. Aber daran, wie es sich fortsetzte, ohne den verlorengegangenen Anlaß, wird er sich erinnern. Auch daran, daß ihm Anna Slotosch anderntags einen in Ölpapier verpackten riesigen Schinken für den Major mitgab. Womöglich war er nur deshalb nach Prerau geschickt worden. Im übrigen wiederholte sich diese Gabe regelmäßig.
Ob er Lust habe auf Topfenkolatschen, fragte sie, sie kämen frisch aus dem Ofen und seien nicht für die üblichen Gäste mit ihren ausgeschnippelten Lebensmittelkarten.
Er habe nichts dagegen einzuwenden, nur könne er sich unter Topfenkolatschen nichts vorstellen.
Dann gehen wir sie uns anschauen.
Sie ging ihm voran, am Portier vorüber, der eben telefonierte, so, wie alle Hotelportiers telefonieren, im Ton hochmütig, in der Gestikulation devot: Wird erledigt, Herr Doktor, ist aufgeschrieben, Herr Doktor, Anna nickte dem Mann zu, sie stieg die Treppe vor Hubert hoch, ihr Schottenrock schwang aus den Hüften, er sah ihre Beine: sie waren kräftig, in den Fesseln zu wenig ausgeprägt.
Im zweiten Stock hielt sie am Ende des Flurs vor einer Tür, die durch ein großes Emailleschild bezeichnet war, auf dem in englischer Schreibschrift »Privat« stand.
All das war neu für Hubert, überrumpelte ihn, die Umgebung, die Sprache der Leute, ihm schien, sie bewegten sich auch

anders, und dennoch kannte er alles aus einer anderen zweiten Vergangenheit, auch diese junge Frau, die ihn mit verwirrender Selbstverständlichkeit zu sich eingeladen hatte, nun die Tür aufschloß, die Messingklinke, auf der Sidolschlieren übriggeblieben waren, betont vorsichtig herunterdrückte: Mama könnte schlafen.
Ist sie ernsthaft krank?
Ja. Aber sie hätte Sie unter Umständen auch empfangen können. Sie verstehen?
Er versteht nicht, aber er begreift, daß etwas beginnt, womit er nicht gerechnet hatte und wohinein er sich retten könnte.
Die Tür geht auf. Ein Spiegel an der Wand gegenüber empfängt sie, Hubert krümmt sich, schaut Anna ins Gesicht, findet, daß ihr Blond zu künstlich ist. Sie hat eine breite Nase, volle Lippen. Sie gefällt ihm. Vater würde sagen: Eine ausgeprägt slawische Visage. Ja, das würde er sagen. Würde er sich tatsächlich so ausdrücken und nicht anstatt Visage Fratze sagen? Anna steht im Spiegel wie in einem Bild und Hubert fürchtet, sie könnte dort bleiben, so wendet er sich ihr zu, sieht ihr Profil. Sie sagt in den Spiegel hinein: Also gern sind Sie sicher nicht Soldat.
Er lacht, zu laut, denn eine Frauenstimme ruft aus dem Halbdunkel der weitläufigen Wohnung: Anna? Bist du es?
Sie tritt aus dem Spiegel, sagt leise: Kommen Sie, ruft: Ja! Der Herr Major hat jemanden geschickt.
Der Teppich im Flur schluckt die Schritte; ich schleiche meine Zukunft an, sagt er sich, wie ein Indianer. Dann fragt er sich, erschrocken: Wieso meine Zukunft? Im Wohnzimmer, das nicht sonderlich aufgeräumt ist, wird Anna wieder fremd, eine junge Dame, die auf Distanz hält, Tochter eines Hoteliers, wenn auch in Prerau, das zwischen Leipzig und München kein Mensch kennt.
Bitte, nehmen Sie Platz, sagt sie, legt einen Finger affektiert auf die Lippen: Ich weiß ja Ihren Namen gar nicht. Wir haben uns nicht vorgestellt. Er steht wieder auf, kaum hat er sich gesetzt:

Windisch. Hubert Windisch. Und sie antwortet: Anna Slotosch.
Was dem folgt – außer Kolatschen, die er schätzenlernt wie Powidlknödel, Buchteln, Beuschel, panierten Karfiol – ist kein Tag, der nacherzählt werden könnte, Stunde für Stunde, sondern eine lange Zeitspanne, die sich mit ruhigen Sätzen füllt, mit Stimmen, Erfahrungen, Bildern, die selbst nach der Trennung, der Verstörung halten, Geschichten, in denen er es aushält. Zwei Jahre lang wird er nicht älter.
Sie haben Urlaub bis morgen abend, nicht wahr? fragt Anna.
Er sei sich nicht schlüssig, ob er nicht heute schon den Zug nehme.
Aber nein. Es ist, wie immer, ein Zimmer vorbereitet.
Wie immer?
No, weil vor Ihnen, wenn nicht der Herr Major selbst, ein anderer erschienen ist.
Wer?
Er ist weg. Es ist nicht wichtig.
Die Stimmen der beiden Frauen verbinden sich zu freundlich monotoner Beruhigung. Anna wird von ihrer Mutter gerufen: Sie solle doch den Herrn Soldaten vorführen. Sie wandern durch die große Wohnung, von Zimmer zu Zimmer, alle mit schweren, verdunkelnden Vorhängen, in allen ein feines, zum Nießen reizendes Gemisch von Staub und Lavendel. Frau Slotosch liegt hoch aufgebettet. Ihr Haar ist, im Gegensatz zum weißblonden der Tochter rot gefärbt, allerdings vernachlässigt, von grauen Strähnen durchwirkt. Haben Sie das Vertrauen des Majors? fragt die alte Dame, ordnet sich mit den Fingerspitzen die Schläfenlocken, und er antwortet, obwohl er sich aber auch gar keines Vertrauens sicher ist: Ja.
No, das hab ich mir denken können, sagt sie, und er ist, gemeinsam mit Anna, entlassen. Anna führt ihn nun durch die Wohnung wie durch ein Museum. Diese Vitrine mit böhmischem Kristall, jener Sekretär mit Geheimfach, dieser alte Spieltisch mit Intarsien, jener Diwan, auf dem zwei sich mit

dem Rücken zugewendet sitzen können. Wollen wir's ausprobieren? fragt sie. Er lehnt ab, fürchtet, sich lächerlich zu machen, oder er müßte, so verquer sitzend, sich zu ihr beugen, ihr zu nahe kommen.
Sie redet ihm die Furcht, die Scheu aus, bringt ihn dazu, häuslich zu werden, die Uniformjacke auszuziehen, mit ihr zu den Kolatschen Tee zu trinken, danach Likör, der abscheulich nach Apotheke schmeckt, doch selbst angesetzt sei, eine Spezialität des Hauses. Früher, sagt sie, als das Protektorat noch nicht war und noch kein Krieg. Es klingt, als rede sie von einem verlorenen Himmel oder von einer schönen Kindheit.
Sie bittet ihn zu warten. Der Portier werde abgelöst. Sie wolle darauf achten, daß alles seine Ordnung habe. Das tue sonst die Mama.
Und Ihr Herr Vater? fragt er. Sie bleibt in der Tür stehen, mit dem Rücken zu ihm, zieht ein wenig die Schultern hoch: Es gibt ihn nicht mehr.
Ist er gestorben?
So könnte man sagen. Sie zieht lautlos die Tür zu und ist bald ebenso lautlos wieder zurück. Nachdem sie Stunden geredet hatten, ohne Sinn, geredet und geredet, sich Nähe eingeredet hatten, sich nicht aus der Rede hatten verlieren wollen, brachte sie ihn auf sein Zimmer.
Zimmer neun, das ist mit Bad, für unsere besten Gäste. Was sagen Sie? Sie machte das Licht an, schlug die Decke auf dem Bett zurück, zog die Vorhänge zu, verschwand für einen Augenblick im Badezimmer, ließ kurz das Wasser aus dem Hahn schießen, wischte, als sie am Schrank vorüberging, mit dem Finger über den Rand, sah nach, ob er staubig war, stellte sich vor ihm auf, als sei sie ein Page, hielt ihm die Hand um Trinkgeld hin, aber dieses eine Mal war er geistesgegenwärtig genug, nahm die Hand, drehte sie, küßte sie, ganz leicht. Gute Nacht, sagte sie, ich werde Sie wecken. Nicht so bald. Sie sollten Ihren Urlaub nützen. Ich verspreche Ihnen einen wunderbaren Schwarzen.

Er war entschlossen, sich nicht aus dem Traum reißen zu lassen und schlief sofort ein. Am Morgen hatten sie miteinander Kaffee getrunken, nach dem Frühstück Madame Slotosch besucht, sich nach ihrem Befinden erkundigt, waren in die Halle gegangen, hatten den Portier begrüßt, ein wenig über die Gäste geplaudert, und es blieb Hubert eine Bemerkung des Mannes im Gedächtnis haften: Früher, wissen Sie, waren wir für Handelsreisende ein angesehenes Haus, heut, mecht ich behaupten, sind die Offiziere an die Stelle der Reisenden getreten. Aber können Sie mir sagen, was die vertreten? Vielleicht ein bissel den Tod? Worauf Anna unwillig lachte, ihn bat, sie beim Einkaufen zu begleiten und, wenn er sich Zeit nehmen könne, außerhalb, in einem Gartenlokal, mit ihr zu essen. Dann aber müsse er schleunigst zum Zug.

Er folgte ihrem Tageslauf, so auch an den nächsten Wochenenden. Dem Major überbrachte er jedesmal den eingewickelten Schinken.

Er wünschte sich schon, daß Anna ihn nachts auf seinem Zimmer besuche, wagte aber nicht, zärtlich zu werden, ihr Zeichen seiner Zuneigung zu geben. Und über diese Zuneigung, dieses beinahe haltlose Anlehnungsbedürfnis, das er sich nur zögernd als Liebe auslegte, wagte er kaum nachzudenken. Etwas würde sich ergeben. Er mußte es Anna überlassen. Sie war erfahrener, lebenskluger als er.

Als er zum Obergefreiten befördert wurde, scherzte Anna, da habe er bei der militärischen Laufbahn, die ihm bevorstehe, schon den Rang eines Obersten erreicht, und wollte die Auszeichnung feiern. Ihr Spott ärgerte ihn und er sagte: Aber mein Vater ist wirklich Offizier. Der Satz bekam ein Echo; Hubert schämte sich, daß er so kindlich auftrumpfte.

Das weiß ich, sagte sie.

Woher? fragte er. Ich habe dir kein Wort über ihn gesagt.

Die Leute hier, sagte sie, mußt du wissen, erfahren vieles, was sie nicht erfahren sollen.

Es ist mir egal.

Deshalb kannst du auch immer wiederkommen, sagte sie, und zog ihn neben sich. Aber nicht daß du meinst, du könntest Botschen anziehen und hier den Hausvater spielen, Hubert Windisch. Nach diesem Satz küßte ihn Anna zum erstenmal von der Seite, zwischen Wange und Hals. Da sind die Männer am weichsten, sagte sie.
Du weißt wirklich eine Menge, sagte er, rieb sich mit den Händen die Oberschenkel, rieb sich den Schauder, der durch ihn hindurchgegangen war, in die Knie und weg.
Komm, hilf mir, bat sie ihn, zog ihn hinter sich her, sie müsse in die Küche, für Mama eine Kümmelsuppe kochen, das sei keine Affäre.
Kümmelsuppe? Das kenn ich nicht.
Es ist auch nur eine Delikatesse für alte Damen.
Warum läßt du sie nicht unten, im Hotel, kochen?
Weil Mama es nicht will.
Er setzt sich auf einen Hocker, sieht ihr zu, und währenddem er ihrem ruhigen, geübten Hantieren folgt, hebt die Zeit sich wieder auf: So ist es immer schon gewesen, hier ist er großgeworden, in dieser altmodischen Wohnung mit dunklen Ecken, schwarzen Möbeln, neben diesen Frauen, die ihre Erinnerung nicht preisgeben, die Geheimnisse brauchen, um anziehend zu sein, deren Sicherheit – oder ist es nicht schon Gewißheit? – ihn umfaßt und kräftigt. Sie streut Mehl in die brutzelnde Butter, rührt schnell, fügt den Kümmel hinzu, der so heftig duftet, als platze jedes Korn einzeln. Sie sagt: Die Einbrenne darf nicht zu dunkel werden. Sie gießt Wasser auf. Gleich ist die Suppe fertig. Nun muß ich aufpassen, daß sie nicht klumpt.
Er sagt: Du gefällst mir, wenn du so was machst.
Ist es wie bei dir zu Hause?
Nein. Er beugt sich nach vorn. Nein. Wie zu Hause ist jetzt.
Das versteh ich nicht, sagt sie, red deutsch, Hubert.
Ich versteh es ja auch nicht, Anna.
Sie bittet ihn, ihrer Mutter die Suppe zu bringen, die alte Dame werde sich darüber freuen. Er trägt die kleine runde Suppen-

schüssel, Teller und silberne Löffel auf einem schwarzen Lacktablett aus der Küche über den Flur, macht einen Umweg durch das Wohnzimmer, ist, als er die Klinke mit dem Ellenbogen herunterdrückt, derart ungeschickt, daß ihm das Tablett beinahe aus den Händen rutscht. Er sieht sich als Diener mit gestreifter Weste, einbezogen in den Tag dieser Frauen, die höflich mit ihm umgehen, die ohne ihn gar nicht mehr imstande wären zu leben, die ihn insgeheim lieben, ihn, den einzigen Mann, den sie in ihrer Nähe dulden, er merkt, daß sein Gang sich ändert, er geht wie die Diener in Filmen, aufrecht, den Hals steif, die Füße schleifen ein bißchen. Mit dem Mittelfinger der rechten Hand klopft er zweimal kurz an die hohe Schleiflacktür des Schlafzimmers, wartet auf das leise Herein, das er, da die neue Rolle ihn anstrengt, überhört, denn Frau Slotosch ruft nun ungehalten: No, was ist? Er bemüht sich, die Tür ohne Geräusch zu öffnen, das Tablett gerade zu halten und die Tür dann wieder so, wie er sich nun als Diener erinnert, zu schließen. Es mißlingt ihm. Der Schwung, mit dem er sich der Kranken zukehren müßte, bleibt kläglich und nur ein hastiger Schritt nach vorn bewahrt ihn vor dem Sturz.

Pardon, sagt er.

Machen Sie sich keine Umstände, sagt Frau Slotosch.

Sie sieht zu, wie er das Tablett auf dem Tischchen neben dem Bett abstellt, die Serviette auffaltet.

Es ist lieb, daß Sie mir die Suppe bringen, Herr Windisch, sagt sie, aber was ist in Sie gefahren? Sie gehen, als hätten Sie einen Stock geschluckt. Ist Ihnen nicht gut?

Er fährt zusammen, man hat ihn bei einem verbotenen Spiel ertappt. Er nimmt die Serviette und wirft sie aufs Bett. Frau Slotosch will ihn offenkundig nicht weiter in Verlegenheit bringen, sagt, er und Anna müßten sich nicht um sie kümmern, das Geschirr könne von dem Dienstmädchen abgetragen werden.

Haben wir nicht vorgehabt, zu feiern? fragt Anna, sie wartet an der Küchentür auf ihn, ihre Hast erlaubt es ihm nicht, die

neugefundene Rolle, die des Dieners, zu spielen. Bei ihr hätte er es versuchen können.
Aber nicht die Beförderung, bittet er, feiern wir irgend etwas anderes.
Was?
Daß wir uns Du sagen.
Ja?
Aber das tun wir doch – oder?
Sie hielt ihn in der Unsicherheit und hinderte ihn, seine Einfälle auszuspielen, so zu sein, wie er sein wollte.
Also dann sagen wir uns eben wieder Sie.
Anna fällt ihm um den Hals. Du bist kindisch, Obergefreiter.
Ich schlage dir vor, wie wir feiern.
Und was?
Das werden wir wissen, wenn wir gefeiert haben. Der Nachmittag hatte einen langen Atem. Anna zog sich um, während er auf sein Zimmer ging, den kleinen Koffer packte, wobei ihm auffiel, daß er den Waschbeutel immer gleich verstaute, in der linken unteren Ecke. Er brachte es, obwohl ihn diese Entdekkung ärgerte, nicht über sich, das Waschzeug einfach nach rechts zu schieben.
Als er den Schrank öffnete, um nachzusehen, ob er nichts vergessen habe, stand er sich im Spiegel gegenüber, ein hagerer Kerl, der vor Eifer den Mund aufriß, eine schrullige, ihn abstoßende Figur. Er preßte die Lippen zusammen, blinzelte, strich sich übers Haar, zog die Uniformjacke glatt, aber Hose und Jacke schlugen Falten, schlotterten. Sie ist mir unheimlich, sagte er in den Spiegel. Sie ist hübsch, Mutter fände das gefärbte Haar sicher ordinär. Aber mir gefällt sie. Er schloß den Schrank, nahm den Koffer und setzte sich im Korridor auf einen der ausgedienten, nur der Dekoration dienenden Stühle. Er hörte sie, ehe er sie sah. Ihre Stöckelabsätze hämmerten. Sie trug ein leichtes, plissiertes Kleid. Er hatte vergessen, daß es Sommer war. Schreibstubensoldaten haben keinen Sinn für Jahreszeiten.
Was willst du mit dem Koffer? fragte sie.

Ich möchte heute abend fahren.
Du hast bis morgen abend zehn Uhr Urlaub. Bist du verrückt?
Ein bissel, sagte er, äffte ihre Sprache nach.
Wenn du wüßtest, was ein bissel ist. Sie trug den Koffer zurück in das Zimmer. Er ging ihr nicht nach, wartete. Anna, fragte er, als sie ihm den Zimmerschlüssel reichte und ihn ironisch bat, den Schlüssel gefälligst beim Portier abzugeben – Anna?
Ja?
Wollen wir wirklich feiern?
Wie ich befohlen habe.
Für einen Augenblick legte er den Arm um sie, ließ sie los, sie nahm ihn an der Hand. No komm, Herr Obergefreiter.
Hubert gab, wie Anna es ihm aufgetragen hatte, den Zimmerschlüssel ab, der Portier machte vor dem »gnädigen Fräulein« seine Verbeugung, und Anna ordnete an, er möge in der Küche daran erinnern, daß man das Nachtmahl sorgfältig vorbereite. Es fiel Hubert noch immer schwer, sich diese Wörter zu übersetzen, ein Nachtmahl für Abendessen zu halten, für nichts Feierlicheres oder womöglich sogar Kirchliches. Er traute sich aber nicht zu fragen, was es mit dem Nachtmahl auf sich habe.
Sie schlenderten, hatten Zeit. Manchmal grüßten die Passanten, und er holte den Gruß, wie ein Echo, nach.
Du kennst viele.
Das ist selbstverständlich. Sei nicht blöd, Obergefreiter. Wozu hat man ein Hotel. Noch Jahre danach fiel ihm eine Kahnfahrt ein, ein Café, eine Unterhaltung über den Nutzen von Hutschachteln, er erinnerte sich an eine Straße, die von getrocknetem Laub überzogen war wie von einer zweiten, rissigen Haut, an Staub und Sonne; daran, daß ihre Hand manchmal nach der seinen suchte; daß sie ein zweites Mal in ein Café gingen, weil Anna sich die Zeit bis zur Überraschung, wie sie sagte, vertreiben müsse und er kein guter Zeitvertreiber sei.
Hast du nicht behauptet, es gehe dir nichts übers Kino? hatte Anna ihn gefragt.

Das ist übertrieben.
Du willst es nur nicht zugeben.
Vielleicht. Über seine Laster spricht man sowieso nicht gern.
Ist das ein Laster, Obergefreiter? Also gehen wir ins Kino.
Noch nie war er mit einem Mädchen, einer Frau im Kino gewesen. Er hatte es sich gewünscht, die Pärchen im Dunkel beneidet, wenn aus zwei Umrissen flüchtig einer wurde, oder wenn es aus einer Loge kicherte. Dann konnte es vorkommen, daß seine Erregung ihn blind machte und er vom Film nichts hatte. Jetzt saß eine neben ihm, er fühlte ihre Wärme, ihr Arm rieb sich an seinem und ihre Hand hielt seine Hand, doch die Bilder waren viel stärker, dieser eine Satz und das Lied, die seinen Kopf ausfüllten.
Der Film spielte im eisigen Norden Kanadas, hieß »Wasser für Canitoga« und erzählte von dem Desperado Oliver Montstuart, der dafür zu sorgen hat, daß in einer Überlandleitung endlich Wasser für die Leute von Canitoga kommt, daß sie nicht mehr nur Bier und Whisky saufen, obwohl gerade Montstuart nichts anderes als Whisky trinkt. Hubert sieht ihn gegen Saboteure kämpfen, gegen einen Freund, den Chefingenieur Trafford, er sieht ihn in eisiges Wasser springen, gegen die Natur wüten, er sieht ihn zärtlich sein und er hört den Satz: Einer für alle, alle für einen und das Lied: Good bye, Jonny! Und Anna kann ihn nicht mehr erreichen, denn Montstuart hat ihn längst aufgesogen, oder Hans Albers, der den Montstuart spielt, er reißt ihn in das Halblicht des Abends, des anderen Landes. Nimm mich endlich mal in den Arm, bittet Anna, er gehorcht. Sie sagt: Du bist ungeschickt. Er ist es nicht. Seine Arme sind nur so schwer wie die Olivers. Er hat zuviel Whisky gesoffen, den Tag über hart geschuftet, hat sich prügeln müssen, nun ist er steif von der Lust am Leben.
Du bist ein bissel verrückt, sagt sie. Sie gehen nebeneinander her. Sein Schritt ist breiter, er hat Kraft, spürt sie, und die Abenteuer wiederholen sich in seinem Gedächtnis.

Der Albers singt schön, sagt sie.
Ja, sagt er, summt das Lied.
Ich hab es mir auch gemerkt. Sie faßt nach seiner Hand und summt mit.
Und dieser Satz, sagt Hubert, dieser ungeheure Satz: Einer für alle, alle gegen einen.
Anna prustet, hält sich die Hand vor den Mund, stößt ihn in die Seite: Das ist einer, der Obergefreite Windisch. Er verdreht Sätze nach seinem Gusto. Es heißt nicht, alle gegen einen, sondern alle für einen.
Aber er wird sich den Satz nur falsch merken können. Der Nachtportier begrüßt sie, gibt Hubert den Schlüssel, erklärt Anna, es sei alles gerichtet, wie das gnädige Fräulein es bestellt habe.
Geh dich frisch machen, sagt sie, wir treffen uns in zehn Minuten im Restaurant. Ja?
Die Bilder haben inzwischen seinen Kopf erobert, beherrschen ihn. Er merkt, wie er gegen den angeht, der er vorher war. Er stürmt die Treppe hinauf, nimmt zwei Stufen auf einmal, riecht nach Whisky und Eiswind.
Wie schmeckt Whisky? fragt plötzlich eine Stimme in seinem Kopf. Ich habe noch nie welchen getrunken.
Im Zimmer geht er hin und her, hält es nicht aus. Gern würde er irgendwo anders sein, auch in einer engeren Bude, nur müßte »sie« auf ihn warten, die er Trafford weggenommen hat.
Er wäscht sich die Hände, schaut aber nicht in den Spiegel.
Hubert hatte keine anderen Gäste im Restaurant erwartet. Doch viele Tische waren besetzt, und er entdeckte, verwirrt von dem Licht, dem Gemurmel, Anna erst, als sie ihm zuwinkte. Sie stand neben einem kleinen Tisch am Ende des Saals, trug dasselbe Kleid wie am Nachmittag, am Dekolleté eine frische Rose, die von einer Brosche gehalten wurde. So glich sie sogar ein wenig der Frau, um die er gekämpft hatte.

In dem Restaurant saßen merkwürdigerweise nur Zivilisten. Das machte ihn in seiner Uniform unsicher.
So, jetzt feiern wir, sagte Anna. Nur auf ihrem Tisch brannten Kerzen in einem Leuchter. Siehst du, Obergefreiter, es ist richtig festlich.
Sag nicht Obergefreiter.
Sie aßen, er fragte, was das für eine komische Suppeneinlage sei.
Leberreis.
Entweder Leber oder Reis, sagte er.
Bei uns hier gibt es beides, und da ist es eines.
Anna muß sich nachgeschminkt haben. Hubert denkt: Der Führer mag geschminkte Frauen nicht, und ärgert sich, daß er es denkt.
Er hört, wie sie sagt: Du bist ganz weit weg, Hubert.
Er möchte diesen Moment genießen, genießt ihn auch, aber anders, als Anna es erhofft. Alles, was geschieht, wird zur Szene, die allein er beherrscht. Oliver ist heimgekommen, er hat überlebt, er feiert, läßt sich von dem Licht wärmen, saugt es förmlich auf.
Ich bin müde, sagt er, nachdem sie sich zugeprostet haben.
Ich auch, sagt sie. Er ist nicht überrascht, daß sie mit ihm die Treppe hinaufgeht, nicht vor seinem Zimmer stehenbleibt, sondern eintritt, daß sie, wie das Stubenmädchen, die Decke aufschlägt, nebenbei »Ist es dir recht, Hubert?« fragt, sich auszieht, ins Bett legt, auf ihn wartet, als er neben ihr liegt, das Licht löscht, ihn an sich zieht, anfängt zu summen, Good bye, Jonny, er sie küßt, damit sie aufhöre, ihn nicht verrückt macht mit diesem Lied, das ihn schon verrückt gemacht hat, ihre Wärme ihn aufnimmt, als wäre es seit langem so gewesen. Er wachte dann auf, wie sie ging. Das würde sie immer so tun. Morgens liege ich in meinem Bett, sagte sie, in meinem.
Aber manchmal wachten sie miteinander, die Leiber müde und reizbar, und Anna bekam Anwandlungen einer Wut, vor der Hubert sich fürchtete. Sie sagte Dinge, die er aus seiner

Wirklichkeit ausschloß, die ihn an Edith erinnerten, an die bitteren Andeutungen seiner Mutter.
Weißt du, daß sie in Auschwitz Menschen umbringen? Da, in Oberschlesien. Juden, Polen, Tschechen. Sein Schweigen läßt sie noch trauriger werden. Sie erwartet keine Antwort mehr.
Nach Theresienstadt holt man sie auch. Von den meisten hört man nichts mehr. Man bringt sie um. Ja? fragt sie und rückt ein wenig näher an ihn heran.
Auch Kinder, sagt sie, und Frauen.
Er spricht nicht, er könnte nicht sprechen. Was sie sagt, will er nicht sehen. Es ist Vaters entsetzliche, von Planern und Tätern aufgewühlte kriegerische Welt.
Laß mich in Ruhe, Anna.
Es ist wahr, flüstert sie.
Er richtete sich ein. Die meisten Wochenenden verbrachte er in Prerau. Frau Slotosch, längst wieder gesund, nahm an den Mahlzeiten teil, ging mitunter auch mit ihnen spazieren, hielt sich aber diskret im Hintergrund.
Major Lauer wurde versetzt. Hubert nicht. Es würde sich, nahm Hubert an, nichts ändern, solange die Front nicht näherrückte. Anna traute er zu, selbst dann einen Ausweg zu finden, und sei es, sie versetzte das Hotel, fände ein neues, irgendwo, in einer Gegend, wo der Krieg nicht hinkam.
Aber als Nesvadba auftauchte, wurde er aus dem bequemen Traum geworfen. Es geschah ohne Vorzeichen.
Noch immer gelang es ihm, obwohl er »Wasser für Canitoga« kein zweites Mal sah, in Oliver zu schlüpfen. Anna hatte sich daran gewöhnt, machte sich nicht mehr über ihn lustig. Sie meinte sogar, seine fixen Ideen nützten der Liebe.
Bedȓich – oder Friedrich, wie er sich höhnisch vorstellte – Nesvadba war Oliver ähnlich. Oder Hans Albers. Oder dem Oliver, der von Albers gespielt wurde. Oder der Unverfrorenheit, nach der Hubert sich sehnte. Nesvadba brauchte keine fremde Rolle anzunehmen. Nesvadba war erschreckend selbst-

sicher und wirkte gefährlich. Er überrannte Hubert, demütigte ihn.
Drei oder vier Wochenenden nahm Nesvadba an ihren Vergnügungen teil, sogar Frau Slotosch »ließ es sich nicht nehmen«, ein Gläschen mitzutrinken. Nur wenn sie zu Bett gingen, wenn Anna wie immer Hubert aufs Zimmer folgte, verabschiedete sich Nesvadba, verschwand. Nicht ganz. Er irritierte Hubert so, daß seine Zärtlichkeit matt wurde und Anna ihn fragte, was denn in ihn gefahren sei, und er hätte antworten können: Oliver hat mich verlassen. Daran ist Nesvadba schuld.
Anscheinend hatten Slotoschs ihn prüfen wollen, denn nach einiger Zeit erklärte ihm Anna vorsichtig, Nesvadba gehöre zu denen, die mit der derzeitigen Lage nicht zufrieden seien, die, weil es halt ein Protektorat gebe, ihren Beruf hätten wechseln müssen, die in der Tarnung lebten und, no ja, gegen die Deutschen konspirierten, doch nur gegen die Hitlerdeutschen, bestimmt nicht gegen alle, und es gäbe sogar einige Deutsche, die Hilfe leisteten, er solle sich darüber keine Gedanken machen. Annas Sätze löschten nicht nur Prerau, sondern auch Canitoga.
Liebst du ihn? fragte er, nachdem er lange geschwiegen, sich mit dem Handrücken hilflos die Stirn gerieben hatte. Als sie ihm versicherte, sie liebe ihn, Hubert, war es ihm schon gleichgültig.
Gehörst du dazu?
Wozu?
Zu dieser Bande?
Es ist keine Bande. Ich gehöre nicht dazu. Wir helfen manchmal. Das ist alles. Wir sind Tschechen, begreifst du nicht?
Deine Mutter ist Deutsche.
Wie man es nimmt, sagte sie.
Er wäre am liebsten aus dem Haus gelaufen, aber es fuhr kein Zug mehr. Er hörte, wie sie aus dem Bett stieg, zu ihm kam, sie legte die Hände auf seine Schultern, streichelte seinen Nacken.

Was regst du dich auf? Komm schlafen. Sie zog ihn hoch, er gab ihr nach, sah sie nackt vor sich, freute sich mit einemmal darauf, über sie herzufallen, seine ungenaue Wut lösen zu können. War es Wut? War es Fremde, war es Angst?
Er habe sie nie so zärtlich geliebt, sagte sie am andern Morgen, vorm Abschied, brachte ihn vors Hotel.
Komm nächsten Samstag sobald wie möglich, nimm den frühesten Zug, bat sie. Er nickte. Jetzt schleiften seine Schritte wie die Olivers nach der großen Prügelei. Nesvadba war nicht mehr aufgetaucht. Nesvadba, sagte er vor sich hin. Nesvadba, Trafford, du Schwein.
Während der Woche rief Anna an, er ließ sich verleugnen. Er nahm sich vor, ihr zu schreiben, sich zu verabschieden: Ich kann nicht kommen, Anna. Es ist aus. Die Briefe mißlangen ihm. Da die Gewohnheit, an den Wochenenden die Kaserne zu verlassen, so übermächtig war, reiste er am Samstag nach Olmütz, wohnte in einem kleinen Hotel in der Nähe des Rathauses, ging zweimal ins Kino, ließ sich auf die Bilder jedoch nicht ein, sondern dachte, daß er mit Anna jetzt spazieren könnte und wie er Frau Slotosch die Suppe gebracht hatte und wie sie den Obergefreiten gefeiert hatten, und wie Oliver ihm geholfen hatte, Anna zu lieben. Dort hätte er zu Hause sein können. Einen Augenblick erwog er, die Feldgendarmerie auf Nesvadba hinzuweisen. Das hätte wenig Sinn.
Im September 1944, die Front rückte näher, wurde sein Stab nach Brünn verlegt.

11.
Navratils Weinstube

So wie Brünn hat er keine Stadt erfahren. Nie erschien sie ihm wirklich. Er kam hin, richtete sich in der Kaserne in den »Schwarzen Feldern« ein, hatte ein- oder zweimal Ausgang, nicht viel mehr gesehen als den Dom, den Spielberg und den Park rund um das Deutsche Haus, als er an einem Fieber erkrankte, dessen Ursache die Ärzte nur vermuten konnten. Wahrscheinlich gehe es auf eine Lebensmittelvergiftung zurück. Doch niemand, der mit ihm in der Kantine gegessen hatte, war von diesem Fieber befallen worden.
Alles rückte von ihm weg. Die Fragen der Ärzte erreichten ihn ebensowenig wie die Hilfen der Schwestern. Bei dieser schwächlichen Konstitution, hörte er. Vergleichbare Erscheinungen wie bei Gelbsucht, hörte er. Ob da mit Traubenzukker? Fragen und Wörter verloren in seinem Kopf ihren Sinn. Was war das: Traubenzucker? Etwas, das es früher gegeben hatte? Er träumte viel, aber die Gestalten nahmen keinen Namen an. Bisweilen fühlte er seinen Körper nicht mehr, hielt sich für eine Höhlung unter der Decke, und er strich prüfend mit den Händen die Beine entlang. Bitte, bleiben Sie liegen, sagte die Schwester. Er gewöhnte sich an den Zustand, zwischen Schlaf und Wachsein nicht mehr unterscheiden zu können, daran, daß in seinem Kopf die Gedanken beinahe sprachlos wurden, daß die Schmerzen, die zu Beginn Bauch und Brust in Krämpfen zusammengezogen hatten, geschwunden und durch eine schwebende Empfindungslosigkeit aufgehoben worden waren.
Herr Windisch? Das war eine angenehme, schmeichelnde Stimme.
Ja?

Wollen Sie nicht wenigstens ein Häppchen essen?
Jetzt noch nicht.
Er setzte sie in Erstaunen: Ein Mägerling, der offenbar von einer Substanz zehrte, die so wenig ausreichend wie doch vorhanden schien, ein Fakir, ein Luftschlucker, ein Selbstverwerter.
Die ersten Bomben fielen auf Brünn. Bei Alarm wurden nur die Schwer- und die Todkranken auf Bahren in den Keller getragen, eine Prozedur, die Hubert genoß, da er die Aufregung und die Hast um sich herum als Temperaturveränderung empfand, seine Poren sogen die Angst der anderen wie eine Heilsubstanz auf, er wurde warm, ohne verstört zu sein, obwohl die Schwestern den Anflug von Röte auf Backen und Stirn als Aufregung auslegten, ihn zu beruhigen versuchten, summend in sein Ohr hineinflüsterten, mit leichter Hand über seine Stirn strichen, die Sanitäter beim Tragen zur Vorsicht mahnten, und im Keller dann, in der wartenden Stille, saß auf jeden Fall eine neben ihm, hielt ihm die Hand, während er es vorzog, den Entfernten, den Schlafenden zu markieren und doch überempfindlich wach war: Alarm wurde für ihn zu einer erholsamen Sensation.
Es gelang Hubert kunstvoll und mit wachsender Anstrengung krank zu bleiben, allerdings bekam er nun Hunger, gegen den er eine Weile ankämpfte, ehe er ihm nachgab und die Schwestern ihn mit Hingabe zu päppeln begannen. Bald könnte er entlassen werden. Er sei beinahe gestorben. Er habe noch einmal Glück gehabt. Sie haben noch einmal Glück gehabt, Herr Windisch. Die Stimmen gehören wieder zu Personen. Beispielsweise diese, die so tröstlich wispern konnte, die Ohrmuscheln wärmte, die so flaumige Hände gehabt hatte, diese Stimme gehörte zu einer kleinen beweglichen Person, die sich in unverbindliche Freundlichkeit zurückzog. Nun wollen wir uns mal messen lassen. Nun wollen wir mal das Süppchen essen. Hubert beschloß, rasch gesund zu werden, denn dieses schöne Fieber würde er nicht wiederholen können.

Mitten im Hochsommer wird er aus dem Lazarett entlassen. Die letzte Woche hatte er nicht unter Fieber, sondern unter der Hitze gelitten, auch unter der Betriebsamkeit der andern, die in Skatrunden laut waren, mit den Schwestern schäkerten, ihren erotischen Phantasien in schauderhaften Geschichten nachgaben, die Hitlerjungen, welche sich als Hilfen anboten, in die Stadt schickten, um dieses oder jenes, was es eben noch gab, zu kaufen, die sinnlosesten Sachen, Küchengeräte, Holzschüsselchen, Hustenpastillen oder Senf, der zum begehrten Brotaufstrich geworden war.

Ob er sich noch schlapp fühle? Weshalb er sich überhaupt nicht beteilige? Wieso er nicht Skat spiele? Er sei ein Spielverderber. So einer wie er könne das Klima versauern.

Hubert versteckte sich hinter Zeitungen, hinter Büchern, versuchte sich lesend abzulenken. Er fühlte sich ausgeschlossen wie noch nie.

Er bat, vorzeitig entlassen zu werden, aber die Ärzte bestanden darauf, ihn noch ein, zwei Tage zu beobachten, und hielten ihn fest.

Da er noch immer sehr mager war, bekam er zusätzlich Portionen, die ihm freilich, kaum waren die Schwestern aus dem Zimmer, mit höhnischen Bemerkungen über seine Kinderkrankheit, seine mangelnde Fronterfahrung, seine Schreibstubenblässe weggenommen wurden.

Unaufhörlich wurde er angesprochen. Na, Windisch, alles in Ordnung? Kannst du mir mal dein Buch leihen? Verzeihen Sie, Obergefreiter, keine Lust auf eine Runde Skat?

Wenn du schon nicht spielen kannst, könntest du wenigstens für uns schreiben. Windisch, kannst du deinen Nachttopf auch so vollpinkeln wie Lohse? Probier's mal. Der ist doch so trocken wie eine alte Jungfer. Erzähl mal was von deinen Mädchen, Windisch.

Nachts lag er wach, dachte sich aus, wie er über sie hinauswuchs, sie im Skat abzog, einen nach dem andern, wie die Schwestern ihn in Schutz nahmen, wie er sie mit seinen

Fronterlebnissen zum Schweigen brachte, er, der einzige mit dem EK I, der nur so lange geschwiegen hatte, weil er nicht renommieren wollte wie die andern. Wie er auf einer Patrouille verwundet wurde und seine Stadt ihn während eines Genesungsurlaubs feierte. Als er »meine Stadt« dachte, erschrak er, da er sich seine Stadt nicht vorstellen, es Kassel nicht sein konnte, wo Vater und Wehrhahn dominierten, wo man ihn bestimmt nicht wiedererkennen würde, vielleicht könnte es Prerau sein, aber Anna und ihre Mutter würden sich weigern, ihn zu dem Fest zu begleiten, den Uniformierten, den deutschen Soldaten, er wäre allein, wie immer, nur Mutter würde ihm schreiben, gratulieren: Mein lieber Hubert . . .

Schlief er ein, träumte er von Verfolgungen, fiel in trichterähnliche Abgründe, wachte an seinem eigenen Stöhnen auf oder an dem zornigen Zischen der Bettnachbarn: Hör endlich auf zu wimmern, du blöde Sau.

Als er endlich seine wenigen Sachen zusammenlas, die Schwester auf ihn wartete, ihn antrieb, er solle sich beeilen, er müsse noch seine Papiere abholen, war er unschlüssig, ob er sich von den andern verabschieden solle. Er nahm den Koffer, hielt den Kopf gesenkt, ging an den Betten und Tischen vorüber, ohne ein Wort, er hörte das sich steigernde Murmeln, ging ein wenig schneller, und als er die Schwester erreichte, brüllte ihm einer nach: Du Arschloch!

Sie hätten sich aber verabschieden können, sagte die Schwester. Das eigentümlich sperrige Aber verwirrte ihn. Nicht, daß sie ihm sein Verhalten vorwarf. Das war ihm gleichgültig. Er hatte die Kerle zu Recht mit Nichtachtung gestraft. Nur, fragte er sich, wieso setzt sie dieses Aber mitten hinein in den Satz? Woher kommt sie?

Meinen Sie nicht auch? fragte sie.

Nein, sagte er. Nein.

Ich verstehe Sie nicht, Herr Windisch. Sie machen es sich nur schwer.

Die haben es mir schwergemacht.

Der Arzt, der ihn entließ, doch zuvor »noch ein paar ernste Worte mit ihm wechseln« wollte, wobei von Wechseln nicht die Rede sein konnte, sondern nur von einem Monolog über die Magersucht, der Arzt war eine leibliche Antwort auf den beklagten Hunger, nämlich fett, in sich ruhend, von einer provokanten Zufriedenheit, die Hubert endgültig schweigen ließ. Nahm er alle Gesprächsfragmente zusammen, so hatte er in den Lazarettwochen allenfalls vierzig Sätze gesprochen. Wäre er länger geblieben, hätte er die Sprache verlernt, oder alles, was er dachte, hätte sich ihm zusammengezogen in den vulgären Abzählversen und Flüchen der Skatspieler, in den derben Beschreibungen vom Geschlechtsverkehr und in den Stoßgebeten über Krieg, Frauenlosigkeit und Landserscheiße.

Der Arzt bescheinigte ihm dauernd Untergewicht. Zu mager sind Sie, mein Lieber, viel zu mager. Aber, wie man sieht, ist das Anlage. Nicht gut in dieser Zeit. Da sollte man ansetzen, haushalten können. Jedes Gramm Fett unter die Haut, mein Lieber. Wärme und Überleben bedeutet das. Wenn nicht mehr. Aber Sie sind ja nicht der einzige. Kann auch Kummer bedeuten, der Fleisch von den Knochen frißt. Die Unzufriedenheit. Der Krieg selber. Die Lebensmittelkarten könnten ausreichen. Aber wer frißt schon gern Papier für Schweineschmalz und Grieben. Na, Sie sehen mir beinahe so aus. Also, Schwamm drüber, Gutester. Der Krieg geht weiter und fabriziert sich seine Helden. Haben Sie schon einen dicken Helden gesehen? Nee? Also haben Sie immerhin die Chance, einer zu werden. Ich nicht. Das ist Ihr Vorteil, wenigstens einer, als Dünner. Und unser Führer ist ja auch eher ein Leptosomer. Kennen Sie Kretschmer? Sicher nicht. Der hat die Typen erfunden und dazu auch gleich ihren Charakter bestimmt. Also ich als Pykniker. Schwamm drüber. Selbst auf die Typenlehre nimmt der Krieg keine Rücksicht mehr. Meinethalben: Athletiker zu den Fliegern. Leptosome zu den Grenadieren. Was bei Ihnen sogar stimmt. Oder in die Schreibstuben. Das stimmt sogar doppelt. Sehen Sie. Die Wissenschaft. Der Pykniker in die Stäbe. Mit roten Litzen und Übersicht. Also, Obergefreiter, hier kriegen Sie eine Bescheinigung mit, die Ihre Nahrung erweitert, einen halben Liter Magermilch mehr als der normale Sterbliche und dazu Traubenzucker. Das sind schon U-Boot-Portionen! Achten Sie darauf, daß Sie nicht benachteiligt werden – der Fette unterbricht sich, reicht Hubert die Papiere, nickt, schließt die Augen, lehnt sich zurück.

Es ist heiß. Die Straße vor ihm flimmert, es fällt ihm schwer, Atem zu holen. Mit kleinen Schritten geht er die Straße bis zur Trambahnstation hinunter. Kein Laut ist zu hören. Für einen Moment bleibt er stehen, horcht, ganz von der Ferne tönt die Stadt: Autos und Straßenbahnen, vielleicht Menschenstimmen. Eine Frau kommt ihm entgegen, sie tänzelt beinahe, schwingt die Handtasche, summt vor sich hin, achtet nicht auf ihn. Sie kommt von einem, der sie glücklich gemacht hat, sagt er sich. Oder sie geht zu jemandem und freut sich. Er beneidet sie um ihre Leichtigkeit. Vor der Haltestelle sieht er die ersten Ruinen. Vom Feuer geschwärzte, aufgerissene Mauern, Fensterlöcher und Schuttberge. Die Straße ist nur zur Hälfte freigeräumt. Als dies geschah, hatte er fiebrig im Keller gelegen und angenommen, es sei ein Traum. Es ärgerte ihn, daß alles Wirkliche, auch die Zerstörung, meistens ohne ihn geschah.

Die Straßenbahn fuhr durch die Stadt, an den Anlagen vorüber, in die Schwarzen Felder. Alles kannte er gleichsam nur von einem Blick, und die Sonne verzerrte Häuser und Bäume, riß sie in einem tollen Licht zusammen. Es fuhren fast nur alte Frauen mit ihm, viele in Schwarz, sie musterten ihn, den Uniformierten, der sich mit seinem Köfferchen anscheinend auf einer größeren Reise befand, ein Fremder, einer aus dem Reich, ein Eroberer, wenn auch übermäßig dünn und blaß, und so, wie er mit aneinandergedrückten Knien dasaß, lächerlich und wehrlos. An der Endstation, die Tram wendete im Kreis, der Fahrer stieg für eine Zigarettenlänge aus, blieb

Hubert sitzen. Er hatte noch eineinhalb Stunden Zeit. Sollte er sie der Kompanie schenken? Er hatte keine Lust, spazierenzugehen, doch noch einmal durch die Stadt zu fahren, die überhellen Fassaden an sich vorübergleiten zu lassen oder die schwarzen, unter der Sonne teerigen Steinstummel, einige Bilder mitzunehmen, ganz beiläufig, sich sicher und aufgehoben zu fühlen – er stellte den Koffer neben sich auf die Bank. Der Schaffner hatte ihn schon die ganze Zeit mißtrauisch beobachtet, pflanzte sich nun vor ihm auf, redete, obwohl er einen deutschen Soldaten vor sich hatte, Hubert auf tschechisch an. Hubert schüttelte den Kopf, murmelte: Co mysli-te? Also muß ich auf deutsch mit Ihnen reden? sagte der Schaffner. Wollen Sie noch einmal zurück? Haben Sie sich geirrt?
Nein.
Wieso nein, wollen Sie sitzenbleiben?
Hubert genoß seine Überlegenheit. Das Ungewöhnliche, das Unübliche machte ihn stark.
Ich fahre noch einmal zurück. Und dann wieder zurück.
Wie kommen Sie darauf?
Es macht mich glücklich. Eigentlich hatte er sagen wollen: Es macht mir Spaß. Aber »glücklich« war die fremdere Wendung. Der Schaffner mußte ihn für verrückt halten. Oder wenigstens für exzentrisch. Oder, wenn er es gut mit ihm meinte, für einen Snob.
Aber jede einzelne Fahrt müssen Sie einzeln zahlen.
Gut. Hubert zog das Portemonnaie aus der Tasche, dann bitte noch einmal zwei volle Fahrten.
Der Schaffner kostete seinen Triumph voll aus: Das ist ganz und gar und überhaupt nicht möglich.
Weshalb? Hubert verlor seine Macht, kaum hatte er sie gewonnen. Es kann Ihnen doch egal sein, ob ich eine Karte löse oder zwei.
Nichts ist mir egal, sagte der Schaffner, nichts, und Fahrten kann man nicht im Haufen bezahlen, sondern nur für sich.

Aber es gibt doch Wochen- oder Sammelkarten, soviel ich weiß.
Woher wollen Sie das wissen? Und wenn es sie gibt. Für eine solche Fahrerei nicht. Also: Lösen Sie die nächste Karte, wenn Sie sich zur Fahrt entschlossen haben und wenn ich mich zum Kassieren entschlossen habe. So ist das.
Und so geschah es. Hubert fügte sich dem Wahn des Kondukteurs, kam aber von den Maßregelungen nicht los, wiederholte sich deren Sinnlosigkeit, so daß die Entspannung, auf die er gehofft hatte, verdorben war.

In der Schreibstube wurde Hubert empfangen, als sei er nur kurz verreist gewesen, mußte aber drei Tage darum kämpfen, einen eigenen Schreibtisch zu bekommen, denn den seinen hatte sich ein neuer Stabsfeldwebel angeeignet, der, wie er behauptete, auf einem Möbel dieser Größe bestehe, während sich Hubert, wenn überhaupt, mit einem Tisch abfinden müsse, der nur eine verschließbare Schublade habe. Dieser Feldwebel, Kuno Reuschel aus Pasing, hatte während Huberts Abwesenheit die Stimmung in der kleinen Gruppe beträchtlich verändert, man scherzte kaum mehr, es herrschte ein knapper militärischer Tonfall, ein Jawoll folgte heiser dem anderen, die Hackenschläge skandierten die Stunden. Die näherrückende Front drückte auf die Gemüter. Die Offiziere vermuteten, die Russen stünden bald an der Oder. Und auch dort würden sie, ziehe man den desolaten Zustand der rückströmenden Truppen in Erwägung, wohl nicht aufzuhalten sein.
Hubert ging Reuschel aus dem Weg. Wenn er einmal von ihm herausgefordert wurde, gab er sich kleinlaut, demütig. Reuschel sprach ihn auf die Slotoschs an. Es sei ihm zugetragen worden, Hubert habe in Prerau so eine Bratkartoffelliebschaft gehabt. Ob das zutreffe? Nein, in dieser Weise nicht.
Waren das Tschechen, Windisch?
Weswegen fragte er ihn das? Wollte er ihn hereinlegen?
Nein, Tschechen waren es nicht.

Sie sagen es so, Obergefreiter Windisch, daß man annehmen könnte, es seien Hottentotten gewesen.
Weil es Deutsche und Tschechen in der Familie gibt, Herr Stabsfeldwebel.
Also Mischlinge. Das sind die Schlimmsten.
Es waren freundliche Leute.
Ich habe Sie nicht um eine Beurteilung gebeten, Obergefreiter Windisch.
Jawoll.
Jawoll. Ein Wort, das die Männer in der Mitte knickte, das kalt über die Lippen sprang und jeden Nachgedanken unterband, ein Wort, das sie verschmolz und trennte.
Während einer der abstrusen Unterhaltungen mit Reuschel sagte Hubert sich, mechanisch zustimmend, daß er sein ganzes Leben nie hat nein sagen dürfen, daß es ihm von klein auf ausgetrieben worden war, nur das Ja und das Jawoll hatten Vater, die Lehrer, die Kameraden ihm beigebracht und erlaubt, kein Nein hatte seine Tagesläufe gestört und vertieft, nicht ein einziges Mal hatte er der Welt Einhalt geboten, war irgendeinem seiner Peiniger durch ein Nein in den Weg getreten, hatte er diese Barriere aus einem kleinen Wort aufgerichtet, die alles, aber auch alles verändert hätte, ihn und seine Träume, seine Wünsche, auch die Menschen, die vielleicht Freunde geworden wären.
Jawoll, Herr Stabsfeldwebel.
Jawoll. Aber zum Jasagen kamen sie auch nicht mehr. Die Wirklichkeit, die man aus Vorsicht und Feigheit zum Gerücht degradierte, holte sie allmählich ein. Einer redete vom Aufstand in Warschau, die Polen und die Juden, schon wieder dieses von Vater eingesetzte Paar, dieses dunkle Motiv, mit dem ihm Edith verekelt worden war, doch dieses Mal hätten sie sich sogar gewehrt, die Betrüger und Händler, hätten mit Gewehren umgehen können, mit Granaten, zur Verwunderung der Heeresleitung, die sich vorgenommen habe, die Brut an einem Tag zu zertreten. So einfach sei das

nur nicht gewesen. Vielleicht, dachte Hubert, hat man sie nicht richtig eingeschätzt, weil sie mit Jawoll geantwortet haben, Jawoll und Jawoll, und längst war das Nein in ihrem Kopf übergroß geworden und hatte sie unverwundbar gemacht. Der Aufstand wurde schließlich niedergeschlagen, was Hubert insgeheim betrübte, denn er wünschte sich, daß dieser für ihn sonderbar unwirkliche Krieg ihm wenigstens alle Lasten seiner Kindheit raubte. Einer der Offiziere rügte Reuschel wegen seiner Schwarzmalerei, was tatsächlich nicht zutraf, da der Stabsfeldwebel beinahe als einziger die Niederlagen noch in kleine Siege ummünzte und fraglos an den Endsieg glaubte.

Den ersten Ausgang nach seiner Krankheit nutzte Hubert, um ins Kino zu gehen. Er hatte Glück. Hans Albers als Münchhausen machte es ihm leicht. Oder der Schauspieler, der den wunderbar Allmächtigen spielte. Oder der Lügner, dem man glauben mußte. Oder die Wahrheit, die nur der Erzähler kannte. Oder der Erzähler, der die Lüge als Wahrheit entlarvte und die Wahrheit als Lüge. Denn es ist ja nicht die Zarin Katharina, der Münchhausen dient, sondern die Lüge der Macht, und es handelt sich nicht um den großmäuligen Baron aus einer westlichen Provinz, sondern um den Erfinder der freundlichen Wahrheit. Als Münchhausen auf der Kanonenkugel durch die Bläue ritt, ergriff Hubert die sich aufschwingende, unerhört heitere Musik derart, daß er vom Sessel aufsprang, seine Nebensitzer verblüfft an ihm hochsahen und ihn dann hinunterzogen. Diese Musik verfolgte ihn durch den Abend. Er bekam sie nicht los.
In der Weinstube, die er in der Nähe des alten Rathauses, versteckt hinter einer Toreinfahrt, entdeckte hatte, saß er allein an einem langen Holztisch und summte vor sich hin.
Das ist aus »Münchhausen«, sagte der Wirt, ein schönes Stück.

Die Vertraulichkeit ärgerte ihn. Er antwortete nicht. Der Wirt ließ ihn auch in Ruhe. Aber der Überschwang der Melodie war plötzlich gedämpft, und Hubert war sich sicher, Münchhausen für seine Träume nicht brauchen zu können. Er trank das zweite Glas Wein, seine Erinnerung ging auf die Suche nach einem Stärkeren.

Es hätte eine endlose Kolonne werden können, Desperados und Könige, Gauner und Moralisten, Liebhaber und Verlassene, Verschwender und einsame Jäger, eine Galerie von angestrengten Männergesichtern, die sich gegenseitig ablösten und löschten, Friedrich der Große und Trenck der Pandur, der Herrenreiter Willy Birgel und Rühmann, der Bruchpilot, er hätte sich darin verlieren können, wie in einem ellenlangen Lied mit Refrain, wäre es ihm nicht, wie schon einmal, gelungen, einen herauszulesen und anzunehmen, Oliver Montstuart, den Ingenieur, der sich gegen eine Horde von Gangstern durchsetzt, ein singender Draufgänger, Good bye Jonny, der am Ende draufgeht, als er zu diesem Senkkasten hinuntertaucht und weiß, daß die Zündschnur fast schon abgebrannt ist, aber was soll's, einer für alle, alle gegen einen.

Das ist aus »Wasser für Canitoga«, sagte der Wirt.

Ja? Was?

Was Sie eben gesungen haben, dieses Lied.

Der Wirt hat eine angenehme Stimme.

Good bye Jonny, good bye Jonny!
Schön war's mit uns zweien,
aber leider, aber leider,
kann's nicht immer so sein.

Ein paar Gäste singen mit, einer hat eine Mundharmonika aus der Tasche gezogen, spielt ein Echo nach, leiser werdend, und Hubert sagt: Das ist ein sentimentaler Dreck.

Aber schön! Er hatte jetzt nichts mehr dagegen, daß sich der Wirt zu ihm setzte, nachdem er sich vorgestellt hatte: Navratil.

Windisch.

Kommen Sie von der Front?
Warum antwortete er mit einem leisen, sich selbst überredenden Ja? Warum zogen Geschichten durch seinen Kopf, Bilderketten, die ihn überraschten, mit denen er nicht gerechnet hatte, die aber nun, für diese Stunde, in dieser Umgebung seine Erinnerung waren?
Ja.
Rußland? fragte der Wirt.
Ja.
Schlimm, sagte der Wirt.
Ja.
Wie wird es ausgehen? fragte der Wirt, nicht ihn, nicht einmal sich.
Wie schon? Hubert hörte sich wieder, seine Stimme klang rauh, sicher und schleppte tollkühne Vergangenheiten mit.
Der Wirt lachte, vorsichtig; er wußte nicht, wie er dieses dünne, kränklich aussehende Gegenüber einschätzen sollte. Ein Drückeberger, ein Fanatiker?
Wissen Sie, sagte Hubert, ich hab mal was Ähnliches erlebt.
Ähnlich wie?
Das ist Unsinn, korrigierte sich Hubert, es ist der Wein. Können Sie mir noch einen bringen? Der Wirt ging hinter die Theke. Hubert schaute sich in der Weinstube um, die Wärme, das Dämmerlicht in dem kleinen verwinkelten Raum umschlossen ihn, machten ihn sicher.
Also was, fragte der Wirt. Prosit, Herr Windisch.
Prosit, Herr Navratil.
Wissen Sie, manchmal ist man ganz auf sich allein gestellt.
Als wenn ich das nicht wüßte. Der sich anbiedernde Einwurf des Wirts gefiel Hubert nicht.
Ich bin nicht sicher, Herr Navratil. Ich werde Ihnen eine Geschichte erzählen. Wir lagen in der Nähe von Witebsk in einem Dorf.
Als er »Dorf« sagte, sah er eins. Es glich denen, durch die er fuhr, wenn er von Meseritsch nach Prerau reiste. Er hatte sich

mitunter gewünscht, hier zu leben, unbehelligt, ohne jede Vergangenheit.
Soviel ich mich erinnere, hatten die keinen Strom, und Wasser holten sie aus einem Brunnen. Die Armut dieser Menschen bedrückte uns. Er sprach Sätze, die er irgendwo hätte lesen können. Aber sie standen mit einem Mal eingeschrieben in seinem Gedächtnis.
Der einzige Kontakt zu unserer Division ging über das Feldtelefon. Ja, wir waren am Ende der Welt. Wirklich! Wirklich! sagte er und bestätigte die Bilder, die er sich machte.
No und? fragte der Wirt. Inzwischen hatten sich einige der Gäste zu ihnen gesetzt und hörten zu.
In unserer Gegend kam es nur noch gelegentlich zu kleineren Schießereien. Partisanen wahrscheinlich. Ja. Das war ein herrlicher Sommer.
Im vergangenen Jahr also, sagte der Wirt.
Ja, im vergangenen Jahr. Und dann war wieder die Telefonleitung unterbrochen. Unser Chef war besorgt. Eine Patrouille wurde aufgerieben, kehrte nicht zurück. Einer zweiten gelang die Reparatur, doch kaum war sie wieder da, fielen die Verbindungen von neuem aus. Der Kommandeur nahm an, Partisanen hätten schuld an diesen Anschlägen. Es habe keinen Sinn, eine weitere Patrouille auszuschicken. Ein einzelner Späher solle die Situation erkunden und, wenn es möglich sei, die Verbindung wiederherstellen. Ein Freiwilliger solle sich melden.
Und der waren Sie, sagte Navratil. Hubert nickte, zögerte weiterzuerzählen, denn Navratils Bemerkung war, schien es ihm, ironisch eingefärbt gewesen.
Haben Sie den Schaden gefunden? fragte einer der Zuhörer.
Hubert setzte seine Erzählung fort: Es war eiskalt –
Wieso? Sprachen Sie nicht davon, es sei im letzten Sommer passiert?
Ich meine – in der Nacht, als ich mich aufmachte. Kalt war es schon.

Ach so.
Sie glaubten ihm nicht. Er hatte die Geschichte schlecht begonnen.
Ich erinnere mich, wie ich in einem kleinen Wäldchen furchtbar erschrak, weil ich Schritte im Laub zu hören glaubte. Es waren keine. Nein. Ich beruhigte mich. Rannte geduckt über einen Acker, konnte die Telefonleitung schon sehen. Einer der schwachen Masten war umgeschlagen worden. Ihn allein aufzurichten, würde ich kaum schaffen. Ich schlich mich an, dachte nach, wie ich mir helfen könnte. Es war warm geworden, auch die Erde war warm –
Da konnte er den Fehler von vorhin beiläufig verbessern. Es war so einfach, die Sonne scheinen, den Sommer zurückkehren zu lassen.
Ich lag eine Weile still. Nichts rührte sich. Ein paar dieser Steppenvögel sangen.
Gibt es dort eine Steppe?
Nicht richtig, anders als bei uns.
Die Ruhe machte mich sorglos. Ich paßte nicht auf, duckte mich nicht mehr. Als ich mich dem umgestürzten Mast auf etwa hundert Meter genähert hatte, wurde geschossen. Ich warf mich ins Gras. Wie erstarrt. Wartete. Jemand rief. Ich schwieg. Hielt den Atem an.
Ja, das kann ich mir vorstellen, die Angst, sagte einer der Zuhörer.
Ich muß zugeben, ich hatte Angst. Aber ich blieb liegen, rührte mich nicht. Sie tauchten auf, drei, vielleicht dachten sie, sie hätten mich getroffen. Das Schrecklichste war, ich konnte es nicht fassen –
Ja?
Ich starrte hin, schüttelte den Kopf, starrte wieder –
Ja?
Sie trugen deutsche Uniformen.
Das ist doch nicht möglich, sagte einer.
Wieso? Navratil durchschaute ihn, begriff, daß Hubert diese

Geschichte jetzt, eben, an dem Tisch in der Weinstube erlebte, und er ließ es erkennen, ohne ihn zu verraten. Wieso?

Alles ist möglich. In solchen Zeiten gibt es nur noch Wunder, schlimme und gute.

Sie achteten nicht auf mich, liefen zu dem nächsten Mast, begannen ihn mit einer Axt zu kappen. Was sollte ich tun? Einer gegen drei? Schreiend sprang ich hoch, riß die Sicherung von einer Eierhandgranate, warf sie, stolperte, fiel hin, was mir das Leben rettete, denn ehe die Granate explodierte, konnten sie noch feuern.

Haben Sie getroffen?

Wer? Die Männer?

Nein, Sie!

Ja. Zwei waren tot. Einer nur leicht verwundet. Er hob die Arme. Ich rannte auf ihn zu. Die Strecke kam mir endlos vor. Er hatte seine Maschinenpistole weggeworfen. »Dawai!« schrie ich.

Er sagte ganz ruhig: Du kannst deutsch mit mir reden, Kamerad.

Er trug nicht nur deutsche Uniform, er war wirklich ein Deutscher. Oder ein Österreicher.

Weshalb ein Österreicher? fragte Navratil.

Er war es. Er sagte es mir. Aus Linz.

Aus Linz? Hat er das gesagt!

Ich erinnere mich genau. Aus Linz.

Dann kann es nicht anders sein, sagte Navratil.

Er war übergelaufen, wie die beiden anderen auch. Sie kämpften auf der Seite der Partisanen. Ich sagte ihm, er sei mein Gefangener, forderte ihn auf, den Schaden zu beheben. Bei der Arbeit bewachte ich ihn mit einem Karabiner. Ich hätte ihn bei jeder falschen Bewegung erschossen.

Aber das können Sie doch gar nicht, sagte Navratil, das halte ich für unmöglich.

Wir schafften es. Die Leitung war repariert. Ohne Zwischenfälle erreichten wir das Dorf, die Kompanie. Ich zwang ihn,

vor mir herzulaufen. Eigentlich hatte ich erwartet, die Partisanen hätten die Schießerei gehört und uns verfolgt. Doch nichts geschah.
Diese Genauigkeit freute Hubert. Daß es ihm gelang, Stimmung und Einzelheiten wiederzugeben.
Was wurde aus dem Österreicher? fragte Navratil.
Er wurde verhört, tagelang.
Bös, sagte Navratil.
Und dann haben sie ihn erschossen, als Deserteur.
Tat er Ihnen leid? fragte Navratil.
Wenn Sie mich jetzt fragen, sagte Hubert, ich glaube schon. Er war zufrieden mit dem Schluß der Geschichte, seiner Melancholie, eine Art von Männertrauer über das Unveränderbare.
Und dafür haben Sie keinen Orden bekommen? fragte eine junge Frau. Sie überraschte ihn. Solche Äußerlichkeiten hatte er nicht einkalkuliert.
Nein, sagte er. Nach einer Weile fügte er hinzu: Erst habe ich mich geärgert, weil man mich überging, aber auf Orden kommt es ja nicht an.
Ein Bewunderer von Hans Albers sind Sie doch, sagte Navratil.
Hubert stimmte zu, Navratil sang, der andere spielte die Mundharmonika.
Die Sentimentalität ist für unsereinen manchmal die Rettung.
Navratil hatte recht. Hubert wurde Stammgast, und Good bye Jonny wurde sein Erkennungslied.

Aber Nesvadba, mit dem er nicht gerechnet hatte, der im schlechten Licht der Navratilschen Kneipe auftauchte wie auf einem alten Zeitungsfoto, setzte der ohnedies zweifelhaften Idylle ein Ende. Es waren Monate, in denen zahllose Verrückte Parolen ausgaben, Ausrufer des Wahnsinns, nie sichtbar, faßbar, jedoch ständig zu hören: Die neue Wunderwaffe des Führers! Tausendmal stärker als die v 2! Die Russen schlachten in Ostpreußen Kinder und Frauen! Im Westen ist eine Offensi-

ve zu erwarten. Die Alliierten werden ins Meer getrieben! Die Japaner entscheiden den Krieg! Keiner glaubte auch nur ein Wort, jeder sagte es weiter.
An dem Abend, an dem Nesvadba auftrat, ihn aus seinem Schlupfwinkel vertrieb, war Hubert, wie so oft, mit der Straßenbahn von den Schwarzen Feldern in die Stadt gefahren. Man rechnete mit Fliegeralarm. Die Angriffe häuften sich. Manche Straßenzeilen waren zu Steinhaufen geworden, unpassierbar, und zwischen den Steinen wuchs erstes Grün. Die Menschen hasteten, drängelten in den Waggon, hatten es eilig, nach Hause, zumindest in die Nähe des vertrauten Luftschutzkellers zu gelangen, jeder war mit sich, seinen Ängsten beschäftigt und die stickige Spätsommerluft elektrisch aufgeladen. Der Abendhimmel lief mit einem schwefligen Rand aus. Wenn einmal ein Kind lachte, fuhren die Erwachsenen zusammen. Vielleicht bereitete die Welt sich auf ihr Ende vor. Es könnte sein. Und würde sie auseinanderbrechen, in vielen Brocken auseinanderfallen, in die Tiefe dieses Himmels, der die Zeit vergessen hat, wäre kein Laut zu hören, nichts, schweigend träte die Menschheit diese Reise an.
Navratil besaß die Schallplatte, auf der Hans Albers Good bye Jonny sang. Er legte sie vorsichtig auf, nachdem Hubert seinen Stammplatz eingenommen hatte.
Schön, wie? Hubert bereitete sich auf etwas vor, das er nicht kannte, nur ahnte. Er antwortete nicht, trank seinen Wein, wartete auf den Boten dieses verrückten Abends.
Anscheinend hatte Nesvadba die Rolle übernommen.
Er fiel nicht auf, war unversehens anwesend, stand zwischen den Tischen, suchte sich einen Platz, nahe der Theke, nickte Navratil zu. Sie mußten sich kennen. Nach einiger Zeit flüsterte Navratil mit ihm, Nesvadba nickte wieder, stand auf und verschwand in der Küche.
Als Hubert sein zweites Glas bestellte, fragte er Navratil: Kennen Sie diesen Herrn, mit dem Sie eben gesprochen haben, schon länger?

Welchen? fragte Navratil. Seine Unverfrorenheit machte Hubert deutlich, daß Nesvadba auch hier seine Kumpane besuchte, zu denen gewiß Navratil gehörte. Wie sicher fühlten sie sich schon. Er fragte sich, weshalb ihn Nesvadba so ängstigte. Es könnte ihm doch gleich sein, daß Tschechen gegen die Deutschen konspirierten. Sollten sie sich nicht wehren dürfen? Weshalb kränkten sie ihn mit ihren Geheimnissen, ihrem Widerstand, ihrer Verschwiegenheit? Er war nicht ihr Gegner.
Ich meine diesen Herrn Nesvadba, sagte Hubert.
Ach, den kennen Sie, sagte Navratil.
Und Sie ihn auch.
Ein bissel. Nur flüchtig. War früher ein Weinvertreter.
Navratil wandte sich ab, stellte den Song lauter: Good bye Jonny. Hubert wünschte zu zahlen. Navratil nahm wortlos das Geld.
Schade, sagte Hubert leise.
Es ist nicht zu ändern, sage ich Ihnen, Herr Windisch.
Das Lied gefiel ihm noch immer. Er verließ das Lokal, blieb stehen, es war dunkel. Er zog die Taschenlampe aus der Uniformjacke und lief dem Licht nach, das dünn, kläglich, immer nur eine Handvoll Pflastersteine aus der Finsternis schnitt.

12.
Barbara Windisch, verwitwete Roth

Jetzt rannte die Zeit ihm voraus. So schnell konnte er nicht sein, so viele Bilder nicht festhalten. Er sammelte Hast, Angst, Verschwiegenheit, sammelte sich verändernde, verzerrende Gesichter, Ausbrüche einer selbstvergessenen Lust oder Wut. Alles staute sich in ihm, wirr, und er fand keine Wörter dafür, keine Benennungen. In einer Zeitschrift las er über Kaspar Hauser, der gehalten worden war wie ein Tier und, als er unter die Menschen kam, staunend lernte. Hubert dachte sich, daß für dieses Geschöpf jede Geste, jeder Blick, jedes Wort zu Beginn unbeschreiblich rein gewesen sein müssen, bis es erschrocken merkte, wie verdorben sie waren durch ihre Geschichte und durch die Menschen. Er fragte sich auch, wie lange Kaspar brauchte, um zwischen Wahrheit und Lüge zu unterscheiden – oder ob es für ihn diese Unterscheidung nicht geben konnte.
Einen Tag nach dem Attentat auf Hitler stand das Bataillon im Karree um eine Fahne. Der Kommandeur las, sichtlich durcheinander, einige weinerlich pathetische Sätze von einem Notizblatt und ließ dann Treue, »unverbrüchliche Treue«, auf den Führer schwören. Die Erde unter ihren Stiefeln bekam Risse. Hubert erschien diese Szene dennoch lächerlich: Keiner sprach so wie sonst, nicht einmal die Feldwebel, sie flüsterten, als müsse man Kranke oder Sterbende schonen, oder sie redeten getragen, als befänden sie sich auf einer endlosen Feier. Das dauerte nur ein paar Tage.
Nachdem ihm Navratils Weinstube durch Nesvadba vergällt worden war (wieder hatte er erwogen, Nesvadbas Umtriebe, wie er das, was er nicht wußte, umschrieb, bei der Feldpolizei anzuzeigen, und wieder war er davor zurückgeschreckt – nicht

zuletzt aus einem sonderbaren Respekt, den er vor dem getarnten Mut dieses Mannes empfand), besuchte er, wenn er Ausgang hatte, eine schäbige Gaststätte in den Schwarzen Feldern, in der kein Wein, sondern ausschließlich Bier, dünnes Kriegsbudweiser, ausgeschenkt wurde. In dieser auf Abbruch gestimmten Umgebung lernte er Barbara Roth kennen.
Es hätte eine jener Szenen sein können, die er sich im Tagtraum wiederholte, deren Sentimentalität ihm angenehm war: Sie trat vor einem Soldaten, der ihr die Tür aufhielt, sie aber nicht begleitete, in das Lokal und zog sofort alle Aufmerksamkeit auf sich. Für einen Moment wurde es still, die Männer wendeten sich ihr zu, schätzten sie ab, prüften. Die abgebrochenen Sätze wurden zu unausgesprochenen Fragen. Auch später sah er sie nur so.
Die Tür war hinter ihr zugefallen. Sie blieb stehen, sah sich um, nicht eingeschüchtert, sondern selbstverständlich, als komme sie hier oft herein, als sei sie Stammgast.
Sie war nicht groß, erschien aber kräftig. Sie trug einen beigen Wettermantel, der unter dem eng um die Taille gezogenen Gürtel wie ein Rock weit und Falten schlagend um die Waden fiel. Es schien, als liefe sie noch immer vorm Winde her. Die Hände hatte sie in den Manteltaschen. Auf dem langen strähnigen Haar saß ein Barett, das sie tief übers rechte Ohr gezogen hatte. Dieser Rahmen machte ihr Gesicht kühn, beinahe kriegerisch. Doch die Kindlichkeit widersprach dem. Hubert sah nicht in die Augen einer Frau, sondern in die eines frühreifen, verschlagenen Gassenjungen. Sie erwiderte seinen Blick so unverhohlen, daß er die Augen niederschlug.
Ihre Augen waren braun; die Nase war viel zu klein geraten und übersät von Sommersprossen. Als er wieder aufsah, stand sie schon neben ihm.
Ist der Stuhl noch frei? fragte sie.
Bitte, sagte er, stand auf. Sie achtete nicht auf seine ungelenke Höflichkeit, und als er ihr aus dem Mantel helfen wollte, wehrte sie ab. Ich bleibe nur kurz.

Sie bestellte einen Tee, legte die Hände auf den Tisch und schaute sie an.
Er kennt alles schon, erinnert sich; er erinnert sich an diese unvermittelten Einbrüche von Freiheit, daß jemand furchtlos auftritt, alle verwirrt und am Ende nichts zurückläßt als eine unbestimmte Sehnsucht. Und er weiß auch, wie er sie ansprechen müßte, kennt die schnellen, zupackenden Wörter, die sich wegwerfend anhören, diese Lockrufe; er atmet die Fremde ein, die nie vertraut sein wird, die aber die Sinne erregt, den Blick weitet, so daß die Umgebung, diese triste dreckige Bude, wie auf einem überscharfen Foto nicht mehr aus dem Gedächtnis weicht; er hört sich reden, mit einer anderen Stimme, der Stimme, die er braucht, um solchen Herausforderungen gewachsen zu sein, doch dann sagt er nur, und ärgert sich, weil er nicht zu dem gefunden hat, der er sein wollte:
Passen Sie auf, der Tee ist heiß.
Sie schaut hoch, setzt das Teeglas ab, sagt mit einer Stimme, die nun tatsächlich aus seiner Erinnerung kommt, fest und kindlich: Halten Sie mich für blöd?
Das nicht, sagte er.
Dann reden sie schnell und hastig aufeinander ein, reden sich, eher zornig, widerwillig, aufeinander zu:
Wollen Sie anbandeln? fragte sie.
Wenn Sie es so nennen wollen, sagte er.
Wie sonst, wenn einer so anfängt.
Ich hab hier schon gesessen.
An jedem Tisch sitzt einer, sagt sie, es ist ein Zufall.
Was ist ein Zufall? fragt er.
Daß es Sie getroffen hat, sagt sie.
Wollen Sie Schicksal spielen?
Sie sagt: Das überlaß ich anderen.
Mein Name ist Windisch, sagt er.
Ich heiße Roth – Barbara.
Hubert, sagt er.
Wie?

Weil Sie auch Ihren Vornamen nannten.
Sie lacht, knöpft den Mantel auf, kneift die Augen zusammen, legt eine Hand auf das Teeglas, als wolle sie die Wärme einschließen, und Hubert ist sicher, daß er sich noch einmal auf diesen Wirbel von Sätzen, diese unsinnigen Fragen und Antworten einlassen muß, damit am Ende, wie bei den beweglichen Bildern seiner Erinnerung, ein Satz ausgesprochen wird, der wirklich einen Anfang macht, irgendeinen, den er zwar ahnt, sich aber nicht vorstellen will, aus Furcht, etwas vorwegzunehmen.
Sind Sie von hier? fragt er.
No, sagt sie, wie man's nimmt.
Also keine Brünnerin.
Das hab ich nicht gesagt. Und Sie, von wo kommen Sie?
Ich bin Soldat.
Das ist keine Antwort, sagt sie.
Doch, das ist eine, sagt er, und fragt weiter: Was machen Sie?
Warten, sagt sie, warten.
Er darf sich durch nichts verblüffen lassen, keine Unterbrechung gestatten.
Auf was?
No, sagt sie, auf meinen Mann, der vermißt ist, auf das Kriegsende, das es nicht geben wird, auf den Frieden, den wir nicht erkennen werden, was weiß ich, auf was alles noch.
Das war ein langer Satz.
Ich könnte ihn noch länger machen, sagt sie, und Sie, Herr Soldat, warum sind Sie nicht an der Front?
Weil mich keiner haben wollte.
Und jetzt?
Jetzt schreibe ich Akten, Urlaubsscheine, Reisegenehmigungen und so weiter.
Aber ein Offizier sind Sie nicht.
Nein, das bin ich nicht.
Und ein Deutscher sind Sie.
Sind Sie keine Deutsche?

Sehe ich so aus?
Ich weiß es nicht.
Wissen Sie überhaupt, Herr Soldat, wie Deutsche aussehen?
Nein.
Also so sehe ich aus. Warum schauen Sie mich nicht an? Sie lächelt, wie er es erwartet hatte, sie fügt sich seiner Phantasie, ein Lächeln, das nichts preisgibt, mit einem Anflug von Frechheit, aus den Augenwinkeln laufen Fältchen.
Haben Sie mich zu dem Tee eingeladen? fragt sie.
Machen Sie das immer so?
Sicher.
Er ruft die Bedienung, zahlt, und nachdem sie den letzten Schluck Tee getrunken hat, fragt er sie: Was nun?
Sind Sie nicht der Feldherr?
Ich überlasse das weitere Ihnen.
Wie fein Sie sich ausdrücken.
Als hätte sie es vor dem Spiegel geübt, viele Male, knöpft sie den Mantel zu, zieht ihn über der Brust straff, faßt an die Mütze, steht auf.
Beeilen Sie sich, sagt sie.
Er spürt, daß die Männer ihnen nachsehen, krümmt sich ein wenig unter ihren Blicken.
Draußen stemmen sie sich gegen eisigen Wind. Sie gräbt ihre Hände in die Manteltaschen, zieht die Schultern hoch. Immer wieder weiß er Bilder auswendig. Oder hat er sich nicht mit einer jungen Frau durch eine wintergraue Vorstadt gehen sehen, frierend, auf Wärme zulaufend? Die Häuser gleichen Kulissen, dicke schmutzige Pappe, die Fenster ausgeschnitten und verrottend im Nebel. Sie sind übriggeblieben aus einem vergessenen Film.
Er atmet aus und der Hauch wird zu einer flüchtigen Wolke.
Das machen Kinder, sagt sie.
Nicht nur Kinder. Er geht eng neben ihr, so daß sich manchmal die Oberarme reiben.
Sie widersprechen gern.

Wenn Sie wüßten! Hubert lacht.
No ja, ein Obergefreiter kann nicht oft widersprechen, das ist wahr.
Ja, sagt Hubert, geht ihr einen halben Schritt voraus, so ist es. Und weiß der Teufel, wie lange einer Obergefreiter ist.
Wollen Sie mir wegrennen? Sie umfaßt seinen Arm. Nein. Aber so können Sie mich eine Weile festhalten. Ja? Sie hakt sich bei ihm ein.
Er hatte sie, weil er ihren Spott nicht mehr fürchtete, fragen wollen, ob sie auch am Tag träumen könne wie er, sich Geschichten ausdenken, die aus der Misere helfen, doch die Sirenen begannen zu heulen, Alarm, sie erschrak, preßte sich kurz an ihn. Wissen Sie in der Nähe einen sicheren Keller? In meinem Haus, sagte sie, aber wir müssen laufen, kommen Sie. Sie faßte ihn an der Hand, zog ihn hinter sich her. Überall auf der Straße fingen die Passanten an zu laufen, ihre Wege zeichneten planlose Muster, der eine kehrte um, der andere hetzte, ohne aufzuschauen, manche verabschiedeten sich noch hastig voneinander, vor Häusereingängen bildeten sich kurz Trauben, dann wurden sie, als würde die Furcht zum Sog, hineingerissen. Frauen schrien nach ihren Kindern. Hubert fragte sich, wie diese Flucht aus der Vogelperspektive aussehen mußte.
Sie zog ihn durch den Vorgarten eines Mehrfamilienhauses, grau getüncht wie viele andere in den Schwarzen Feldern, und er sagte, außer Atem: Das ist ein Neubau, der hat, da bin ich sicher, keinen guten Keller.
Was heißt schon gut, erwiderte sie, kommen Sie noch rasch mit hinauf? Ich wohne in der Beletage. Ich muß meinen Koffer holen.
Warten Sie, bat sie ihn vor der offenen Wohnungstür, aber er folgte ihr durch den Flur, sah sich einen Blick lang in einem eckig gerahmten alten Spiegel, sah, in einem komischen Spalier, drei verschiedenfarbige Baretts an der Garderobe hängen, sah, vorbereitet fürs Frühstück, Tasse, Teller und Besteck auf

dem Küchentisch, sah, wie sie im Schlafzimmer vor dem Bett, einem Doppelbett, niederkauerte, einen kleinen Koffer vorzog, half ihr beim Aufstehen, strich, und sah sich dabei zu, eine Falte in der häßlichen Plüschdecke glatt, fragte: Wo arbeiten Sie eigentlich?
Auf dem Fliegerhorst. Kommen Sie, man kann die Flugzeuge schon hören.
Es stimmte, die Luft begann zu summen.
Machen Sie im Wohnzimmer bitte noch das Fenster auf, wegen der Splitter, und kommen Sie dann nach.
Er blieb mitten in der Stube stehen, drehte sich langsam um seine eigene Achse, wünschte sich, daß das Bild, das so entstand, das er Stück für Stück einsammelte, von Dauer sein würde, der runde Tisch mit der gehäkelten Decke, der verschlossene Sekretär, die zu große neue Anrichte und das alte Eckschränkchen, hinter dessen Glastür Sammeltassen ausgestellt waren.
Er vergaß das Fenster zu öffnen, sie wartete an der Tür.
Im Keller mußte er sich zuerst an das Halbdunkel gewöhnen und entdeckte dann, daß jede Familie sich in ihrem eigenen Verschlag hinter Holzgittern aufhielt, ein Zoo von Verängstigten, die es sich halbwegs wohnlich eingerichtet hatten, auf Schemeln saßen, Truhen und Kisten als Tische verwendeten; manche hatten Leinentücher als Vorhänge hinter die Holzroste gehängt, so daß man nur ihre Schatten sah. Zahllose Talglichter brannten und rußten. Ihr Verschlag lag am Ende des Ganges und vor jeder der Notwohnungen murmelte Barbara einen Gruß, deutsch oder tschechisch, wie um die Neugier abzuwenden, die ihnen folgte.
Es roch feucht, nach Schimmel, aber auch nach einer Suppe, die offenbar auf einem Spirituskocher schmurgelte.
Barbaras Kellergeviert war wohnlich eingerichtet. An der Längswand stand eine Liege, auf der mehrere Wolldecken gestapelt waren, vor ihr ein Couchtisch und zwei ramponierte Sessel. In einem Regal Büchsen, Zwieback und ein Kocher.

Auch sie hatte den Verschlag mit verschlissenen Inletts verhängt.
Suchen Sie sich einen Platz, sagte sie.
Es ist beinahe gemütlich hier, stellte er fest, wäre nicht –
Die Einschläge kamen näher, der Boden unter ihren Füßen bebte und von der Decke lösten sich Mörtelstücke. Es regnet Stein, sagte er.
Da kann ich keine Witze mehr machen, sagte sie. Sie setzte sich auf die Liege, rieb sich die Hände, begann, die Nervosität spannte ihren Körper, an den Fingern zu reißen, daß es knackte.
Bitte, tun Sie das nicht. Ich kann das nicht leiden.
Verzeihen Sie.
Er ging um den Tisch herum, setzte sich neben sie. Sie sind jetzt ganz nah, hören Sie? Beinahe über uns. Ja.
Als er den Arm um sie legte und sie an sich zog, erwartete er, daß sie sich wehre, aber sie lehnte sich gegen ihn und er begann ihren Nacken zu streicheln, der hart vor Angst war. Jetzt schlug es ganz in der Nähe ein, die Mauern knirschten in ihren Fugen, irgendwo splitterte Glas. Sie hatte die Beine gegen die Brust gezogen, kauerte, und es gelang seiner Hand nicht mehr, sie zu trösten.
Hab keine Angst, flüsterte er, und zog ihr das Barett vom Haar. Sie sind schon über uns weg.
Das stimmt nicht.
Du kannst es selber hören. Er sagte ohne Hemmung Du zu ihr.
Sie rückte ein wenig zur Seite, ließ sich zurückfallen. Ich spüre, wie das Blut wieder zu fließen beginnt. Es gerinnt tatsächlich.
Hubert lehnte sich ebenso zurück, sehr vorsichtig, lag, den Atem anhaltend, neben ihr. Im Keller war es laut geworden. Noch hatten die Sirenen nicht Entwarnung gegeben, aber der Druck war gewichen, die Stimmen wurden schrill, man erzählte sich, Zärtlichkeiten wurden gebrüllt, nicht geflüstert, Frauen küßten ihre Kinder, die sich zum Spiel zusammenrotten

wollten. Sie hatten es schon viele Male erlebt, gewöhnt hatte sich keiner daran.
Siehst du, da ist ein Riß in der Decke.
Der war schon.
Nein, der war noch nicht, Soldat, denn ich kenne alle Ritzen und Risse da oben, ich kann dir sagen, welcher von wann ist.
Jemand ruft: Paní Rothova. Sie stemmt sich auf die Ellenbogen, ruft zurück: Was ist, Pán Dvořak?
Sie müssen noch anmelden, daß ein Fremder im Keller ist.
Den Kopf schüttelnd, setzt sie sich das Barett wieder auf, streicht sich die Haare über den Ohren glatt, schreit: Ihr Tschechen seid ja noch penibler als wir Deutschen.
Das muß sein, muß sein.
Also gehen wir, Soldat.
Herr Dvořak will seine Neugier befriedigen und natürlich die aller andern auch.
Die Türen in den Verschlägen stehen offen, die Vorhänge sind abgenommen, auf dem Gang drängen sie sich, ausgelassen, gestikulierend, Betrunkenen gleich, werfen vor der Galerie der Kerzen und Hindenburglichter bizarre Schatten. Eine Weile hatten sie aufgehört zu leben, nun taten sie es um so mehr, denn in dem kalten feuchten Keller war es im Nu warm. Hubert schwitzte und knöpfte sich den Mantel auf.
Pán Dvořak saß an einem Tischchen am Treppenaufgang und achtete darauf, daß keiner den Keller verließ. Er winkte Hubert und Barbara zu sich und einige Frauen stellten sich neben sie. Wie er heiße, fragte Dvořak, ob er genehmigten Ausgang habe, ob er Paní Rothova schon länger kenne, was Barbara mit einem »das geht Sie nun wirklich nichts an« quittierte, doch der alte Mann war längst zufrieden, nur wollte er noch ein wenig reden, seine Geschichten, mit denen er die anderen davonjagen konnte, wenigstens dem Neuen erzählen, die eine, als er nämlich in der Monarchie bei den Soldaten war, also wo er diente, und dazu im Ungarischen in Ödenburg, was für unsereinen, einen Tschechen, nix Ange-

nehmes bedeutete, also da hab ich Ausgang genommen wie Sie, natürlich genehmigten, also – da fährt ihm die Sirene in den Satz, Entwarnung, die Frauen schreien von neuem auf, doch anders als zuvor. Ein jeder packt seine Bündel und sie drängen die Treppe hinauf, Barbara und Hubert zwischen ihnen.
Hast du noch Zeit? fragt sie.
Nicht viel.
Nie werden sie viel Zeit haben. Immer werden sie mit gepreßter Stimme reden, Blicke wechseln zwischen Tür und Angel, werden sich anrufen und entschuldigen: Ich kann nicht kommen, sei mir nicht böse, der Ausgang ist gestrichen; ich kann nicht kommen, Lieber, wir dürfen den Fliegerhorst nicht verlassen. Oder der Alarm ruiniert ihnen das Rendezvous. Fast immer werden andere neben ihnen sein, werden hineinreden, den Krieg verfluchen oder dennoch den Sieg beschwören, werden sich quatschend und saufend betäuben, werden sie mit ihren Anzüglichkeiten auseinandertreiben. Es wird anders sein. Wann? Bald.
Ins Kino kommt er kaum mehr. Es zieht ihn auch nicht hin. In einem Film singt Zarah Leander: Ich weiß, es wird einmal ein Wunder geschehn und tausend Träume werden wahr. Die Sätze, die Melodie gehen ihm nicht aus dem Kopf, aber als alle den Schlager singen, widert ihn dessen Banalität an, der seichte verlogene Trost, und er bemüht sich, die falsche Hoffnung nicht mehr zu summen.
Das geschah später.
Jetzt rennt er mit ihr die Treppe hinauf. Selbst im Haus riecht es nach Brand, wirbelt Staub in der Luft. Aber nichts scheint beschädigt. Pán Dvořak befiehlt einem Invaliden, auf dem Dachboden nach Brandbomben zu suchen.
Soll ich es tun? fragt Hubert.
Nein. Der alte Mann grinst ihn an: Sie haben doch anderes vor, oder nicht?
Komm. Barbara zieht ihn hinter sich her.

Die Wohnungstür steht offen. Das muß der Druck gewesen sein. Hoffentlich ist sonst nichts passiert.
Sie geht voraus. Er bleibt im Flur stehen, noch einmal eine kleine Schwelle aus Angst und Vorsicht. Sie schreit, es ist wieder ein Schrei, den er kennt, auf den er gefaßt ist. Er schließt die Augen, sieht sie, die eine Hand vorm Mund, so läßt sich der Schreck mit einer einzigen Geste zeigen, und noch immer trägt sie den Wettermantel, hat das Barett auf, er kennt sie bisher nicht anders, weiß nicht, ob sie ein Kleid oder Rock und Pullover trägt, kennt sie eigentlich nur vermummt: Auch das stimmt mit seinem Gedächtnis überein.
Du hast die Fenster nicht geöffnet. Ich hab dich doch darum gebeten.
Nein. Er verhält sich so kleinlaut, wie es zur Szene gehört.
Schau dir das an, Soldat.
Er gehorcht ihr, geht ins Wohnzimmer. Die Kälte füllt wie ein Eisklotz den Raum aus. Unter der Druckwelle eines nahen Einschlags sind die Fenster gesprungen, Hunderte von Splittern spicken Möbel und Wände. Glas knirscht unter seinen Schuhen.
Das hast du angerichtet. Was soll ich machen?
Ich weiß es nicht. Verzeih. Er will gar nicht, daß sie ihm verzeiht, er wünscht, daß sie ihn hinausjagt, endlich, daß keine Geschichte anfängt, die er nicht aushalten wird.
Weißt du, was ich tun werde? Sie dreht den Absatz ihres Stöckelschuhs und läßt es böse knirschen. Ich werde Pappe in die leeren Fensterrahmen nageln, ich werde den Dreck aufkehren und versuchen, die Splitter einzeln aus dem Holz zu ziehen. Niemand wird sich mehr auf das Sofa setzen können, ohne daß ein Splitter ihm in den Hintern schneidet. Und mit einem Mal zärtlich fügt sie hinzu: Da hast du was angerichtet, Soldat.
Ich heiße Hubert.
Das ist mir bekannt, Soldat.
Sag bitte nicht Soldat.

Ich werde dir gar nichts mehr sagen, wir gehn hinaus in den Flur, ich werd mich an die Wand lehnen, du wirst dich von mir verabschieden. Aber ausgiebig.
Willst du nicht den Mantel ausziehen.
Bei der Kälte? Bist du verrückt.
Ich möchte dich nicht immer nur im Mantel sehen. Es wird so sein, es ist so: Sie lehnt an der Wand, neben der Garderobe, er kann sie in der Dunkelheit kaum sehen, das Gesicht ein wenig heller unter dem Barett, sie fragt ihn, ob er wiederkommen wolle –
Kommst du wieder?
Er antwortet ihr nicht. Sie zieht ihn an sich, legt ihm die Arme um den Hals. Du brauchst nichts zu sagen. Er fragt, eher gegen seinen Willen, ob sie annehme, daß ihr Mann zurückkehre, worauf sie, zu seiner Verwunderung, lacht: Das wird er bestimmt nicht, er ist vor zwei Jahren gefallen.
Warum hast du gesagt, er sei vermißt?
Damit mir keiner hinterhersteigt.
Und ich?
Das war nicht vorauszusehen.
Nein?
Immer fragst du wie einer, der aus einem Traum gerissen wird.
Sie streichelt ihn, er sagt sich, daß er sie nun küssen müsse. Sie erwartet es. Da knöpft sie den Mantel auf, führt seine Hände, läßt ihn sagen: Jetzt kann ich dich nicht sehen. Und sie erwidert, wie er es sich wünscht: So habe ich es gewollt, Soldat. Sie zieht ihn herunter, ich habe lang genug gewartet, er solle sich nicht so kindisch benehmen, du bist wie ein Stock, ich sag dir, wie ein Stock, ich habe lang genug gewartet, und auf einem Läufer, warum nicht auf einem Läufer, sei nicht so störrisch, Soldat, bis hierher ist kein Glas geflogen, und wenn sich einer sticht, ist es mein Rücken, wie ein Stock, noch immer, kannst du nicht lieben? Vor wem fürchtest du dich, vor mir? Hast du nicht gebettelt, mach den Mantel auf, und jetzt?

Es fällt ihm schwer, ihr nachzugeben, mitzuspielen, bis er sich sieht: Über einen Schatten gekauert, fremd und plötzlich männlich, voller Begierde nach einer allzu langen Einsamkeit, ausgehungert, und endlich kann er ihr zuhören, ohne ihre Sätze nachsprechen zu müssen.
Du kannst ja sanft sein.
Bleib noch ein bißchen.
Vergiß den ganzen Dreck.
Geh jetzt noch nicht.

Ich habe, schreibt er seiner Mutter im November 1944, hier eine junge Frau kennengelernt, mit der ich mich gut verstehe. Sie heißt Barbara Roth. Ihr Mann ist im Osten gefallen. Wir haben vor, zu heiraten. Aber in dieser Zeit kann natürlich viel dazwischenkommen. Schön wäre es auch, ich könnte sie dir vorstellen.
Als er den Brief abschickte, begannen die Parteibonzen, die Goldfasane, ihre Koffer zu packen, hofften nur noch Verrückte auf einen überraschenden Sieg und fürchteten die meisten den schrecklichen Frieden, redeten manche Tschechen schon nicht mehr mit den Deutschen und wurden Kronen der Reichsmark vorgezogen, drang kein nach Mandeln und Zimt duftender Dunst mehr aus den Fenstern der Oblatenbäckerei am Park, hausten die meisten Menschen nur noch in den Kellern.
Er sah Barbara selten. Sie übernachtete fast immer auf dem Flughafen, rief ihn an oder hinterließ in der Wohnung, für die er einen Schlüssel hatte, Zettel, die er oft nicht verstand: Laß Dir's schmecken, ich hab einen Topf mit Powidl in der Speis. – Leider haben wir kein Flugzeug wie Beneš. Er nahm sich jedesmal vor, sie zu fragen, doch wenn sie sich trafen, redeten sie aufeinander ein, liebkosten sich, fragten ratlos die Zukunft ab: Wenn wir getrennt werden? Wo treffen wir uns? Du hast die Adresse meiner Mutter. Ob sie etwas von mir wissen will?

Sie bestellten das Aufgebot, nun auf ihr Drängen, denn er war nicht mehr sicher, ob sie sich derart beeilen sollten, ob der Entschluß überhaupt richtig war, er überhaupt je heiraten sollte. Sie hielt ihn fest, ließ ihn nicht mehr los.
Warum gerade in Brünn?
Du wirst es so nie vergessen.
Warum gerade jetzt?
Willst du den Frieden abwarten?
Vielleicht kann er sie erschrecken, wenn er ihr von Anna erzählt, nicht von der wirklichen Anna in Prerau, sondern von einer, mit der er sich gegen sie wehrt, die schöner ist als Barbara, anziehender, stärker. Sie spazieren in der Nähe von Barbaras Wohnung, um bei Alarm den Keller noch zu erreichen, das in hölzerne Käfige aufgeteilte Schlupfloch.
Hör her, Barbara.
Ja?
Sie sagt wenigstens nicht mehr Soldat, aber ihn Hubert zu rufen, vermeidet sie. Es schneit winzige, trockene Flocken und ein leichter Wind treibt weiße Schleier über die Straße.
Es ist möglich, daß sie auf mich wartet, mich nicht vergessen hat.
Wer?
Anna.
Er hatte erwartet, daß sie verletzt reagiere oder wenigstens beleidigt frage. Sie lacht, wiederholt, nicht ihn, sondern sich selber fragend, fortwährend den Namen: Anna? Anna? Anna?
Immer ist sie ihm überlegen, verdirbt, was er sein könnte. Dagegen redet er an und die Bilder in seinem Kopf werden schnell, schön, reißen ihn mit.
Hör her, es ist wirklich so.
Wenn überhaupt, dann war es wirklich so.
Nein, es ist so. Wahrscheinlich wartet sie auf mich. Verstehst du, Barbara? Es geht rasch, weil seine Phantasie hastig wird, und Barbara hält ihn fest: Renn nicht so, Hubert! Warum

nennt sie ihn gerade jetzt zum ersten Mal bei seinem Vornamen? Will sie ihm dadurch die Erinnerung an Anna nehmen?
Laß mich los, Barbara.
Wieso? Ich bitte dich, geh etwas langsamer. Und erzähl von ihr, wenn es dir so wichtig ist.
Ihm fiel ein Satz ein, den er unlängst in einem Buch gelesen hatte: »Sie war schön nur, wenn man sie ansah.«
Ich kann es nicht mehr, sagte er. Sie ist kein Mädchen, nicht irgendeine, weißt du, sie ist eine große Dame, und ich habe mich deshalb auch erst vor ihr gefürchtet. Als ich sie kennenlernte, auf einem Ball – Auf einem Ball?
Er ließ sich durch das höhnische Echo nicht verwirren.
Da traute ich mich nicht, sie anzusprechen. Sie war fremd und es schien mir, als wüßte sie alles. Sie sprach mich an. Ich erfuhr, daß ihr das größte Hotel der Stadt gehöre. So fing das an, sagte er, es gibt Geheimnisse . . .
Du machst daraus eines.
Wie der Schnee alles verändert, sagte er.
Deine Phantasie möchte ich haben.
Er riß sich von ihr los, rannte die Straße hinunter. Sie rief hinter ihm her. Heute nicht, schrie er. Seine Stimme klang wie die eines Kindes und wieder, wie im Kasseler Garten, füllte ihn ohnmächtige Wut aus, der er nicht Herr werden konnte, die ihn klein und elend werden ließ.
Morgen! schrie er, morgen komme ich. Es war ihm egal, ob sie ihn verstand, oder ob sie ihn für verrückt hielt oder für kindisch. Sie hatte ihm alles verdorben.

Sie kannten sich ohne jede Vergangenheit, wußten nichts voneinander als ihre Gegenwart. Erst als sie das Aufgebot bestellten, die Papiere vorlegen mußten, erfuhren sie mehr voneinander, obwohl Hubert seine Herkunft zu verbergen versuchte und Barbara wenig Wert darauf legte, über ihre erste Ehe mehr preiszugeben als die Daten: Barbara Windisch, verwitwete Roth, geborene Meilinger. Verheiratet mit dem

Leutnant der Luftwaffe Detlev Roth vom 18. März 1942 bis 20. November 1942.
Seid ihr oft zusammengewesen? fragte er sie. Als sie schwieg, gab er sich selbst die Antwort: Es kann eigentlich nicht sein. Im Park am Deutschen Haus spielten Kinder, rüttelten an Bäumen, freuten sich über die Schneewolken, andere versuchten eine Schneeballschlacht, doch der Schnee war zu trocken und die lockeren Kugeln platzten im Flug. Sie schauten zu.
Dein Vater ist Hauptsturmführer, nicht wahr?
Ja, sagte er.
Und deine Mutter?
Das weißt du doch. Sie wohnt in Kassel. Du wirst sie kennenlernen.
Und deinen Vater?
Ich weiß es nicht.
Magst du ihn nicht? Ich hab meinen gern.
Der ist aber auch Tischler.
Und Unteroffizier. Sie stellt sich vor ihn hin, nimmt sein Gesicht in ihre Hände, zwingt ihn, klein zu werden und liebebedürftig. Vor der Trauung trafen sie sich nur noch einmal. Die Luftangriffe häuften sich, Ausgang wurde kaum mehr gestattet. Die Arbeit in der Schreibstube verlor für Hubert jeden Grund, Angaben wurden lächerlich, Mitteilungen sinnlos, die Formulare und Bescheinigungen verlangten nach einer geregelten Zeit, nach haltbaren Befehlen, aber nun verloren selbst die Ränge ihr Gewicht, Majore und Hauptleute wünschten sich in tarnendes, die Unterschiede vertuschendes Zivil, die hohen Begriffe, mit denen sie sich gebrüstet hatten, wurden zu scheppernden Phrasen, und Mut und Männlichkeit vergingen in Flüstergesprächen über »die Zeit danach«.
Es gelang ihm nicht mehr, mit Wachträumen Widerstand zu leisten. Angst und Hast erstickten seine Phantasie. Am Tage der Trauung war die Auflösung weit fortgeschritten. Der Divisionskommandeur war spurlos verschwunden, man sprach davon, er habe sich abgesetzt, andere meinten, er habe

sich umgebracht, liege irgendwo am Fluß oder im Wald. Einer der Unteroffiziere aus der Schreibstube war bereit, Trauzeuge zu sein. Barbara hatte versprochen, den zweiten aufzutreiben. Der melancholische Spott der Kameraden hing ihm nach, als sie in einem Kübelwagen in die Stadt fuhren: Warum läßt du dich nicht gleich ferntrauen? Mehr als einen Pariser wirst du nicht brauchen. Mensch, wie kann man nur. Drum prüfe, wer sich rasch mal bindet und sein Weib dann nicht mehr findet.
Fahr langsam, bat er den Unteroffizier.
Hast du Schiß? Willst du zu spät kommen?
Nein. Das bestimmt nicht.
Er hätte sagen können: Ich kann wieder sehen wie ein anderer, ein zweiter, ich schaue mir nach, wie ich frierend in die Stadt fahre, wie die Straßen zu Kulissen werden, sonderbar klar und unwirklich in diesem Winterlicht, wie die wenigen Passanten auf ein Stichwort an der richtigen Stelle erscheinen, diese Frau dort zum Beispiel, die zwischen Trümmern das Trottoir fegt, ganz sinnlos, doch mit einer Energie, die die Sinnlosigkeit erst sichtbar macht.
Er sagt: Der Spielberg sieht aus wie eine Burg aus Pappmaché, wie Kinderspielzeug.
Du spinnst mal wieder, Windisch.
In dem Flur vorm Standesamt wartet Barbara bereits, neben ihr ein Fliegermajor. Er ist der zweite Trauzeuge. Während der Unteroffizier und der Major sich förmlich begrüßen, versuchen sich Barbara und Hubert zu umarmen, aber kein Glück macht sie geschmeidig, ihre Arme sind ungeschickt. Sie lassen voneinander ab.
Der Standesbeamte hat es eilig, vielleicht denkt er nur, wie er fortkommt, welchen der wenigen Züge nach dem Westen er noch nehmen kann.
Sie tauschen die Ringe.
Die beiden Männer gratulieren ihnen.
Wir haben nicht mal einen Blumenstrauß, stellt der Unteroffizier fest.

Barbara versucht den Tag zu regeln. Um elf müssen sie beide wieder im Dienst sein. Soviel Zeit haben sie nicht, dreizehn Stunden. Womöglich ist es zuviel. Der Unteroffizier fährt sie zu Barbaras Wohnung, sie sagt, als sie in die Straße hineinfahren: Das Haus steht noch, sie sagt es mit demselben distanzierenden Gleichmut, mit dem Hubert vorher die Stadt gesehen hatte. Kulissen können umfallen, was niemanden wundert, und doch freut es einen, wenn die Szene nocht steht.
In der Wohnung ist es zu seiner Überraschung warm. Die alte Frau im Parterre, erklärt Barbara, habe ein paar Briketts aufgelegt. In der Hochzeitsnacht solle keiner frieren.
Von wegen Hochzeitsnacht! Hochzeitstag.
Mach es dir bequem, sagt sie. Vor Splittern mußt du dich nicht fürchten. Die sind alle aufgefegt.
Sie hat eine Flasche Wein organisiert, zur Feier des Tages.
Er weiß nicht mehr, was sie geredet haben, aber er sieht ihren Mund in dauernder Bewegung, bis er nahe kommt, bis er sie spürt, dann hört er sie wieder: Komm, ich hab das Bett sogar frisch überzogen. Wer weiß, wann wir wieder können. Ihm wäre es lieber, es wäre nicht Tag. Er sieht ihr zu, wie sie sich ungeduldig auszieht. Mach doch schon, sagt sie. Er gehorcht ihr, ärgert sich darüber. Sie liegen nebeneinander im Bett, zum ersten Mal. Sie sagt: Du mußt mal Frau Windisch zu mir sagen. Und er sagt es: Frau Windisch. Sie lacht, er staunt, wie leicht sie es ihm macht, wie vertraut ihm ihre Haut ist, ihr Körper, und daß er ohne Mühe sagen kann: Ich liebe dich, Barbara.
Manchmal unterhalten sie sich:
Ich hab nicht eine Ecke Brot im Haus. Hast du Hunger?
Ein richtiges Festessen wär jetzt schön.
Denk dir was aus.
Hasenbraten.
Mag ich nicht.
Was magst du?
Schweinebraten und Semmelknödel.

Das mag ich nicht. Und was mögen wir beide?
Butterbrot.
Als es dunkel wurde, schlief er ein. Barbara weckte ihn, schon angezogen, es sei Zeit, sie habe ihn nicht vorher wecken wollen, er habe so tief geschlafen. Doch nun müßten sie sich beeilen. Es ist schon zehn, Hubert, mach schnell. Er kommt gar nicht zu sich, sie hilft ihm wie einem Kind, spottet: Also in die Hosen kommst du allein rein, oder? Er sagt: Wenn wir uns hier nicht wiedersehen, Barbara, meldest du dich bei Mutter in Kassel, das ist klar? Ja, sagt sie, aber vielleicht – und sagt nichts mehr, umarmt ihn. Sie sollte, findet er, wenigstens aufschluchzen, doch sie läßt ihn los, rennt vor ihm die Treppe hinunter: Paß auf dich auf, ruft sie. Und du auf dich, ruft er zurück.
Eine Woche später hört er, der Fliegerhorst sei aufgelöst oder verlegt worden. Offenbar hatte Barbara in der Eile nicht mehr anrufen können. Die Telefonleitungen waren ohnedies häufig gestört.

13.
Martha Windischs Abschied von einem Zeitalter

Die Unruhe verstärkte sich, die Gerüchte nahmen endgültig den Charakter von Märchen an, was Hubert nicht mehr bekümmerte: Er wie die Kameraden in der Schreibstube hatten sich daran gewöhnt, von Ereignissen und Wundern zu hören, die der nächste Erzähler bereits widerrief oder ins Monströse steigerte. Der Führer war längst entrückt, Gröfaz oder Adolf, wie er nun häufiger genannt wurde, er hatte sich in seine Festung, seinen Fuchsbau zurückgezogen. Seine Legende aber genügte noch immer, daß in seinem Namen die Totschläger durchs Land zogen und vermeintliche Verräter, Deserteure, Aufwiegler erschossen oder aufknüpften.

Einige Tage vor Weihnachten wurde bekannt, daß Huberts Einheit in die Nähe von Prag verlegt werde. Das geschah überstürzt. Die Schreibstube war angehalten, nur die notwendigsten Unterlagen mitzunehmen, alles andere zu verbrennen. Da sie nicht in der Lage waren, zwischen Nötig und Unnötig zu entscheiden, verbrannten sie alles, bis auf einige wenige willkürlich zurückgehaltene Akten. Den ganzen Tag über saßen sie vorm Kanonenofen und fütterten das Feuer mit Papier. Sie husteten im Rauch, fluchten, Hubert stellte sich vor, daß überall im Reich Rauch aus den Schornsteinen stieg und in Flammen aufging, was eben noch unersetzlich schien. Rauchzeichen aus Dokumenten, Listen, Aufzeichnungen, Statistiken, Tabellen. Was riefen sie einander zu, was zeigten sie an? Nichts, gar nichts. Untergänge sind lächerlich. Doch nicht die Sonnenuntergänge, die, so fand Hubert, ungewöhnlich heftig und ausdauernd waren, auch pathetisch, als äffte der

Himmel die ausgehöhlte Theatralik des angemaßten großen Feldherrn nach, Wintersonnenuntergänge, ausgedacht für Wagner und Nietzsche, viel zu gewaltig für die Epigonen. Er hätte gern mit Anna gesprochen. Vielleicht auch mit Barbara. Da war er sich nicht sicher.

Am Tag des Abmarschs erreichte ihn ein Brief der Mutter; sonderbarerweise funktionierte die Post trotz des großen Durcheinanders. Hubert suchte nach einer Ecke, in der ihn wenigstens für kurze Zeit keiner stören würde, wurde hin und her gestoßen, von Kameraden fortwährend gebeten, mit anzupakken, steckte den Brief ungeöffnet in die Jackentasche, denn in diesem Sog einer schon überstürzten Flucht würde er keine Ruhe finden. Die Russen hätten, hieß es, die Oderfront durchbrochen. Was, wie sich später herausstellte, nicht zutraf.

Der Schreibstube wurde, damit die restlichen Akten nicht der Witterung ausgesetzt seien, ein Planwagen zugeteilt. Sie hatten auf der Pritsche viel Platz, knüpften, um nicht behelligt zu werden oder unterwegs »Fußkranke« aufnehmen zu müssen, die Plane zu. Die Befehle zum Abmarsch wiederholten sich vielfach, waren längst zu sinnlos fliehenden Echos geworden, ehe sich die Kolonne in Bewegung setzte.

Hubert hockte sich auf die rüttelnden Planken, döste vor sich hin. Er zog den Brief aus der Tasche, riß den Umschlag auf, faltete die Blätter auseinander, strich sie mit dem Handrücken glatt.

»Mein lieber Hubert« – so hatte Mutter noch nie einen Brief begonnen, noch nie hatte sie ihn so wissen lassen, daß er der »Ihre« sei, ihr Sohn, und dieses ungewohnte Pathos schüchterte ihn ein.

»Mein lieber Hubert« – sie hatte am 13. und 14. November geschrieben, vor einem Monat, und es schien ihm, als entferne sich durch die Verzögerung ihre Stimme, die er nun hörte, leise, wie hinter einer dünnen Wand.

»Mein lieber Hubert, ich bin mir gar nicht so sicher, ob Du den Brief bekommen wirst. Kriegst Du ihn nicht, dann soll es so

sein, dann sollst Du eben nicht erfahren, was ich Dir alles sagen will. Denn ein zweites Mal kann ich das nicht erzählen. Lassen wir's darauf ankommen.
Du hast lange nichts von Dir hören lassen. Bist Du noch in Brünn? Hast Du diese Barbara Roth geheiratet, wie Du es vorhattest? Ich will Dir nicht reinreden. Aber Dein Entschluß kommt mir doch überstürzt vor, dieser verrückten und schrecklichen Zeit entsprechend.
Ich sitze an dem kleinen Tisch vorm Fenster, sehe auf den verschneiten Garten. Er ist ziemlich verwildert. Die von unten haben ihn nicht gepflegt und letzte Woche haben sie das Haus Hals über Kopf verlassen. Ich bin ganz alleine. Weißt Du, wie Du im Winter mit dem Schlitten immer zum Tor hinuntergerutscht bist? Bescheiden, der kleine Buckel genügte Dir. Und wenn man Dich suchte, brauchte man nur den kleinen Fußstapfen zwischen der Schlittenspur nachzugehen – die führten meistens zum Schuppen hinterm Haus. Mir ist es, als lägen zwei oder drei Leben zwischen alledem. Mein lieber Sohn. Dein Vater ist tot.«
Er hatte diese Nachricht erwartet, nachdem er von Vater seit langem nicht mehr geträumt hatte, nachdem diese turmhohe, schwarze Gestalt, diese stumme Bedrohung, diese Erinnerung an Schläge und gedrosselte Abenteuer beinahe aus seinem Gedächtnis geschwunden war. »Dein Vater ist tot«, es traf ihn nicht mehr. Jemand redete nach, was sich für ihn bereits ereignet hatte. Was hingegen schmerzte, sich einhakte, waren die beiden Sätze, wie Mutter sie geschrieben hatte, oder genauer: Der Punkt hinter »mein lieber Sohn« und die der Anrede lapidar folgende Feststellung: »Dein Vater ist tot.« Als versuchte Mutter unter großer Anstrengung zwei ungleiche Leben zu trennen und zu verbinden. Er las nicht weiter, sagte im Fahrtlärm die beiden Sätze vor sich hin, auch den Punkt, der immer lauter wurde, dröhnte. »Meinliebersohnpunktdeinvateristtotpunkt.« Es gelang ihm, sie sich vorzustellen, an dem kleinen Tisch, an dem sie oft gesessen hatte, meistens strickend, manchmal aber auch

untätig, vor allem nach den Auseinandersetzungen mit Vater, in sich zusammengesunken und fast gelähmt, dann sah er sie vom Haus weggehen, überraschend jung, einen weichen Hut auf, die Krempe in der Stirn, den Hut, den sie gar nicht so häufig trug, den »frechen«, den Pelzkragen des Mantels hochgeschlagen wie in einer Filmszene, selbst das Licht war danach, sonderbar künstlich, harte und genaue Schatten werfend, Schneelicht im Sommer. Mein lieber Sohn. Dein Vater ist tot.
Ich habe den Eindruck, wir fahren im Kreis herum, sagte einer der Kameraden.
Wär vielleicht das beste.
Huberts Blick löste sich von den beiden Sätzen, und was er nun liest, ändert das Vorangegangene, reißt den Punkt fort, versteht ihn mit einem Mal als Schluchzen, oder als schluchzende Wut, oder als eine hilflose Zäsur.
»Er ist nicht gefallen, es hat ihn auch nicht, weil er doch so jähzornig sein konnte, der Schlag getroffen. Nein, Hubert, er hat sich das Leben genommen, sich erschossen.«
Auch das sind Bilder, die er weiß, die er, wenn er die Augen schließt, bewegen kann. Einer geht mit Schritten, deren schreckliche Ungeduld sichtbar ist, in einem Zimmer auf und ab. Man ahnt die Verwünschungen, die seine Lippen bewegen, seinen die Umgebung magnetisierenden Zorn. Der Zuschauer hält den Atem an, er ist sicher, die extreme Spannung kann sich nur durch einen alles umstürzenden Entschluß lösen. Der Mann geht zu einem Schrank, zieht eine Schublade auf, nimmt eine Pistole heraus, legt sie, in einer einzigen Bewegung, an die Schläfe und drückt ab, ohne zu zögern. Aber vielleicht hat Vater mit sich gefeilscht? Und welche Angst hat ihn dazu getrieben?
»Ich habe Dir nicht gleich schreiben können. Es waren viele Gänge auf Ämter zu erledigen. Nun ist alles vorbei. Getrennt haben wir uns ja ohnehin vor Jahren.«
Ja, er hatte Vaters rabiaten Abschied erlebt, er könnte ihn sich und Mutter wiederholen wie einen dramatischen Akt, er hatte

ihn eine Weile geträumt, am Ende jedoch nicht mehr mit dem Bild Vaters verbunden, das sich schon allzu weit entfernt hatte, – jetzt kehrte die Furcht wieder, wie Vater vor seinem Zimmer tobte, es plötzlich still wurde, nur Mutters Heulen zu hören war. Du kannst rauskommen, er ist weg, sagte Mutter.

»Zwei SS-Offiziere haben mich besucht, mit Leichenbittermienen, haben eine Weile herumgedruckst, dann endlich gesagt, daß Vater nicht mehr am Leben ist. Er sei ein tadelloser Offizier gewesen. Sie sagten: Tadellos. Ich weiß nicht, Hubert, warum mir das Wort dauernd durch den Kopf geht und so schrecklich lächerlich vorkommt. Wie kann man gerade von einem Mann wie Friedrich sagen, er sei ohne Tadel. Aber die reden ja, ohne zu denken, bemühen sich, die Angelegenheit zu beschönigen, und es dauerte eine halbe Ewigkeit – wir saßen in der Wohnstube bei Kaffee und einem Rest von Schnaps –, bis sie damit herausrückten, daß Friedrich sich das Leben genommen hat. Weißt Du, ich war überhaupt nicht erstaunt, als ich das hörte. Das mußt Du mir glauben.«

Er merkt, daß er in die Sätze hineinredet: Ich glaub dir. Es konnte gar nicht anders kommen. Reg dich bloß nicht auf.

»Allerdings habe ich mir vorgestellt, daß er irgendwann einmal in eine MG-Garbe hineinrennt oder von einer Kanonenkugel zerrissen wird. Denke Dir, ich schreibe das ganze ohne Tränen. So, als erzählte ich von jemandem, den ich vor langer Zeit kannte. Was ja auch stimmt. Ich gerate ein bißchen durcheinander. Ich wollte sagen: Diese Nachricht überraschte mich nicht. Die beiden Besucher hatten wohl auch eine andere Reaktion erwartet. Sie kommen zur Frau eines Sturmbannführers, um ihr beizubringen, möglichst schonend, daß ihr Mann nicht den Heldentod gestorben ist. Womöglich ist das auch ein Heldentod, Hubert? Bloß haben wir kein Verständnis dafür.«

Er sieht Vater, wieder ist es Sommer, wie aus der Vogelperspektive auf einem Acker vor einer kleinen Gruppe von Leuten stehen. Für kurze Zeit rennen die Leute planlos, mit heftigen,

komischen Bewegungen, als wären sie alle Pat und Patachon, durcheinander, bis sie sich zu einer Reihe ordnen – endlich stehen sie still, Vater geht die Reihe entlang. Rasch springt er in eine andere Szene, jagt ihn und Wilhelm durch den Kasseler Garten, brüllt: Nun in die Hocke und nun zehn Liegestütze, oder er hört Vaters Stimme, bellend, in heiserem Eifer, wie er wieder bei Kunersdorf mit dem Alten Fritz die Schlacht schlägt – jetzt sieht er ihn von unten, aus der Froschperspektive, erst die blanken Stiefel, dann die Breeches und den Jackenrand. Er traut sich nicht, höher zu schauen. Wie viele Heldentode haben die Holzfigürchen im Sandkasten sterben müssen, und er, der sie führte, rückte, keinen? Hat Vater je Angst gehabt? Hat er Angst nicht immer anderen eingeflößt, Winfried, Wilhelm, ihm und vor allem Mutter, welche Angst, wenn es eine war, hatte ihn so in die Enge getrieben?
»Sie haben keinen Grund angegeben, weshalb Vater sich erschoß. Sie murmelten etwas von Übermüdung, Hingabe an die Arbeit, äußerste Belastung. Sie haben sich wahrscheinlich auf der Herfahrt all diese Floskeln zurechtgelegt, um die arme Witwe zu trösten. Es ist mir egal. Wirklich, es ist mir egal. Er hat mir die letzten beiden Jahre nie geschrieben, nur Winfried, der treu überall mit ihm zog, aber vor vier Monaten versetzt wurde oder sich versetzen ließ. Vielleicht hat Friedrich diese ›Untreue‹ verletzt. So, wie ich ihn kenne, hat er Winfried am Ende ›verstoßen‹. Diese irrwitzigen Männerbräuche, an denen Dein Vater so hing.«
Weshalb sprach sie gerade in diesem Zusammenhang zum ersten Mal von »Deinem Vater«? Verbanden die sie anwidernden Bräuche ihren Mann und die beiden Söhne, und warum erwähnt sie Wilhelm mit keinem Wort, Wilhelm, der Vater nacheiferte und in die vorgegebene Rolle prächtig hineingewachsen war, der bessere Bruder, der gelungene Sohn.
»Ich weiß nicht, was seine Aufgaben waren, möchte es nicht wissen. Seit Februar 1943 war er so etwas wie Polizeiführer in einer holländischen Stadt, wohl in Utrecht. Da hat er gewiß

nach seiner Art durchgegriffen. Wie gut, das werden die Holländer von ihm nicht erfahren haben. Nein, ich will es nicht wissen, Hubert! Friedrich hat sich von uns getrennt, so soll es bleiben. Er hat ohne uns gelebt und gehandelt.«
Er las die Sätze, immer zögernder, es erstaunte ihn, daß sie ihn schmerzten, beinahe beleidigten. Hatte Mutter nicht recht, wenn sie sich auf diese Weise lossagte, nichts mehr von ihm wissen wollte, der sie ein halbes Leben gekuscht und gequält hatte? Doch hat sie ihn nie geliebt? Ging das so leicht? Hatte er, Hubert, Vater je geliebt?
»Friedrich hat übrigens nichts Schriftliches hinterlassen.«
Nein, das war nicht Vaters Art. Briefe schrieb er nicht, er sandte Boten aus, gab Befehle. Ob Mutter von ihm Briefe besaß, Liebesbriefe aus früheren Jahren, als Vater, der junge Herr Leutnant, in Ostpreußen und Oberschlesien gegen die Roten oder wer weiß wen kämpfte, als er sich, Kamerad des Kapitänleutnants Ehrhardt, mit Geheimnissen umgab, als er, angewidert von der republikanischen Schweinerei, sich entschloß, Bauer zu werden? Konnte Vater zart sein, zärtlich, einmal nicht brüllen und Unterordnung erwarten? Oder befahl er sie zur Liebe?
»Man hat ihn dennoch – ›dennoch‹ sagten die! – in allen Ehren begraben. In der Zeitung stand übrigens, der Sturmbannführer Friedrich Windisch sei in Treue für Führer und Vaterland und in Aufopferung für seine Pflicht überraschend verschieden. Weißt Du, es gab kaum jemanden hier in Kassel, der mir kondolierte. So wenige erinnern sich noch an uns. Wahrscheinlich werde ich nicht mehr lange in diesem Haus wohnen können, man wird mir eine andere Wohnung zuweisen. Dann ist alles vorüber. Viel hat Friedrich, überdenke ich alles, für uns, für mich nicht ausgerichtet. Daß ich jetzt so lebe.«
Dieser Satz, »daß ich jetzt so lebe«, wurde immer lauter, und die kleine Frau, die ihn geschrieben hatte, immer kleiner, hinfälliger, trostbedürftiger, so klein, wie sie gewesen war, als er sie zum ersten Mal gesehen und begriffen hatte.

Hubert faltete den Brief zusammen. Er weinte, hoffte, daß im Halbdunkel ihn niemand beobachten werde. Doch einer sagte: Mensch, du heulst ja, Windisch, und ein anderer fragte: Stand was Schlimmes in dem Brief?
Mein Vater, sagte er, mein Vater – unterbrach sich, fügte leiser hinzu: Er ist gefallen. Es widerte ihn an, daß selbst der Schatten ihn noch zum Lügen zwang, aber hätte er denn sagen können: Mein Vater hat sich umgebracht, er, der Sturmbannführer Windisch?
Die Kameraden antworteten nicht, hielten sich zurück, kauerten und dösten, wie nun auch Hubert, der sich anstrengte, an nichts zu denken, an niemanden. So hat es mit Vater kommen müssen.

14.
Wallensteins Pferd

Von Prag konnte Hubert immer erzählen, von einer Unwirklichkeit, die wirklich geworden war, einer Fremde, die ihm Furcht einflößte, aber ihn auch eigentümlich zufrieden stimmte. Niemand kümmerte sich mehr um den anderen, jeder war mit sich selbst beschäftigt, plante, auf irgendeine Weise dem Krieg zu entrinnen. Der Stab hatte ein leerstehendes Palais oder Schlößchen am Stadtrand bezogen, Hubert war aufgefallen, daß alle Gegenstände, Möbel, Spiegel, Bilder systematisch durch Schläge oder Gewehrkugeln ruiniert worden waren, jedes Stück einzeln gezeichnet, häßlich und unbrauchbar gemacht für Nachfolger, die Matratzen aufgeschnitten, die Türfüllungen eingetreten, die Treppengeländer gebrochen. Die meisten bemerkten es nicht, sie hatten sich offenkundig an desolate Umgebungen gewöhnt. In einem großen Saal rückte er drei Spinde so gegen die Wand zusammen, daß er einen Stuhl und einen Tisch in diesem Gehäuse unterbringen und für sich sein konnte. Hier verbrachte er Stunden, lauschte auf die Schritte der Vorüberkommenden, hörte den selten gewordenen Gesprächen, freute sich, wenn vergeblich nach ihm gesucht wurde. Aufgaben hatte er so gut wie keine mehr. Die Akten waren verbrannt oder befanden sich in irgendeiner der vielen, auf den Gängen und in den Zimmern gestapelten Kisten, die zu öffnen und auszuräumen niemand Lust hatte.
Er versuchte seiner Mutter zu schreiben, ihr zu antworten, von der hastigen Hochzeit in Brünn zu erzählen, aber er kam nicht über einige schwerfällige, ironische Sätze hinaus. An die Heirat dachte er ohnehin nicht als ein Ereignis, das sein Leben verändert hatte, sondern mehr als an einen Bubenstreich, mit dem man protzt und den man vergißt.

Er wurde zum Kommandeur bestellt, einem der Wiener Offiziere, die in letzter Zeit schnell gewechselt hatten; er bemühte sich nicht mehr, ihre Namen zu merken, sprach sie mit ihrem Dienstgrad an. Sie waren nur noch Herr Hauptmann, Herr Major, Herr Oberstleutnant, ohne Geschichte und beinahe ohne Gesicht, schnarrende Kostümpuppen, die man mied oder denen man demütig begegnete. Der Major klagte über die Zustände, daß alle Ordnung dahin sei, er mit den üblichen Hilfen nicht mehr rechnen könne, ein Chaos, sage ich Ihnen, selbst Kuriere stehen nicht mehr zur Verfügung, er jammerte über Weltuntergänge und befahl Hubert schließlich, eine wichtige Nachricht ins Waldstein-Palais, zum Divisionsstab zu bringen. Sie kennen sich, wie ich höre, in Prag aus, sagte der Major, und Hubert widersprach ihm nicht, obwohl er bisher nicht ein einziges Mal in der Stadt gewesen war, nicht kundig war und wie in Brünn, von Prag kaum mehr kannte als den verrotteten Saal und die Rückwände der drei Spinde. Der Major überreichte ihm ein großes, offenbar mehrfach verwendetes Kuvert – Kurierpost, die längst zur Hiobspost geworden war – und bedauerte, ihn gerade am Heiligen Abend damit behelligen zu müssen. Aber Sie können ja, sagte er tröstend, nach Ihrer Rückkehr mit den Kameraden feiern. Wir haben einen Baum aufgestellt, sogar ein bißchen geschmückt. Ein Wagen stehe leider nicht bereit, nicht einmal ein Krad. Eine Ordonnanz riet Hubert, die Straßenbahn zu nehmen, deren Endstation zwei Ecken entfernt zu finden sei. Allerdings wisse er nicht, ob sie am Weihnachtsabend – na ja, Sie werden sehen.

Es fror; der Schnee knirschte unter seinen Stiefeln. Erst ging er vorsichtig, um nicht auszurutschen, dann schlitterte er wie ein Junge, es fiel ihm leicht, er konnte es noch, geriet nicht aus dem Gleichgewicht. Er dachte an die Weihnachten mit Vater, bei denen Wilhelm und er stramm unter der Tanne standen – nirgendwo auf der Welt sind die Tannen so schön, so schlank

wie bei uns, pflegte Vater zu kommentieren –, den Arm zum deutschen Gruß erheben mußten, zum deutschen Tannengruß, zum Weihnachtsheil, und ein Gedicht vortrugen, Wilhelm den Deutschen Rat und er Storms Knecht Ruprecht. Vater, Winfried, Mutter, die Köchin und meistens noch einige Kameraden Vaters saßen vor ihnen, Vater wischte sich jedesmal die Augen, während Mutter sich nach dem Auftritt entschuldigte, sie müsse in die Küche, den Kartoffelsalat abschmecken, die Würstchen brühen.
Ich bitte dich, Martha, doch nicht jetzt. Kannst du nicht mit uns feierlich sein?
Und euer Hunger?
Wenn du unbedingt –
Hubert hörte den elterlichen Weihnachtsrefrain, sagte ihn sich vor, die Sätze auseinanderreißend, verzerrend, und hörte dazu, wie aus einem sich plötzlich öffnenden Raum, die Geräusche der verdunkelten Stadt, das vereinzelte Aufheulen von Motoren, das kreischende Schaben der Straßenbahnen, vielleicht, wenn auch ganz dünn und zaghaft, Glocken und Stimmen, so, als flüstere es überall in der Dunkelheit. Die Silhouette der Stadt war in der Finsternis aufgegangen, nur gelegentlich rissen verdeckte Lichtschwaden Konturen aus der Schwärze, sonderbar verwinkelte Türme, Firste.
Er hatte nicht damit gerechnet, daß die Straßenbahn fuhr, doch an der Haltestelle warteten Leute, Frauen mit schweren Einkaufstaschen, in die wahrscheinlich Geschenke gestopft waren, gehamsterte Lebensmittel, eine aufgesparte Flasche Schnaps oder Wein. Jede stand für sich; keine schaute auf, als er hinzutrat. Er wagte nicht zu fragen, wann die nächste Bahn fahre. Irgendwo wurde eine lauter, schleifte in den Kurven. Ein angenehmer Gleichmut erfüllte ihn und es schien ihm, als gehe er auf einen Traum zu, der ihn nicht erschrecken, sondern für eine Weile unterhalten werde.
Die Straßenbahn schien zu schweben. Sie lärmte kaum. Nur winzige Sehschlitze waren in den schwarz gestrichenen Fen-

stern freigelassen. Sie zogen während der Fahrt dünne helle Linien durch die Nacht. Er fragte, ob die Bahn am Waldstein-Palais halte, oder wenigstens in dessen Nähe, der Schaffner zog die Schultern hoch, sah ihn nicht an, antwortete auf tschechisch und gab ihm die Fahrkarte.

Die Frauen hatten sich nach einer strengen Ordnung gesetzt, mehrere Bänke blieben zwischen jeder einzelnen frei, sie saßen steif und schwarz, glichen mit ihren Kopftüchern und in ihrer Unbeweglichkeit großen Puppen, als verdrossener, wortkarger Wächter stand der Schaffner an der Front des Wagens, die Beine breit, die Hände in die Hüften gestemmt. Hubert hätte sich nicht gewundert, wenn er die Frauen in bestimmten Zeitabständen und nach festen Regeln aufgefordert hätte, sich umzusetzen.

Sollte er sie fragen, wie »Stille Nacht, heilige Nacht« auf tschechisch geht? Oder: »Die Fahne hoch«?

Die schwarzen Weiber könnten ihn packen, schlagen und aus der fahrenden Bahn werfen. Sie könnten über ihn herfallen, ihm die Uniform ausziehen und auf die bloße Haut lauter kleine Hakenkreuze kratzen. Er reiste in eine andere Zeit, in ein anderes Land, und die Menschen hatten beschlossen, sich zu verändern. Nein, sie kehrten zurück. Es war viel einfacher und viel weniger geheimnisvoll.

Der Schaffner rief deutlich jede Station aus. Hubert verstand dennoch nichts. Es war ihm jetzt auch gleichgültig. Manchmal lugte er durch den Schlitz, aber er erkannte nur undeutlich Fassaden. Warum sollte er diese Nacht nicht so durchfahren? Anscheinend hatten es auch die Frauen vor, denn bisher war nur eine ausgestiegen und zwei, die den andern glichen, Schwestern in Schwarz, waren neu hinzugekommen. Sie hatten, als sie Platz nahmen, peinlich auf die freien Räume geachtet.

Einmal hatte ihm Vater, am ersten Weihnachtsabend in Kassel, das »Fest verboten« und »die Geschenke entzogen«, weil er sich geweigert hatte, »Hohe Nacht der klaren Sterne« mitzusingen. Weshalb? Er konnte sich an den Grund nicht erinnern. Vielleicht nur aus Trotz, oder weil Vater ihn mit einer Bemerkung verletzt hatte. Auf jeden Fall war er auf sein Zimmer geschickt worden und Mutter kam erst spät in der Nacht zu ihm, brachte ihm eines der Geschenke, schüttelte ihm das Kopfkissen und sagte: Mach dir nichts draus, du hast es hier oben schöner als unten. Die Männer erzählen wieder ihre Geschichten.

Die Abstände zwischen den Stationen verkürzten sich. Die Tram schien durch die Innenstadt zu fahren. Nach seinem Empfinden reiste er schon lang. Daß er an eine Reise dachte und nicht an die Fahrt mit einer Straßenbahn, kam ihm bei der Ausdauer der Frauen und der böse scheinenden Langmut des Schaffners verständlich vor. Sie hatten sich alle darauf eingerichtet, wortlos diese Nacht durchzureisen, das Fest auszulassen, wahrscheinlich auch die Erinnerung daran. Er würde den Schaffner nicht mehr fragen, ob er bald aussteigen müsse. Er lehnte sich zurück, war nahe daran einzudämmern, als der Schaffner auf ihn zukam, nickte, mit der Hand zur Tür wies, was wohl bedeutete, daß er an der nächsten Haltestelle die Bahn verlassen solle. Er bedauerte es, sich den reisenden Frauen nicht anschließen, der Aufforderung des Schaffners sich nicht widersetzen zu können. Als er aufstand, zur Tür ging, hoben die Weiber wie auf einen lautlosen Befehl den Kopf und sahen ihm nach. Die Bahn hielt. Der Schaffner zog die Klingelschnur, die Wagen fuhren an, so daß Hubert abspringen mußte. Ungeduldig hatten sie sich seiner entledigt. Sie würden, dachte er, endlich ungestört unterwegs sein können, nirgendwo mehr anhalten, keine Fahrgäste mehr aufnehmen, verbunden durch ihr Schweigen und gehütet oder bewacht von dem Schaffner, der als einziger die Zeit maß und wußte, wo die Fahrt ihr Ende finden würde.

Er stand auf einer ungewöhnlich breiten Straße oder auf einem in die Länge gezogenen Platz, der, nach den Erzählungen der

Kameraden nichts anderes sein konnte als der Wenzelsplatz. Der Schnee reflektierte das wenige Licht, die hohen Häuser schwammen in einer Dämmerung, die vom Tag nichts mehr wußte. Nur wenige Menschen waren unterwegs. Entweder liefen sie als Schatten die Fassaden entlang oder sie standen, wiederum nach einer kuriosen Ordnung, einzeln oder in Gruppen über den Raum verteilt. Von fern war Musik zu hören, wahrscheinlich aus einer Kirche. Zögernd ging er auf drei leise sich unterhaltende Frauen zu, die, sobald sie seine Annäherung bemerkten, ihr Gespräch unterbrachen. Sie schauten, wie die Mitfahrer in der Tram, an ihm vorbei, durch ihn hindurch. Er sprach sie leise an: Verzeihen Sie, können Sie mir sagen, wie ich zum Waldstein-Palais gelange, und, als sie ihm nicht antworteten, fügte er noch leiser hinzu: Ist es weit von hier? Da sprachen alle drei auf einmal, nur Tschechisch, und aus der schnellen Folge von kurzen Vokalen und schnarrenden Konsonanten hörte er Namen heraus, Karlova oder Kapova oder Mosteck oder Letnsk. Fragend zog er die Schultern hoch. Gehen Sie, wenn es schon sei soll, sagte die älteste der Frauen plötzlich in einem ganz akzentfreien Deutsch, den Wenzelsplatz hinunter, hier hinunter, sehen Sie, dort kommen Sie in ein Gasserl, das heißt Am Brückel, das führt zum Altstädter Ring, dort wenden Sie sich nach links, gehen durch die Karlsgasse, wo Sie sich schöne Häuser anschauen können, und plötzlich stehen Sie vor der Karlsbrücke und dem Altstädter Turm. Über die Brücke müssen Sie gehen, und wenn Sie wollen, können Sie nebenbei die Heiligen zählen. Soll ich Ihnen verraten, wie viele es sind?
Ja bitte.
Gut, sagte sie, wenn Sie so neugierig sind. Zieht man das Kruzifix, die Pietà und die Rolandssäule ab, bleiben achtundzwanzig. Wenn Sie sie gezählt und ich hoffe auch angesehen haben, werden Sie vor den Kleinseitener Brückentürmen stehen. Von dort ist es nicht mehr weit, die Brückengasse vor und gleich sind Sie beim Waldstein-Platz.

Ich danke Ihnen. Er verbeugte sich, was ihn, als er den Platz überquerte, noch beschäftigte. Wieso wurde er immer fremder und wieso schwand trotzdem allmählich die Angst, fühlte er sich unbeschwert, wie aus der Wirklichkeit gehoben? Lag es an dem Halbdunkel, an der übergroßen Kulisse oder an diesen schweigsamen Frauen, die, wie er, sich neben dem Fest herbewegten, das jetzt alle andern feierten, obwohl es kaum einen Grund dazu gab?

Er ging rasch. Im einzelnen hatte er sich die Anweisungen nicht merken können, doch er erinnerte sich, daß er sich am Altstädter Ring nach links wenden müsse. Fortwährend standen, wie Felsen, Kirchen im Weg und durch die hohen Fenster flackerte Licht. Sie mußten drinnen viele Kerzen abbrennen. Vielleicht, dachte er, beten sie: Herr, schenk uns Frieden und schick die Deutschen aus dem Land. Und das, fragte er sich, beten die Deutschen? Er ging langsamer, schlenderte, sah an den Häusern hoch, von denen jedes zweite ein Palast zu sein schien, mächtige, reich geschmückte Fassaden, die sich im Dunkel auflösten oder in einem kurz aufblinkenden Licht unvermittelt hervortraten, und wenn er eine Gasse hinunterschaute, glaubte er da, wo der Himmel kompakter und noch dunkler wurde, die Burg zu erkennen, den Hradschin. Als er die Brücke erreichte, der Torturm sich in den Weg stellte, sah er die Burg tatsächlich, ein Hügel, der sich bizarr gliederte, in Türmen und Türmchen ausgipfelte. Das schwappende Wasser der Moldau war das erste kräftige und unverhohlene Geräusch dieses Abends, an dem sonst nur geschwiegen oder geflüstert worden war. Er zählte die Heiligen nicht, sah im Vorübergehen zu ihnen hoch. Eine Ansammlung von Menschen auf der Brücke zog seine Aufmerksamkeit auf sich. Als er sich näherte, erkannte er einige Männer in unförmigen langen Mänteln, die den gegenüberliegenden Gehweg kehrten und von drei Soldaten bewacht wurden. Einen Augenblick blieb er stehen, dann lief er hastig vorüber. Je weiter er sich von den Männern entfernte, desto heftiger wurde sein Schrecken. Er fürchtete sich nicht, im Gegenteil, er war nahe daran zu schreien, und einen Augenblick sah er sich auf die Wachtposten zurennen und ihnen die Gewehre entreißen. Welche böse und vergiftete Phantasie hatte sich diese Szene ausgedacht. Vielleicht, sagte er sich, waren es gefangene Rotarmisten, und irgendein Polizeioffizier war auf die Idee gekommen, Atheisten gerade an diesem Abend mit dem Besen auf die Straße zu schicken. Oder es waren Tschechen, politische Häftlinge, die angesichts der Heiligen gedemütigt werden sollten, ihr mit eurer dreckigen Moldau, ihr mit eurer verdammten Goldenen Stadt.

Er war aus dem Traum gefallen; er wollte nicht, daß der Abend so ende. Er hastete weiter, und bald befand er sich auf einem Platz, der von einem Palast beherrscht wurde, vor dessen Portal deutsche Wachsoldaten standen. Der weite Raum tat seiner Phantasie gut. Wieder, als er den Platz überquerte, auf die Wachtposten zuging, spürte er seine Bewegungen wie die eines anderen, sah sich selber zu, seine Schritte wurden auf dem Pflaster lauter, es schien ihm, als wüchsen auch die Mauern um ihn herum mit jedem Schritt. Manchmal träumte er so.

Die Wache wartete auf ihn, ohne sich zu rühren.

Er wußte nicht, wie er anfangen sollte: Ich habe eine dringende Nachricht für – er hatte den Namen des Divisionsgenerals vergessen, zog den Brief aus der Manteltasche, sah nach, wobei ihn die beiden Soldaten beobachteten: Ich komme anstatt eines Kuriers vom dritten Bataillon, erklärte er, ärgerte sich über seine Unbeholfenheit, sie ließen ihn nicht ausreden, gaben den Weg frei, er solle sich durchfragen.

Das Licht stürzte auf ihn ein, überrumpelte, blendete ihn. Hinter den abgedunkelten Fenstern wurde nicht gespart. Jeder Lüster, jede Steh- und Tischlampe, jede Wandleuchte brannte. Stimmengewirr aus allen Räumen. Über die Gänge hetzten als Kellner verkleidete Soldaten mit Tabletts. In einem der Säle sangen, brüllten sie: Es geht alles vorüber, es geht alles vorbei, und auf einen Dezember folgt wieder ein Mai. Einer packte ihn

am Arm, sagte: Komm, Kamerad, die Mannschaften feiern hinten, im Gartensaal.
Er riß sich los: Ich muß zu General Gorsleben.
Der feiert auch.
Wo?
Bin ich für den Herrn General verantwortlich?
Du kannst es mir also nicht sagen?
Nein, mein Lieber.
Der Mann hob das Tablett auf einer Hand so hoch, daß er es über Huberts Kopf hinwegschwenken konnte, eine aufsässige, heitere Geste, und sagte sehr laut: Weißt du, allmählich können uns alle am Arsch lecken. Frohe Weihnachten, Kamerad.
Sollte er die wichtige, geheime Mitteilung nicht einfach auf eines der Tabletts legen und gehen? Ein Offizier oder auch ein Gemeiner würde den Umschlag öffnen, die Nachricht lesen und womöglich für belanglos halten, denn alle wichtigen Nachrichten waren auch schlechte Nachrichten und alle schlechten Nachrichten waren, da sie von noch schlechteren eingeholt wurden, belanglos.
Hubert gab sich eine Frist. Sollte er den General nicht in einer halben Stunde gefunden haben, wollte er den Brief irgendeinem Offizier übergeben.
Er ließ sich mitreißen von den hin und her eilenden Menschen, geriet in kleinere Räume und in einen gewaltigen, durch Stockwerke reichenden Saal, unter dessen Decke das wirre hysterische Gelächter zu einem verzweifelten, grauenvollen Konzert wurde. Die wenigen Frauen wurden umschwärmt, kreischende Kassandras in Abendkleidern, einige hatten ihre Pelze nicht abgelegt, als frören sie fortwährend.
Er fragte den oder jenen, ob General Gorsleben hier zu treffen sei.
Jedesmal wurde er belustigt gemustert. Da er den Mantel nicht abgelegt, den Kragen noch hochgeschlagen und die Mütze in der Hand hatte, muß er allen wie ein unangenehmer Eindring-

ling erscheinen, Bote eines Kriegs, der irgendwo fern geführt wurde.
Ein Major, der in einer Ecke für sich saß, vielleicht erschöpft von diesem schon so früh aus den Fugen geratenen Fest, auf dem gewiß nicht Christi Geburt gefeiert wurde, rief Hubert zu sich, fragte, wen er suche, und wies ihn – ohne ihm Hoffnung zu machen, den General, der sich vielleicht schon in ein Séparée zurückgezogen habe, wie es Generale bei derartigen Festivitäten zu tun pflegten, noch aufzustöbern – der Major wies ihn zur Sala terrena, da müsse er nur immer durch den Saal und wenn er ins Freie gerate und doch nicht ins Freie, befände er sich am richtigen Ort.
Die Auskunft des Majors traf zu. Nach einigen Irrgängen trat er auf eine gewaltige Terrasse, eine den Blick in die Höhe reißende Loggia, und als seine Augen sich an die Dunkelheit gewöhnt hatten, weitete ein Park sich vor ihm aus, begrenzt von Häusern, Mauern, Grotten, und im Park selbst, neben ein wenig heller aufscheinenden Wegen, Schemen von vielen steinernen Figuren. Obwohl es um ihn herum von Feiernden wimmelte, versank er in diesen unerwarteten Anblick, alle Szenen des Abends mischten sich zu einer, der sich in schönen Andeutungen weitende Raum hier, in dem die steinernen Figuren an die auf der Brücke erinnerten und die vermummten huschenden Gestalten an die schwarzen Frauen ebenso wie an die Gefangenen, die, bewacht, die Straße kehren mußten. Es war ein das Entsetzen und das Vollkommene leichtfertig ordnender Traum. Eine Dame rempelte ihn an, schätzte ihn flüchtig ab, taumelte weiter.
Wollten Sie nicht zum General? fragte der Kellner.
Hubert nickte.
Der Mann zeigte auf eine Ansammlung von Uniformen, prächtigen Kleidern, Pelzen. In der Mitte stand, einem Thron ähnlich, ein hochlehniger alter Stuhl, auf dem der General saß und, ein leeres Glas in der Hand, auf das Gemurmel lauschte. Hubert drängte sich durch die Menge, schlug die Hacken

zusammen, salutierte, meldete sich förmlich, überreichte den Brief. Der General steckte ihn ungeöffnet in die Tasche. Hubert salutierte wieder und trat in den Kreis zurück.
Er hätte jetzt den Mantel ablegen und mitfeiern können, doch nun, nachdem sich die Spannung gelöst hatte, er den Brief los war, hörte er das ihn umtosende Geschrei wie einen einzigen Hilferuf und es hätte ihn nicht erstaunt, wäre jeder Gast dieses gräßlichen Festes durch ein Mal gezeichnet gewesen.
Um nicht noch einmal durch den großen Saal zu müssen, suchte er nach einem Seitenausgang, entdeckte eine halboffene hohe Tür, trat vor die Schwelle und stand vor einem lebensgroßen Pferd. Er fuhr zusammen, sah, daß es ausgestopft sein mußte, aber die Augen glühten, gleich würde es lossprengen. Mußten an diesem Abend nicht auch Pferde auftauchen, riesige Rösser, Tiere aus der Erinnerung? Und auch solche Erscheinungen, wie der kleine Mann in altertümlicher Livrée, der plötzlich neben ihm stand und leiernd erklärte: Sehen Sie, junger Herr, das ist Wallensteins Pferd. In vielen Schlachten hat es ihn getragen. Bei Lützen, als Gustav Adolf fiel, wurde es unserem Generalissimus unterm Leib weggeschossen und verendete. Er hat es sehr geliebt. Darum ließ er es präparieren. Und nun haben wir es, das Pferd.
Hubert fragte, ob es einen weiteren Ausgang gebe, doch der Alte schickte ihn zurück in den Saal. Er solle die Tür, bitte, hinter sich schließen, denn die Betrunkenen trieben mit Wallensteins Pferd Unfug. Und nun steht es schon so lang unbeschadet, nicht wahr?
Er zog, wie ihm befohlen war, die Tür hinter sich zu und er glaubte auch einen Schlüssel im Schloß zu hören.
Niemand sprach ihn an. Er rannte mehr, als daß er ging, erst vor dem Palais hielt er an.
Er war durstig, hungrig. Er hätte doch was trinken und essen sollen.
Er sah zum Hradschin hoch. Sollte er nicht hinaufwandern, diese Reise fortsetzen, bis jemand ihn aufhielte und wachrüt-

telte? Er entschloß sich jedoch, den ihm bekannten Weg einzuschlagen, über die Brücke, zum Platz. Nach der Hitze im Saal ertrug er den Frost kaum.
Die Kulissen wiederholten sich, waren ihm vertraut, doch auf dem Rückweg blieben sie unbelebt, einem einzigen Betrunkenen begegnete er auf der Brücke, der hatte sich den Schal fast bis zu den Augen hochgewickelt und machte alle paar Schritte, blind und in seinen Rausch verloren, an der steinernen Brüstung halt. Die Straßenkehrer waren verschwunden, zurückgebracht in ihre Zellen oder in eines jener Lager, die Vater Erziehungsheime genannt hatte.
Am Altstädter Ring drangen aus einer Weinstube Stimmen. Er öffnete behutsam die Tür, sah an einigen Tischen Gäste sitzen, trat ein. Das Lokal war nicht groß. Wieder entdeckte er eine strenge Choreographie, wie in der Tram, wieder hatte man sich einer Ordnung gefügt. Vor der Theke saßen an drei Tischen Zivilisten, Männer und Frauen, die sich tschechisch unterhielten, ihr Gespräch kurz unterbrachen, als Hubert in der Tür stand. An einem Tisch in der entferntesten, auch dunkelsten Ecke entdeckte Hubert zwei Uniformierte. Neben der Theke brannten an einer mannshohen Tanne fünf oder sechs Kerzen, viel zu wenige für den großen Baum. Hubert nahm, als sei es ihm vorgeschrieben, an einem Tisch genau in der Mitte zwischen den Tschechen und den Uniformierten Platz. Der Wirt, ein wie von Tuberkulose ausgezehrter und gebeugter Hüne, bediente selbst, brachte das Bier, und als Hubert ihn leise fragte, ob es, ohne Marken, etwas zu essen gebe, nickte er zustimmend. Was er dann in einem Suppenteller auftrug, war ein vorzüglich zubereitetes Beuschel.
Děkuji, sagte Hubert.
Bitteschön, erwiderte der Wirt. Wegen Weihnachten. Hubert aß langsam, ohne aufzuschauen. Er wollte von niemandem angesprochen werden, in Ruhe gelassen sein. Im Mantel wurde es ihm allmählich warm, doch er wagte nicht, aufzustehen, ihn

auszuziehen und an den Haken zu hängen. So hätte er womöglich irgendeinem die Möglichkeit geboten, ihn anzusprechen.
Den Kopf in die Hände gestützt, Müdigkeit oder Nachdenken vortäuschend, versuchte er auf die Gespräche rundum zu lauschen. Das Tschechisch verstand er nicht. Zwar kannte er einige Wörter, aber mit ihnen fand er keinen Zusammenhang.
Die beiden Uniformierten unterhielten sich, zu seiner Verblüffung, auf französisch. Wollten sie nicht verstanden werden?
Die Anspannung, die unverständlichen Sätze, die Wärme machten ihn tatsächlich müde, er fühlte sich schwer und dennoch eigentümlich leicht; was er gesehen hatte, füllte ihn aus, wenn auch ohne Sprache, es schien ihm die Welt eines Taubstummen zu sein, in der alle verzweifelt nach Worten, nach Verständigung rangen und man den heftig sich bewegenden Lippen nichts ablesen konnte als eben Verzweiflung. Für einen Augenblick packte ihn die Angst, er fragte sich, wie er wieder hinaus, zum Bataillon kommen werde. Ob noch eine Bahn fuhr? Aber er fühlte sich zu träge, um schon aufzubrechen, genoß es, in einer ungenauen Stimmung verloren zu sein.
He, Kamerad!
Die Stimme setzte sich schrill durch, dämpfte alle anderen. Das galt ihm. Hubert drückte die Finger gegen die Schläfen, rührte sich nicht, doch als es sich wiederholte, dieses »He, Kamerad«, sich mit einem befehlenden »He, Obergefreiter!« steigerte, sah er fragend zu dem Ecktisch hinüber. Beide Uniformierten nickten ihm auffordernd zu. Er stand auf, nahm sein Glas, ging, seinen Widerwillen Schritt für Schritt ausspielend, zu dem Tisch hinüber, merkte, daß der Wirt und die tschechischen Gäste ihn beobachteten, erschrak, als er auf den Kragenspiegeln der Uniformen das ss-Zeichen sah, hielt inne, wurde aufgefordert: Kommen Sie, setzen Sie sich zu uns! Wenn die Tschechen zusammenhocken, warum dann nicht auch wir? Sie sprachen mit französischem Akzent.
Danke, sagte Hubert.

Wir möchten nicht aufdringlich sein, doch in dieser feindlichen Umgebung ... Der eine kniff die Augen zusammen: Die Böhmen glauben, daß sie siegen werden. Sie täuschen sich. Seien Sie sicher, sie täuschen sich.
Hubert Windisch, sagte er und wiederholte: Hubert Windisch.
Fro-ä Weihnacht, wünschte der Offizier, während der andere nach dem Wirt rief, drei Slibowitz bestellte.
Gibt's nicht, sagte der Wirt. Bedaure. Es ist Krieg.
Hubert war sicher gewesen, Vater würde nicht wiederkehren. Er hatte sich, ein schmutziger Grund, in seinem Gedächtnis abgesetzt und Mutters Brief hatte ihn endgültig verabschiedet. Dieser Kindergeschmack von Blut, sprachloser Angst und Fluchtwünschen. Nun kam er wieder. Nie würde er ihn loswerden. Der eine sprang auf, schrie den Wirt an, halb französisch, halb deutsch, für was er den Schnaps aufspare, hä, er könne ihm doch nichts vormachen, ihm nicht, hä?, und wenn er nicht gleich eine Flasche aufstöbere, nicht gleich, sage ich, dann wird hier ausgeräumt, dann beibt nichts an seinem Platz, dann hat er eine Kneipe gehabt! Weltuntergang, du Böhmake, sag ich dir, Weltuntergang! Die Stimme überschlug sich. Hubert hatte die Augen geschlossen, hörte nur die zuschlagende, würgende, mordende Stimme, so, wie sie gewesen war, wie sie ihn durch Zimmer und Gärten getrieben hatte, wie sie ihn erstarren ließ, demütigte, wie sie ihn strammstehen lassen und zusammengeschlagen hatte. Genau so. Sollte er nicht dagegen anbrüllen, dem Wirt beistehen, sollte er nicht auf diese Kerle einschlagen, könnte er ihre Gewalt nicht mit der seinen vergelten? Aber die Stimme hatte ihn längst gefügig gemacht. So wie den Wirt, dessen Murmeln er hörte, dessen tappende Schritte und das lautatmende Schweigen der anderen Gäste.
Also, ein bissel Slibowitz hab ich ja noch.
Die Stimme höhnte: Dann das Bissel und möglichst schnell!
Weil es Weihnachten ist, betonte der Wirt. Es war ein kleines,

mutiges Aufbegehren, ein Wellchen, das gegen eine Woge lief.
Trink, Kamerad, trinken wir auf das unsterbliche deutsche Reich. Sie duzten ihn, rückten mit einem nichtswürdigen Obergefreiten zusammen, und plötzlich roch er ihre Angst wie die von Tieren im Gewitter. Nein, sie würden ihn nicht mehr in seine Vergangenheit einsperren können. Er wußte mehr von ihnen, als er je von Vater gewußt hatte.
Prost! Er trank das Glas in einem Zug aus.
Er war durch eine Stadt gegangen, die sich dem Schatten anvertraute, Häuser hatten sich in Ornamente aufgelöst und die Dämmerung hatte Heilige über die Brücke getrieben, er hatte sich inmitten eines wüsten Festes mit einem ausgestopften Roß unterhalten . . .
Sind Sie schon lang in Prag stationiert?
Nein, Herr Untersturmführer, erst seit einigen Tagen.
Sie kennen sich in unseren Dienstgraden aus?
Ein wenig.
Urlaub?
Nein, dienstlich unterwegs.
Na ja, so kann man es auch nennen.
Es ist aber so.
Wir sind keine Deutschen.
Ja.
Wundert es Sie nicht?
Doch.
Wir sind Belgier.
Ich hab gedacht Franzosen.
Weil wir vorher französisch miteinander sprachen?
Ja.
Sind Sie immer so wortkarg?
Meistens.
Er sollte reden, dachte er, sie überreden, überrumpeln, zum Schweigen bringen, er sollte sie verblüffen, verdutzen, ihnen von den Taten des Ingenieurs in Canitoga erzählen, von der

gefährlichen Zärtlichkeit Annas, ihrer List, wie schnell einer zu einer Frau kommen kann, er sollte sie mit Geschichten in ihrer stumpfen Kraft treffen und schwächen, sie maulfaul und mundtot machen, daß sie ihn nicht mehr behelligen könnten, mit ihrem strahlenden Heldentum, ihrer pathetischen Übermenschlichkeit und all dieser Grausamkeit, die er kannte, die, wenn er auch nur einen Satz Erinnerung zuließ, auf ihn einprügelte, wie damals; aber jetzt nicht.

Der Wirt trug von sich aus eine zweite Runde auf. Ihn hatten sie schon geduckt oder er war schlau wie Schwejk, von dem ihm Anna erzählt hatte, und versteckte hinter der halbvollen Flasche die Wahrheit, schützte irgendeinen Nesvadba unter den Gästen.

Die beiden Belgier redeten auf Hubert ein. Er hörte mit halbem Ohr zu, grübelte, ob Nesvadba womöglich gar nicht nur einer gewesen war, er sich getäuscht und in einem anderen Nesvadba erkannt hatte, aus einer unbestimmten Furcht. Die Hand des einen Belgiers fuhr über den Tisch, riß an Huberts Arm. Träum nicht, Kamerad. Das ist keine Zeit zum Träumen.

Jawoll, Herr Untersturmführer.

He, schreit der zu den Tschechen hinüber, ihr feiert wohl schon euren Sieg?

Die achteten nicht auf den Mann, rückten noch mehr zusammen, beugten sich im Gespräch noch mehr zueinander, sprachen leise.

Ihr Feiglinge! Ihr Saboteure! Nichts wißt ihr. Ihr werdet staunen. Ist es nicht so, Obergefreiter Windisch?

Jawoll, Herr Untersturmführer.

Lassen Sie doch das blöde Jawoll.

Ja, Herr Untersturmführer.

Wir hätten dieses Gesocks liquidieren oder wenigstens aussiedeln sollen, lauter Nichtstuer, Heckenschützen. Ein paar KZs mehr und wir hätten Ruhe.

Ich glaube nicht, Herr Untersturmführer.

Sie halten jetzt die Schnauze und hören mal zu. Ich habe mich für eine neue Welt entschlossen, und mein Kamerad hier neben mir auch. Wir sind aufgebrochen, um dem Führer zu dienen. Eine Auslese, Obergefreiter! Und wir werden trotz allem siegen. Es werden Waffen entwickelt, die es bisher nicht gab. Raketen, die mit einem Schlag Städte auslöschen, nicht nur eine Stadt, sage ich Ihnen. Er schrie jetzt. Der Wirt war neben der Theke stehengeblieben und das Gemurmel der Tschechen hatte aufgehört.
Alles wird vernichtet werden, was sich uns widersetzt. Verbrannte Erde. Wir werden dafür sorgen, daß der letzte Jude aus Europa verschwindet. Diese Blutsauger, diese Geldschieber, die unsere Geschichte verdorben haben. Stimmt das nicht? Endlich werden wir unsere Jugend ohne falsche Einflüsse erziehen können, ohne dieses geistige Geschmier, nichts werden sie mehr wissen wollen von dieser jüdisch-griechischen Ausgeburt, der Demokratie, sich nicht mehr durch Luxus verweichlichen lassen. Härte tut gut.
Nein, sagte Hubert. Er war ruhig aufgestanden, knöpfte sich den Mantel zu. Nein, Herr Untersturmführer. An mir hat man die Härte erprobt. Es reicht mir, Herr Untersturmführer. Ob wir nun siegen werden oder nicht.
Er ging an den Tschechen vorüber, riß die Tür auf, stolperte hoch, fing an zu rennen. Ich habe nicht gezahlt, dachte er. Der Wirt wird es ihnen draufschlagen, das ist nicht schlimm. Wie gut, daß ich den Mantel angelassen habe. Ob sie mir nachkommen werden? Es fällt auf, wenn ich renne, dachte er, fing sich im Lauf ab, atmete tief, horchte, ob ihm Schritte folgten, Stiefelschritte. Nicht mehr, sagte er laut, die nicht mehr.
Seine blinde Flucht hatte ihn auf den Wenzelsplatz geführt. Er suchte nach der Haltestelle, fragte, noch schwer atmend, einen alten Herrn, ob die letzte Bahn schon gefahren sei. Der antwortete, ohne zu zögern, auf deutsch, beruhigte Hubert: Es fahren mindestens noch zwei Trams. Hubert bedankte sich, der Alte wendete sich, ohne daß es unfreundlich schien, von

ihm ab. Hubert lehnte sich gegen einen Laternenpfahl, und das Geschrei des Belgiers dröhnte weiter. Ein Soldat kam vorüber, schaute ihm fragend ins Gesicht und murmelte im Weitergehen: Fröhliche Weihnachten. Es klang so, als wolle er sagen: Sei nicht traurig, Kamerad, die Erde hält noch mehr aus.
Er stieg als einziger in die Straßenbahn ein, und in einer ihm wohltuenden, den Traum aufnehmenden Wiederholung traf er auf die alte, strenge Sitzordnung, die schwarzen Frauen, diese stumm durch das Fest reisenden Botinnen, und er wählte einen Platz, der, wie er hoffte, die Ordnung vervollkommnete.

15.
Das Nichts ist anders

Der Einbruch des Frühjahrs nach einem ungewöhnlich strengen, die Soldaten und die Flüchtenden, die Geplagten und die Gefangenen peinigenden Winter erfuhr Hubert von Kameraden, die ihn immer öfter in seinem Verschlag besuchten, einen Hieronymus zwischen Schränken, der sich aus der heroischen, stählernen Epoche gestohlen hatte. In seiner Klause war er, nachdem er sich mehrere Verlängerungskabel, einen kleinen Spirituskocher und eine Tischlampe organisiert hatte, nahezu autonom. Er verließ sie nur noch zum Schlafen. Besucher, die sich seine Gunst erhalten wollten, trugen zur weiteren Einrichtung bei, so kam er zu einem Ohrensessel und zu einem Garderobenständer. Der wichtigste Gegenstand freilich war ein kleiner elektrischer Ofen, der das geschützte Geviert gut heizte. Die Offiziere, die ihn anfangs, wenn auch halbherzig, zu vertreiben versuchten, gaben es auf, denn eine ordentliche Schreibstube war nicht mehr eingerichtet worden. Der Stabsfeldwebel überließ es Hubert, die wenigen notwendigen Papiere – meistens handelte es sich um Krankenscheine – auszufüllen.

Huberts Einheit war offenbar vergessen worden. Während andere Truppen entweder verlegt wurden oder, genau besehen, in Richtung Westen flüchteten, sich auflösten, blieben sie in einer Art Windschatten. Sie hörten nur von den Erschütterungen rundum, sammelten gleichmütig Schreckensnachrichten, warteten darauf, daß dieser Zustand ein wahrscheinlich böses Ende finde. Zwei oder drei Offiziere hatten sich »abgesetzt«, waren aber, wie Gerüchte es wissen wollten, erwischt und aufgehängt worden. Bei Hubert wurde darüber kaum gesprochen und wenn, dann unter dem Leitspruch: Uns kleinen kann sowieso nix passieren. Eine Zeitlang wurde diskutiert, ob es nicht sinnvoll sei, sich Entlassungsscheine auszustellen und auf diese Weise ungeschoren davonzukommen.

Hubert hatte Mutter ausführlich die Hochzeit beschrieben und von Barbara erzählt. Dabei fiel ihm auf, daß er an Barbara dachte, als werde er sie nie wiedersehen, als sei dies eine abgeschlossene Geschichte. Zweimal mußte er ein »War« dick durchstreichen und durch ein »Ist« ersetzen. Es war ungewiß, ob Mutter den Brief bekommen hatte, denn er erhielt keine Antwort; als er im Radio von einem neuen Bombenangriff auf Kassel hörte, telegraphierte er. Sie erwiderte ebenfalls telegraphisch: »Es geht mir gut. Mutter«, und er war beruhigt.

Seit Wochen war Ausgangssperre. Hubert hatte, nach seinem weihnachtlichen Kuriergang, die Stadt nur noch zweimal besucht, am Tage, war zwar nicht enttäuscht gewesen, doch die Spannung und der Zauber hatten sich nicht wieder eingestellt. Das Heer hatte Prag überflutet, Zivilisten waren kaum mehr auf der Straße, hatten sich wohl in die Wohnungen, die Keller zurückgezogen, zwischen Prag und Eger nahmen unzählige kleinere und größere Lazarette Verwundete auf, aber auch viele der gesunden Soldaten waren krank, hilflos, auf dem Rückzug; es waren Truppenteile der Heeresgruppe Mitte, die zu Beginn des Jahres noch in Ostpreußen stand.

Am Abend des 21. April wurde er durch bereits ungewohnt gewordene Kommandos aufgestört. Über die Gänge hetzten Soldaten, Offiziere, vor dem Zimmer des Kommandeurs stand eine doppelte Wache. Er sah aus dem Fenster: Vor dem Haus waren Schützenpanzer aufgefahren, auf der Straße wurden aus Sandsäcken Barrikaden geschichtet. In den letzten Tagen hatten sie, damit ihnen nichts entgehe, abwechselnd um den Radioapparat gesessen. Längst hatten die Amerikaner den Rhein überschritten, drängten schnell, gegen die Kampfparolen von Goebbels, nach Osten vor. Aus dem Osten wiederum

stieß die Rote Armee auf Berlin zu. Brünn war gefallen. Wer würde jetzt bei Navratil einkehren – und hatte Nesvadba Grund zur Freude? Über die Landkarte breiteten sich falsche, feindliche Farben aus, sie selbst saßen auf einem kleinen, mit einem zitternden Rand versehenen Fleck.
Fast alle Nachrichten erhielten einen privaten Hintergrund. Was sie sich vorsagten, verflocht sich zu einer ängstlichen Litanei: In Köln sind die Engländer, die werden schon nichts tun. Wegen meiner Schwester, die mit ihrem Kind . . . Ob meine Frau noch aus Glogau abgehauen ist? Da sollen die Russen . . . Ich hab meiner Mutter noch geschrieben, sie soll aus Arnswalde weg nach Holstein, aber ob sie es noch . . . Jetzt haben die Amerikaner auch Kassel genommen . . . Jetzt haben die Amerikaner auch Kassel . . .
Er wünscht sich, daß Mutter doch noch das Haus mit seiner finsteren Geschichte hat verlassen können, daß ihr nichts mehr anhängt von einer Vergangenheit, die sie nicht brauchen kann. Amerikaner werden sich um alte Frauen nicht kümmern. Oder werden sie Schatten jagen, werden sie Martha Windisch vorladen und ausfragen nach ihrem Mann, dem Sturmbannführer?
Was stehen Sie hier herum?
Er wird von einem Unteroffizier mitgerissen.
Was ist eigentlich los?
Sie hasten die breite Treppe hinunter in den Hof. Karabiner werden verteilt, auch Hubert bekommt ein Gewehr in die Hand gedrückt, dazu Patronen.
Was ist eigentlich los?
Die Russen!
Aber die sind doch noch hundert Kilometer weit weg, wenn nicht mehr.
Nicht die Roten. Unsere Russen.
Unsere?
Mensch, stelle dich nicht so, die von Wlassow. Die haben die Front gewechselt.

Er findet sich nicht zurecht, begreift nicht, sie reden auf ihn ein, lassen Russen die Fronten wechseln, kehren alles um, stellen alles auf den Kopf.
Was wird der Führer dazu sagen?
Nix.
Endlich verstand er: Die Russen, die unter General Wlassow auf deutscher Seite gekämpft hatten, waren im letzten Augenblick, bedroht von den Landsleuten, umgeschwenkt, gingen nun gegen die einstigen Verbündeten los. Die Schwachen wurden stark und wieder schwach, es war vorauszusehen.
Da er zur Wache eingeteilt war, hatte er kaum Gelegenheit, sich in seine Klause zurückzuziehen. Der Kocher wurde in seiner Abwesenheit geklaut, er fragte herum, bekam aber bloß ironische oder belustigte Antworten.
Weiß jemand, wo Windischs Kocher abgeblieben ist?
Nee.
Hat der jetzt nichts anderes im Kopf?
Es kam zwar in der Nähe des Stabs zu Schießereien, doch bis zu ihren Barrikaden drang der Krieg nicht vor und Hubert war ohnehin schon für eine Reise vorgesehen, von der er nichts wußte, die sein Kommandeur mehr aus Feigheit als aus strategischer Übersicht erwog und die Hubert schließlich aus dem Krieg hinausführte.
Am 1. Mai erfuhren sie, daß »der Führer im heldenhaften Kampf um Berlin gefallen« sei, was kaum einen mehr anging, denn jeder war sich jetzt selbst sein Held. Die Truppe brach überstürzt auf. Nach den neuesten Gerüchten hatten die Amerikaner Pilsen erreicht, aber die neuesten Gerüchte verändern sich auf ihrem Weg von Ohr zu Ohr fortwährend, und so hörte man auch von Karlsbad, von Eger, von anderen Orten. So hielten sie an Pilsen fest.

Der Major hatte Hubert gebeten, in seinem Kübelwagen mitzufahren, da er, wie bekannt, mit Tschechen gut umgehen

könne. Seit der Prerauer Geschichte stand er in diesem Ruf und nun, am Ende, lag ihm wenig daran, ihn zu bestreiten.
Sie fuhren in einer kleinen Kolonne, während das Gros marschierte.
Die Erde hatte Beulen, Risse bekommen, spie die Eingegrabenen, Verängstigten, Verborgenen, die still gewordenen Schreier und die aufatmenden Stummen aus. Alle Straßen und Wege waren verstopft. Die Leute zogen und schoben Kinderwagen, Leiterwagen, zweirädrige Karren, ließen sich von Pferden ziehen oder trieben Kühe und Ziegen vor sich her, sie schleppten Koffer, Bündel, trugen Kinder. Sie saßen am Straßenrand, starrten vor sich hin, stillten Säuglinge, umarmten sich oder lagen da, wie weggeworfen. Der Staub hatte sie alle grau gemacht. Sie waren unterwegs. Manchmal hielten sie sich am Wagen fest, Hubert sah nur auf die Hände, rissige, dreckige, flehende Hände, die sich einen Augenblick anklammerten, verschwanden, wieder zugriffen, verlorengingen.
Wohin wollen die alle?
Einfach weg.
Wohin denn?
Was weiß ich.
Die Offiziere hatten befürchtet, tschechische Partisanen könnten angreifen, aber angesichts dieser Völkerwanderung hielten sie es nun für undenkbar. Nur einmal auf dem ganzen Weg hörten sie Schüsse in einem nahen Wald, die womöglich von besoffenen ss-Leuten abgegeben wurden.
Sie umfuhren Pilsen. Die Straßen wurden leer. Der Major ließ die Kolonne anhalten. Hier würden sie erst einmal warten. Hubert legte sich ins Gras, guckte in den Himmel. Vor langer Zeit hatte er Wolken beschrieben, von ihnen erzählt, hatte ihnen Gestalt verliehen, doch diese Wolken blieben Wolken, er hatte seine Kinderphantasie verloren. Es näherten sich Panzer; Kettengerassel wurde laut.
Es könnten auch welche von uns sein.
Hier?

Wer hat eine weiße Fahne, schrie der Major. Mensch, wer hat denn mal eine?
Ich hab ein weißes Taschentuch, sagte Hubert.
Also los, Windisch, hier haben Sie einen Feldspaten, binden Sie's dran. Und steigen Sie ein, wir fahren denen am besten entgegen.
Die Panzer kamen in Linie über eine Anhöhe, wurden größer, hielten an, wendeten ihre Türme, es sah aus, als ob sie gleich Mäuler aufreißen würden, große, gefräßige Eisentiere; der Major schrie ihn an: Stehen Sie auf, Windisch, schwenken Sie Ihre Fahne. Die müssen uns doch sehen!
Fast im Schritt fuhren sie auf der Straße weiter.
Es war Huberts erste kriegerische Handlung. Er fürchtete, die Amerikaner könnten trotz seiner Akrobatik schießen. Einer der Panzer löste sich aus der Reihe, dröhnte auf sie zu, die andern folgten ihm im Abstand.
Können Sie Englisch? fragte der Major.
Ich weiß es nicht.
Das müssen Sie doch wissen.
Ich hab's auf der Schule gelernt.
Also reden Sie dann, reden Sie.
Wenn es so weiterging, wurde er noch zum Helden.
Er redete, redete, als die Soldaten aus ihrer Höhe herabsprangen, die Pistolen im Anschlag, redete mit erhobenen Armen, über ihm, am Spatenschaft, das weiße Fähnchen, redete fließend englisch, wie er es nie gekonnt hatte, der Amerikaner nickte, und sie waren gefangen.
Weshalb er nicht, wie viele andere, zu den Russen zurückgeschickt wurde, sondern erst in einem Lager im Freien, danach in Baracken festgehalten wurde, weshalb man ihn schon nach fünf Monaten entließ, fragte er sich nicht, schrieb es einfach seiner unheldischen Vergangenheit gut, und als er vor dem Kasseler Haus stand, in dem Mutter nicht mehr wohnte, das von den Amerikanern requiriert worden war, begann er zu leben. Er hatte, dachte er, einen Winterschlaf verbracht. Von

dem Bäcker, bei dem er früher für einen Fünfer Kuchenränder gekauft hatte, der gealtert, ausgemergelt vor leeren Regalen stand, erfuhr er, seine Mutter sei mit einer Freundin in die Nähe von Frankfurt gezogen.
Das war nicht weit.

16.
Die Sprendlinger Laube

Das gehört zu jenen Jahren: Oft stand jemand unerwartet, doch ersehnt in der Tür. So, wie er Mutter in Sprendlingen überrascht, in einem winzigen Zimmer wiedergefunden hatte, aus dem sie bald auszogen in ein winterfestes Gartenhäuschen, so tauchte überraschend auch Barbara auf. Wie er sie kennengelernt, zum ersten Mal gesehen hatte, stand sie auf der Schwelle, das Barett übers Ohr gezogen, den Kragen des Wettermantels hochgeschlagen, den Gürtel fest um die Taille, so daß der lange Mantel bei jeder Bewegung ausschwang. In der Hand hielt sie einen kleinen Rucksack. Es brauchte eine Weile, ehe sie sich umarmten. In diesem Zögern hasteten Fragen aufeinander, die nie Antworten bekommen würden, Fragen nach dem, was inzwischen geschehen war, mit wem und wie und wo, ob einer sich verändert habe.

Das ist Barbara.

Martha Windisch war sitzengeblieben, hatte der Szene zugeschaut; nun wartete sie darauf, daß die Junge auf sie zukäme.

Meine Frau, erklärte Hubert.

Wer sonst, sagte Martha Windisch unwillig.

Ja, wer sonst.

Barbara lachte, und mit dem Lachen, dem eines Buben, kehrte sie zurück. Sie fingen an zu erzählen, hörten einander nicht zu, wollten sich nur gegenseitig ihrer Nähe versichern, bis Martha Windisch sie unterbrach, feststellte, daß Barbara ihr Bett übernehmen solle (sie sagte »übernehmen«, als ginge es um die Übernahme mindestens eines Hauses) und sie, hier in der Küche, auf der Couch schlafen werde. Da sei es auch wärmer und sie benötige nicht so viel Bettzeug.

Solche Tage füllten sich mit einer sinnlosen Geschäftigkeit.

Wann bist du eigentlich gekommen?
Gegen zehn.
War es nicht früher?
Nein, ich mußte ja noch von Frankfurt hier raus.
Bist du zu Fuß gegangen?
Ein Ami hat mich ein Stück in seinem Wagen mitgenommen.
Sie zündete sich eine Zigarette an, sie war schön, der Zeit gewachsen, und Mißtrauen drängte seine Freude zurück.
So mir nichts, dir nichts hat er dich mitgenommen?
Ach, Hubert, Hauptsache, ich bin hier, hab euch gefunden. Wie, das fragst du überhaupt nicht.
Sie habe sich durch das zerstörte Kassel gefragt, zweimal in gräßlichen Löchern übernachten müssen, und öfter habe sie mit der Nennung des Namens Windisch die Leute erschreckt, obwohl ja alle vergessen wollten, hätten sie nicht vergessen, na ja, und Nazis gäbe es keine mehr, die hätten sich verkrümelt oder seien mit einem Schlag fromm geworden. Hast du Arbeit, Hubert?
Wenn man das Arbeit nennen kann. Ich helfe auf einem Schrottplatz.
Er wird studieren, sagte Martha Windisch. So scheuchte sie ihn, ohne es zu wollen, zurück, kuschte ihn, machte ihn zum artigen Kind. Unwillig bat er, endlich einen Kaffee zu kochen, Mutter habe doch ein bißchen von der Zichorie aufgespart für besondere Gelegenheiten, wenn das keine sei.
Studieren sollst du also, sagte Barbara.
Wenn ihr so weitermacht, sagte er mühsam heiter, ihr beiden Weiber, wenn ihr mich in Rage bringen wollt, wenn ihr vorhabt, mich zu dressieren, wenn ihr meint, ich müßte Männchen machen, dann habt ihr euch getäuscht.
Sie erwidern ihm mit Gelächter, doch kein erklärender, versöhnlicher Satz fällt dazu, sie addieren gemeinsam, stellen geschäftige Unruhe her, Mutter setzt den Kaffee auf, dann gehen die beiden ins andere Zimmer, er hört sie reden, sicher über ihn, sie machen wohl aus, wie sie sich in ihn teilen, wie sie

zurechtkommen sollen mit ihm, seine Widerstände brechen und während er sich ihre Unterhaltung ausdenkt, sieht er zum ersten Mal, obwohl sie nun schon ein halbes Jahr im Gartenhaus wohnen, die Räume, die Einrichtung, die ramponierten Möbel. Nicht ein einziges Stück ist intakt, der auf dünnen Eisenstelzen stehende Herd nicht, von dem das Emaille blättert, an dem Schrank fehlt eine Tür, der altmodische Blümchenbezug der Couch schleißt, die Tischplatte ist am Rand verkohlt (wahrscheinlich hat man den Tisch in einer Ruine gefunden), nicht ein Stuhl steht gerade, und die Truhe, in der Mutter das »Wichtige« verwahrt hat, ist mit Buchstaben in roter Ölfarbe verschandelt: LX – PN. Die Zeichen haben ihren Sinn längst verloren.
Die Frauen kommen zurück. Barbara hat sich umgezogen, trägt einen weiten, gestrickten Pullover und einen Rock aus Segeltuch. Er sieht ihr zu, wie sie Mutter beim Tischdecken hilft, wie sie sich bewegt, leicht, rasch und ein bißchen herausfordernd. Das erste Mal, seit er sie kennt, hat er Lust, sie auszuziehen, sie nackt zu sehen. Sie will anscheinend nicht mehr die Rolle der Durchreisenden, des Mädchens im Mantel spielen, sie hat beschlossen, seßhaft zu werden.
Also fließendes Wasser haben wir nicht. Aber einen Brunnen im Garten, sagt Mutter.
Und im Winter?
Manchmal ist das schlimm.
Auch elektrisches Licht haben wir nicht, aber Petroleumfunzeln.
Macht auch nichts.
Man geht halt früh schlafen. Er erträgt dieses Geschwätz nicht, das etwas anderes meint, ihn attackiert, Sätze, die insgeheim handgreiflich werden. Hastig leert er die Tasse, steht auf, er gehe ein wenig an die Luft, in den Garten. Aber es sei kühl. Ihm wieder sei zu heiß. Der Junge habe manchmal solche Anwandlungen. Der Junge. In Kassel war er öfters aus dem Park geflohen, zu den Schrebergärten, und hatte sich so eine

hölzerne Bude als Zuflucht gewünscht, eng, wärmend, zugesehen, wie die Beete zu lauter Grabhügeln geschaufelt wurden, aus denen Salat, Karotten, Radieschen, Spinat sprossen, gelegentlich auch Basilikum und Rosmarin und sehr selten Margeriten oder Astern. Er hatte sich ausgedacht, was er pflanzen und wie schnurgerade er die Wege ziehen würde. Alles war eng, überschaubar, und drohte nicht.

Nun hatte Mutter nicht alle Beete bepflanzt und die Wege waren nicht geharkt. Dafür gab es eine Bank und zwei Bäume, einen Nuß- und einen Zwetschgenbaum. Über den Brunnen stülpten sie im Winter eine Verschalung.

Er hatte bisher im Garten nicht geholfen, abends auf der Bank oder an dem kleinen Tisch gesessen, Mutter zugesehen, in Büchern gelesen, die er, als sie einzogen, in dem halbtürigen Schrank gefunden hatte, Tom-Shark-Hefte ebenso wie Carossas »Arzt Gion«. Im Grunde las er nicht, verstand keine Zusammenhänge, sondern hielt sich an einigen gelesenen Sätzen fest, gab sie seiner Phantasie wie Themen auf. Und meistens lösten sie Erinnerungen aus, Erinnerungen aber auch an Geschichten, die nur erinnert schienen, die er gelesen oder in Filmen gesehen hatte. Er besaß vielleicht doch, wie Vater immer behauptet hatte, eine verkrüppelte, lügnerische Vorstellungskraft.

Er setzte sich, obwohl es zu kühl dafür war, auf die Bank. Am Nußbaum brachen die Blätter auf in einem fast kränklich hellen Grün; die Krokusse verblühten schon. Er vergrub die Hände in den Hosentaschen, streckte die Beine aus. So, mit den beiden Frauen, mußte er leben. Wie lange? Würde Barbara es aushalten? Jetzt, draußen, fühlte er die Gier nach ihr, und sein Kopf füllte sich mit obszönen Szenen: Er stellte sie sich in einem Offizierskasino vor. Sie trug eines jener tiefausgeschnittenen Kleider, wie Zarah Leander. Mit schwingenden Hüften lief sie zwischen den Tischen, begrüßte den und jenen, ließ sich die Hände küssen, warf die Haare aus der Stirn, beugte sich, redend, nach vorn, so daß man ihre Brüste sah, plötzlich applaudierten Offiziere, eine Band spielte, sie fing an zu tanzen, einer der Kerle hob sie auf einen Tisch, sie steppte, hob den Rock bis zu den Strapsen hoch, die Männer drängten sich, schreiend, klatschend um sie, eine Mauer von erhitzten, gierigen Körpern, bis einer sie herunterriß, fortschleppte, in ein Séparée, sie aber bald wiederkehrte, das Kleid in Unordnung, mit einem neuen verschwand, und wieder kam und wieder verschwand, atemlos, die Lust selbst, und die Bilder beschleunigten sich wie in einem Trickfilm, immer wieder kam sie zurück, verschwand mit einem, kam, verschwand. Er merkte, daß er laut atmete, setzte sich aufrecht, doch seine Phantasie ließ nicht ab von Barbara, die nun am Straßenrand wartete, Autos zuwinkt, und eines, ein großer amerikanischer Wagen, hält tatsächlich, sie verhandelt mit dem Fahrer, einem vierschrötigen Kerl in Zivil, die Haare kurz geschoren, er sieht nur, wie ihre Lippen sich bewegen, kann sie nicht hören, doch der Mann braucht offenbar nicht lang, sie zu überreden.

Hubert steht auf, geht bis zum Gartentor. Auf dem Hauptweg zwischen den einzelnen Parzellen ist kein Mensch zu sehen. Als er kehrtmacht, kommt ihm Mutter entgegen. Sie sei zum Abendessen von Rosa eingeladen, das füge sich gut, so könne er allein sein mit Barbara. Wenn sie den schwarzrippigen Mantel mit dem Pelzkragen und einen ihrer geschmacklosen Hüte trug, sah sie alt aus. Grüß Rosa, sagte er. Niemand ging ihm derart auf die Nerven, wie Rosa Schweizer, die Mutters Seelentrösterin geworden war, schon in Kassel, und die sie bewogen hatte, nach Sprendlingen zu ziehen. Grüß sie.

Er rennt ins Haus, muß die wilden, wüsten Bilder löschen durch Wirklichkeit. Barbara erwartet ihn so, wie er sie erwartet hatte, angelehnt an der Tür zu »ihrem Zimmer«, den Kopf im Nacken und den Leib etwas vorgewölbt. Wieso reduziert sich alles auf so wenige, fortwährend gesehene Szenen? Will das sein Kopf?

Sie erlaubt nicht, daß er zögert, weitergrübelt, sie reißt ihn hinter sich her und er gibt ihr nach. Es geht zu blind, zu schnell, doch in der Raserei war ihr Gesicht einige Male stehengeblieben, in einer bewußtlosen Zärtlichkeit – das vergaß er nicht. Als er müde neben ihr lag, sie streichelte, versuchte er dieses Gesicht wiederzuerkennen.

Mit wie vielen hast du seit Brünn geschlafen? fragte er. Sie antwortete ruhig und gleichsam sachlich: Ich weiß es nicht, Hubert, sechs oder sieben waren es, aber was bedeutet das schon.

Sie liebten sich wieder, und seine Wut stellte sie zufrieden. Er sei anders geworden, zupackender, kein solcher Träumer mehr, dem viel zuzutrauen sei oder gar nichts. Jetzt wisse sie wenigstens, woran sie mit ihm sei. Ja? Er wachte daran auf, daß Mutter sich im Nebenzimmer rührte. Sie machte sich, offenbar im Dunkeln, ihr Nachtlager auf der Couch zurecht. Er wäre gern hinübergegangen, nur um in ihrer Nähe zu sein, aber er fürchtete, er könne Barbara aufwecken.

So würde es bleiben. Mutter würde einen Besuch bei Rosa vorschützen oder tatsächlich zu ihr gehen, wenn sie sich lieben wollten, und diese rationierte Liebe in einer durch Aufmerksamkeit erträglichen Enge konnte nicht von Dauer sein. Vielleicht würde Barbara sich fügen.

Für das Wintersemester schrieb er sich an der Frankfurter Universität ein, zu Martha Windischs Genugtuung in Volkswirtschaft. Sie habe erwartet, er wolle Literatur oder Theater studieren, oder solches Zeug – Nationalökonomie sei doch etwas Handfesteres, damit könne er später viel anfangen.

Barbara fand eine Anstellung im Büro einer Konservenfabrik.

Es ist erstaunlich, wie gut wir miteinander auskommen, stellte Martha Windisch mindestens einmal in der Woche fest.

17.
Die bessere Gesellschaft

Ganz am Anfang, erzählte er Barbara, oder ganz am Ende, wie man es nimmt, hat es keine Brücken mehr über den Main gegeben. Es ist kaum zu glauben, eine Stadt am Fluß ohne Brücken. Unsere Truppen sollen sie noch gesprengt haben. Es ist kaum zu glauben. Barbara war es egal, sie sei bis jetzt noch nicht in der Stadt gewesen, für alle, die keinen Schwarzhandel trieben, lohne es sich nicht. Was solle sie in den Trümmerhaufen.

Du müßtest es sehen, das vergißt man nicht, Barbara, kein Stein auf dem andern, vielleicht sind es die Wüsten unserer Zeit, und Menschen leben überall, in Löchern, Kellern, in schwebenden, nur von ein paar Trägern gehaltenen Stockwerken. Sogar Straßenbahnen fahren wieder, und am Bahnhof, in den Hotels, die unbeschädigt geblieben sind, haben sich die Amis eingerichtet, ich sag dir, wie im Film, du kannst sie durch die großen Fenster an der Bar sitzen sehen, es ist verrückt, sie benehmen sich, als gebe es den ganzen Schamott nicht, dieses Elend, diesen Steinhaufen.

Hubert hatte, im Herbst 1946, seine Arbeit auf dem Schrottplatz gekündigt. Sein Chef, ein ehemaliger Luftwaffeningenieur, hatte ihn gewarnt, er solle eine sichere Stellung nicht aufgeben, gerade jetzt, wofür er denn überhaupt an die Universität wolle?

Sobald er in Frankfurt zu studieren begann, brauchte er dort ein Quartier. Der Weg von Sprendlingen war zu weit.

Mutter und Barbara wehrten sich. Wart doch noch ab, Hubert.

Sie hatten sich daran gewöhnt, auf einer Insel zu leben, waren menschenscheu geworden, empfingen kaum Besuche, allenfalls den von Martha Windischs Freundin Rosa oder von

Nachbarn in der Laubenkolonie, die freilich nur dann Kontakt suchten, wenn sie etwas brauchten.
Der Sprung hinaus würde ihm nicht leichtfallen. Vieles würde ihm fehlen. Die Abende zu dritt, an denen sie, nach dem Essen, die Petroleumlampe auf den Tisch stellten und Rommé spielten, oft nur als Vorwand, um sich zu unterhalten. Die Reden gingen durcheinander, fanden selten einen Zusammenhang: Wenn ich nur wüßte, was aus Wilhelm geworden ist? Er wird sich melden, wenn einer sich durchschlägt, dann er. Warum erzählst du nie etwas von deinem Elternhaus, Barbara? Wozu, meine Eltern leben nicht mehr. Bist du sicher? Ich habe es schwarz auf weiß. Wir müssen uns noch ums Holz für den Winter kümmern. Kannst du, Hubert? Der Alte, drei Lauben weiter, hat schon einen schönen Vorrat angelegt. Ich hab Aussicht auf zwei Meter gutes Leinen. Was uns fehlt, ist ein Radio. Du hättest schon lange herauskommen können, Hubert, nun ist es zu spät. Komisch, Barbara gewinnt meistens. Sie paßt eben auf.
Rituale halten ihr Leben zusammen. Sie streiten sich in den ersten Monaten so gut wie nie. Gehen sie, »die Jungen«, nach dem sechsten oder siebten Spiel in ihr Zimmer, lassen sie, solange sie sich ausziehen, die Tür offen, um ein bißchen Licht zu haben. Währenddessen richtet Martha Windisch auf der Couch ihr Bett. Schließen sie dann die Tür, ruft sie jedesmal: Schlaft gut. Aus Angst, die alte Frau nebenan könnte sie hinter der dünnen Wand hören, lieben sie sich leise. Sie haben sich daran gewöhnt. »Indisch« nennt Barbara diese Art, sich zu lieben, ohne heftige Bewegung, gegen den Rausch und gegen die Wut, nur mit Händen und Haut, sanft, so daß der Schrei in der Kehle steckenbleibt und am Ende die Haut spannt, die Glieder im Krampf erstarren. Vielleicht werden wir noch verrückt.
Sind es die Inder geworden, Hubert?
Ja, sagte er, alle.
Er zog in Etappen um, vertuschte allmähliche Entfernung mit häufigen Besuchen, längeren Aufenthalten, berichtete, wor-

über sich Martha Windisch ärgerte, kaum von Frankfurt, der Universität, von Bekanntschaften, die er doch unter Studenten gemacht haben müßte. Ach weißt du, wir sind beinahe alle vom selben Schlag, alte Frontschweine, die nachholen wollen. Daß er inzwischen in einem zum Teil zerstörten Haus im Oederweg ein möbliertes Zimmer bezogen hatte, verschwieg er. Er finde mal bei dem, mal bei jenem Kommilitonen Unterschlupf. Und nie redete er von den heftigen, oft Schlägereien nahen Diskussionen über die Greuel der Nazis, über die Kriegsverbrecherprozesse, die nicht endende Fortsetzung von Mordgeschichten. Viele wollten es nicht wahrhaben. Ihre Vorstellungskraft war des Entsetzens nicht mächtig. Sie unterstellten Amerikanern und Russen, daß sie übertrieben und lögen und auf diese Weise den Deutschen jegliche Moralität zu rauben versuchten, sie als Volk entmündigten.

Hubert ließ sich auf Streitigkeiten nicht ein. Es war ihm schwergefallen, Anschluß zu finden, und erst durch Werner Dröse war er in eine Gruppe von Studenten geraten, in der er allerdings, da er sich an den Debatten kaum beteiligte, nicht auffiel.

Dröse studierte, wie Hubert, Volkswirtschaft, besuchte aber auch Vorlesungen über Theater, Philosophie und Literatur. Bloß die beschissene Ökonomie reiche nicht aus.

Er hatte Hubert nach einem Abend in der evangelischen Studentengemeinde angesprochen. Hubert war in die Baracke gegangen, um sich aufzuwärmen.

Seine Wirtin weigerte sich, seine Bude zu heizen, da er nur zum Schlafen heimkäme und das Federbett von bester Qualität sei.

Wohin man überall heimkommt.

Sie können ja wieder ausziehen.

Um Himmels willen, nein. Ihr Federbett ist wirklich tadellos.

Wenn Sie wüßten, wie ich mit dem Koks sparen muß; aber ihr Studenten –

Manche Unterhaltungen kennt er schon vorher. Wenn man sie aufschriebe, wüßte man später vielleicht mehr über diese

verrückte Zeit. Mit einem solchen Wortwechsel begann auch die Bekanntschaft mit Dröse. Er hatte sich vor der Baracke eine Zigarette gedreht, jemand schlug ihm auf die Schulter.
Virginia?
Nein, Sprendlinger Zimmerlinde.
Können Sie mir aushelfen?
Bitte, bedienen Sie sich.
Papierchen hab ich auch keine.
Können Sie's überhaupt?
Dröse wuzelt sich, außerordentlich geschickt, eine Zigarette, steckt sie in die Tasche und dreht sich eine zweite.
So war das eigentlich nicht gedacht, Kamerad.
Ich weiß, aber jeder muß vorsorgen. Über Vorratswirtschaft hören wir ja eben.
Solchen Typen wie Dröse wich er im allgemeinen aus. Für Vater waren es »markige Kerle« gewesen, Männer wie Wehrhahn, deren Selbstsicherheit zuschlug, die, so dumm und borniert sie waren, sich für Mittelpunkte hielten, gewalttätige Menschenfänger, »Führernaturen«. Hubert sollte sich täuschen.
Mit der Aussicht auf warme Räume war jeder leicht zu ködern.
Ein paar von uns, sagte Dröse, treffen sich noch. Wir kennen da einen, genauer gesagt, es sind eine und einer, nämlich Zwillinge, die haben ein Dach überm Kopf und einen Vater am Wickel, der es mit sämtlichen Frankfurter Schiebern aufnimmt. Ich sag Ihnen – was Dröse zu sagen vorhatte, wedelte er ausdrucksvoll in die Luft, und Hubert ging eben mit.
Das von Dröse vielversprechend angedeutete Dach erwies sich als unbeschädigt und üppig, es deckte eine hinter verwilderten Sträuchern verborgene Villa, die Hubert an das Kasseler Haus erinnerte. Er holte tief Atem und sagte: Nein, ich komme doch nicht mit.
Sind Sie meschugge? Was ist denn in Sie gefahren, Mensch?
Etwas hielt ihn zurück. Begann es von neuem, bauten sich die alten Häuser, wie von selbst, wieder auf?

Dröse zog ihn hinter sich her.
Er war, seit Brünn, nicht mehr im Kino gewesen. Nur manchmal spielte ihm sein Gedächtnis Bruchstücke aus Filmen vor, allerdings ohne jene verändernde Wirkung, auf die er erpicht war. Figuren nahmen ihn nicht mehr auf.
Kaum hatte sich die Tür hinter ihnen geschlossen, hatte ihm ein Mädchen in schwarzem Kleid und weißem Schürzchen den Soldatenmantel abgenommen und es kehrte die Empfindung zurück, etwas zu erleben, was nur wirklich schien, doch durch Vorstellungskraft wirklich wurde. Er war sich eine Weile nicht sicher, ob er nicht träumte oder ob Dröse ihm Szenen vorspielen ließ.
An das Kasseler Haus dachte er nicht mehr.
Sie befanden sich in einem Vorraum. Ein mannshoher Spiegel hielt ihn auf. So hatte er sich seit langem nicht gesehen, einen nicht sehr großen, mageren Mann, der ein wenig nach vorn gebeugt stand. Das Gesicht fleischlos, kantig, nicht gerade jung, die Haare dünn, schon mit Ansätzen von Geheimratsekken; ihm gefiel, wie die Augen gegen die Nasenwurzel drängten und wie die Augenbrauen eine dicke, melancholisch abfallende Linie zogen, ihm gefiel auch die Festigkeit des Kinns.
Dröse drängte ihn vierschrötig aus dem Bild.
Kommen Sie, ich kann Spiegel nicht leiden.
Hubert fand, dies sei ein törichter Satz, denn wenn man Spiegel attackierte, mußte man ja sich selbst gegenübertreten und meinte also nicht mehr den Spiegel, sondern das Spiegelbild, sich selbst. Und sich selbst könnte Dröse, wie Hubert ihn einschätzte, ganz gewiß leiden.
Die Leute, die er nun begrüßte, deren Namen er nicht verstand, nicht verstehen wollte, die er als einzelne nicht wahrnahm, sondern in einem großen bewegten Bild sah, hatten anscheinend die graue, staubige, zerschlagene Stadt draußen vergessen, wie auch den Hunger, die Gier, die Furcht vor Kälte und dem Alleinsein, das Gerede über Morgenthau und Potsdam, über Entnazifizierung und Demokratie. Sie spielten, in

einer vertrauten Anordnung, Vergangenes für die Zukunft. Sie waren weiter als er und augenfällig schon verdorben von dem, was sie sein wollten.

Die Halle war schummrig beleuchtet, das Feuer im Kamin kam malerisch zur Geltung. Schwere Polstermöbel standen wie zufällig auf alten Teppichen. Einige Gäste lagen und kauerten um niedrige Tische, andere standen, sich unterhaltend, gingen umher oder saßen für sich in Sesseln, auf Sofas.

Er kam sich deplaciert vor, da die meisten erlesen gekleidet waren, die Männer in dunklen Anzügen, die Frauen in langen Kleidern, bis ihm gleichsam Fehlfarben auffielen, einige junge Männer, die, wie er, wenigstens Reste von Uniformen trugen, und zwei, drei Mädchen, die in schwarzen BDM-Röcken und verfilzten Pullovern die Noblesse provozierten.

Die Erscheinung des Hausherrn verblüffte ihn. Er hatte sich einen Schieber als einen öligen Fettwanst vorgestellt, doch Eduard Wexler war alles andere als das. Er trat auf wie ein zurückhaltender Landedelmann, beherrschte seine Rolle perfekt, eine beeindruckende Mischung aus Willy Birgel und Hans Söhnker, groß, untadelig in der Haltung, das graue Haar streng gescheitelt, und nur der schmale Oberlippenbart erinnerte an Talmi und Tücke. Die Stimme vertiefte den Eindruck von Anstand und Tradition: Ein wohlklingender, gütiger Bariton. Hubert wurde von Wexler an diesem Abend nur flüchtig zur Kenntnis genommen. Das änderte sich später. Wexlers Kinder, die berüchtigten Zwillinge, die sich ihren preziösen Namen, Adam und Adelaide, längst angepaßt hatten, widersprachen vollkommen dem Zeitgeschmack, zwei den Zwanzigern entsprungene Kunstfiguren, beide rothaarig, beide von virtuoser Beweglichkeit, im Tanz unbändig, Adelaide bevorzugte mit Pailletten besetzte Hänger und lackierte sich, wenn der Glanz nicht täuschte, den Bubikopf, Adam trug, auch an der Universität, was zu Tätlichkeiten geführt hatte, maßgeschneiderte Dinnerjacketts, und sein Haar war ebenso makellos gescheitelt wie das seines Vaters. Beide pflegten sie einen manierierten Tonfall, in dem das Hessische einen französischen Akzent erzielt: Isch hab Ihne gesakt, mein Liebär ...

Wie und durch welche Art von Schiebung Wexler seinen Reichtum einheimste, wurde nie klar. Er machte sich die Hände nicht schmutzig, besaß Helfer. Und er hatte, da sein Name nirgendwo öffentlich wurde – wenn, dann handelte es sich um Wohltätigkeit –, auch unter Hitler sich nichts zuschulden kommen lassen. Er brauchte sich keinem Gericht zu stellen. Brauchte sein Leben nicht zu ändern. Dröse, dessen freches Mundwerk mitunter die Politur zum Reißen brachte, fragte Adam, ob er Hitlerjunge gewesen sei oder Luftwaffenhelfer. Adam zeigte sich, von seinem Vater trainiert, der Frage gewachsen: Unsereiner, Dröse, war, wenn überhaupt, bei der Reiter-HJ, und nur dann, solange es Vergnügen brachte, zum Beispiel bei Turnieren.

Adelaide hingegen war durch Beethoven vor Hitler bewahrt worden. Ich habe die Neunte, erklärte sie, immer anders gehört als diese braunen Banausen. Ihr könnt es mir glauben. Sie hatte die Angewohnheit, sich bei Gelegenheiten, die sie für angemessen hielt, nackt auszuziehen und vorzuführen, daß auch ihr Schamhaar rot sei, was, wie Hubert später, bei einer jener Gelegenheiten, feststellen konnte, nicht zutraf: Es war schwarz und schimmerte allenfalls rötlich, wenn sie gegen das Licht stand. Was sie allerdings so einzurichten wußte.

Weil es sonst nur bei den Amerikanern in Fülle zu essen und zu trinken gab, war der Zutritt zu den Wexlerschen Abenden sehr begehrt. Einige, wie wohl auch Dröse, existierten regelrecht davon. Sie aßen sich derart satt, daß sie kaum mehr Laune hatten, ausgiebig oder scharf zu diskutieren. Manche waren rasch betrunken, und Wexler ließ sie, wenn sie ausfällig wurden, ohne Aufsehen hinauskomplimentieren.

Eine Dame des Hauses gab es nicht. Es wurde vermieden, nach ihr zu fragen, da es für sie einen auffallenden Ersatz gab: Frau von Loschütz, die Hausdame, die es als ihre Aufgabe betrach-

tete, jeden falschen Gedanken über sie und Wexler durch ihr herbes, abweisendes Verhalten zu korrigieren.
Hubert wurde von diesem Abend an regelmäßig erwartet. Er brauchte Dröse nicht mehr; doch der brauchte, wie sich herausstellte, ihn. Denn Dröse galt bei Wexlers, zu Huberts Überraschung, als Kommunist, und Wexlers waren, wie sie betonten, für alle Gesinnungen aufgeschlossen, nur nicht für Nazismus und Kommunismus.
Wie man gerade bei dir darauf kommen kann?
Ja, wie? Dröse hüllte sich in Schweigen, zog es vor, ein Geheimnis zu bewahren, bis in einer turbulenten Nacht, in der zum ersten Mal nicht nur abgeklärt oder gedämpft geredet wurde, Adelaide und Dröse aneinandergerieten und wütend »von dieser Verlogenheit, die mich satt gemacht hat und die ich satt habe«, Abschied nahm.
Es war spät, die Gesellschaft begann sich aufzulösen. Trunkenbolde waren schon hinausgeschafft worden. Wexler saß neben dem Kamin, sah den Tanzenden zu. Hubert tanzte mit einem Mädchen, das neu war und über diesen Glanz, diese Eleganz kindisch staunte. Eine ungenaue Unruhe ließ die Tänzer stocken, anhalten, aus der Unruhe wurde Unordnung, Verstörung, aus dem Getuschel brach heftig eine Stimme, der eine andere, leiser, aber nicht minder erbittert, erwiderte. Der Zwist zog an. Die Tänzer scharten sich in einem Kreis um die Streitenden, um Dröse und Adelaide. Erst allmählich schälte sich das Thema heraus, Adelaides Vorwurf, Dröse halte zu den Kommunisten, er sei wahrscheinlich einer.
Laß mich doch in Frieden.
Siehst du, Dröse, nie stellst du dich. Das muß doch einen Grund haben.
Dröse versuchte sich einer weiteren Auseinandersetzung zu entziehen, doch der Kreis schloß sich, wurde zur Mauer.
Hubert leistete Dröse insgeheim schon Abbitte. Nicht aus Mitleid, sondern weil er ihn falsch eingeschätzt hatte, weil er sich von der übertriebenen Kaltschnäuzigkeit hatte täuschen

lassen. Der Mann, der sich nun wütend verteidigte, war ein anderer.
Dröse ging betont langsam zu Adelaide zurück. Sie wich ihm nicht aus. So standen sie sich nahe gegenüber und jeder mußte den Atem des andern fühlen.
Und was bist du, Adelaide, Mädchen, mit dem Beethovennamen? Was ist dein Vater, was war er?
Ich habe dich gefragt, Dröse.
Ich werde dir auch antworten. Aber erst werde ich mir eure Antworten geben, verstehst du, und sie werden wahrscheinlich so ungenau sein, wie eure ganze Wahrheit. Ein Kommunist? Vielleicht. Welcher Dreck ist denn hier in die Ecken gekehrt? Wie sah das hier, sagen wir, vor neun oder zehn Jahren aus? Anders? Schon anders. Die Demokraten von heute befanden sich am selben Ort, hier im Salon, nur das Vokabular war nicht so und viele trugen die Bonzenuniform. Ich weiß nicht, was damals verschoben wurde, bestimmt nicht Kaffee, Kakao und Nylon wie heute, wahrscheinlich Kanonen und Menschen. Aber ich weiß, daß die Helden in dieser großen Oper nicht gewechselt haben. Nicht einmal die Musik hat sich geändert, bloß die Texte hat man umgeschrieben, das Libretto ausgetauscht und an der Stelle, wo das wüste Schmählied gegen die Juden, gegen irgendwelche Untermenschen gesungen wurde, hört man heute das Lied vom guten Christen und vom braven Demokraten.
Wexler, der sich im Hintergrund gehalten hatte, war betont ruhig in den Kreis der Jungen getreten, die erschreckt zuhörten: Gehen Sie, Herr Dröse, verlassen Sie mein Haus.
Ja, es ist Ihr Haus, Herr Wexler. Ich gehe sofort. Nur schulde ich euch allen noch die Erklärung, ob ich ein Kommunist bin. Ich weiß es nicht. Mein Vater war einer. Er war Maschinenschlosser. Als Hitler an die Macht kam, schwieg er und arbeitete. Manchmal traf er sich mit seinen alten Genossen. Sie redeten über die Zeit nach Hitler. Viel Hoffnung gab es nicht. 1939 wurde er verhaftet. Meine Mutter begriff das alles nicht. Ich war damals fünfzehn. Mich hatten sie auf die Oberschule

geschickt, damit ich denken lernte. Denken. Daran glaubten sie. 1942 bekamen wir einen vorgedruckten Wisch, auf dem uns mitgeteilt wurde, daß der Schlosser Franz Dröse an einer Lungenembolie im Lager Mauthausen gestorben sei. Ich weiß bis heute nicht, ob ich Kommunist bin, denn mein Vater hat wenig mit mir gesprochen und andere Kommunisten habe ich kaum kennengelernt.

Er strich sich über die Stirn, murmelte etwas von einem Scheißkopfweh, verbeugte sich knapp vor Wexler, die andern traten zur Seite, als fürchteten sie seine Berührung.

Nachdem Dröse gegangen war, bat Wexler seine Gäste, ihn und die Kinder allein zu lassen, sie möchten es verstehen, nach diesem sonderbaren Auftritt. Er sagte »sonderbarer Auftritt«. Hubert gingen die zwei Wörter nicht aus dem Kopf. Sie legten sich wie Watte, wie ein sanfter Knebel auf Dröses schreienden Mund. Sie bagatellisierten listig die große Wut des Angreifers und spielten Überlegenheit aus. Im Grunde machten sie Dröse noch im nachhinein wehrlos.

Der »sonderbare Auftritt« hinderte Adam und Adelaide nicht, weiter einzuladen, Kommilitonen in das schöne Haus zu schleppen. Über Dröse wurde nicht mehr gesprochen, man schwieg ihn weg. Hubert, der ihn noch einige Male traf und die Befangenheit nie ganz loswurde, erfuhr von Dröse, daß er in Marburg weiter studieren werde. Es war wieder der Dröse von früher: Kaltschnäuzig, besonnen, auf dem Sprung nach oben.

Guck mal, sagte Adelaide, die Sonne frißt Stein. Sie spazierten am Nizza, am Main entlang, das Mädchen zeigte auf die Steinstümpfe rund um den Römer. Das Licht stürzte in Strähnen herunter, es schien, als tauten die Ruinen unter ihm weg.

Hubert war seit vier Wochen nicht mehr in Sprendlingen gewesen. Mutter hatte ihm vorwurfsvolle Briefe geschrieben, Barbara nicht eine Zeile.

Nachmittags saß er meistens in der Bibliothek, arbeitete, die Abende verbrachte er häufig bei Wexlers.

Wexler selbst war, wie Adam kommentierte, ernsthaft politisch beschäftigt, beriet und empfing Herren des Wirtschaftsrats, klagte vor den Jungen gelegentlich über das Unverständnis der Besatzungsmächte, vor allem der Russen, die in ihrer Zone zweifellos eine Sowjetisierung anstrebten, sah jedoch für die Westzone eine »reelle Chance ökonomischer Wiederbelebung«.

Der Kreis war kleiner geworden. Hubert war angenommen, vielleicht weil er sich unauffällig verhielt, fast nur zuhörte, sich belehrbar gab und, wenn er etwas sagte, eher fragte.

Adelaide hatte ihn an einem Abend mit auf ihr Zimmer genommen, ein im Biedermeier eingerichtetes Boudoir, das er so nur aus Büchern kannte, ein »Mädchenzimmer«, hatte ihn, ohne einen Anflug von Scham, eingeladen, mit ihr zu schlafen, und ihre saubere, parfümierte, raffiniert gesalbte Haut hatte ihn eingeschüchtert. Sie schwitzte nicht, duftete nach künstlichen Blumen, nach Sandel, Zimt oder Jasmin, und auch ihr Stöhnen klang kunstvoll, vielfach geübt und ausprobiert. Er solle nicht denken, daß ihr Verhältnis von Dauer sein könne. Nein, daran denke er bestimmt nicht. Dann sei es gut, sie könnten eine Weile Spaß miteinander haben. Adelaide verwaltete ihre Zeit.

Er hatte nicht den Eindruck, daß er Barbara mit Adelaide betrog, er fragte sich, ob Barbara sich überhaupt noch von ihm betrogen fühlen könne. Sie lebte weit weg. Dennoch nahm er sich vor, sich allmählich von Adelaide und dem Wexlerschen Haus zu lösen. Es fiel ihm schwer, die Bequemlichkeiten waren verlockend und Adelaide eine angenehme Liebhaberin.

Wexler machte ihm den Abschied leicht.

Sie saßen zu fünft im Speisezimmer, Wexler, Adam und Adelaide, Frau von Loschütz, die undurchschaubare Haushälterin, und Hubert. Wexler führte das Gespräch und, wie zufällig, kam er auf die abscheulichen Prozesse, die doch zu nichts führten.

Sicher, sagte er, sicher, da wurden schreckliche Verbrechen begangen. Und wenn es stimmt, daß sechs Millionen Juden

umgekommen sind, woran man ja zweifeln kann, nicht wahr?, dann war Hitler einer der größten Mörder der Weltgeschichte. Aber die anderen, die vielen, denen jetzt Mord vorgeworfen wird, taten bestimmt nichts als ihre Pflicht. Ihre Pflicht, ja!
Na ja, murmelte Adam.
Ich bitte dich, sagte Wexler.
Adam nickte. Wozu war unklar.
Hubert riß vorsichtig mit Gabel und Messer den Semmelknödel auseinander, verteilte die Stückchen in der Soße.
Wexler sagte: Übrigens fiel auch der Name Windisch.
Hubert hatte es erwartet. Er hatte damit gerechnet, daß Vater wiederkehren würde. Daß er sich verteidigen müßte, rechtfertigen für etwas, das er nicht gewesen war. Doch so nicht. Bei Hasenrücken und Semmelknödel. In Gesellschaft eines soignierten Herrn, der längst vergessen, verdrängt hatte, daß Vaters schwarzuniformierte Kumpel seine Geschäftsfreunde gewesen waren.
Windisch?
Ja, ein ss-Führer in Holland. Er soll sich noch vor Kriegsende das Leben genommen haben. Einer von den angeblichen Schlächtern.
Schlächtern? Hubert schrie nicht. Er flehte.
Ja, so schreiben die Journalisten. Sind Sie mit ihm verwandt, Hubert?
Verwandt?
Na, ich meine, ist er ein Onkel von Ihnen gewesen?
Nein!
Sie kennen ihn gar nicht?
Er zögert, schlingt an einem großen Bissen, wünscht sich aus der eigenen Haut, wünscht sich, Dröse zu sein, der jetzt brüllen könnte, meinen Vater haben sie geholt, umgebracht, der diesem Schatten nah ist, der sich an diesem Schatten wärmen kann.
Nein.
Nein?

Nein!
Jedes Nein riß ihn mehr auf.
Wexler sah ihn über den Tisch prüfend und besserwissend an. Ihm hatte er sich verraten.
Wie gesagt, mein Lieber, die meisten taten nur ihre Pflicht.
Hubert hielt dem Blick Wexlers stand und antwortete leise, jedes Wort betonend: Sie haben nicht recht, Herr Wexler. Es waren Mörder.
Dann bat er, vorzeitig aufbrechen zu dürfen, entschuldigte sich umständlich, vergaß seinen Mantel, mußte noch einmal schellen, so daß Adelaide ihn fragen konnte, ob er den Abend bei ihr verbringen werde.
Nein, sagte er.
Heute sagst du dauernd nein, Hubert. Sie lachte und sah ihm nach.
Warum war er nicht wie Dröse. Es schrie in ihm. Er machte sich Luft, indem er laut redete. Er wütete über seine armselige Erinnerung, daß es keine Bilder mehr gab, in die er hineingehen konnte, die ihn aufnahmen.
Adam Wexler, den er ab und zu traf, wie Adelaide auch, die sein Fernbleiben offenbar gleichgültig ließ, Adam riet ihm, um die Kasse aufzubessern, sich bei den Amis zu melden, die suchten englisch sprechende Hilfen. Zum Beispiel Kellner. Und Englisch kannst du doch.
Er fuhr nach Sprendlingen. Die Laube schrumpfte, wurde noch kleiner, die Enge drückte ihn und alles schien im lädiert, wie von Schmutz überzogen.
Ich hol euch nach Frankfurt, sagte er. Hier kann man es ja nicht aushalten.
Aber die beiden Frauen waren zufrieden. Barbara klagte, sie sei es nicht mehr gewöhnt, mit jemand anderem zu schlafen.
Er blieb zwei Wochen länger, als er sich vorgenommen hatte, wohl um Buße zu tun für die Helligkeit, die Völlerei, die parfümierte Haut.

18.
Ein Kapitel für Spade

Er hatte Glück, wurde als Abendkellner im Offizierskasino der Amerikaner angestellt. Zwar mußte er alle nur denkbaren Papiere vorlegen, wurde nach seinen politischen Vorstellungen ausgehorcht, hatte im Entnazifizierungsbescheid als Beruf des Vaters »Landwirt« angegeben, doch weiter wurde, zu seiner Erleichterung, nicht gefragt.
Tagsüber besuchte er, oft taub vor Müdigkeit, Vorlesungen und Seminare, schrieb Referate über die Theorien von Keynes, Max Weber und Marx, puppte sich ein, suchte nicht mehr nach Freunden. Die Abende im Kasino genoß er. Er war in ein neues Leben gestürzt.
Es ist ekelhaft, wie du dich anpaßt, auf alles reinfällst, immer lebst du das Leben anderer. Barbara verhöhnte ihn. Nun fehlt bloß noch der Kaugummi zwischen den Zähnen. Selbst Mutter fand es ein bißchen unanständig, wie er sich »amerikanisiere«. Er brachte, wenn er sie übers Wochenende besuchte, Zigaretten mit, Chesterfields und Camel, stapelte Cornedbeefbüchsen, Trockenmilch und Trockenei, die süßen Trockenkartoffeln, denen Martha Windisch mißtraute, die könnten nicht echt sein, niemals, seien ein Kunstprodukt. Er schenkte Barbara Nylonstrümpfe, die sie sofort behutsam über die Beine zog.
Er habe sie wohl einem der Flittchen abgeschwatzt, mit denen er bei seinen Amis umgehe.
Ihr habt keine Ahnung.
Sie hatten keine Ahnung.
Er war nicht anders geworden, hatte sich nicht verändert. Er war zwanzig Jahre nicht er selbst gewesen. Vielleicht gelang es ihm jetzt, sich zu fassen, zu spüren, aus sich selbst zu handeln, sich zu widersetzen. Die ersten Nächte hatte er nur gestaunt,

ein Kind, das unversehens in einen Zaubergarten geraten war. Als Kellner taugte er nicht viel, er wurde oft, wenn auch gutmütig zurechtgewiesen.
Du wirst es lernen, Hjubört. Er ist nicht umbenannt, er ist umgefärbt worden.
Alles geschieht unmerklich. Er hört zu, sieht sich um, atmet ein.
Beeil dich, Hjubört, träum nicht, der Colonel wartet auf seinen Whisky.
Er hat nicht geträumt. Er ist in sich herumgegangen. Er hat gehen geübt, gehen, so wie diese Kerle gehen, hat es in Gedanken versucht, seine Muskeln spielen zu lassen, mit Phantasie die Gelenke geschmeidig gemacht. So, wie die gehen, schlendern, ihren Gang vorführen. Er wußte nicht, woher sie es hatten, ob es ihnen angeboren war, beigebracht wurde, ob sie sich erinnerten und woran, vielleicht an den sanften, der Erde schmeichelnden Lauf der Indianer, an den Flug der Mokassins, an das listige, dem Wind ausweichende Anschleichen der Trapper; an das kräftige, selbstbewußte Auftreten der Westfahrer; an den sporenklirrenden, todessüchtigen Stiefeltanz der Desperados; an den eitlen, hastigen, launischen Gang der Geschäftsleute; an den schlurfenden, von aller Weite müden Schritt der Tramps. Gut, vielleicht trugen die Schuhe dazu bei, diese weichen, hochgeschnürten Stiefel, die er sich wünschte, die er erst nach Monaten ergatterte, doch es gehörte wohl eine andere Erinnerung dazu, nicht die an Märsche und Kommandos, an einen Kinderleib, der sich unter Prügeln versteifte, an Träume, durch die Uniformen paradieren, links zweidreivier, links zweidreivier, sondern die Erinnerung an Savannen, an Asphaltbänder, die in den Horizont gleiten, an Stadtdschungel, an die Gelassenheit der Lehrer, an die Selbstsicherheit im Umgang mit einer immer größer werdenden Welt. Gut, viele unter ihnen waren Scheißkerle, Dummköpfe, die Gedanken stumpf vom Kaugummikauen, und manche machten das Kasino zum Kasernenhof, so, wie er

es erlebt hatte in Meseritsch, Brünn und Prag, aber selbst die mit ihren hängenden Ärschen und über die Hosen quellenden Bäuchen gingen anders, zuversichtlicher und leichter, als er es je gesehen hatte. Am schönsten gingen die wenigen Schwarzen, die es hier besonders schwer hatten, die unterm Ruf »Nigger« zusammenzuckten, die ihr Lächeln vor sich hertrugen, sie gingen wie die Freiheit selbst, in sich ruhend, auf Beinen, die nie zu ermüden schienen, die den Schritt rollend auffingen, leise die Kugel Erde wie einen Kinderball unter sich wegtraten. Gut, es könnte die Musik sein, die Schwarz wie Weiß so gehen machte, diese Musik, in der er sich badete, die in seinen Schlaf drang und selbst da noch an seinen Sehnen zupfte wie die Finger eines Gitarristen an den Saiten. Diese Musik, die frech war, die sich aus dem Abendland nichts machte, die zuschlug, pochte, platschte und umarmte, die einfach war und alle Schwierigkeiten aussprach, aussang, auskotzte.

Hubert lernte rasch, er weiß Bix Beiderbecke von Satchmo zu unterscheiden, er kennt den Sound von Fletcher Henderson, Count Basie, Duke Ellington und Earl Fatha Heines. Und er lernt reden wie die. Er weiß bald, ob einer aus Dallas kommt oder aus Boston. Es ist leicht zu hören, so einfach wie die Musik.

Die Währungsreform trifft ihn nicht, was soll er wechseln, zehn zu eins, eine Hitlermark in eine Trizonenmark, der Dollar bleibt wert, was er war, bleibt hart, und Hubert schämt sich, wenn ihm die Kollegen den großen Beschiß vorjammern. Jetzt kommt was in die Schaufenster, sogar Kaffee, und wir haben keinen roten Heller.

Manchmal, wenn er im Morgengrauen nach Hause kommt, die unaufgeräumte Bude ihn anwidert, der kalte Rauch, das drekkige Geschirr, wenn er die Bücher auf dem kleinen Tisch zur Seite schiebt, unordentlich schichtet, wenn er nicht einschlafen kann, der Lärm der Nacht in seinem Schädel in winzigen Wellen ausläuft, wenn noch immer die Rufe nach Hjubört ihn

hochfahren lassen, manchmal fragt er sich dann, ob er nicht noch mehr als vorher nichts sei, nichts, allenfalls ein Nichts, das zu einem winzigen Klumpen Glücksgefühl geschrumpft ist. Für mehr reicht es nicht, sagt er sich, noch nicht.
Mit einem der älteren Männer, die in der Küche Teller wuschen, Geschirr ordneten, die Herde anheizten, den Müll in den Hof schleppten, freundete er sich an. Er hieß Konrad Dänzer, behauptete, einmal »bessere Tage« gesehen zu haben, erläuterte aber nie, wo und wie und gestand, an Hitler geglaubt zu haben. Fast bis zum Ende. Er war der einzige unter Huberts Bekannten, der das so schlichtweg zugab. Mit ihm unterhielt er sich über Politik, was er danach jahrelang nicht tat, was ihn nicht kümmerte und was er als Dreck ausschlug. Dänzer war sogar einer Partei beigetreten.
Das ist mir nicht leichtgefallen.
Ich hätte es gar nicht erst getan.
Sie saßen auf umgekippten Kisten im Hof des alten Hotels.
Das hab ich auch gedacht, Windisch, aber dann hab ich Schumacher gehört, ein paar andere Sozis, und ich habe nachgelesen, was der Abgeordnete Wels, den du nicht kennen wirst, in seiner letzten Rede sagte, ehe Hitler den Reichstag auflöste, diesen Gruß an die Verfolgten im Land. Das hat mir gefallen.
Was können die denn ausrichten, gegen die Alliierten?
Irgendwann müssen sie regieren.
Das ist doch Blödsinn. Das dürfen die Deutschen nie wieder.
Doch, Windisch, und dann kommt es darauf an, ob sie wieder zurückfallen in das Gezänk und die Erbärmlichkeit von Weimar, wo die Rechte tat, was die Linke nicht konnte, wo die Reichen an der Armut verdienten, das Kapital seine Reserven für Hitler schuf. Daß die wieder oben sein werden, will ich verhindern.
Du? Hier auf der Kiste?
Du kannst nur Witze reißen.
Nicht die besten, Vater Dänzer.

Nee. Aber mit solchen Witzen schaffst du es wahrscheinlich eher als ich, aus der Scheiße rauszukommen. Und so wird dann auch eure Politik aussehen.
Du glaubst, daß es die Sozis besser machen?
Ich glaube es nicht, Windisch, ich hoffe es. Das ist ein politischer Unterschied.
Er sei schon ein richtiger Ami. Er rede wie sie, gehe wie sie, kleide sich wie sie. Es fehlt nur noch, daß man dich in die Uniform eines Sergeants steckt.
Nee, nie wieder Uniform, Vater Dänzer.
Sagst du.
Sag ich.
Ohne zu bedenken, was dir gesagt werden könnte.
Ihr Alten habt vor lauter Klugscheißen Dauerdurchfall.
Sagst du.
Das sag ich.
Du wirst dich schon noch dumm umgucken, Windisch.

Hin und wieder durfte Hubert dem Barkeeper assistieren. Hjubört wurde zur Institution. Er konnte beinahe von den Geschenken und den kleinen »Mitnehmseln« leben.
Er stand hinter der Theke, wischte sorgfältig Gläser sauber, Whiskygläser. Laß bloß keinen Rand und achte auf die Lippenstiftreste! Da trat Adam Wexler auf, umgeben von einigen Offizieren und Frauen, ein Operettentenor im beigen, gerade genug zerknautschten Sommeranzug, braungebrannt, das rote Haar nagelkurz geschoren. Ein Lebemann, ein Reklamebild für den erfolgreichen Herrn von morgen.
Der alte Wexler war, hatte Hubert gehört, zur grauen Eminenz des Wirtschaftsrats avanciert und man rechnete damit, daß er im ersten Parlament eine bedeutende Rolle spielen werde; natürlich mehr im Hintergrund.
Hubert zog den Kopf ein, kehrte Adam den Rücken zu. Aber der hatte ihn bemerkt, rief, durchaus herzlich: Mensch, Hubert, den Job hast du also gekriegt, veranlaßte den Barkeeper,

Hubert für den Abend freizugeben. Es ist ein alter Freund, verstehen Sie.
Mach dir einen schönen Abend, Hjubört, sagte der Barkeeper.
Danke, sagte Hubert, obwohl er nicht sicher war, ob diese Freundlichkeit einen Dank wert war.
Da er bisher nur tagsüber an der Bar gedient hatte, war er Adam nicht begegnet. Hubert fragte nach Adelaide, Adam verzog das Gesicht. Sie habe sich einen französischen Geschäftsmann angelacht, leben mit ihm in Baden-Baden, lasse so gut wie nichts von sich hören. Der Alte sei darüber sehr unglücklich.
Adam lud ihn ein. Er und sein Gefolge redeten in Andeutungen, in Kürzeln, die ihm nichts sagten, auch die Namen nicht, die genannt wurden, die jedoch für alle andern wichtig schienen und zwischen denen sie redend ein delikates Netz spannten:
Georgi fehlt es einfach noch an Erfahrung.
Marti wird ihm helfen.
Berlin ist ein ganz gutes Pflaster, gerade seit der Blockade.
Die Schiffe werden neuerdings streng kontrolliert.
Unsinn, das läßt sich machen.
Ehe Hubert erraten hatte, daß unter den »Schiffen« die Flugzeuge zu verstehen seien, die Berlin regelmäßig versorgten, waren sie längst weiter im Unverständlichen. Er lehnte sich zurück, der Whisky stieg ihm in den Kopf, betäubte ihn, er fühlte sich wohl, ihr Geschwätz war ihm egal. Später zog Adam ihn beiseite, das dunkle Holz der Täfelung begann sich um Hubert zu drehen, das Parkett bekam Untiefen.
Du bist ja besoffen.
Ich möchte nach Hause, Adam.
Einen Moment, ich brauche dich, Hubert.
Mich?
Ja. Du kommst doch ins Lager, weißt über die Vorräte Bescheid.

Darum kümmere ich mich nicht.
Solltest du aber.
Das ist überhaupt nicht meine Sache, Adam.
Schrei nicht so.
Ich weiß nicht, was in den Kisten ist.
Das steht doch drauf.
Ich komme ganz selten runter.
Um so weniger merkt man's.
Was willst du denn?
Nur wissen, was gerade gelagert wird.
Und dann?
Das geht dich nichts mehr an.
Nein, Adam, laß mich da bitte raus.
Adam legte den Arm um ihn, hielt ihn fest. Für die andern mußte es aussehen wie eine freundschaftliche Geste.
Laß mich los.
Wissen die hier was von deinem Vater?
Wieso?
Glaubst du, daß die den Sohn eines ss-Führers beschäftigen würden?
Du bist ein Schwein, Adam.
Mein Lieber, das ist ein Gespräch unter Herren.
Da bin ich nicht sicher.
Also?
Ich weiß nicht. Die haben Vertrauen zu mir. Und wenn es rauskommt, verlier ich meinen Job.
Nichts kommt raus.
Du hast gut reden, du mit deinen Beziehungen.
Darum geht es ja eben, um Beziehungen. Wir verstehen uns also? Oder willst du Ärger kriegen, Windisch?
Er gab nach, murmelte, er werde nachsehen, nur wisse er nicht, wie oft und wem er dann Bescheid sagen solle.
Mir, Hubert. Das bleibt unter uns. Ich komme mindestens zweimal in der Woche. Das übrige regelt sich von selbst.
Ich will raus. Du kotzt mich an.

Hau schon ab. Du bist zu besoffen, um noch mitreden zu können.
Er ging auf die Tür zu, fürchtete, hinzufallen. Seine Hilflosigkeit ekelte ihn. Er würde Vater nie verlieren. Jedesmal, wenn er Adam Bescheid gab, das Lagergut aufzählte, Kisten und Konserven, wenn sie in einer schummrigen Ecke der Bar vertraulich flüsterten, glaubte er, man sehe ihm den Verrat an; er brauchte eine Zeit, um ruhig zu werden, keinen Whisky zu verschütten und Walter, den Barkeeper, mit seinem Ungeschick nicht zu verärgern.
Einige Male verhörte Militärpolizei das Personal, der alte Dänzer wurde in die Mangel genommen, Hubert ließ man ungeschoren. Er gewöhnte sich an die Gemeinheit, an Adams regelmäßige Visite. Seine Wehrlosigkeit schien ihm unabdingbar.

Das änderte sich mit einem Schlag durch Sam Spade. Hubert hatte die Amerikaner darum beneidet, daß sie zweimal in der Woche Filme ansehen konnten, manchmal auch die neuesten, aber nicht zu fragen gewagt, ob er ab und zu an den Vorführungen teilnehmen dürfe, da sie nicht in seine Arbeitszeit fielen und er sich nicht mehr als nötig im Hotel aufhalten wollte. Walter hatte von einem Film erzählt, eigentlich nicht von einem Film, sondern von einer gefürchteten Wirklichkeit: Da kommen GIS nach Hause, Hjubört, aus der Armee entlassen, ein Bankier, ein Verkäufer und ein Matrose mit einem amputierten Bein, und weißt du, die finden alles so vor, so eng, so stur, so elend, so egoistisch, als hätte es nie einen Krieg gegeben. Es ist vielleicht besser, wir warten noch eine Weile hier in dem kaputten Europa, bis bei denen der Groschen fällt. Aber morgen, fuhr Walter fort, zeigen sie einen Film, der mich nicht traurig machen kann, eine spannende Geschichte, den »Malteser Falken«, ein Krimi mit Humphrey Bogart. Willst du nicht mit?
Doch, sagte Hubert, den würde ich gerne sehen.

Er sah nur den Anfang. Was dem folgte, eine wirre Story, verstand er nicht ganz, weil er fortwährend an diesen Anfang dachte, an diese paar Bilder, an den Mann, Sam Spade, der in seinem elenden Büro herumlümmelte, wartete, auf nichts wartete, bis eine Frau erschien, Miß Wonderly, und er endlich handeln konnte. Jemand, der seine Erbärmlichkeit bis auf den Grund ausgelotet hatte und mit ihr fertiggeworden war. Er rechnete mit dem Schlimmsten und hoffte dennoch auf Engel. Jede der lässigen Bewegungen, wie er die Beine von sich streckte, sich aus dem Stuhl schraubte, wie er um den Schreibtisch schlurfte, wie sich plötzlich der ganze drahtige Körper anspannte und Mißtrauen mitteilte, jede der Bewegungen war in Huberts Erinnerung schon vorhanden gewesen. Jetzt sah er sie und war sicher, daß sie auch ihm gehörten. Verwirrt fühlte er, wie sein Gesicht auf das große, von Melancholie und Wissen erschöpfte Gesicht da oben antwortete, Falten spürbar wurden, Haut alterte.
Auf Sam Spade hatte er gewartet.
Kaum war der Film zu Ende, die Lichter waren noch nicht angegangen, stand er auf, schob sich, ohne sich von Walter zu verabschieden, durch die Reihe, machte sich klein, spielte aber seine Aufsässigkeit aus, und eine Sicherheit erfüllte ihn, die er bisher nicht gekannt hatte. Er fragte sich, ob man ihn als Sam Spade wiedererkennen und sich über ihn lustig machen würde. Niemand achtete auf ihn.

In den nächsten Tagen mahnte Walter ihn, er solle seine Lässigkeit nicht übertreiben. Manchmal kommst du mir wie ein verunglückter Filmstar vor, Hjubört.
Das ärgerte ihn. Er mußte noch genauer, unauffälliger werden.
An Adam erprobte er die neugewonnene Kraft.
Adam winkte ihn, wie immer, zu sich.
Hubert ging langsam auf Adam zu.

Setz dich, bat ihn Adam, nachdem Hubert neben dem Tisch stehengeblieben war, die Schultern abwartend nach vorn geschoben.
Nein, danke.
Sag mal, was ist denn in dich gefahren? Spielst du den großen Helden?
Wie Walter meinte auch Adam, er spiele.
Ich habe wenig Zeit, Adam.
Du?
Ja, ich. Und von mir hörst du auch nichts mehr. Für deine Lumpereien mußt du dir einen Neuen suchen.
Adam lehnte sich zurück, sah Hubert ruhig an. Was ist mit deinem feinen Vater?
Huberts Arme schossen wie von selbst vor. Sie hatten zugesehen und gelernt. Die Hände, die groß und kräftig geworden waren, packten Adam am Kragen, zerrten ihn hoch, dann ballten sie sich zu Fäusten und schlugen, unter dem Geschrei Walters und der anderen Amerikaner, die sich in der Bar aufhielten, drei-, viermal hart in Adams Gesicht.
Adam sank auf dem Stuhl zusammen.
Hubert merkte, daß sich sein Gesicht unter einem Lächeln entspannte. Die andern faßten ihn nicht an. Schließlich hatten sich zwei Deutsche geprügelt.
Er schlenderte zur Bar, zog die weiße Jacke, aus, legte die Geldtasche auf den Tresen. Er kannte seinen Text: Es tut mir leid, Walter. Aber dieser Drecksack mußte mal eine Tracht Prügel bekommen. Ich geh. Danach kann ich nicht mehr bleiben. Ich würde nur Ärger kriegen. Du verstehst. Du warst ein guter Kumpel. Grüß den alten Dänzer von mir. Good bye, sagte er. Einige der Soldaten erwiderten seinen Gruß. Er war zufrieden, mehr noch, für einen Augenblick glücklich. Er ging in den Abstellraum, zog sich die Jacke an, nahm die Tasche; nur flüchtig dachte er, daß er wegen dieser Schlägerei nun Geld für eine Woche verloren hatte.

19.
Umzüge, Abschiede

Barbara trägt noch immer den Wettermantel und das Barett, aber sie trägt sie wie ihre Vergangenheit. Er könnte sie von neuem lieben, jetzt, nachdem er seiner sicher ist; sie läßt es nicht mehr zu.
Er benehme sich wie ein Rowdy, äffe kindisch die Amerikaner nach. Ob er sich nicht blöd vorkomme? Dazu noch dieser nadelgestreifte, verschlissene Zweireiher. Ob er ihn aus dem Amimüll gezogen habe?
Er verläßt die Laube. Mutter ruft ihm nach. Es regnet. Es regnet seit Tagen, einen schmutzigen, warmen Regen. Er spürt seinen Gang. Der alte Anzug wird schwer von Nässe. Er bräuchte noch einen Hut, einen Trauf, von dem bei jedem dritten Schritt das Wasser schwappt. Schließt er die Augen, hört er, wie Spade, den Verkehr der Stadt, die Autohupen, Rufe, manchmal Musik aus Nachtklubs, öffnet er die Augen, sieht er auf Hecken, fallende Zäune, auf Spaliere halbreifer Tomaten.
Seit Tagen unterhalten sie sich, und keiner gibt sich dem anderen preis, jeder hütet, mißtrauisch, seine Einsamkeit.
Es ist doch Unsinn, hier weiterzuvegetieren.
Er hatte, zufällig, von einer Vierzimmerwohnung in einem alten Haus der Klüberstraße gehört, war sofort hingegangen, hatte mit dem Verwalter verhandelt, den Mietvertrag gleich unterschrieben.
Ich kann mich nicht so einfach von hier trennen.
Ich versteh dich ja, Mutter. Auf die Dauer kannst du aber nicht in so einer Bruchbude leben.
Mir fehlt nichts.
Das wird sich ändern. Wer weiß, ob die Behörden es noch lange zulassen.

Und wer verdient das Geld für die Miete?
In einem Semester bin ich fertig.
Und bis dahin?
Ihr könntet –
Barbara unterbricht ihn: Ohne mich. Ich bleibe nicht hier und komme nicht mit.
Das sagst du so einfach?
Ja, einfacher geht es nicht, Hubert.
Heißt das?
Ja, das heißt es.
Du wünschst also, daß wir Schluß machen, uns scheiden lassen?
Du drückst es vornehm aus: Also gut, ich wünsche es.
Warum redet ihr so miteinander? fragt Martha Windisch.
Weil wir seit Ewigkeiten nicht mehr miteinander geredet haben. Deswegen.
Er sieht Barbara an. Er hat sie seit langem nicht mehr angeschaut. Er sieht sie, wie damals, in der Kneipentür, noch immer das Jungengesicht, nur haben Trotz und Argwohn die Kühnheit vertrieben.
Er geht in dem kleinen Zimmer auf und ab, zählt seine Schritte, es sind genau vier. Weil er den Raum nun mit seinen Schritten kennt, wird er noch enger. Er geht immer rascher hin und her, reibt sich an den Grenzen.
Spielst du schon wieder, sagt Barbara, mimst du wieder einen deiner Helden?
Laß ihn doch.
Mutter hatte erzählt, sie und Barbara hätten sich manchmal bis aufs Messer gestritten, er solle das ruhig wörtlich nehmen, Barbara hätte sie irgendwann einmal, mitten im Geschrei, mit einem Küchenmesser bedroht, sei auf sie losgegangen. Worüber man derart Krach bekommen könne, hatte er verwundert gefragt. Über nichts, Hubert, nachher weißt du es nicht mehr. Alles kann dich aufregen. Daß sie nie die Wasserkrüge nachfüllt, daß sie aufs Klo geht, wenn ich auch muß, daß sie die

blöde Angewohnheit hat, beim Essen mit der Gabel gegen den Teller zu schlagen, daß sie ganz selbstverständlich ihre Wäsche von mir waschen läßt.

Er sitzt zwischen den beiden Frauen, hört nicht zu, fragt und antwortet nicht. Er versucht ihre Stimmen auseinanderzuhalten. Die hohe, dem Jammern stets nahe von Mutter, die dunklere, lässige, jetzt drängende von Barbara. Wenn Anna hier säße, denkt er. Die Vorstellung erschreckt ihn: Anna hätte es keinen Tag ausgehalten. Oder doch? War sie mit ihrer Mutter nicht geduldig umgegangen? In dieser Umgebung? Sie hätte die Bude nicht ertragen.

Wilhelm ist wirklich tot, sagt Mutter plötzlich.

Wie kommt sie auf Wilhelm, und was heißt: Wirklich tot?

Was meinst du?

Vom Roten Kreuz ist eine Nachricht gekommen. Er ist Anfang fünfundvierzig in einem Lazarett gestorben. Mir fällt nicht mehr ein, wo. Soll ich nachsehen?

Was soll er ihr sagen? In ihr Leben gehörte Wilhelm schon lange nicht mehr.

Dein Bruder, sagt Barbara.

Ja, mein Bruder.

Er könnte ihr erklären: Weißt du Barbara, er war Vaters Stolz, fast sein Abbild. Es fehlte nicht viel und er hätte Vater übertrumpft, bloß die Zeit reichte ihm nicht. So bin ich, der Mißratene, davongekommen und nicht er.

Sie gehen schlafen. Er ist die schmale, bei jeder Bewegung wackelnde Liege nicht mehr gewöhnt. Er sieht Barbaras Schatten vorm Fenster, sieht zu, wie sie sich auszieht. Er möchte ihr sagen: Bleib einen Augenblick so stehen, die Arme über dem Kopf. Er wagt es nicht, nachdem sie beschlossen hat, fremd zu werden, oder die Fremde, die sich zwischen ihnen nie gelöst hatte, endlich auszusprechen.

Er legt sich auf den Rücken, wartet, daß sie etwas sagt, sie schlüpft unter die Decke, das Bett quietscht, dann hört er ihren Atem. Sie atmet laut, wahrscheinlich grübelt sie wie er,

ängstigt sich, etwas falsch zu machen, sich unnötig zu verraten.
Dann sagt sie: Komm rüber, Hubert. Er ist so verdattert, daß er fragt: Wo rüber?
Sei wenigstens jetzt nicht komisch. Komm.
Sie zieht ihn an sich, ist anders, als er sie kennt, kommt ihm entgegen, streichelt ihn, er spürt ihre Haut, die sich spannt. Einen Augenblick ärgert es ihn, daß das Bett quietscht, Mutter sie hören wird, dann vergißt er sich, gibt nach. Was nun spricht, ist allein er, sind seine Antworten auf ihre Nähe, Wärme, auf ihre wachsende Hast, die Atemlosigkeit. Als er später wieder reden will, legt sie ihm die Hand auf den Mund: Quatsch nicht, Hubert. Geh rüber in dein Bett, schlaf.
Er wacht mit der Frage auf, ob sie sich denn wirklich scheiden lassen wolle. Sie ist schon aus dem Zimmer, steht neben dem Herd, der seine Glut gegen den Sommer ausspielt. Tür und Fenster sind weit aufgerissen. Sie gießt den Kaffee auf, sagt: Mutter ist bei Rosa, da ist sie ja oft, und ich geh nicht mehr zur Arbeit.
Warum hast du es mir gestern nicht gesagt?
Ich dachte mir, allzuviel auf einmal ist nicht gut.
Sie frühstücken im Garten, an dem Klapptisch zwischen den Beeten. Alles ist noch vom ausdauernden Regen naß. Barbara wischt die Stühle trocken. Die Wege dampfen unter der Sonne. Es duftet nach Kräutern, nach den Basilikum- und Thymianstauden, die Martha Windisch an der Längswand des Häuschens gesetzt hat.
Hubert hilft ihr, den Tisch zu decken.
So könnte man seine Zeit verbringen.
Das sagst du. Du hättest alles längst schon abgebrannt.
Diese Bluse mit dem hohen Kragen steht dir gut.
Besser als Mantel und Barett?
Ja, jetzt schon. Diese drei Wörter setzen sich leicht und bestimmt an den Schluß einer Geschichte. Als er sie aussprach, merkte er es. Sie auch. Sie strich ihm ein Brot, was er beinahe

als zu große Vertraulichkeit empfand. Es war alles entschieden. Sie hatte ihm die Entscheidung abgenommen.
Wirst du hierbleiben?
Nein, ich fahre übermorgen nach München.
Kennst du dort jemanden?
Eine Freundin, Ellen, hat mir geschrieben, schon vor einiger Zeit. Sie arbeitet im Büro einer Privatklinik. Ich kann bei ihr wohnen. Sie besorgt mir eine Stelle.
Kennst du diese Ellen schon lang?
Ja. Sie war Offiziersmatratze wie ich.
Er wußte, ihr Zynismus sollte ihn verletzen. Sie versuchte, sich von ihm wegzustoßen.
Ich mag diesen Ausdruck nicht.
Es war so.
Bei dir?
Du wirst doch nicht noch nachträglich eifersüchtig sein wollen, Soldat.
Er stand auf, ging zum Gartentor, riß im Vorbeigehen an den Sträuchern. Sie lief ihm nach.
Es ist besser, ich geh jetzt, Barbara. Ich hab eine Menge Vorlesungen versäumt. Reichst du die Scheidung ein?
Wenn du es willst.
Bin ich schuldig?
Ich kann es auch sein, Soldat.
Sie kam auf ihn zu, der Rock schwang ihr um die Hüften. Es war möglich, er träumte es, wollte ein vergangenes Bild sehen, schloß die Augen, wartete auf eine Berührung, spürte sie auch, ihre Hände am Hals und, flüchtig, ihre Lippen auf seinem Mund.
Du Spinner.
Er holte seine Tasche. Sie wartete im Garten. Er bat sie, Mutter auszurichten, daß er in einer Woche komme. Sie solle inzwischen den Krempel ordnen. Mach's gut, Barbara. Er reichte ihr die Hand, hielt die ihre etwas zu lang.
Du auch, Hubert.

Laß von dir hören.
Erst mal über den Anwalt.
Ach so.
Danke, Hubert.
Wofür?
Ich hab – sie zögerte, schaute ihn so an, als wolle sie wieder beginnen, auf der Schwelle der Brünner Kneipe, frech, jungenhaft: Ich hab diese Zeit, die keine war, doch ganz gut hinter mich gebracht. Sie rannte in die Laube, knallte die Tür hinter sich zu. So leicht fällt es ihr doch nicht, sagte er sich, malte sich aus, daß sie weinend auf ihrem Bett lag, es bedauerte, ihn nicht zurückrufen zu können; er fühlte sich wie Spade, nachdem er Miß Wonderly entlarvt hatte.
Martha Windisch zog zwei Wochen später bereitwillig in die Klüberstraße. Allein hielt sie es in dem Häuschen nicht aus. Er fragte sie, ob Barbara noch über ihn gesprochen habe.
Sie habe kaum mehr geredet, aber einen fröhlichen Eindruck gemacht.
Martha Windisch fand rasch Arbeit in einer Mangelstube und Wäscherei.
Konntest du nichts Besseres finden, Mutter?
Die Arbeit strenge sie nicht an, sagte sie, und außerdem seien die Kolleginnen umgänglich und hilfsbereit.

20.
Ein Hinweis auf Rosebud

Auf einer Photographie aus dem Jahr 1952 stehen Hubert und Martha Windisch vor der Flamingowiese des Frankfurter Zoos, beide so erwartungsvoll wie befangen. Es war das einzige Photo, das Hubert in der Brieftasche bei sich trug. Eine Markierung in seinem Gedächtnis, Wegmarke einer merkwürdigen, von Bildern zehrenden Erzählung. Das Photo hatte ihm erneut verdeutlicht, wie klein Mutter war, obwohl es Zeiten gegeben hatte, besonders nach seiner Heimkehr und bei den späteren Besuchen in Sprendlingen, in denen er sie für groß und schwer gehalten hatte, größer als er. Da hatte er sich vermutlich klein gemacht.

Sie sieht zierlich, vornehm aus in ihrem schwarzen Kostüm, der weißen Spitzenbluse mit der schweren Silberbrosche. Ihr Haar ist fast weiß, frisch gelegt. Zu dieser Zeit ist ihr die Leitung der Wäscherei angetragen worden. In der einen Hand hat sie die kleine, aus der Form geratene Ledertasche, die sie ihr ganzes Leben begleitete, die andere Hand liegt auf seinem Unterarm. Sehr leicht, doch gegenwärtig. Betrachtet er das Bild, kann er den Druck der Hand spüren. Er selbst steht ein wenig nach vorn gebeugt, wie immer, mager, aber mit kräftigem Knochenbau. Er trägt den ersten Anzug, den er sich gekauft hat, einen grauen Zweireiher mit langem Sakko, breitem Revers, sehr hohen Hosenaufschlägen. Die spitzen Schuhe mißfallen ihm. Die Haare sind vielleicht noch dichter, streng nach hinten gekämmt, ohne Scheitel, so daß die Geheimratsecken auffallen und die Stirn höher wird.

Adelaide hatte ihn wegen der Stirn oft geneckt. Wenn sein Verstand wirklich so groß wäre wie seine Stirn hoch, müßte er es mit Einstein aufnehmen können. Markant sind die dichten, dunklen, etwas zu den Augenwinkeln abfallenden Brauen. Sie geben den kleinen Augen einen ständig forschenden Ausdruck, wirken sogar unheimlich. Seine Nase hat ihn immer gestört. Sie ist zu lang, mit zu dünnem Rücken. Und der Mund ist ihm zu fleischig. Mit dem Kinn, das kurz und kräftig nach vorn stößt, ist er dagegen zufrieden. Wenn er sich ansieht, ob auf Photos oder im Spiegel, entdeckt er doch eine gewisse Ähnlichkeit mit Humphrey Bogart. Schade, daß er sich nicht bei der Unterhaltung mit andern beobachten konnte. Da spiegelte er sich stets nur in den Bildern, die er von sich machte, die er ausdachte, in die er aufging.

Damals, als der Photograph im Zoo sich ihnen aufdringlich in den Weg stellte, Hubert unwillig abwinkte, hatte Mutter gesagt: Laß ihn doch. Von uns zusammen gibt es nicht ein einziges Photo. Das ist eine Gelegenheit. Es stimmte nicht ganz und dennoch: Auf den Kasseler Photographien war er ein Kind, ein Junge; meistens stand er gequetscht zwischen Uniformen, und Mutter, im weißen Kleid, eine Schüssel tragend oder hilflos die Hände faltend, hielt sich am Rand.

Da er nicht photographierte, blieb es das einzige Bild.

In jenem Jahr hatte er seine erste Stelle angetreten. Zwar wollte er nach dem Diplom noch promovieren, doch von einem seiner Professoren hatte er erfahren, daß ein Frankfurter Zeitungsverlag einen jungen Ökonomen für die Verwaltung suche. Er stellte sich vor, unterschrieb noch am gleichen Tag den Vertrag. Er sollte dem Leiter der Finanzabteilung zur Hand gehen, einem Doktor Carlo Forster, der von allen nur Doktor gerufen wurde und nach seiner eigenen Einschätzung eine Kapazität war, »getauft von Mosse, gereift bei Ullstein, gehärtet vor Woronesch und nun durch niemanden aus der Kurve zu werfen« – Hubert gefiel dieser spindeldürre agile Mann, der hastig sprach, nach jedem Satz zischend Speichel zwischen den Zähnen zurückzog. Eine fertige Figur, jemand, der sich nicht ändern würde, der zu kalkulieren, mit dem umzugehen war. Vor Forster war es ihm schwergefallen, Spade auszuspielen,

die Hilfe Bogies zu beanspruchen. Forster wünschte einen sanften, rasch denkenden, handelnden Gehilfen, kein Rauhbein. Noch in dem Gespräch mit Oskar Hetzel, dem Verlagsleiter, war ihm Spade aber wieder hilfreich gewesen: Huberts lässiges Benehmen, seine lakonische Redeweise hatten Hetzel beeindruckt. Spalten konnte er sich nicht, zwei Rollen nicht spielen, so entschloß er sich zu einer anderen Erinnerung: es ergab sich von selber, er fügte sich, traute andern Bildern mehr Überredung und Stärke zu als sich selbst. Er hatte kurz zuvor im amerikanischen Kino, das er bisweilen besuchte, da Walter ihn weiter über den Spielplan unterrichtete, »Citizen Kane« gesehen, dieses rätselhafte Märchen vom reichen Amerikaner. Und, wie so oft, nahm ihn nur der Anfang der Geschichte gefangen, wie der kleine Charles Kane, von seinem Erbe überrascht, aus der Ärmlichkeit fortgeholt wird, wie er als fünfundzwanzigjähriger Zeitungszwerg gegen Gier und Unverstand anschreit, wie er selbst zum Nabob wird und noch im Sterben sich an den schmerzlichsten Augenblick seines Lebens erinnert: Er spielte mit seinem Schlitten, mit Rosebud, es schneite, fremde Männer rissen ihn aus dem Spiel. Nicht an den Aufrührer, den Weiberhelden, den menschenverachtenden Erbauer des monströsen Schlosses Xanadu dachte Hubert, sondern an das sanfte Kind, das sein Spielzeug verlor.
Seine Stimme wurde im Gespräch mit Forster weicher, intelligent und schmiegsam. Es fiel ihm nicht schwer, seinen Vater zu erwähnen, der in Kassel ein kleines Hotel besessen habe, das während der Bombenangriffe zerstört worden sei, sein Vater habe sich, untröstlich deswegen, das Leben genommen; am schönsten sei es jedoch gewesen, im Garten mit dem Schlitten zu spielen, den Buckel zum Tor hinunterzurodeln.
Forster fragte, etwas ungeduldig: Wie kommen Sie gerade aufs Rodeln?
Hubert antwortete freundlich, es falle ihm eben immer wieder ein. Im Krieg habe er oft an die unbeschwerte Zeit denken müssen.

Forster horchte ihn nach seinen Kenntnissen aus und Hubert gelang es ohne Mühe, den fortwährend zischenden, sich in seiner Hast verheddernden Mann zufriedenzustellen.
Er glitt in die Arbeit hinein, war bald in der Redaktion bekannt, unterhielt sich gern mit den Journalisten, vermied es aber, sich politisch zu äußern oder gar festzulegen. Es war ihm egal, ob der eine als Fellow-Traveller galt, als Freund der Linken oder der andere als ehemaliger Nazi, als »Bamberger Reiter«. Er hatte mit Zahlen zu tun. Nur einem lief er eine Zeitlang geradezu nach, dem Feuilletonredakteur Wenger, der für die Filmbesprechungen zuständig war und nach einigen Gesprächen Huberts Urteil durchaus ernst nahm, vor allem seine Kenntnisse des amerikanischen Films. Hubert wünschte sich, Wenger würde ihn einladen, über Filme zu schreiben, die er im amerikanischen Klub sah. Doch die Grenze zwischen Redaktion und Verwaltung war streng, durfte nicht überschritten werden.
Inzwischen konnte er sich einen zweiten, einen dritten Anzug leisten. Er richtete sich ein, setzte sich fest. Martha Windisch kommentierte die Verbesserung stets mit dem Satz: Siehst du, Hubert, alles normalisiert sich. Und jedesmal verärgerte er sie mit dem Einwand: Was verstehst du unter normal, Mutter?
Daß wir eine Wohnung haben, ein Dach überm Kopf – oder nicht? Daß es ein bißchen Komfort gibt und wir fast alles kaufen können, was wir wollen, was wir brauchen – oder nicht? Daß du eine Arbeit hast, die dich ausfüllt – oder nicht? Daß wir sagen können, was wir denken – oder nicht?
Alles stimmt. Beinahe.
Du kannst eben nie zufrieden sein, Hubert. Was fehlt dir denn?
Er hätte erwidern können: Mir fehlt, wie dir, ein Stück meines Lebens, die Zeit hat mir meine Vergangenheit verdorben und ich leide darunter. Meine Phantasie reicht nicht aus, mich neu und anders zu erinnern. Es ist immer nur Stückwerk, Mutter.

Sie würde ihn nie verstehen, ihn womöglich, wie Vater, einen notorischen Lügner nennen, der die Wahrheit nicht ertrage.
Kam er abends zu spät heim, wartete sie beunruhigt. Wenn du ein Mädchen hast, bring es mit. Ich störe euch nicht. Du weißt es.
Ich weiß es. Aber ich hab keins.
Wieso eigentlich nicht? Du siehst gut aus. Du bist wer.
Wenn Mutter ihn so herausstrich, stolz, ohne Gedächtnis nur für die Stunde lebte, wagte er nicht, ihr zu widersprechen, flüchtete sich in ein verlegenes Gemurmel.
Also, ich begreife das nicht.
Es ist schon gut, Mutter.
Von ihr erfuhr er, daß Barbara in München ein Modegeschäft führe, mit dessen Besitzer zusammenlebe. Der hat sogar ein Haus am Ammersee.
Das freut mich.
Sei nicht ungerecht, Hubert. Du hättest sie nicht halten können.
Nicht halten wollen.
Der Krieg war dran schuld.
Der wird noch an vielem schuld sein.
Ich bitte dich.
Er verletzte sie mit seinem Zynismus. Zierlich, wie ein Mädchen, saß sie in der Couchecke, ein schwarzes Band mit einem Elfenbeinmedaillon um den Hals. Nichts erinnerte an die geduckte, in Kleiderschürzen gehüllte, kujonierte Dienstmagd, die sie gewesen war. Auch sie hatte sich eine Rolle gewählt. Endlich arbeitete sie für sich, führte ein Leben, das sie bestimmen konnte und in dem sie sich insgeheim wieder abhängig gemacht hatte. Immerhin war sie imstande, für sich zu sprechen.
Abends lud Hubert sie manchmal ein. Sie gingen aus, aßen in Restaurants. Wenn sie zufällig in ihre Vergangenheit gerieten, kam es zu sonderbar ängstlichen Wortwechseln:
Wegen Vater –

Warum denn jetzt?
Ich hab einen Brief bekommen.
Ja?
Wegen der Pension.
Ist das geklärt?
Sie ist mir gekürzt worden.
Na und?
Ich weiß, ich kann nicht mehr verlangen.
Du kommst doch aus. Du arbeitest.
Ja, aber wenn du mal –
So weit mußt du nicht denken.
Das geht oft schnell.
Laß doch, Mutter.
Es konnte vorkommen, daß sie mit einem Schwips mutig wurde, die Schatten nicht scheute:
Was sagst du eigentlich, wenn man dich nach dem Beruf Vaters fragt?
Wie kommst du darauf?
Bei der Fragebogenwirtschaft.
Das ist doch gleichgültig.
Gibst du – sie senkte die Stimme – ss-Sturmbannführer an?
Ist das so wichtig?
Fälschst du Papiere?
Nicht meine, seine.
Schämst du dich nicht?
Doch.
Sie vergaßen ihn nie ganz. Mit der Zeit jedoch wich die Last, die Gegenwart nahm überhand. Es gelang ihm ohne Widerstand, sich fremde Geschichten anzueignen, Bogie, Sam Spade, Charles Kane waren ihm längst vertraut. Er kannte sich in ihnen aus, hielt sie manchmal nicht mehr auseinander.
Philip Marlowe war dazugekommen und hatte Kane mehr oder weniger aus dem Feld geschlagen.
Hubert sah den Film »The Big Sleep« nicht im Klub, sondern in einem Frankfurter Kino. Marlowe übertraf Spade. Bogie war in

dieser Rolle noch besser, schien für Hubert noch tiefer in jener handelnden Melancholie zu stecken, der alles Pathos abhanden gekommen war, weil sie sich selber gar nicht ernst nahm.
Hubert hatte eine Nachmittagsvorstellung besucht. Als er aus dem Dunkel trat, blendete das Licht nicht mehr, der Abend kam ihm in weichen Wellen entgegen, schwappte ihn in die flanierende Menge. Er mußte sich nicht tarnen, konnte sich treiben lassen, die Hände in den Hosentaschen, die Schulter schützend nach vorn gezogen, die Zigarette im Mundwinkel. Die Sohlen ließ er abrollen auf dem Pflaster. Er redete mit dem General. In dem Treibhaus, das der alte Mann benötigte, um nicht zu frieren, war es tatsächlich heiß. Er hörte den General fragen: »Erzählen Sie mir etwas von sich, Mister Marlowe. Ich nehme an, daß ich Fragen stellen darf?«
Er antwortete, so wegwerfend wie möglich: »Klar, aber da gibt es wenig zu erzählen. Ich bin dreiunddreißig Jahre alt (er müßte sich ins Wort fallen, immerfort: Nein, Sir, ich bin erst dreißig, es ist etwas zu früh, daß wir uns treffen . . .), war früher mal auf dem College und kann immer noch Englisch sprechen, wo's gebraucht wird. In meiner Branche wird's wenig gebraucht.« (Nein Sir, ich bin kein Privatdetektiv, doch auch in meiner Branche hapert's mit der Sprache. Was nicht ist, kann ja noch werden . . .) Phil kriegt den Auftrag. Eine miese Erpressungsgeschichte. Während er sich mit dem General unterhält, denkt er an das Mädchen, das ihm in der Halle mir nichts, dir nichts um den Hals gefallen war. »Sie war an die Zwanzig, klein und schnuckelig ziseliert, sah aber ganz so aus, als ob sie einiges verkraften könnte. Sie trug blaßblaue Hosen und sah gut darin aus. Sie hatte hübsches, lohefarbenes Haar, das viel kürzer geschnitten war, als es die derzeitige Mode verlangte.« Am ehesten könnte sie Adelaide sein. Im Film heißt sie Carmen Sternewood. Sie sagt, ihren Kopf an seiner Brust: »Sie sind süß. Aber ich bin auch süß.«
Er hat Lust, sich mit einem Mädchen einzulassen, nicht ernsthaft und nicht in solch einer gefährlichen Situation wie

Phil. Aber jemanden an der Hand halten, mit jemandem schlafen, aufwachen. Vertraulichkeiten, die er nicht vermißt hatte, die er sich nun jäh wünscht. Hinter den wahren und falschen Gesichtern, die sich, wie auf Plakaten, lächelnd anbieten, die seine Erinnerung mit unvermuteter Heftigkeit projiziert, taucht eines auf, das fester wird, das dem Wirbel widersteht: das von Anna. Er fragt sich, ob sie es noch ist, ob seine Vorstellungen sie im Laufe der Jahre nicht verwandelt, ob seine Träume sie nicht umgemodelt haben. Es kann sein. Dennoch ist sie Anna geblieben, mit ihrem Selbstbewußtsein, ihrem Geheimnis. Keine, die er bisher gekannt oder gesehen hatte, glich ihr. Sie wird mit Nesvadba leben, sagt er sich, auch um ihr Bild zu verdrängen.

Nach zwei Jahren wurde ihm die Prokura erteilt. Sie feierten in seinem neuen großen Büro, das ihm dem Reglement nach zustand. Er war einer derjenigen, die über eine Sitzgruppe verfügen durften. Mit knapp zweiunddreißig Jahren, sagte Hetzel, ist das eine ungewöhnliche, für unser Haus sogar einzigartige Auszeichnung. Aber Sie haben eben nicht nur an der Universität, sondern im Felde gelernt.
Sie, die noch unbefangen mit Weingläsern herumstanden, würden, er wußte es, in kurzer Zeit halb betrunken zusammenhocken und Erlebnisse aus ihrer Lehrzeit im Feld austauschen: Damals, in Kursk. Bei uns, in Kurland. Ich hab noch die letzten Tage in Berlin. In Frankreich war's am Schluß nicht besser. Als besondere Ehre hatte Hetzel die Anwesenheit des Chefredakteurs hervorgehoben. Taschner hatte Hubert bisher so gut wie nicht zur Kenntnis genommen, auf den Korridoren herablassend gegrüßt. Jetzt stand er da, umgeben von einigen anderen Redakteuren, bat Hubert zu sich. Es fiel ihm deutlich schwer, sich mit einem »Zahlenfritzen« zu unterhalten. An diesem Tag war es nicht zu umgehen. Der Hochmut drückte auf Hubert. Er benahm sich wie ein Schüler.
Na, damit gehören Sie ja zum engeren Kreis, Herr Windisch.

Ja?
Sie sind verpflichtet, an den Konferenzen der Verlagsleitung teilzunehmen.
Ich weiß.
Taschner lachte. Er lachte ihn noch tiefer in seine Verlegenheit hinein.
Viel Glück!
Er ließ Hubert stehen, wendete sich schwungvoll von ihm ab, die Redakteure folgten ihm, ein Chefarzt auf Visite.
Das ging ja noch mal gut ab, sagte der Doktor.
Sind die immer so?
Daran müssen Sie sich gewöhnen, Windisch. Die halten sich für was Besseres. Aber ohne uns könnten die einpacken.
Sie redeten wie Deklassierte und merkten es nicht. Er würde sich wehren müssen. Als er sich freilich mit Taschner einmal in eine Diskussion einließ, zog er den kürzeren, wurde mit wenigen Sätzen gedemütigt. Taschner hatte einen Leitartikel zum Beitritt in die Nato geschrieben, den Entschluß der Regierung enthusiastisch begrüßt. Hubert sprach ihn darauf an. Schon der Beginn mißlang ihm. Er griff ohne Schärfe, Standfestigkeit an. Ich bin da ein bißchen anderer Meinung als Sie in Ihrem Leitartikel, Herr Taschner.
»Ein bißchen«: Er krümmte sich schon vorher.
So?
Dieses »So« schlug zu, setzte ihn in Zweifel.
Ich meine. Sehen Sie. (Was soll der Kerl sehen, wenn Hubert es nicht sichtbar machen kann?)
Die Nato. Sie ist notwendig, mein Bester.
Aber nicht für uns.
Sie wünschen demnach (er sagte »demnach«, ohne daß Hubert auch nur etwas vorausgesetzt hätte) eine neutrale Bundesrepublik?
Ja. Das auch. Eigentlich hatte er daran nicht gedacht. Ja, sicher, sonst könnte es doch nie zu einer Wiedervereinigung kommen.

Im Moment nicht, sagte Taschner. Wir sind keine Illusionisten, wir denken in größeren Zeitabschnitten. Er sprach im Pluralis majestatis, er lenkte die Zeit.
Hubert versuchte einen letzten Anlauf: Sollten wir, nachdem wir den letzten Krieg angezettelt haben, nicht ein Beispiel geben?
Taschner legte ihm, gleichsam segnend, die Hand auf die Schulter: Beispiele, schlechte, haben wir genügend gegeben.
Eben, stotterte Hubert.
Ja, eben. Taschner lächelte, ließ ihn stehen.
Denen würde er nie gewachsen sein. Sie drängten ihn zurück, machten ihn sich gefügig. Spade oder Marlowe halfen ihm hier nicht. Er ging ihnen aus dem Weg, denn er wollte die neuen Vergangenheiten, dieses Selbstgefühl aus Bildern, nicht verlieren.
Martha Windisch erfuhr nichts von seinen Ängsten, den Demütigungen, sie hörte von einem gelassenen Karrieristen, der sich durch gelegentliche Schwierigkeiten nicht irremachen ließ, der beliebt war und, wenn's darauf ankam, ohne Mühe siegte, der Freunde gewann und die oft komplizierten Aufgaben meisterte. Er übertrieb nicht, denn in seinen Geschichten war er so, wie er hätte sein können, wie er auch manchmal wirklich war, wenn sich ihm keiner von den Besserwissern in den Weg stellte, wenn er den Doktor und Hetzel mit Übersicht und Kombinationsgabe verblüffte, wenn er mit den Frauen in der Buchhandlung scherzte, so, wie Marlowe, witzig und aufrührerisch, wenn ihm danach ihre Blicke nachliefen, vielleicht ein wenig sehnsüchtig; das war immerhin ein Kerl, der Erfolg hatte und doch auf dem Teppich blieb, der seine Zärtlichkeit verbarg, sich in Träumen einnisten konnte. Hielt es ihn nicht mehr am Schreibtisch, stromerte er durch die labyrinthischen Korridore des Verlagshauses. Er war unterwegs. Ließ sich nicht aufhalten. Aber nicht geschäftig und eilfertig wie die andern Aktenträger, die sich von Chef zu Chef hangelten und mit devotem Knöchel an Direktorentüren

klopften, er war unterwegs wie einer, der das nicht mehr nötig hatte, er flanierte, dachte nach, wurde durch Grüße aus Gedanken gerissen, reagierte blitzschnell mit einem Bonmot, fühlte die Schultern aggressiv werden, war gewappnet für jede Auseinandersetzung, jeden Kampf, die Zigarette zwischen den Lippen, die Hände in den Taschen. Er konnte sich zusehen und gefiel sich.

In den Konferenzen saß er ruhig, abwartend an dem großen Tisch, gab nur Auskünfte, wenn es notwendig schien, die andern sich in Details verhakten.

Windisch, erklären Sie den Schöngeistern doch mal die Bilanz.

Das konnte er knapp und mit ironischen Einsprengseln – nicht, daß Sie mir wieder Umsatz mit Gewinn verwechseln, meine Herren – und kostete trocken die Überlegenheit aus.

Im September 1956 wurde er zum Stellvertreter Forsters bestellt. Die Aussichten waren gut. In vier Jahren würde Forster pensioniert werden. Man zählte auf ihn.

21.
Das Grab in Kassel

Martha Windisch hat nie geklagt. Holte Hubert sie aus der Wäscherei ab, schüttelte sie sich wie ein Hund, der aus dem Wasser kommt, sagte: So, jetzt hab ich den Kopf frei. Als Hubert sich einen Wagen kaufte, einen alten BMW, schimpfte sie ihn erst größenwahnsinnig, dann nutzte sie die Gelegenheit, ins Grüne zu kommen, weidlich aus, drängte ihn an den Wochenenden zu Ausfahrten. Sie war zweiundsechzig Jahre alt, wirkte jedoch, zierlich und flink, ungleich jünger, nur nahmen die Erschöpfungszustände zu. Sie ermüdete schnell, ging abends, besonders während der Woche, früh zu Bett.

Martha Windisch hat nie geklagt. Als sie zu klagen begann, über Schmerzen in der Brust, im Leib, über eine lausige Müdigkeit, gegen die sie vergebens ankämpfte – wenn es so weitergeht, schlafe ich stehend im Laden ein –, als sie im Laufe von einigen Wochen sichtbar alterte, ihr schönes mädchenhaftes Gesicht sich fältelte, der Kopf zu einem Vogelköpfchen wurde, zwang Hubert sie, einen Arzt aufzusuchen. Mit einem Mal lief alles zurück, stand er Kinderängste aus, fühlte sich ohne Schutz, wartete, wie als Junge, auf eine noch nicht ausgesprochene Strafe. Der Arzt – du wirst es nicht glauben, Hubert, seit ich dich zur Welt brachte, habe ich keinen Doktor mehr gebraucht – untersuchte sie gründlich, sah sich außerstande, eine genaue Diagnose abzugeben, überwies sie an die Universitätsklinik, wo sie alle Stationen durchlief und während dieser Tortur immer heiterer wurde, als fiele von ihr ab, was ihr blieb: die Schmerzen.

Es werde Tage dauern, bis sie endgültig Bescheid erhalte. Sie bekam ein Säckchen schmerzstillender und beruhigender Mittel, nahm sie gewissenhaft, nach der Vorschrift.

Jetzt tut es nicht mehr weh. Dafür bin ich noch müder.
Dennoch bestand sie darauf, zur Arbeit zu gehen. Sie habe Leute nie ausstehen können, die jeden kleinen Schnupfen zum Vorwand nähmen, um krankzufeiern. Ihn nötigte sie, wie sonst auch, hinter seinem Schreibtisch zu sitzen. Allerdings holte er sie jeden Nachmittag ab.
Das Urteil hören wir früh genug, sagte sie.
Nach einer Woche rief er vom Büro aus die Klinik an. Der Arzt bat ihn zu sich. Es sei besser, die Patientin erfahre so wenig wie möglich über ihren Zustand. Die Schmerzen würden heftiger werden, es sei abzusehen, daß sie in die Klinik müsse. Erst nach langer, umständlicher Vorrede erklärte der Arzt, daß »die alte Dame« Krebs habe, nicht mehr zu behandeln, denn das Geschwür habe sich über eine lange Frist ausdehnen können. Es sei ihm unverständlich, wie die Patientin die Schmerzen ertragen und wie sie es sich erklärt habe.
Er fuhr nicht zurück in den Verlag, stellte den Wagen am Rand des Stadtwalds ab, spazierte ziellos. Darauf war er nicht vorbereitet. Mutters Tod erschien ihm undenkbar. Er hatte sich an dieses Leben zu zweit gewöhnt, an die wortarmen Abende in der Klüberstraße, an die Ausfahrten, das geregelte Leben. Wenn es jemanden gab, dessen Unsterblichkeit er vorausgesetzt hatte, war es Mutter. Sie hatte sich, wie er, aus einem falschen Leben gerettet. Sie war die einzige, die seine Geschichte wußte, nacherzählen konnte und doch schwieg. Er war auf ihr Vergessen angewiesen, weil es auch seines war. Wahrscheinlich war sie der einzige Mensch, Anna ausgenommen, den er liebte.
Er merkte nicht, daß er rannte, sinnlose, flehende Sätze murmelnd gegen eine übermächtige Angst anrannte: Was hab ich getan? Großer Gott, warum ich? Warum sie? Stimmt es überhaupt? Tränen rannen ihm übers Gesicht. Er wischte sie mit dem Ärmel ab, eine Geste, die er vergessen hatte, die er wiedererkannte. Komm, Hubert, es ist klüger, wir gehen Vaters Wut aus dem Weg.

Er fuhr zur Wäscherei. Da er sich etwas verspätet hatte, stand Mutter vor der Ladentür, winzig, hinfällig in dem dünnen Sommerkleid. Sie winkte. Er bat sie, wie immer, schnell einzusteigen, er stehe im Halteverbot; sie sagte, wie immer, mit ihr könne er das ja machen, doch wäre sie seine Freundin, müßte er aus dem Auto springen und ihr die Wagentür öffnen. Und, wie jedesmal, verbesserte er sie: Das ist nicht mehr üblich, Mutter.
Er sagt: Ich habe heute mit dem Arzt gesprochen. Du sollst ihn morgen nachmittag aufsuchen.
Sie sieht ihn an, fragt: Hat er was gesagt?
Nicht viel. Es ist nicht so schlimm.
Der muß es ja wissen. Sie durchschaut ihn. Ihr beinahe vergnügter Spott macht ihn unsicher. Sie schlägt vor, nicht nach Hause zu fahren. Der Abend sei angenehm lau. Sie werde ihn ausführen. Auf diese Weise erspare sie sich, das Essen vorzubereiten.
Bist du nicht zu müde?
Nicht müder als sonst.
Aber dann, im Restaurant, nickt sie kurz ein. Er hat aus dem Büro erzählt und zwischendurch gefragt, wie lange sie die Schmerzen schon habe.
Diese Schmerzen? Du weißt doch, seit wann.
Nein, Mutter, ich meine überhaupt Schmerzen.
Die Frage verwirrt sie, sie reibt sich nachdenklich die Hände, vermeidet es, ihn anzuschauen: Weißt du, Hubert, so ein bißchen weh hat mir immer was getan. Seit ich denken kann. Oder wenigstens seit den Jahren in Sprendlingen. Aber das ist doch nichts. Das gehört dazu. Nichts mehr war in Ordnung und man selber war es auch nicht. Ich hab das nicht ernst genommen. Ist es wichtig?
Einige Tage später gab sie auf. Die Arbeit wurde ihr zuviel. Sie wollte eine Zeitlang pausieren, schob es auf die Mittel, die sie schwächten, ermüdeten. Ich komme mir vor wie ein Tablettenfaß. Der Hausarzt besuchte sie regelmäßig, achtete auf die

Dosierung, gab zusätzlich Spritzen. Sie lag viel, ließ es sich aber nicht nehmen, das Abendessen zuzubereiten und »mindestens ein halbes Stündchen« mit ihm zu plaudern.

Ohne Beklemmung sprach sie nun von früher, machte sich lustig über das Gänschen, das sie gewesen war und das eigentlich erst in der Sprendlinger Laube zu leben begonnen hatte. Du könntest mir vorwerfen, ich hätte mir das selber gewählt. Aber ich wurde gewählt, Hubert, denken konnte ich nicht, wehren durfte ich mich nicht. Außerdem habe ich ihn geliebt. Ich rede mich nicht heraus. Ich habe ja nichts anderes gekannt als Uniformen. Der Frieden war eine Fortsetzung des Kriegs. Mein Vater war schon Offizier gewesen. Kein bedeutender. Einer von den Garnisonsschönlingen. Aber für mich war er ein Halbgott, seine Befehle bewegten die Welt. Mehr wußte ich nicht. Als dann Friedrich auftauchte, jung, kühn, nach Vaters Urteil eine blendende Begabung, habe ich mich schlichtweg vergessen. So war das. Vater erteilte den Befehl zu heiraten, und Friedrich übernahm die Befehlsgewalt. Nachdem der Kaiser geflohen war oder abgesetzt, was weiß ich, mußte die Republik, dieser Sumpf, bekämpft werden. Friedrich kämpfte. Ich gehörte einfach zu seiner Truppe, so wie Winfried. Ich möchte gerne wissen, ob der noch lebt, was er treibt. Winfried, der dauernd die Hacken zusammenschlug, doch hinter dem Rücken des Herrn verständnisvoll sein konnte und tröstete. Was waren das für Erscheinungen! Männer! Wenn ich an sie denke, sehe ich eine Versammlung von Zerrbildern. Und euch habe ich geboren, damit Friedrich neue Männer heranziehen konnte. Ein Glück, daß ich keine Mädchen bekam. Er hätte mich schon früher in die Küche verbannt. So durfte ich, wenn er sich nicht gerade um den Verstand soff, Skat spielte, den Sandkasten zum Schlachtfeld machte oder im Manöver war, wenigstens sein Bett mit ihm teilen. Da redet man von der besseren Hälfte. Ich war höchstens sein schlechteres Achtel. Als er mich dann sitzenließ – interessiert dich denn diese alte Geschichte?

Aber ja, Mutter.

Als er in Berlin seine großen Aufgaben übernahm, was immer das bedeuten sollte, ahnte ich nicht, wohin das führte. Ich habe gewußt, daß sie gegen die Juden waren, sie einsperrten. Selbst von den Politischen wußte ich. Von den Lagern. Aber daß man die Menschen umbrachte, einfach umbrachte, wußte ich nicht. Er war sicher ein Mörder, Hubert. Es ist schlimm, wenn man das von seinem Mann sagt. Er hat gehaßt und der Haß wurde ihm eingebleut. Er konnte nur noch hassen. Er haßte, um sich herauszustreichen, verstehst du, um sich seine Stärke zu beweisen. Heute ist das nicht mehr verständlich. Es entschuldigt auch nichts. Es gab viele, die das durchschauten. Ich nicht. Sicher, ich konnte nicht hassen. Für mich waren Juden oder Sozialisten oder Zigeuner keine Feinde. Friedrich brauchte Feinde. Hitler und Himmler teilten sie ihm zu. Es ist verrückt, wirklich verrückt. Sag doch was.
Ja, es war verrückt.
Trotzdem hab ich geheult, als die Nachricht von seinem Tod kam. Zwanzig Jahre hab ich nur nach seinem Willen gelebt, geatmet, geschuftet, sogar geliebt. Das erkläre mir einer. Mit Liebe hat das bestimmt nichts zu tun, sondern mit Gewohnheit, mit –
Du strengst dich zu sehr an, Mutter.
Unsinn. Wenn ich sterbe, Hubert –
Bitte, Mutter.
Weshalb soll ich nicht darüber reden? Man muß planen. Sogar das. Ich will in Kassel beerdigt werden, Hubert. Nicht hier. Den Gefallen mußt du mir schon tun. Und auf dem Grabstein oder dem Kreuz, es ist mir egal, soll auch stehen: Friedrich Windisch, 1897 bis 1944.
Aber nach alldem.
Gerade nach alldem. Weißt du, von wem ich viel gelernt habe? Von Barbara.
Von Barbara?
Ich weiß, du kannst es dir nicht vorstellen, für dich war sie die erste Frau, und doch nicht. Wieder so eine Kriegsgeschichte.

Mir hat sie in der Sprendlinger Zeit beigebracht, wie man sich wehrt, selber entscheidet. Sie hat mich einmal angeschrien, als ich hilflos von irgendeiner Behörde zurückkam. Ich habe noch ihre empörte Stimme im Ohr: Wenn du es so weitertreibst, kannst du dich eingraben lassen. Die erwarten nichts anderes, als daß du kuschst, die glauben doch, sie allein könnten denken und handeln. Barbara ist durch eine rauhe Schule gegangen, Hubert. Ein paarmal hat sie von ihren Erfahrungen bei der Luftwaffe erzählt. Offiziersmatratzen nannte man die. So ging man mit den Mädchen um, vor allem gegen Kriegsende, als man diese endlosen, schauderhaften Weltuntergangsfeste feierte. Nur hat sie nicht klein beigegeben. Sie hat das abgeschüttelt. Vielleicht ist darum ihr Mißtrauen so groß. Sie schafft es schon. Mir fiel alles viel schwerer.

Sie stand auf, riß ungeschickt die Tischdecke mit, entschuldigte sich bei Hubert wie bei einem Fremden, sie habe sich mit ihrem Geschwätz anscheinend selbst betäubt und wolle jetzt schlafen gehen. Aus ihrem Zimmer rief sie, er möchte ihr beim Ausziehen helfen, die Müdigkeit mache sie ungeschickt.

Von Tag zu Tag wurde sie hilfloser. Er nahm sich häufig frei. Abends trug er sie aus dem Bad in ihr Zimmer. Sie wurde leicht wie ein Kind. Sie wurde auch kindisch, legte Wert auf tägliche Rituale, wie er ihr die Serviette auf dem Bett zurechtzulegen hatte, wo das Tischchen mit dem Essen stehen mußte, daß er es ja nicht vergaß, sie vor dem Schlafengehen auf die Stirn zu küssen. Die Schmerzen ließen nicht mehr nach. Oft wimmerte sie im Halbschlaf.

Auf Anraten des Hausarztes wurde sie ins Krankenhaus gebracht. Den Wechsel nahm sie kaum wahr. Als er sie an einem Nachmittag besuchte, setzte sie sich plötzlich auf, hellwach, und er sah sie auf sich zurennen, wie vor einem halben Leben, außer Atem, als er zum ersten Mal begriff, wie klein sie war.

Sie starb, während er im Verlag arbeitete.

Kurz erwog er, Mutter doch in Frankfurt beerdigen zu lassen. In Kassel würde das Grab von niemandem besucht werden. Aber er konnte sich nachträglich nicht über ihren Wunsch hinwegsetzen. Die bürokratischen Vorbereitungen zur Überführung waren langwierig, verärgerten ihn.
Er fuhr über die Autobahn nach Kassel, erkannte die Stadt nicht wieder. Die Bombenangriffe hatten riesige Lücken geschlagen, die Reihen der Fachwerkhäuser waren verschwunden, selbst die Neubauten erschienen provisorisch. Ihm fiel ein, wie Mutter, als sie die karge Bequemlichkeit der Sprendlinger Laube verteidigte, gesagt hatte: Zwischen dem Tausendjährigen Reich und dem Wirtschaftswunder gab es die Barakkenzeit. Es fragt sich, ob man sich ihrer erinnern wird.
Den Friedhof fand er erst nach Irrwegen. Obwohl die Beerdigung angezeigt worden war, hatte er nur mit wenigen Trauernden gerechnet. Wer sollte kommen, wer entsann sich noch Martha Windischs?
Er kam beinahe zu spät, stellte den Wagen ab, rannte zur Friedhofskapelle, wurde von einem älteren schwarzgekleideten Mann empfangen, nicht dem Pfarrer, wie Hubert erst meinte, sondern einer Art Zeremonienmeister. Der Mann führte ihn in die Kapelle, in der sich erstaunlicherweise eine große Trauergemeinde versammelt hatte.
Der Pfarrer, mit dem er zweimal telefoniert hatte, hielt eine sehr kurze Ansprache, in der er Martha Windischs »Lebensmut« rühmte. Falsch war es nicht: die Wahrheit zog sich zu einem banalen Kürzel zusammen.
Sie gingen hinter dem Sarg her. Hubert ging allein, hörte die Schritte hinter sich. Die Hitze der letzten Tage hatte das Land ausgedörrt. Der Weg staubte.
Im Krankenhaus hatte er geweint. Danach waren seine Empfindungen eingekrustet, taub, er hatte gehandelt, alles erledigt, wie Mutter es sich wünschte, zahllose Sätze des Beileids hingenommen, ohne zu leiden. Nun riß die Kruste auf. Hubert fürchtete, er könne laut schreien und war so damit beschäftigt,

in sich hineinzulauschen, den Schrei zu unterdrücken, daß er erst wieder zu sich kam, als die Träger den Sarg neben der Grube absetzten, die Schritte verstummten, die Staubwolken, von einem leichten Wind getrieben, über die Gräberreihen weiterwanderten.

Der Pfarrer sprach ein Gebet. Dann erwartete man wohl, daß Hubert als erster an die Grube trete. Er zögerte, kindliche Angst überkam ihn, das Gleichgewicht zu verlieren und hineinzufallen. Der Zeremonienmeister nickte ihm auffordernd zu. Er sah erst hinunter auf den Sarg, als die trockene Erde von der kleinen Schaufel rutschte. Verzweifelt versuchte er an Mutter zu denken, ihr Bild sich ins Gedächtnis zu rufen. Es gelang ihm nicht.

Sie zogen an ihm vorbei, drückten ihm die Hand, sprachen von Frau Windisch. Schließlich verabschiedete sich der Pfarrer. Hubert blieb allein. Er sah sich vor den Kränzen stehen, spürte die Hitze, den Schweiß auf der Stirn, wie seine Schulter sich nach vorn zog, er fragt sich, ob Phil Marlowe nicht so stehen könnte, ohne jeden Gedanken, aufgefüllt von einer wort- und bilderlosen Trauer, immer kleiner werdend unter dem Blick einer sich entfernenden Kamera.

Auf Umwegen ging er zurück zum Parkplatz, knöpfte die Jacke auf, zog die Krawatte ab. Neben seinem Auto stand ein alter Herr mit kurzgeschnittenem weißen Haar. Sein hilfloses Lächeln erwartete eine Anrede. Warten Sie auf mich?

Der Mann faßte Huberts Hand, hielt sie fest.

Ja, Hubert. Ich hab mir gedacht, daß du mich nicht mehr erkennst.

Nein, beim besten Willen.

Ich bin Winfried. Winfried Mehrwald.

Das kann nicht sein.

Ihn hatte Hubert am wenigsten erwartet, Vaters Fähnrich, Schatten, treuen Zustimmer. Seine Phantasie hatte an einem drahtigen, ständig Befehlen nachhastenden blonden Mann festgehalten, hatte nie ausgereicht, ihn alt werden zu lassen.

Hast du ein wenig Zeit?
Ja.
Ich weiß, daß du ein großer Manager geworden bist.
Ja? Von wem?
So was spricht sich rum.
Mehrwald führte ihn, wie er sagte, in sein Stammlokal, eine armselige, zwischen zwei Ruinen aufgeschlagene Bretterbude. Hier war Mutters Barackenzeit noch nicht zu Ende, auch für die Gäste nicht.
Mehrwald wurde von allen Seiten gegrüßt. Er unterließ es jedoch, was Hubert angenehm war, seinen Begleiter vorzustellen.
Was treibst du denn?
Fünf Jahre hab ich gesessen, in Holland. Du kannst dir das nicht ausmalen. Jetzt hab ich's gut. Bin Reisender in Schnaps. In Kassel hab ich bloß meine Wohnung.
Warum gerade hier?
Weiß ich es? Weil ich nichts anderes wußte. Die Martha war eine Seele von Mensch. Nach dem Krieg lebte sie bei dir, nicht wahr?
Er könnte Mehrwald fragen, weshalb Vater sich das Leben genommen hat. Er würde eine Geschichte erfinden, mit der Wahrheit nicht herausrücken.
Du bist bis zum Zusammenbruch in Holland geblieben?
Mußte ich, mein Junge, es ging nicht anders.
Er sagte, »mein Junge«, als hätte er noch immer Vater neben sich.
Und Vater?
Mehrwald hob das Bierglas, sah Hubert abschätzend an.
Was willst du wissen?
Nichts. Er hat sagen wollen: Erzähl, Winfried! Was könnte er erzählen? Er würde vertuschen, beschönigen, in Vergangenheiten fliehen: Weißt du noch, mein Junge, wie wir in Neustadt am Rübenberge?
Nichts? Mehrwald staunte. Dein Vater war ein tapferer Soldat.

Ich mache mir nichts vor, Winfried. Er war ein Bürokrat in Uniform, ein Mörder.
Mehrwald sackte zusammen, dann schob er die Ellenbogen über den Tisch, sein Gesicht verzog sich zur Grimasse.
Hubert stand auf. Ich muß zurück nach Frankfurt, Winfried. Es tut mir leid.
Mehrwald blieb sitzen, sah zu Hubert hoch. Seine Augen fragen nur noch, verwundet, erstaunt.
Wie kann man so über seinen Vater –?
Schade, du hättest mit Mutter darüber sprechen sollen, nicht mit mir. Leb wohl. Lange noch hörte Hubert Mehrwald reden, seine aufgeregte Kastratenstimme, schwadronierend, sich rechtfertigend. Er wollte ihn nie mehr sehen.
Hubert fühlte die Zeit. Er hatte, zusammen mit Mutter, auf einer Insel gelebt und angenommen, daß seine Zeit auch die Zeit der andern sei. Jetzt brach sie auseinander zu Schollen, auf denen die Zeiten einzelner trieben, Vergangenes und Gegenwärtiges, Lügen und Wahrheiten. Die schwimmenden Inseln verschoben sich fortwährend, ordneten sich, liefen wieder auseinander. Nach Mutters Tod hatte er niemanden mehr, mit dem er seine Zeit teilen konnte.

22.
Betriebsklima

Hubert wechselte sofort die Wohnung, verkaufte, für wenig Geld, Möbel und Gardinen, sogar die Bettwäsche, zog in ein Appartement am Rossertweg: Er war am späten Abend aus Kassel nach Hause gekommen, fühlte die Innenwände seines Körpers, als wäre er ausgehöhlt, ohne Wärme und Atem, hatte die Glastür aufgeschlossen, auf Schritte gelauscht, die ihm entgegenkommen sollten, wie sonst, hatte alle Lichter angemacht, war durch die Zimmer gegangen, aber die Wände hatten keine Resonanz mehr, gaben kein Echo. Von allen Dingen war das Leben abgezogen, sie schienen zu nichts mehr nütze. Er packte Schlafanzug und Waschzeug in eine Tasche, verließ die Wohnung, fuhr zu einem kleinen Hotel in der Savignystraße, wo er blieb, bis er in das Haus am Rossertweg ziehen konnte. Nur noch einmal besuchte er die alte Wohnung, um die Papiere seiner Mutter zu ordnen. In Ölpapier eingeschlagen, mehrfach verschnürt, fand er Briefe seines Vaters, die er, ohne eine Zeile zu lesen, verbrannte. Den Verkauf der Möbel überließ er, für ein überhöhtes Entgelt, dem Hausmeister.

Zufällig las er, daß in Darmstadt »The Big Sleep« im Original gezeigt werde. Er fuhr hin. Das Kino war klein, kaum besetzt. Er saß allein in einer Reihe, aß Studentenfutter, ließ Vorfilm und Wochenschau über sich ergehen, ohne die Bilder zu verstehen, wartete ungeduldig auf das Erscheinen Phil Marlowes. Als er dann in der Haupthalle des Sternwoodschen Hauses stand, Carmen ihn fragte, ob er Boxer sei, als sie mit ihm schäkerte, ihm um den Hals fiel, als der verdrossene Butler ihn schließlich von der aufdringlichen Schönen befreite, löste sich Hubert aus der Verkrampfung, die ihn tagelang hatte stumm sein lassen, seine Haut wurde warm, er hörte wieder seinen Atem. Die Erpressergeschichte langweilte ihn, wie beim ersten Mal, doch bedauerte er es, daß Carmen bei dem Photographen nicht nackt zu sehen war, so, wie es im Buch beschrieben wurde. Im Grunde beobachtete er nur Marlowe, wartete ab, wie er handeln würde.

Zurückgekehrt, stellte Hubert sein Auto vor dem Hotel ab und schlenderte zum Westendplatz. Er spürte seinen Gang. Ziellos überquerte er zweimal die Bockenheimer Landstraße, kostete die neugewonnene Sicherheit aus, sprach mit sich selbst und entschloß sich, als er über die Mendelssohnstraße die Friedrich-Ebert-Anlage erreichte, noch in Jimmy's Bar zu gehen. Dort könnte er vielleicht Stammgast werden, obwohl die Bar nicht den Lokalen entsprach, in denen Sam und Phil verkehrten, aber Bogie selbst würde sie wahrscheinlich gutheißen. Hubert war ein einziges Mal dort gewesen, hatte, gemeinsam mit dem Doktor, der Jimmy's öfter besuchte, Gäste des Verlags ausgeführt und erfahren, daß der Barkeeper gar nicht Jimmy hieß, sondern Charly. Vor den Stufen, die zur Bar hinunterführten, blieb er unschlüssig stehen. Der Livrierte am Hoteleingang musterte ihn, hielt ihn wohl für angetrunken. Hubert machte es wie Marlowe, schob die rechte Schulter ein wenig nach vorn, als sammle sich in ihr die Kraft, eine Tür aufzustoßen. Die Tür zur Bar stand offen. Seine Augen mußten sich an die schwache Beleuchtung gewöhnen. Entweder war es zu früh oder zu spät, die Bar war schlecht besucht. Er lehnte sich erst an den Tresen, dann setzte er sich auf den Hocker. Der Keeper unterhielt sich mit einem jüngeren Mann, der so gesund und erfolgreich aussah, daß Hubert Lust verspürte, ihn anzupöbeln. Als der Keeper fragend zu Hubert hinüberschaute, bestellte er einen doppelten Whisky mit Wasser. Nicht mit Soda? Nein, mit Wasser. Er würde den Whisky ohnedies unverdünnt trinken, aber irgendwo hatte er gelesen, daß Whisky, wenn überhaupt, mit Wasser gemischt werde. Wenn der Keeper so belesen war wie er, müßte er jetzt beeindruckt sein.

Er hielt es aus, bis alle Gäste gegangen waren, hoffte, daß Charly sich auf ein Gespräch mit ihm einlassen werde, doch der putzte lustlos Gläser. So döste Hubert, ließ Wachträume aufkommen, verglich das Offizierskasino der Amerikaner mit Jimmy's, bevölkerte den leeren, nahezu dunklen Raum mit Gestalten, sah Adam, der ihn von neuem erzürnte, Adelaide, die auf einem der niedrigen runden Tische einen ordinären Steptanz vorführte, Anna, deren Gesicht er in der Dunkelheit nicht genau erkennen konnte, und einen Schatten im Hintergrund, es war Nesvadba, dem Huberts Furcht nie erlaubt hatte, mehr als ein Schatten zu sein.
Beim Abschied wurde Charly freundlicher. Er hoffe, der Herr sei nicht das letzte Mal Gast.
Von da an besuchte Hubert regelmäßig Jimmy's Bar, traf dort manchmal den Doktor, geriet in den Ruf eines Nachtschwärmers, eines einsamen Wolfs, dem Weibergeschichten zuzutrauen waren.
Seit der Trennung von Barbara und der kurzfristigen wie kurzweiligen Liaison mit Adelaide hatte er jede engere Bindung vermieden, nicht zuletzt Mutters wegen, und nun, nach ihrem Tod, schien er es verlernt zu haben, sich mit Frauen einzulassen, zu flirten, so, wie Marlowe oder Spade, Mädchen zu Verrücktheiten herauszufordern. Er kam sich gelähmt vor, zu Liebelei und Liebe nicht fähig. Zweifach wurde er innerhalb von wenigen Tagen geheilt. Er hatte sich »Sirocco« angeschaut, einen platten, verworrenen Film, in dem Bogie einen Waffenhändler spielte, der 1925 in Damaskus dubiose Geschäfte treibt und in die Auseinandersetzung zwischen Franzosen und Syrern gerät. Bogie ist gut, seine Verschlagenheit gesättigt vom Alleinsein. Hubert hatte sich verspätet, der Hauptfilm hatte bereits begonnen. Er wurde von der Platzanweiserin geführt, setzte sich, achtete nicht darauf, wer neben ihm saß, versuchte, die begonnene Geschichte zu begreifen, spürte wieder, daß sich alles vereinfachte und das fremde Leben in seines aufging. Er lehnte sich zurück, machte sich breit. Nach einer Weile

fühlte er die Nähe eines andern, die Wärme an seinem rechten Arm. Er sah schnell, vorsichtig zur Seite, erkannte ein Frauenprofil, lange, dunkle Haare. Er rührte sich nicht, antwortete dem Druck des Armes nicht, wartete ab. Er hoffte, seine Spannung übertrage sich auf das Mädchen, sie verstünde seine Erwartung. Er war nahe daran, ihre Hand, die locker auf der hölzernen Lehne lag, zu fassen. Damit überraschte sie ihn. Sie griff einfach zu, mit einer weichen, weißen, ein wenig feuchten Hand. Sie packte seine Hand, rieb sie, pochte mit den Fingern, als wolle sie reden. Er erschrak, als sie ihn unvermittelt wieder losließ. Er hätte ihr diese List nicht erlauben dürfen. War sein Benehmen nicht überhaupt kindisch? Warum hielt er den Atem an, sah den Film nicht mehr, konzentrierte sich auf jede kleine Regung neben sich? Hatte sie nun genug? Hatte sie, wie er, zur Seite geschaut und sein Alter abgeschätzt? War sie womöglich auf Ältere scharf? Denn ihre Hand kehrte zurück, ihr Schenkel preßte sich gegen den seinen, was ihn derart überraschte, daß er mit einem tiefen Seufzer wieder zu atmen begann, sich schämte, die Aufmerksamkeit der Leute fürchtete, sich zusammenduckte – die Hand tröstete ihn, nun verstand er ihre Sprache, sie zog seine Hand, führte sie, ließ sie den Rock eine Spanne hochschieben, zwängte sie zwischen die Schenkel, die sie fest, gewalttätig zusammenpreßte. Sie trug keine Strümpfe. Seine Hand wurde unruhig, streichelte, wollte höher, versuchte die Beine auseinanderzutreiben, aber sie wünschte anscheinend nur den hastigen Reiz, diese sprachlosen, von unterdrückten Seufzern unterbrochenen Versuche, sich nahezukommmen, nur nicht zu nah. Sie hielt seine Hand fest, beruhigte sie. Jetzt hörte er auch ihren Atem, sagte sich, er müsse aufpassen, könnte Ärger bekommen. Er nahm seine Hand weg. Sie folgte mit der ihren, fing ihn ein, er hatte den Eindruck, sie amüsiere sich über sein Zögern, kenne seine Überlegungen. Sie legte seine Hand auf ihren Rock, ihren Bauch. Er tat nicht mehr, als sie wollte, obwohl es ihm schwerfiel, seine ganze aufbrechende Gier in diese eine Hand gefahren war, sie krümmte, ballte, schwer machte, sie aufplusterte und erhitzte, eine Hand wie ein Körper, eine Hand, die plötzlich zahllose wilde unterdrückte Träume umschloß, Hungerträume. Sie schien es zu ahnen, ließ den Bauch gegen seine Hand hüpfen, in winzigen, frechen selbstsüchtigen Sprüngen, duldete es nicht, daß die Hand sich verschob, sie rutschte ihr ein wenig entgegen, wölbte sich einen Augenblick und hob schließlich die Hand zur Seite, setzte sich mit einem entschlossenen Ruck aufrecht. Als es hell wurde, kehrte sie ihm den Rücken zu, eilte durch die Reihe, verschwand. Er hätte ihr nachlaufen sollen.

Sie hatte ihn aufgestört, wachgerufen. Im Betrieb sah er den Frauen nach. Sie merkten seine veränderte Aufmerksamkeit. Frau Heller, seine Sekretärin, die er benützt, auf deren dauernde Präsenz und Hilfe er selbstverständlich gerechnet hatte, die im Lauf der Jahre sein Schatten geworden war, der er vertraute, ohne mehr von ihr zu wissen, Frau Heller trat gleichsam aus der Wand, wurde zu einer Person, vor allem fing sie an zu reden, aus dem Betrieb zu erzählen, Anekdoten von Redakteuren, vom Doktor, sogar, obwohl nur in Andeutungen, Liebesgeschichten. Er hörte ihr zu, sah sie zum ersten Mal, eine unscheinbare, adrette Person, die sich um seinetwillen in Unauffälligkeiten geübt hatte, rief sie sogar manchmal in sein Zimmer, fragte sie über den Doktor aus und über jenen jungen Mann in der Rechnungsabteilung, den sie genauso schnöselhaft fand wie er.

Der Doktor legte Huberts Wandlung als zweiten Schwung aus, Folge der zahlreichen Beförderungen und nicht zuletzt der Aussicht, Nachfolger zu werden. Hubert hatte den Eindruck eines chemischen Prozesses, dessen Ablauf er nicht kontrollieren konnte. Er fühlte sich wohl, betrachtete das Büro als sein zweites Zuhause, blieb häufig bis in die Nacht, besuchte die Nachrichtenredaktion, in der sich am Abend die frauenlosen Biertrinker versammelten; dennoch waren ihm das Entgegenkommen, die Anteilnahme, ja die Neugier der andern unheim-

lich. Zurück konnte er nicht. Er war, obwohl er nicht wußte weshalb, der Urheber dieser Metamorphose. Also spielte er mit, reiste öfter, was er zuvor nicht nur aus Bequemlichkeit, sondern auch aus Angst abgelehnt hatte, schloß rascher Bekanntschaften, schlief einige Male mit Frauen, die ihn im Grunde nicht interessierten, förderte das Gerücht, ein Weiberheld zu sein, denn das allein genügte, ihn attraktiv zu machen. Nur ein einziges Mal riß ihn Frau Heller – gewiß ohne Absicht – aus diesem, sein Selbstgefühl stärkenden Wachtraum, als sie ihn, mitten in einer Unterhaltung, fragte, ob er sich absichtlich so »amerikanisch« benehme, er wisse schon, so schlaksig und wegwerfend, so übertrieben männlich. Jedes Wort riß ihn aus der Rolle. Er reagierte kurz angebunden. Wie kommen Sie darauf? Ich habe früher mal bei den Amerikanern gearbeitet, als Student. Das ist alles, was ich von Amerikanern weiß.
Sie entschuldigte sich.
Er vergaß den kränkenden Einwurf.
Bei einem Betriebsfest versicherte er sich seiner neuen Existenz. Einmal mußte er für alle sichtbar werden, auf seine Weise auftrumpfen. Die Verlagsleitung hatte in eine Schänke in Sachsenhausen geladen. Hubert war verreist gewesen, erschien später. Die Stimmung war gut, einige der Gäste waren bereits angetrunken. Grüßend schlenderte er zwischen den Tischreihen, die Angst vertuschend, keinen Platz zu finden. Einige riefen ihm zu: Herr Windisch! Windisch! Er sah sich wieder beim Gehen zu, sammelte Kraft, und ein sonderbarer Ansatz von Wut schärfte seinen Blick. Jemand hielt ihn fest. Er wollte sich losreißen, sah, daß es eine junge Frau war, die in der Anzeigenabteilung arbeitete und die er nur flüchtig kannte. Geben Sie uns doch mal die Ehre! Ihr Mut machte sie verlegen. Sie gefiel ihm, weil sie den Frauen in seinen Träumen ähnlich war: So unverfroren ausgelassen, eine dralle, verschwitzte Person; der Rock war über die Knie gerutscht; der Kragen der Bluse weit offen; das blondierte Haar in einer schönen, kunstvollen Unordnung. Sie schwitzte Leben aus. Er schob

sich neben sie auf die Bank, lachte mit, sein Gelächter stemmte sich gegen ihres. Windisch ist hängengeblieben, hörte er den Doktor, bei einer Schönen hängengeblieben. Ihm fiel der Name des Mädchens wieder ein: Wachter. Gerda Wachter. Er sagte, um in der Stimmung zu bleiben oder um sich Stimmung zu machen, aus dem Lachen heraus: Sind Sie immer so rabiat, Fräulein Wachter? Sie war seiner Laune gewachsen. Sie übersehen mich eben zu oft, Herr Windisch. Man schob ihm ein Glas zu, er fand den Wein zu süß, versuchte eine Bedienung auf sich aufmerksam zu machen, einer der jungen Männer sprang auf, fragte, was er wünsche. Einen kräftigen Rotwein, wenn's den gibt. Noch hatte die Ausgelassenheit nicht alle Schranken niedergerissen. Das Mädchen hatte ihn herausgefordert, auf die »andere Seite« gelockt. Er fragte sich, wie er zu dieser Ansicht kam, vielleicht nur, weil er Skrupel hatte, an diesem Tisch zu sitzen, beim »Fußvolk«, und nicht an der Tafel der Verlagsleitung. Er stand auf, bat Gerda, ihm den Platz auf jeden Fall freizuhalten, er komme zurück. Als er Forster, Hetzel und einige Herren aus der Redaktion begrüßte, verwirrten ihn Wut und Selbstmitleid dermaßen, daß Forsters Spott, er habe wohl eine Schwäche fürs Üppige und Schlichte, ihn nicht erreichte. Bald würde er zuschlagen. Er sah sich zu, wie er einen dieser feinen Pinkel an sich riß und mit zwei, drei Ohrfeigen von sich wegschlug. Das Orchester würde aufhören zu spielen, er hörte Kreischen, danach Stille, er sah sich den Raum verlassen, ging durch ein Spalier von Entsetzen: Also das hätte man Windisch nie zugetraut, nie. Doch er grinste wie ein Schüler, nickte zustimmend, bekam ein Sektglas in die Hand gedrückt, prostete Hetzel, dem Chef, zu, ließ sich vom Doktor auf die Schulter schlagen, ein Mogul unter Großmogulen, wollte schon aufgeben, das Mädchen vergessen, als Forster den »Neuen« zu sich winkte, Roland Glaser, mit dem Hubert sich bisher nur bei der Vorstellung länger unterhalten hatte, der ihn anwiderte, ein wendiger, gelackter Jasager, ein Sprinter, einer, der sein Besserwissen ganz sanft ausspielte und immer erst prüfte, ob ihm Wohlwollen auch sicher war. Hier hätten sie ja Gelegenheit, mal ein bißchen miteinander zu reden, sich kennenzulernen. Das ging zu weit. Der war den Abend nicht wert. Hubert schlug Glaser auf die Schulter, so, wie es der Doktor vorher bei ihm getan hatte, alle Lebenserfahrung in der schweren Hand: Junge, du mußt schon noch eine Weile kuschen und üben, und kehrte sich ab, gewann Marlowes Übersicht zurück. Womöglich träumte er. Womöglich war dieses Fest eine Prüfung. Das Mädchen hatte auf ihn gewartet, ihm die Rückkehr aus der Beletage zugetraut. Forster hatte recht. Sie war tatsächlich üppig, drall, beinahe fett, aber auch schön und in ihrer Lüsternheit unverhohlen. Sie drängte sich an ihn. Er trank hastig. Die andern am Tisch redeten auf ihn ein, zu beflissen, erzählten von ihrer Arbeit, daß er dieses und jenes unbedingt wissen müsse, daß es zu Ungerechtigkeiten komme, ja, zu Ungerechtigkeiten. Er versprach, für Abhilfe zu sorgen. Er würde es vergessen, Forster würde, wie stets, ihm ausreden, sich um Bagatellen zu kümmern, er solle sich den Kopf freihalten fürs Wichtige. Ich sage Ihnen, Windisch, Kleinkram erstickt die unternehmerische Phantasie. Merken Sie sich's. Merk dir's, Junge. Sie könnten ihm alle den Buckel runterrutschen. Dieser Abend, diese Nacht würde vergehen, eine wüste Geschichte, die ihm zusetzte. Morgen, wenn sein Schädel schwer sein würde wie ein Felsbrocken, würde er nur noch Spade sein, ausgelaugt, würde in sein Büro schleichen, Effi, seine Sekretärin, das zeternde Gewissen, würde ihn erwarten, ihm die Zeitung auf den Tisch legen, »Morgen, mein Engel«, würde er sagen und sie würde fragen: »Stimmt das, was in den Zeitungen steht?«

Hetzel hielt eine Rede, viel zu spät. Keiner schenkte ihm Aufmerksamkeit. Der Direktor ermunterte alle, so weiter zu arbeiten, wie bisher. Die Erfolge seien der Lohn. Wessen Lohn? murmelte einer. Halt die Schnauze, mahnte ein anderer. Hubert nahm die Hand des Mädchens. Sein Glas war leer. Er trank aus ihrem. Jemanden hörte er sagen: Den Windisch hat's ganz schön erwischt. Ist Ihnen übel? fragte sie. Nein, sagte er. Trotzdem möchte ich an die Luft, ich halte es hier nicht mehr aus. So schleppt man ein Mädchen ab; so einfach ist das. Sie ging mit ihm, wie es vorgeschrieben war, wie er es gelesen, gesehen hatte, nur fiel es nicht auf, entsetzte sich niemand, schlich ihnen kein Rivale nach. Ob sie sich keinen Mantel anziehen wolle? Draußen sei es sicher kühl. Sie warf das Haar aus der Stirn, so, wie sie es gesehen und viele Male geübt hatte: Mir ist heiß genug. Sie kamen nicht weit. Er drückte sie an eine Hauswand, küßte sie, seine Hände waren ungeduldig. Sie sagte einen Satz, den er, weil er so einfach war, noch lange hörte, sich später sehnsüchtig vorsagte: Hier können wir es nicht machen. Er antwortete nicht, sie zog ihn durch eine der engen Sachsenhäuser Gassen, er kniff die Augen zusammen, dachte, wir könnten zu mir fahren, aber sie sagte: Ich weiß was. Er stolperte ihr nach, sie gerieten auf eines der übriggebliebenen Trümmergrundstücke, eine Geröllhalde, eine stinkende Müllablage zwischen Bretterwänden, tappten durch den Dreck, trieben scheppernd leere Konservendosen vor sich her. Vor einer Bauhütte lagen Bretter, da ließ sie sich fallen, zog ihn nach, riß ihn an sich, atmete gegen seinen Hals, sagte plötzlich ruhig: Ich zieh mir lieber die Bluse aus, sonst wird sie schmutzig, setzte sich auf, streifte die Bluse ab, den Büstenhalter, zog den Rock herunter, sagte: Paß bloß auf, du kannst dich hier auch schmutzig machen, legte die Bluse ordentlich auf den Rock, umarmte ihn so heftig, daß es ihm gleich war, wie der Anzug aussehen würde.

Du warst gut, flüsterte sie, du hast's nötig gehabt.

Wie sie darauf komme, fragte er sie auf dem Rückweg. Er hatte den Arm um sie gelegt. Sie tänzelte, forderte ihn schon wieder heraus. Du warst ganz schön ausgehungert, deswegen. Meinst du, ich habe lange keine Frau gehabt? Ja, sagte sie. Er traute sich nicht, ihr Männlichkeit vorzulügen. Wenn du willst, kannst du nachher mitkommen. Sie sagte es so, als wisse sie schon, daß er nicht kommen würde, nahm vorzeitig Abschied, zog Grenzen, schickte ihn, nachdem sie ihm für einen Augenblick die Wut genommen hatte, zurück an den Tisch der Mächtigen. Es war schön, sagte er. Ja, sagte sie, ich fand's auch.

Im Saal ließ sie ihn stehen. Sie war schneller als er. Er hatte sie an ihren Platz begleiten wollen. Forster zwinkerte ihm zu, seine Anzüglichkeit wurde laut, als er donnerte: Mensch, vor welcher Göttin haben Sie denn gekniet. Schauen Sie mal Ihre Hosen an.

Ich habe –.

Sagen Sie bloß nichts.

Hubert zwängte sich auf die Bank, stimmte in das Gelächter ein: Werde ich auch nicht.

Es fiel ihm schwer, ihrem Gespräch zu folgen. Forster erläuterte ihm, worum es ging. Ein Eklat, sage ich Ihnen. So etwas ist in unserem Blatt noch nie geschehen. Solange ich zurückdenken kann. Forster hielt sich für das Gedächtnis des Verlags. Ein Eklat. Bruno Dahlmann, der zum Kopf des Blattes zählte, es nach dem Krieg mitbegründet hatte, einer der Unbescholtenen, hatte einen Tag zuvor, in einer Konferenz der Chefredaktion, seinen Abschied erklärt oder erklären müssen. Ein Einzelgänger sei der immer gewesen, ein Überdemokrat dazu, nicht wahr? Ein Purist. Zugegeben, man brauche solche Männer. Aber auf die Dauer seien sie zu anstrengend.

Hubert war Dahlmann nur wenige Male in großen Konferenzen oder auf dem Korridor begegnet, hatte so gut wie nie ein Wort mit ihm gewechselt. Dahlmann war einer der wenigen, die er verehrte, vielleicht, weil er einmal gelesen hatte, Dahlmann habe nach 1933 zwei Jahre im Zuchthaus gesessen und bis 1945 keine einzige Zeile geschrieben, nicht, wie die meisten anderen, sich halb gefügt und halbe Wahrheiten zwischen den Zeilen ausgedrückt, was heute keiner mehr lesen konnte. Einer von denen, die sich ihrer Vergangenheit nicht schämen mußten.

Dahlmann habe sich, sagte Forster, nicht zum ersten Mal gegen die Meinung der Redaktion gestellt. Diesmal treffe es die

Grundsätze. Die Redaktion habe sich entschieden, die Wiederbewaffnung zu unterstützen. Die Armee müsse mit den modernsten Systemen ausgerüstet werden. Es sei unumgänglich, solange sich die Blöcke so gegenüberstehen. Schauen Sie mal auf die Zone! Nun habe Dahlmann einen Leitartikel geschrieben, in dem er den Aufruf der Göttinger Professoren gegen die Atombewaffnung unterstütze, mehr noch, die Wiederbewaffnung bedaure. Die Redaktionsleitung habe es abgelehnt, den Aufsatz zu veröffentlichen. Deshalb sei es zur Kabinettsfrage gekommen.
Zur Kabinettsfrage. Darunter ging es nicht. So teilten sie sich die Welt. Und sie, die kleinen Finanzfritzen, die stummen Rechner, starrten hinauf zu den Gipfeln, wunderten sich nicht, wenn das Panorama sich änderte. Dieser abgestandene Wandervogelpazifismus, sagte Hetzel.
Soviel ich weiß, hat Dahlmann schon immer mit den Sozis sympathisiert. Erinnern Sie sich, wie er bei der EVG-Debatte Erlers Rolle herausstrich?
Hubert wachte auf. Die Wut, die er sich nicht hatte erklären können und die sich eine Zeitlang mit dem Glück verschwistert hatte, bekam ihren Grund. Vielleicht konnte er diesen Abend für sich retten, indem er sich widersetzte. Das meinen Sie doch auch, Herr Windisch?
Nein, sagte er. Das meine ich nicht.
Er scheuchte sie auf. Ihr Windisch, der brave Karrierist, der Bursche mit dem amerikanischen Drall, der komische Casanova, fällt aus der Rolle. Glaser beugt sich über den Tisch, kommt ihm mit dem Gesicht ganz nah und sagt sehr betont: Solche Leute begreifen unsere Zeit nicht.
Wen meinen Sie mit solchen Leuten?
Eben diesen Herrn Dahlmann.
Und wer sind Sie?
Forster versucht auszugleichen: Ich bitte Sie, Windisch, es hat keinen Sinn, Streit vom Zaun zu brechen. Herr Glaser kann seine Meinung äußern wie Sie.

Ach ja, Herr Glaser.
Ich bitte Sie, wiederholt Forster.
Herr Glaser weiß es genau. Wissen Sie, ich weiß nichts. Doch daß Dahlmann sein Mäntelchen nicht in den Wind hängt, weiß ich. Ich weiß auch, daß mit ihm einer der wenigen verschwindet, der in unserem Haus ohne Claque auskommt. Genügt Ihnen das, Herr Glaser?
Glaser genügt es nicht. Er ist hartnäckig, will ihn herausfordern.
Über die Wiederbewaffnung habe ich mir meine Gedanken gemacht.
So?
Sie können spotten. Ein Volk in der Mitte Europas, unbewaffnet, zwischen zwei Großmächten. Unvorstellbar.
Es ist auch unvorstellbar, Herr Glaser, was dieses Volk mit Waffen schon angestellt hat.
Das eine hat mit dem andern nichts zu tun. Wir sind Demokraten.
Ja, das sind wir. Demokraten, die eine Minderheit nicht zu Wort kommen lassen.
Jetzt bringen Sie alles durcheinander, Herr Windisch.
Lassen Sie doch, schrie Hetzel.
Alles durcheinander, Herr Windisch, in einer Zeitung herrschen eben andere Gesetze.
Wenn jeder jeweils andere Gesetze für sich in Anspruch nähme . . .
Kommen wir noch einmal zur Wiederbewaffnung zurück.
Der Junge fährt ihm übers Maul. Er läßt es zu. Er könnte aufstehen, ihm ein Glas Bier ins Gesicht schütten. Er könnte ihn über den Tisch ziehen und ihm eins vor den Latz knallen. Er könnte zu ihm sagen: Komm mal mit raus, wenn du schon Krieg spielen willst. Doch er sitzt eingeklemmt zwischen den Direktoren, selbst einer, oder einer, der es werden will, wie dieser Bursche, und läßt sich Dummheiten ins Gesicht sagen.

Ich komme aus einer alten Offiziersfamilie, sagt Glaser. Er sollte ihm antworten: Was hat das mit der Wiederbewaffnung zu tun, aber er erwidert, schnell und hämisch: Ich auch.
Sie? fragt der Doktor. Ich dachte, Ihr Vater sei Hotelier gewesen.
War er. Nach dem ersten Weltkrieg und nach seiner Verwundung im zweiten.
Welchen Rang hatte er? fragt Glaser. Hubert zögert, sucht, will umnennen, kein Sturmbannführer, nein; er sagt: Oberst. Das könnte Glaser kleiner machen. Die Lüge lähmt ihn. Er hat den Kerl in die Enge treiben, demütigen wollen. Vielleicht war es ihm gelungen, doch nun bleiben ihm nur Ausflüchte, störrisches Schweigen. Ich werde ihn übersehen, diesen Spritzer, sagt er sich, was soll ich mir von ihm alles versauen lassen.
Ich habe nicht gewußt, daß Sie sich politisch Gedanken machen.
Nur manchmal, Doktor.
Hubert entschuldigte sich, kletterte über die Bank, kam sich dabei lächerlich vor, Hetzel fragte ihn unter dem Gelächter der andern, ob er noch einmal in den Betstuhl wolle. Nichts für ungut, Windisch. Er ging sehr langsam. Gerda sah ihm fragend entgegen. Sie hätte es leicht mit ihm. Hubert schüttelte den Kopf, tat, als sei er in Gedanken versunken. Wenn sie wüßte, daß ich nichts denke, daß ich mich sehe in dem verknüllten Anzug, den Kopf eingezogen, wie damals, als Phil den elenden Fall erklärt hatte, die eine Generalstochter verschwunden, die andere am Ende war, und er das Haus mit der großen Halle und dem Wintergarten verließ. Die Sätze konnte er auswendig: »Auf dem Weg zur Stadt hinunter hielt ich vor einer Bar und trank ein paar doppelte Scotch. Sie halfen mir auch nicht weiter. Sie erweckten in mir nur die Erinnerung an ...«

23.
Der falsche Kranz

Wann immer Hubert auf einer Dienstreise nach Norden fuhr, besuchte er in Kassel das Grab der Mutter. In den einfachen, rötlichen Sandstein war, so wie Martha Windisch es ihm aufgetragen hatte, ihr Name und der ihres Mannes gemeißelt worden. Das Grab wuchs mit den Jahren zu. Hubert hatte Efeu pflanzen lassen. Der Friedhofsgärtner, der annahm, niemand kümmere sich um das Grab, pflegte es schlecht. So rankte sich das Immergrün um den Stein, bedeckte die Inschrift. Als die eingravierten Buchstaben nicht mehr zu lesen waren, schnitt Hubert sehr säuberlich mit einer Nagelschere den Namen Martha Windisch aus dem Laub, so daß er wie in einem grünen Rahmen stand. Den Namen des Vaters ließ er vom Efeu bedeckt. Er fand es zwar lächerlich, hatte ein schlechtes Gewissen, denn auf diese Weise überlistete er im nachhinein seine Mutter, aber andererseits war es die Natur, die ihm half.

Es hatte früh zum ersten Mal geschneit, schon Mitte November. Er hielt auf dem Parkplatz vor dem Friedhof, blieb eine Weile sitzen, müde von der Fahrt aus Hamburg. Auf Umwegen spazierte er zum Grab. Schmutzige Schneereste markierten die Wegränder. Auf vielen Gräbern standen Kerzen, lagen geschmückte Tannenzweige, Kränze. Allerheiligen, Allerseelen und der Volkstrauertag waren vorüber. Er fand Mutters Grab verändert. Das Grün war vom Stein gerissen, gegen ihn lehnte ein kleiner Kranz. Wütend hielt er inne, konnte sich nicht vorstellen, daß auch nur irgendeiner sich in seine Erinnerung stahl, von diesem Grab wußte. Ihm kam es vor, als hätten Unbekannte ihn angegriffen. Er nahm den Kranz, strich die Schleife glatt, las: Von seinen alten Kameraden. Der Schmuck galt nicht Mutter, sondern Vater. Und der Efeu hatte nicht geholfen. Vielleicht war es Winfried gewesen. Oder vielleicht hatten sich zu einem düsteren Ritual mehrere Männer getroffen, sich über den ungepflegten Zustand des Grabs empört, den Namen ihres Kameraden wieder ans Licht geholt. Vielleicht hatte einer gedämpft einige jener entsetzlichen Sätze gesprochen, in denen der Kampf nicht aufhörte, die beschmutzte Ehre fortwährend gereinigt, die Untat zur Tat erklärt wurde. Er sah sie vor sich, in Uniformen, lachend und protzend, in jenen Sommern, die Vater arrangierte, damit seine Männer spielen konnten.

Das Grab und sein Gedächtnis waren beschädigt worden. Hubert nahm den Kranz, warf ihn in eine der nahestehenden Abfallkisten. Dann versuchte er, den Efeu so zu legen, daß er rasch wieder den Stein hochwuchern würde. Bei alledem gelang es ihm nicht, an Mutter zu denken, obwohl er seine Phantasie anstrengte.

24.
Dorothee

Es brauchte beinahe ein halbes Jahr, bis er Dorothee ansprach. Schon vor ihrem Einzug hatte ihn der Hausmeister anzüglich gewarnt: Da zieht eine Dame in das Appartement neben Ihnen, Herr Windisch. Die stellt was dar, kann ich Ihnen sagen. Was sie darstellte, blieb ihm lange verborgen, er bekam sie nicht zu Gesicht, da sie offenbar später zur Arbeit ging als er, und er abends im Verlag herumtrödelte oder bei Jimmy hockte. Er hörte sie, wenn sie, bei offenem Fenster, telefonierte, wenn sie vor sich hinsang, wenn sie, wie er annahm, mit sich selber redete, wenn sie Gäste hatte, die er von Mal zu Mal mehr beneidete. Ihre Stimme klang kehlig, rauh, selbstsicher. Er dachte sich um die Stimme eine Gestalt, die immer festere Umrisse bekam, die er, wenn er sie hörte, vor sich sah, eine Frau, ähnlich wie Anna, kühl, ihr Geheimnis nicht preisgebend. Eine Partisanin, als Dame verkleidet. Nachts lag er oft wach, horchte auf Geräusche von nebenan. Wenn es knarrte, stellte er sich vor, daß sie schlaflos lag wie er, jemanden neben sich wünschte. Einmal wachte er auf, glaubte eine Männerstimme zu vernehmen, sah, wie sie jemanden umarmte, und er preßte sich, den Atem anhaltend, gegen die Wand. Häufig hatte sie das Radio oder den Plattenspieler an, und die Musik raubte ihm ihre Gegenwart. Er spann sich so in seine Einbildung ein, daß er es vorzog, sie nicht zu sehen, es gar nicht darauf ankommen zu lassen, später zur Arbeit zu gehen und sie dann vor der Tür zu treffen. Kam er nachts angetrunken von Jimmy nach Hause, hielt er vor ihrer Tür an, las ihren Namen auf dem Schild, Dorothee Bürgel, doch der wirkte nicht auf seine Vorstellungskraft, da Anna stärker war, da es ihm lieber war, mit der Stimme von nebenan bei Anna zu bleiben, oder

dem kühnen Schatten, den sie in seinem Gedächtnis hinterlassen hatte. Körperlos waren beide, Anna und Dorothee. Er hoffte, daß Dorothees Stimme die Magie besäße, Annas Körper neu zu schaffen.
Zum ersten Mal sah er sie an einem Sonntag. Er war spät aufgestanden, hatte sich Spiegeleier gebraten, war den ganzen Vormittag im Bademantel herumgelaufen, hatte nur das Radio, nie sie gehört, hatte versucht, sich abzulenken, indem er den Briefwechsel zwischen Forster und einer Computerfirma las. Die Unruhe zerrte an ihm. Entweder würde er den ganzen Tag essen oder sich betrinken. Er entschloß sich, in den Verlag zu fahren. Vielleicht träfe er dort einen Sonntagsverdrossenen, sie könnten sich verbünden, ins Kino gehen, aber in den Anzeigen hatte er keinen Film gefunden, der ihn interessierte. In Köln hatte er sich einen leichten, hellgrauen Zweireiher gekauft, den er bisher nur einmal getragen hatte. Ihn würde er anziehen. Seine Laune besserte sich, er duschte, rasierte sich, spürte, wie er seine Umgebung auffrischte, wie seine Gesten, sein Gang fest wurden, oder, genauer gesagt, jene bewußte Gleichgültigkeit annahmen, die ihn mit Bogie verband. Vielleicht war er in solchen Augenblicken sogar besser als der.
Als er die Wohnung verließ, stand sie vor ihrer Tür, schloß ab, sah ihn flüchtig an, ging die Treppe hinunter. Er hatte sie mit einem Kopfnicken gegrüßt, einen Gruß angedeutet, merkte erst nach einiger Zeit, daß er sich nicht vom Fleck gerührt hatte. Ihr Auftritt zerstörte das Bild, das er sich von ihr gemacht hatte. Er fragte sich, ob ihre Eile gespielt war, ob sie, überrascht und verlegen wie er, es nicht zu einer Begrüßung hatte kommen lassen wollen. Er ging zurück in die Wohnung, hatte alle Vorsätze, der Langeweile zu entrinnen, vergessen, warf sich in die Couchecke und fing an, die wirkliche Dorothee mit der erträumten zu vergleichen, wobei er die Bilder gelegentlich durcheinanderbrachte, und, wie beim Puzzle, nach Einzelheiten suchen mußte. Es ärgerte ihn, daß diese Dorothee, die Frau an der Tür, überhaupt nichts gemein hatte mit

Anna, seiner Vorstellung völlig widersprach. Sie ist viel größer, als Anna es gewesen war, schlaksig, kühl. Als er »kühl« dachte, erinnerte er sich an Annas Wärme, die er sich nicht nur eingebildet, die sie umgeben hatte wie ein unsichtbarer Mangel, unter den Frierende fliehen können. Dorothee würde solche Frauen für ordinär halten. Dorothee war braun, nicht weißblond, sie schien in jeder Hinsicht »gediegen« zu sein, genau das, was Mutter sich von seiner Zukünftigen erhoffte. Sonderbar, daß die satte, sinnliche Stimme nun nicht zurückkehren wollte zu dieser Gestalt, zur wirklichen Dorothee. Im Grund war er enttäuscht. Zwar war diese Frau elegant, hatte einen ungewöhnlich schmalen, flammenden Kopf, und schien, trotz ihrer Größe, geschmeidig und weich. Schon begann seine Phantasie an ihr zu ändern, modelte ungeduldig um, wünschte sich die Stimme in eine andere, stemmte sich gegen das Gesehene. Er nahm sich vor, ihr auszuweichen, um Anna nicht zu verlieren, die er als einzige brauchte.
Dorothee legte es darauf an, ihm Wirklichkeit einzutreiben. Sie paßte ihn ab. Kehrte er abends, selbst spät, zurück, kam sie ihm auf der Treppe entgegen, einige Briefe in der Hand, die sie offenbar noch fortbringen wollte. Er argwöhnte, es seien immer dieselben vorgezeigten Vorwände. Sie wich seinem Blick nicht mehr aus, lächelte, forderte seinen Gruß, den sie dann nachdrücklich erwiderte. Sogar morgens traf er sie ab und zu, sie änderte wohl, seinetwegen, ihre Gepflogenheiten. Das bedrückte ihn. Sie brach zu unvermittelt in seine Tagträume ein. Obwohl sie sich ihm in den Weg stellte, ihre Extravaganz ihn mehr und mehr beeindruckte, sprach er sie nicht an. Seine Arbeit nahm ihn noch mehr in Anspruch. Die Verlagsleitung hatte sich entschieden, das ganze Rechnungswesen auf Computer umzustellen. Forster war besessen von der Neuerung, zwang Hubert und Glaser, an Kursen teilzunehmen. Tagelang wurde über Programme konferiert. Hubert hatte, im Gegensatz zu Glaser, wenig Vergnügen an den Planspielen und wurde von Forster häufig gemahnt, am »Ball zu bleiben«.

Hier entscheide sich seine Zukunft. Abends flüchtete Hubert zu Jimmy, trank zuviel, schwadronierte, hing, dumpf vom Whisky, an der Bar. Allmählich hatte er die Stammgäste kennengelernt, ein loser Kreis fand sich zusammen – fast alles Geschäftsleute, Vertreter, Devisenhändler oder Kürschner –, in dem Erfahrungen ausgetauscht, mehr noch lügnerische Monologe gehalten wurden. Jeder wußte von jedem, daß er sich aufspielte, Märchen von Erfolgen und Weibern erzählte. Man nahm das Gerede als Therapie, kotzte sich aus. Bei Jimmy war Dorothee längst etabliert, eine Klassefrau, die so spröde nicht war, wie sie sich gab, und die, in Huberts Erzählungen, schon mit ihm geschlafen hatte. Sie hat sich ganz schön geziert. Sie ist, wie soll ich sagen, ziemlich zickig. Aber wenn's mal funkt. Er nahm vieles voraus, genoß es, weil es ihn nicht behelligte, die Zuhörer sich ihr Teil denken konnten. Sah er sie, fürchtete er, sie könnte die Schwindelgeschichten seinem Gesicht ablesen, und benahm sich fahriger als je zuvor.

Lange war er nicht mehr im Kino gewesen. Die Macht der alten großen Bilder ließ nach. Zwar gelang es ihm noch immer, Bogie zu spüren, in ihm aufzugehen, doch die geringsten Äußerlichkeiten, ein unerwartetes Lachen der Mädchen im Büro oder Forsters Ungeduld, stießen ihn aus der Rolle. Er kam sich ertappt vor, fragte sich, ob er die fremden Kräfte noch nötig habe. Er sehnte sich danach, unanfechtbar zu sein, geschützt von einer vielfach geprüften Erfahrung und einer Trauer, die er allein nicht aushalten konnte.

Vielleicht trieb ihn diese Schwäche auf Dorothee zu. Er überraschte sie, sprach sie an, redete sich schon wieder in die Flucht. Sie hielt ihn fest. Er war betrunken. Ich bin besoffen, sagte er vor sich hin. Bei Jimmy hatte man ihm die Wagenschlüssel weggenommen, er war zu Fuß gegangen, taumelte, lehnte sich hin und wieder gegen eine Hausmauer, nahm sich Zeit, die Luft tat ihm wohl, genauso hatte er Marlowe in Erinnerung, nicht ganz sicher auf den Beinen, doch zum

Sprung bereit, dieses ständige Lauern, die Wachsamkeit, die den Nacken spannt. Ich bin blau, sagte er laut, es geht mir gut, wirklich gut. Nach ein paar Schritten widerrief er sich, murmelte: Es geht mir beschissen, ich scheiße auf alles, rief sich gleich darauf zu Ordnung: Du Schwein, red nicht so.
Sie war ihm entgegengekommen, es könnte sein, entgegengeschwebt. Er blinzelte ins Licht, sah sie in einem Lichtkranz, hielt sich am Treppengeländer fest, sagte: Guten Abend. Sie blieb stehen.
Guten Abend, Herr Windisch.
Guten Abend. Er könnte sagen: Guten Abend, Dorothee, sie einfach duzen, er könnte sie vergraulen, doch er stammelt: So spät noch unterwegs? Und er möchte hinzufügen: Wann werfen Sie diese verdammten Attrappen von Briefen endlich ein?
Sie ist nüchtern, ihm überlegen. Er drückt sich an ihr vorbei, will in die Wohnung. Da wirft sie ihm eine Frage über den Weg: Haben Sie nicht Lust, mich zu begleiten?
Warum fängt sie ihn so marode, so windelweich ein? Hat sie genau diesen Moment abgewartet?
Gern, hört er sich sagen. Gern. Er geht neben ihr her, schweigend, achtet darauf, daß er nicht allzu sehr torkelt, gegen sie stößt.
Der Briefkasten ist gleich vorn an der Ecke.
Ja. Ich mache aber immer einen kleinen Umweg.
Wie man ein Kind faßt, das unvermutet auf die Straße hüpfen könnte, hält sie ihn fest, zieht ihn behutsam an ihre Seite. Er denkt: Sie geht verständnisvoll vor. Sie will mich nicht verletzen. Er tappt neben ihr her, angefangene Sätze taumeln durch seinen Kopf, ungenaue Fragen.
Als sie vor dem Briefkasten anhalten, sie die Post noch einmal prüfend durchschaut, danach durch die Klappe schiebt, bricht seine Konzentration jäh ab und er ist nahe daran, sich einfach fallenzulassen.
Ist Ihnen schlecht?

Nein. Ich bin nur sehr müde. Es wäre ihm lieber, sie ließe ihn stehen. Und er müßte nicht seine Kinderstimme hören.
Er weiß nicht, wie sie zurückgelangt sind. Weshalb sie sich auf einmal ungeladen in seiner Wohnung zu schaffen macht, Tee kocht, die Schlafcouch auszieht, ihn wie einen unfolgsamen Buben in den Sessel drückt. Wieso sie sich derart gut auskennt, sich ungeniert hinsetzt, mit ihm Tee trinkt. Sie schwätzte, redete auf ihn ein, verstummte, als sie merkte, daß er nicht hinhörte, mit seinen Gedanken unterwegs war. Er sollte den Spieß umkehren, sie hochmütig hinauswerfen. Diese Schwäche würde sie ihm nie vergessen. Er malte sich Marlowe in einer solchen Lage aus, spielte sich Szenen vor, einen stockbesoffenen Marlowe mit einem zupackenden Mädchen, am ehesten die Blonde aus dem Buchladen. Die würde ihn aufs Kreuz legen, ihn aushorchen und schließlich abhauen, sie würde seine Niederlage anders genießen als Dorothee.
Ich möchte schlafen, sagte er.
Kann ich Ihnen helfen?
Nein, gehen Sie, bitte. Und vielen Dank.
Er spricht in ihr Lächeln. Sie wächst gegen die Decke, er schaut zu ihr hoch, ihre Freundlichkeit drückt ihn nieder.
Bitte.
Sie nickt: Gut.
Die Tür fällt ins Schloß. Er richtet sich mühsam auf, zieht Jacke und Schuhe aus, stürzt auf die Couch. Es fällt ihm ein, daß er vergessen hat, den Wecker zu stellen. Er läßt es bleiben. Seine Träume sind wirr, schrecken ihn auf. Dorothee hilft ihm beim Ausziehen. Er schämt sich seiner Unbeholfenheit. Längst ist sie doppelt so groß wie er, drückt seinen Kopf gegen ihren Bauch, beugt sich über ihn, streift ihm die Hosen über die Knie, gibt ihm einen Klaps auf den Hintern. Bitte nicht, fleht er. Sie sehen ja, daß ich es nicht bin.
Er wachte auf, es klingelte ungeduldig an der Wohnungstür. Kopflos rannte er zwischen Küche und Bad hin und her, suchte nach dem Bademantel, rief in regelmäßigen Abständen, ja, ja,

ja, verfluchte sämtliche möglichen Absender von Eilpost, denn jemand anderen als den Briefträger erwartete er nicht. Sein Kopf dröhnte bei jedem Schritt. Jaja, ich komme schon. Er riß die Tür auf. Guten Morgen. Ich wollte Sie nur zur Zeit wecken, sagte sie. Dorothee stand herausfordernd frisch, wach in der Tür, trug, als wolle sie auf eine Reise, ein Tweedkostüm, verzog allerdings etwas ängstlich das Gesicht, wohl weil sie seine schlaftrunkene Wut fürchtete. Abweisen ließ sie sich nicht. Sie hatte ihm geholfen, er konnte sie nicht einfach stehenlassen, die Tür zuwerfen.
Das ist sehr aufmerksam. Da komme ich noch rechtzeitig ins Büro.
Passen Sie auf, sagte sie freundlich und unnachsichtig wie zu einem unausgeschlafenen Schüler, nahm ihm das Heft aus der Hand, passen Sie auf, Sie kümmern sich um sich selbst und nicht um mich, ich bereite inzwischen das Frühstück vor, und Sie kommen pünktlich aus dem Haus.
Aber ich will Sie nicht aufhalten.
Sie halten mich nicht auf. Es ist alles geregelt. Er ist in ihren Plan geraten. Sie hat alles vorausgesehen, weiß, wie sie ihn überrumpelt und gefügig macht. Mit einem kleinlauten »Das ist wirklich nicht nötig«, versucht er sich ein letztes Mal zu wehren, hält die Schwelle besetzt, aber sie ist schon in der Küche, ruft »Tee oder Kaffee?«, Tee, schreit er zurück, knallt die Tür, als könne er sie damit treffen, aussperren, wegschlagen, schließt sich im Bad ein, ertappt sich dabei, daß er auf die fremden und neuen Geräusche lauscht, ihre Schritte, das Klappern von Geschirr. Er wird nicht spielen können.
Selbst das Bett hat sie aufgeräumt.
Wieder sagt er: Aber das ist nicht nötig, manövriert sich in Hilflosigkeit und Lächerlichkeit.
Sie gestatten doch, daß ich mit Ihnen frühstücke.
Aber ja. Wenn Sie schon. Er bringt keinen vollständigen Satz zustande.

Es wiederholen sich Szenen, die er kennt, und doch nicht, sie laufen vor seinen Blicken ab und er wird in sie verwickelt. Er fragt sich, wieso es ihr gelingt, dem Schweigen die Beklommenheit zu nehmen, wieso ihm ihre Anwesenheit angenehm ist und er dennoch Ängste aussteht, wieso er sich plötzlich wünscht, dieses Frühstück möge kein Ende nehmen. Er fährt sich über die Stirn.
Haben Sie Kopfschmerzen?
Sie sind schon vorbei.
Ein kleiner Kater.
Hubert schaut sie nicht an, hört ihre Stimme, wie er sie hinter der Wand gehört hat, noch ohne Gestalt. Er weiß jetzt, daß er sich in diese Stimme, die seine Phantasie belebte, verliebt hat. Nur in die Stimme, sagt er sich, nicht in sie, nicht in Dorothee.
Sie essen ja kaum.
Ich frühstücke sonst im Büro.
Dann hätte ich ja gar nicht –
Nein.
Weshalb haben Sie es mir nicht gesagt?
Ich kam nicht dazu.
Das stimmt. Sie zündet sich lachend eine Zigarette an. Ich muß aufbrechen. Sie nicht?
Ich müßte schon. Es ist möglich, daß er sie nebenan sprechen, singen hört, sich das Frühstück zu zweit nur einbildet, daß er ein Opfer seines Bilderwahns geworden ist.
Was heißt das: Ich müßte schon. Er staunt, wie barsch er auf sie reagiert.
Wissen Sie, ich habe einen Laden, ein Modegeschäft.
Wie Barbara.
Wer ist Barbara?
Meine geschiedene Frau. Sie lebt in München.
Mein geschiedener Mann lebt ebenfalls in München. Er besitzt auch ein Modegeschäft.
Wahrscheinlich erfinden wir Geschichten.

Sie trägt das Geschirr ab, antwortet nicht, geht, vorsätzlich geschäftig, hin und her, zieht den Bettkasten unter der Couch heraus, stopft das schon gefaltete Leintuch und das Kopfkissen hinein. Er beobachtet sie, denkt: Sie will sich in meinen Tag einschleichen, will mir vorführen, wie bequem ich es haben könnte.

Den Rücken ihm zugekehrt, sagt sie: Müssen Sie denn unbedingt fort, wirft einen Haken aus, zieht ihn zu sich heran.

Ich kann telefonieren, mich entschuldigen.

Warum tun Sie's nicht?

Warum sollte ich?

Fragen Sie sich selbst oder mich?

Er ruft an, lügt das Blaue vom Himmel, ja, er sei krank, vermutlich eine Grippe, Magenschmerzen, Kopfschmerzen, Gliederschmerzen, betet die Leiden herunter, um sie zu vergnügen, spürt tatsächlich Druck im Schädel, als hätte er ihn sich aufgeredet, als würden die Lügen handgreiflich, merkt, daß sie hinter ihm steht, fragt sich, ob sie ihn für albern hält, legt den Hörer auf, will sich umdrehen, sehen, welche Wirkung er erzielt hat, doch sie schlingt die Arme um ihn, haucht ihm in den Nacken, hält ihn fest, murmelt: Das war gekonnt, läßt ihn los, entfernt sich, fällt aus einer Rolle in die andere (oder er bildet es sich nur ein), ist nicht mehr Carmen Sternwood, sondern wieder die überlegene Dame in Tweed, die Eigentümerin eines Modeladens an der Oper, ganz und gar Lady, ein bißchen maskulin. Es wäre vernünftiger gewesen, er wäre nach dem Frühstück gegangen, hätte sie, um höflich zu bleiben, zum Geschäft gefahren, sie abgesetzt und die Unverbindlichkeit zurückgenommen, mit der sie sich schützen kann.

Sie spielt mit ihm. Da sie im Licht steht, muß er blinzeln. Er sieht, wie sie die Jacke auszieht, säuberlich über den Stuhl hängt.

Nun haben wir Zeit.

Ja.

Nicht einen Augenblick erlaubt sie ihm das zu sein, was er sein könnte.
Vielleicht hat Lauren Bacall damals Bogie so fertiggemacht, als sie »Haben und Nichthaben« drehten, 1944, unter Howard Hawks. Sie sei besser gewesen als Bogie. Bogie habe es, ohnmächtig vor Liebe, ertragen. Aber er liebt Dorothee nicht. Bloß ihre Stimme.
Nun müssen Sie noch anrufen, absagen.
Das ist längst geschehen. Mein Kompagnon ist orientiert. Also hat er sich nicht getäuscht, also hat sie mit seiner Schwäche gerechnet und sie ausgenützt.
Sind Sie mir nun böse?
Aber nein. Immer ist sie ihm einen Schritt voraus. Liest ihm die Gedanken aus den Augen. Er gibt auf. Und nun? fragt er.
Überlassen Sie alles weitere mir? Die Frage ist rhetorisch, sie steckt schon mitten im weiteren, läßt ihn halb im unklaren, reizt ihn mit Andeutungen. Sie öffnet die Fenster, beugt sich hinaus, der Straßenlärm dringt herein, ein Schwall lauer, von Benzindampf und Kastanienblüten getränkter Luft, sie stellt das Radio an, sucht, tauscht einen Musikfetzen gegen den andern ein, bis eine heisere Fistelstimme singt: »Gonna rock it up! Rip it up! Ghake it up! Ball it up!« Das ist der AFN. Sie wiegt sich im Rhythmus des Liedes, schüttelt sich, spielt, die Frechheit widerrufend, Dame, kommt auf der Mitte des Laufstegs, hochaufgerichtet, den Kopf im Nacken zu ihm, legt ihm die Hände auf die Schultern, eine Mutter dem Sohn, wächst, wächst, wie in seinem Traum, fragt, ohne eine Antwort zu erwarten: Wie wär's mit einer Fahrt in den Taunus? Oder mit einem Spaziergang im Palmengarten? Oder wir gehen auf die Mathildenhöhe und essen danach beim Weinmichel?
Oder wir bleiben hier und? Dafür fehlen ihr anscheinend die Worte.
Na? fragt sie.
Ich meine, wir sollten hierbleiben.

Sie zieht die Hände von seinen Schultern, langsam, streichelnd.
Willst du? fragt sie. Hast du Lust?
Jetzt?
Ja. Jetzt.
Er schweigt lieber. Wartet auf einen ihrer Einfälle. Sie kennt die Stichworte. Er versucht sich an die Bacall zu erinnern, die Luft um ihn herum wird fest, schließt ihn ein.
Dorothee hat sich an den Tischrand gelehnt, die Pumps von den Füßen gezogen, wobei er ihr unter den Rock sehen konnte. Sie trug keine Strümpfe. Ihre Beine waren gebräunt. Es sah aus, als habe sie Strümpfe an. Sie hat »ja?« gefragt, sich selbst aufmunternd zugenickt. Sie hat, provozierend umständlich, die lachsfarbene Seidenbluse aufgeknöpft und er hat auf jeden einzelnen Knopf gestarrt. Sie hat die Schließe am Rock geöffnet und der Rock fiel zu Boden. Sie trug nicht, wie er vermutet hatte, brave Wolle unterm Tweed, sondern aus der Dame schälte sich eine Kokotte in schwarzer, durchbrochener, fast durchsichtiger Wäsche. Sie hat von neuem Ja? gefragt, und er hat sie blöde angeglotzt. Sie mußte alle seine Wunschträume kennen.
Der Rest ist für dich, sagte sie. Sie ging barfuß, zur Liege, zog sie zurecht. Jede ihrer Bewegungen wirkte vergrößert, eigentümlich obszön. Ihre Beine waren zu lang, ihr Rücken, ihr Hals. Dann, als er neben ihr lag, auf ihr, unter ihr, noch immer in sein Schweigen versunken, nur mit seinem heftigen Atem sich ausdrückte, seufzte, als er nachgegeben hatte, wuchs sich jede ihrer Bewegungen riesenhaft aus: Wie sie mit unendlichen Beinen ihn klammerte, fesselte, wie ihre Arme zu derben Lianen wurden, ihr goßes, weitflächiges Gesicht über seinen Augen verschwamm, wie er fürchtete, von ihr wie ein Spielzeug zerdrückt zu werden, und sie sich mit einem Mal klein machte, zierlich wurde und leicht, ehe sie sich von ihm löste, abrupt aufstand, erneut groß, mit einem Leib, der einem Mann gehören könnte, aber weich war wie der einer Meduse, wie sie schamlos ihre

Riesenhaftigkeit ausspielte, sich eine Zigarette anzündete, im Licht schwamm, ein Körper wie eine Fanfare, zu ihm zurückkam und ihn aufforderte: Versuch's nochmal, aber in aller Ruhe, denn wir sind beide nicht mehr die Jüngsten, nicht wahr?
Es konnte sein, daß ihm die Erinnerung an Bogie doch half. Mittags aßen sie, wie sie vorgeschlagen hatte, in Darmstadt beim Weinmichel. Sie erzählte von ihrem Geschäft, daß ihr Mann sie beinahe zugrunde gerichtet habe, als sie ihn ohne Aufschub auszahlen mußte.
Mach dir keine Sorgen. Ich werde nicht weiter von ihm reden. Er kam mit einer verkrüppelten Seele aus dem Krieg, sagte sie, fing vieles an, hatte keine Ausdauer, schwafelte von Freiheit, die er auskosten wolle, er müsse erst einmal leben, überhaupt leben, und er ist zu nichts gekommen, sag ich dir. Schwamm drüber. Das ist schon eine Weile her. Ich hab es verwunden. Ich habe mich in die Arbeit gekniet und nun klappt es. Der Laden läuft. Ich habe einen geschickten Kompagnon. Denk bloß nichts Dummes. Er ist mein Geschäftspartner, sonst nichts. Das halte ich säuberlich auseinander. Sie sagte: Weißt du, in Königsberg, als ich noch ein Kind war, fast noch ein Kind, habe ich davon geträumt, Kapitän zu sein, das erste Mädchen, das einen großen Dampfer lenkt, und zwar nur, weil mein Vater Kapitän und nie zu Hause war. Nun habe ich mein wackliges Boot und bin zufrieden. Bloß Kinder will ich nie haben, verstehst du. Wenn ich daran denke, was aus uns Kindern geworden ist, lauter altkluge, unfertige Erwachsene. Nein, ich sag dir, mir reichts es. Ich bin mit mir nie fertig geworden. Erzähl von dir, sagte sie. Er schüttelte den Kopf: Meine Geschichte fängt womöglich erst an. Sie gab sich zufrieden, ließ ihn in Ruhe. Fahren wir nach Hause, sagte sie, mir reicht es nicht, dich über einen Tisch weg anzusehen. Ich möchte nah bei dir sein. Komm. In der Nacht verließ sie ihn. Sie ziehe es vor, allein einzuschlafen. So sei sie es gewöhnt.
Er hörte sie nebenan. Sie sang. Ihre Stimme blieb stärker als ihre Gestalt.

Sein Tageslauf änderte sich. Zu Jimmy kam er so gut wie nicht mehr, saß nicht mehr in der Nachrichtenredaktion herum, verließ das Büro pünktlich, holte Dorothee, wie früher Mutter, vom Geschäft ab. Sie verbrachten den Abend, was zur Regel wurde, in seiner Wohnung, nie in ihrer. Bei dir hat schließlich alles angefangen, erklärte sie.
Sie hatte Anfälle einer heftigen, geradezu zornigen Zärtlichkeit, auf die er nie gefaßt war. Offenbar schätzte sie seine Passivität. Manchmal stellte er sich vor, sie beraube ihn allmählich jeder Kraft, nehme ihm seine Geschichten.
Ihre wachsende Neugier trieb ihn in die Enge. Sie wünschte seine Vergangenheit zu erkunden. Stockend erzählte er Anekdoten aus Prag, Brünn, von Barbara, dem Zusammenleben mit Mutter in Sprendlingen und Frankfurt, und als er zufällig las, daß Wexler bei einem Autounfall in Köln umgekommen sei, fielen ihm die Abende mit Adam und Adelaide ein. Da konnte er anschaulich werden, ausholen. Dorothee maß sich an Adelaide. Was aus ihr geworden sei. Er wisse es nicht. Adam hingegen, habe er gehört, sei in die Politik gegangen, besser gesagt, Diplomat geworden, arbeite an einer Botschaft in Südamerika. Dorothee konnte nicht genug bekommen, drängte: Und deine Kindheit, deine Eltern?
Er war sich nicht sicher, wie er Vater kostümieren sollte, als Landwirt, Hotelier oder Offizier, deutete nur an, seine Kindheit sei unfreundlich verlaufen, was gäbe es schon zu berichten.
So wie du erzählst, fängt dein Leben in Brünn an. Du hast recht. Das stimmt.
Anna sparte er in seinen Erzählungen aus.
Im Sommer 1961 fragte ihn Dorothee, ob sie nicht zusammenziehen und, wie sie meinte, ihr Bündnis amtlich bestätigen lassen sollten.
Meinst du: heiraten? Sie umarmte ihn, nannte ihn einen Spinner, einen Tagträumer, regte an, legte fest, fand schon nach wenigen Tagen ein Reihenhaus in Eschborn, rechnete,

hielt die Zukunft für planenswert: Wenn wir zusammen, Hubert! Erlaubte keine Einsprüche, zog seine Papiere für das Aufgebot ein, wunderte sich über den Beruf des Vaters, »Leutnant a. D.«, also Berufsoffizier sei er gewesen, nein, nein, Landwirt, nach dem ersten Weltkrieg, diese Männer hätten ja, wie sie wisse, woher konnte sie es wissen?, an ihren Uniformen und ihren Rängen gehangen, nach Versailles und was weiß ich, kannst du es nicht verstehen? Das sei ja längst Geschichte, er solle sich nicht erregen, es sei ihr egal, wirklich Hubert, es ist mir egal, und sie riß ihn mit, zeigte ihm Karten, auf denen die Hochzeit bereits datiert war, 23. Juli, Entwürfe für Anzeigen, obwohl du da besser Bescheid weißt, er kam erst wieder zu sich, als sie vor dem Standesbeamten saßen, Mendelssohns Hochzeitsmarsch von einer strapazierten Platte tönte, die Trauzeugen, Forster und Dorothees Kompagnon, gratulierten, sie zu viert bei Da Bruno aßen, Dorothee, beschwipst, die ganze Angelegenheit für absolut verrückt erklärte, im Grunde unmöglich, zwei, die die Einsamkeit so erprobt hätten wie sie, Forster über Reife philosophierte und Hubert abschließend erklärte: Jetzt bin ich volltrunken, verstehe nichts mehr, habe keine Ahnung, ob ich verheiratet bin oder nicht. Auf jeden Fall will ich nach Hause. Er ging unsicher. Sie schob ihn auf der Treppe vor sich her. Dann redeten sie wie auf Notenlinien:
Es ist so, wie wir uns kennengelernt haben.
Ich war entsetzlich blau.
Du bist es, mein Lieber.
Warum hast du mich in die Wohnung gebracht? Hast du es vorgehabt?
Ich weiß es nicht. Vielleicht.
Eigentlich müßtest du eines deiner Tweedkostüme anhaben.
Wieso?
Wegen der Unterwäsche.
Du bist tatsächlich betrunken.
Nein. Nur mußt du mich nicht verstehen.

Willst du?
Später, Dorothee. Geh rüber in dein Appartement. Sag mal, was ist in dich gefahren? Wir sind immerhin verheiratet.
Geh bitte, und wenn ich an die Wand klopfe, dann sing.
Du bist verrückt.
Vielleicht werde ich es mal.
Sie verschwindet. Er läßt sie eine Weile warten, pocht. Er hört sie singen. Kehlig, ein bißchen heiser. So sollte es bleiben.
Um die Einrichtung des Eschborner Hauses kümmert er sich nicht. Sie habe Geschmack. Solche Kasernen-, Baracken- und Büroexistenzen wie er wüßten sich überall einzunisten.
Er fand die alten Möbel hübsch fürs Auge, ging jedoch nie ohne Skrupel mit ihnen um. Daß Dorothee auf getrennten Schlafzimmern bestand, weil jeder von ihnen, wie sie meinte, nicht alle Eigenheiten und Einsamkeiten aufgeben könne, verletzte ihn; später, als sie seine Geschichten widerrief, als sie ihn einen Versager schimpfte, war er froh, sich zurückziehen zu können.

25.
Casablanca in Paris

Sie gaben es bald auf, gemeinsam in die Stadt zu fahren, in einem Autopulk, der sich mühsam, ständig stockend, vom Taunus auf Frankfurt zuschob, in Glas und Blech eingesperrte Wut neben sich, vor sich, selber die Ohnmacht in Flüchen ausspeiend. Sie brach später auf als er. So sahen sie sich, da jeder für sich frühstückte, nur abends und gelegentlich bei einem Mittagessen im Restaurant.

Dorothees Selbständigkeit war ihm angenehm. Er überließ ihr die Planung, alles, was mit der Finanzierung des Hauses zusammenhing. Sie hatre Vollmacht für sein Konto, er nicht für ihres. Gleich nach der Hochzeit hatte sie ihn, auf Anraten ihres Anwalts, zur Gütertrennung bewogen. Sie wolle nicht noch einmal ein solches Debakel erleben wie bei der Scheidung von ihrem ersten Mann; schließlich habe sie das Geschäft mehr oder weniger allein aufgebaut, all ihre Kräfte, ihr Geld darin investiert. Er verstand sie, widersetzte sich nicht. Sie entschied auch, wann sie sich liebten. Immer kam sie zu ihm, nie er zu ihr, so, wie es in dem Appartementhaus begonnen hatte. Manchmal schützte er Müdigkeit vor, doch sie war in ihrer Zärtlichkeit ausdauernd und er gab jedesmal nach. Zu Jimmy oder ins Kino kam er nicht. Vielmehr drängte sie ihn, an Partys teilzunehmen, Kontakte zu knüpfen. Es nützte seinem Beruf und der habe lang genug ein Dasein als Eigenbrötler geführt. Er war auf ihre Eleganz, ihre kühle Wendigkeit stolz. Nur ihr Ehrgeiz plagte, ärgerte ihn, denn er richtete sich weniger auf ihr Geschäft, von dem sie behauptete, es laufe inzwischen von selbst, habe eine Reputation wie kein anderes in Frankfurt, sondern auf sein Fortkommen, seine Karriere. Anfangs hatte Hubert ihr Interesse an seiner Arbeit wohlgetan, er erinnerte sich, wie er Mutter aus dem Büro, von Hetzel und Forster erzählt hatte, und es wiederholte sich jetzt. Dorothee wollte allerdings bald mehr wissen, drängte darauf, die Herren kennenzulernen, gab Ratschläge, wie er bestimmte Projekte angehen, wie er sich verhalten sollte. Ihre eigenen Erfolge genügten ihr offenbar nicht. Sobald die Rede auf den Verlag kam, fürchtete er sich, flüchtete sich in Ausreden, sie könne das nicht wissen, habe keine Ahnung, zum Beispiel, von Honorarbuchhaltung oder dem ganzen Anzeigenwesen. Da unterschätzt du mich. Seitdem ihr klar war, daß Hubert Forsters Nachfolge antreten sollte, seitdem sie Glaser begegnet war, dem sie mehr Schläue und Stehvermögen zutraute als Hubert, klügelte sie Strategien aus, setzte ihn in einem komplizierten, von Mal zu Mal mehr auswuchernden Spielplan ein, schon wieder eine Figur, schon wieder nicht mehr er selbst.

Hubert hatte zugesehen, wie listig und konsequent Glaser eine Hausmacht für sich gewann, nicht zuletzt die Gewogenheit Hetzels. Doch konnte er nicht gegen den raschen Burschen seine Erfahrung ausspielen, seine Verbundenheit mit dem Haus, seine vielfältig gewordenen Kontakte? Sollte das plötzlich nichts mehr gelten?

Er und Dorothee stritten sich nicht oft. Wenn, dann ausnahmslos über seine, wie sie meinte, Ungeschicklichkeit. Blind bist du, sagte sie, und gutmütig. Nun hilfst du diesem Kerl auch noch, eine Treppe höher zu fallen.

Natürlich helfe ich ihm. Er ist clever, kennt sich in allen Computerfragen aus. Ich brauche seine Unterstützung.

Du machst dich von ihm abhängig, merkst du das nicht?

Ich frage mich, wieso du nur in solchen Kategorien denken kannst: Jemanden von sich abhängig machen, jemanden ausnützen?

Weil du es nicht kannst, trampeln sie auf dir herum.

Es hat keinen Sinn. Dorothee, du verstehst mich nicht.

Du wirst verlieren, Hubert, das liegt auf der Hand.

Und wenn ich verliere, was dann?

Verstehst du mich nicht, Schlappschwänze sind mir zuwider.
Bin ich denn ein Schlappschwanz?
Aber nein.
Was dann?
Herrgott, Hubert, denk doch mal über deine Lage nach.

Er konnte sie eines Besseren belehren: Nicht Hetzel würde nach Paris fahren, zu dem Treffen der großen Zeitungsverlage, zu dem ersten Versuch einer Kooperation, nein, er, den sie für einen Versager hält, der, nach ihrer Meinung, Stück für Stück seines Ansehens verliert, er, der mögliche Schlappschwanz. Er drängte sie, mitzureisen. Sie lehnte ab, sie habe zuviel im Laden zu tun, die Herbstkollektion sei angekündigt, du verstehst. Er verstand sie nicht, fühlte sich jedoch, als er im Flugzeug saß, durchaus erleichtert, war froh, allein zu sein, ohne ihre anfeuernde, auf Fehler lauernde Aufmerksamkeit. Es war wie früher.
Die Debatten würden nicht schwierig werden, er erwartete keine Komplikationen; in den freien Stunden würde er durch die Stadt strolchen, in Caféhäusern sitzen, Mädchen und Männern nachsehen, deren Geschichten erfinden, selbst wieder in eine Geschichte hineinwachsen, die auf ihn gewartet hat, Bilder aufnehmen, einatmen, wachträumen. Er hatte allzu lange gedarbt.
Als er im Hotel durch die Halle ging, hinter dem Hausdiener her, der seinen Koffer trug, hatte er für einen Augenblick das Gefühl, sich in zwei Huberts zu teilen, in jenen von gestern, der sich von einer solchen Umgebung einschüchtern ließ, der vor lauter Hemmungen in den Knien einknickte, den das Ungeschick verfolgte, und in den Hubert, der er jetzt war, der souverän alle Bequemlichkeiten ausnützte, nach Belieben französisch, englisch oder deutsch sprach, dem man die Macht ansah, der es gewöhnt war, bedient zu werden. Sonderbar, daß es ihm nicht gelang, die beiden ungleichen Hälften wieder zu vereinen, ein quälender, reibender Rest blieb – er wurde erst

wieder sicher, als er an der Bar saß, Whisky trank, auf den Vertreter des amerikanischen Verlags wartete, der in den Verhandlungen ohne Zweifel das Wort führen würde.

Die acht Verlage einigten sich darauf, vor allem in der Anzeigenwerbung zusammenzuarbeiten. Hier liege Geld auf der Straße, mit der vereinten Auflagenzahl könne man auch dem größten, arrogantesten Konzern imponieren. Um dies zu vereinbaren, hätte ein Tag gereicht, doch, um die eigene Bedeutung zu unterstreichen, traf man sich noch drei weitere Tage, vormittags ohne, nachmittags mit Damen. Hubert scherte aus. Es gefiel ihm, daß man über ihn tuschelte, Vermutungen anstellte; er treibe sich in miesen Vierteln herum, habe sich ein Mädchen angelacht, so wie dieser Mann aussieht, nicht wahr, etwas verlebt, durchtrieben, doch mit Stil.
Er wanderte unter einem dauernd wechselnden Licht; saß auf Café-Terrassen, trank Pernod, las Zeitungen wie Partituren. Er flüchtete mit hochgeschlagenem Kragen vor dem Regen in Toreinfahrten. Er fuhr mit der Metro, ohne Ziel, wanderte über den Père-Lachaise, und die Gedanken, die sich in seinem Kopf sammelten, fanden keine Sprache, keine Bilder. Manchmal dachte er an Dorothee, das Haus, sah auch, wie in einem Ferienfilm die Silhouette des Taunus, nur schien das weit fort, fremd geworden, lang her.
In einer kleinen Gasse am Montparnasse blieb Hubert, wie schon zuvor einige Male, vor einem Schaukasten stehen. Er hatte die Bilder, nackte Mädchen, skurrile Geschäftsankündigungen, Filmplakate nie richtig wahrgenommen, hatte angehalten, weil sich sein Irrgang wie in Strophen ordnete, er sich gewöhnt hatte an den Rhythmus dieser Atempausen. Wieder waren es Filmbilder, die er ungenau wahrnahm, doch ein quer durch den Kasten gezogener Schriftbalken wurde zum Signal: CASABLANCA. Er kannte die Legende dieses Films, hatte ihn nur bisher nie sehen können, und außerdem hatte ihn die War-

nung, die deutsche Synchronisation verfälsche die Handlung, abgeschreckt. Hier wurde er im Original vorgeführt. Ein geknickter Pfeil wies ihn durch einen schmalen Gang zwischen Brandmauern. Es stank modrig. Das Pflaster war bedeckt von Papier, Unrat. Er war nahe daran umzukehren, hätte er nicht am Ende dieses trostlosen Korridors, in einem Ausschnitt von Licht, ein verkrüppeltes Bäumchen gesehen, auf das er zulief wie auf eine Fata Morgana. Der Baum wuchs in der Mitte eines kleinen Hofs aus einem rostigen runden Gully. Um ihn herum standen junge Leute, viele von ihnen waghalsig kostümiert. Sie rauchten, hielten Gläser in der Hand, sprachen mit gedämpften Stimmen, kannten sich anscheinend alle: eine geschlossene Gesellschaft von Kennern und Liebhabern. Sie achteten nicht auf ihn. Es kam sicher öfter vor, daß ein Fremder sich zu ihnen verirrte, doch ganz fremd konnte er nicht sein, immerhin war er, wie sie, dem Mythos verfallen, Bogie und Rick, wußte wie sie, daß Michael Curtiz Mühe mit dem Drehbuch gehabt hatte, improvisieren mußte und daß auf wunderbare Weise eine vollkommene Geschichte zustande kam. Das Kino befand sich in einem flachen Schuppen; an der Kasse saß, wie um seine Träume zu bestätigen, eine feiste, aus dem Kleid quellende Madame, das Gesicht mit Reismehl und Rouge wüst geschminkt. Sie las in einem Heft, schaute, als sie die Karte unterm Glas durchschob, das Kleingeld in die Kasse wischte, nicht einmal auf. Hinter der Theke, in dem winzigen Foyer, an dessen ölfarbenen Wänden sich der Pilz hochfraß, Wände, die Scharlach hatten, hinter der Theke stand ein Kind, ein Mädchen, nicht älter als zehn, bot Coca und Rotwein an. Er bat um ein Glas Rotwein, ließ dem Kind das Wechselgeld, das, ohne ein Wort zu sagen, einige Knickse machte, so als spiele es, parodiere sich selbst. Er trat wieder hinaus auf den Hof, in das matte, von den hohen Wänden gepreßte Licht. Die Gruppen bewegten sich ständig, lösten sich auf, ordneten sich neu, manche blieben eine Zeitlang für sich, in Gedanken versunken, wohl schon mitten in der vertrauten Geschichte, Einzelheiten

im voraus auskostend, Lieblingsstellen repetierend. Aus dem Stimmengewirr brachen Stichworte, auf die er noch nicht reagieren konnte. Weißt du, zuerst sagt sie: »Play it, Sam«, und nachdem sie das Lied Sam vorgesummt hat, bittet sie: »Sing it, Sam.« Das ist eine wunderbare Nuance. Jedesmal könnte ich heulen.
Hubert verschloß sich, wollte sich nicht vorbereiten lassen.
Er ging ihnen nach, als letzter. Das kleine Mädchen war zur Platzanweiserin geworden, trippelte vor ihm her, setzte sich dann in die Reihe hinter ihm. Auch sie zählte zu den Verschworenen.
Der Vorführer ersparte ihnen Kurzfilm und Wochenschau. Hubert spannte sich, als aus einer zerklüfteten Afrikakarte Schrift fiel: Humphrey Bogart, Ingrid Bergmann, Paul Henreid. »Casablanca.« Music by Max Steiner. A Hal B. Wallis Production. Directed by Michael Curtiz.
Was dann geschah, unter dem Getöse der Eingangsmusik, die von den schlechten Lautsprechern verzerrt wurde, hat er sich vergeblich zu erklären versucht. Es war eine vollkommene Verwandlung. Er traf sich selbst, fand sich in einem fremden Gedächtnis, in einem, das es nie gegeben hatte, das nie wirklich gewesen war, das irgendwelche Herren Epstein und Koch ersonnen hatten, eine Geschichte von jemand, von Rick, nicht von ihm und doch von ihm – allein für ihn. Er hörte sich erzählen, auf englisch, als wäre es seine Muttersprache. »With the coming of the Second World War many eyes in imprisoned Europe turned hopefully or desperately toward the freedom of the Americas.«
Die Szenen, die vor seinen Augen abrollten, nahm er kaum auf, eher einen Geschmack von Staub, Sonne und Flucht. Er stürzte aus seiner Zeit, die, wie er fühlte, nie die seine gewesen war. Er sah zu, wie die französische Polizei den Herrn im weißen Anzug gefangennahm, seine Papiere kontrollierte, wie er sich losriß, unter Schüssen zusammenbrach. Er wußte das alles schon, wußte, es war einer, der die Nazikuriere abgefangen

hatte. Er wußte es. Warum? Er folgte seiner Erinnerung in die bizarre, von Menschenängsten und -hoffnungen dampfende Höhle, Fluchtburg, in »Rick's Café Américaine«, suchte einen Platz an einem der Tische, brauchte ihn ja nicht, denn meistens würde er umhergehen, wachsam, auf alle Überraschungen dieser verrotteten Welt gefaßt, oder er würde an der Theke stehen, auf irgend etwas warten, Tag für Tag, er fühlte diese Veränderung, diesen Prozeß in seinem Hirn, daß die Zellen, die Speicher sich füllten, satt wurden wie ein trockener Schwamm im Wasser, Wirklichkeit, die er sich gewünscht hatte, in der er hätte sein können, die er war, er spürte, wie er endlich aufging in dem andern, als er die Hand sah, die einen Scheck ausfüllte, am 2. Dezember 1941, über einhunderttausend Francs, die Kamera seinen Blick führte, er Rick an der Theke gegenübersaß, nein, an einem Tisch, Schach spielend, dasaß, Unheil erwartete, die hölzernen Figuren vor seinen Augen verschwammen. Jetzt weiß ich alles. Er ist Rick. Er weiß, Ilsa wird auftauchen, gar nicht so unvermutet, wie es die Geschichte will, begleitet von Laszlo, umschwirrt von Legenden und Angst. Laszlo ist der Mutige. Er will weiterkämpfen für Europa, für den Sozialismus, obwohl die Nazis ihn gefangenhielten und sie ihm wieder auf den Fersen sind, die Gestapo hier, in Casablanca, ihn festhalten, in die Falle locken will. Ich habe Ilsa geliebt. Ich liebe sie. Ich könnte sie Laszlo nehmen. Nur ist Laszlo ihm um einen Schritt voraus, hat nie aufgegeben, ist nie beinahe an der Vergeblichkeit erstickt, daß die Liebe verderben kann wie jede Idee, faul werden, stinken kann, wie alle abgelegten Geschichten. Ich mache mir da nichts vor. Rick wird für Augenblicke mit dem Gedanken spielen. Laszlo hochgehen zu lassen, Ilsa festzuhalten, Anna zu halten, aber was würde es ausmachen, auch Casablanca war ein Gefängnis. Er hatte es sich gewählt, mit Capitaine Renault als Wärter und allen andern, Ugarte, Ferrari, Strasser, Annina, Yvonne,Sacha, Carl und Sam als immer wiederkehrendes, um seinen Wahn kreisendes, seine Hölle bevölkerndes Personal.

»You better hurry or you'll miss that plane.« Lauf, Anna, das Flugzeug wartet nicht auf dich. Sein Gesicht ist naß, er wischt die Tränen nicht ab.

Der Vorführer ist freundlich oder sparsam: Nur die Notbeleuchtung flackert auf. Erst jetzt merkt er, wie warm es in dem kleinen Raum ist, schwül. Hemd und Hose kleben. Soll er, denkt er sich, eine Weile in dem Höfchen bleiben, ehe er sich in die Stadt wagt? Aber da warten schon die nächsten, plaudernd, sich Stichwörter zurufend, Gläser in der Hand, in Gruppen, allein. Er taumelt durch den Gang. Es dämmert. Das Licht ist noch stark genug, um seine Augen zu verletzen. Er wacht aus einer Narkose auf. Vom Rand seines Empfindens her wird sein Körper wieder lebendig. Er fühlt die Schwere seiner Arme, die Last der Schultern, seinen Gang. Es ist wahr, er ist nicht mehr jung, aber er hat noch Kraft. In seinem Kopf beginnen sich die Sätze, die durcheinandergewirbelt waren, zu ordnen. Er hört seine Stimme, leise, angerauht, etwas heiser. Schon wieder will sie erzählen. Im Jardin du Luxembourg, der vor seinen Augen in grüne Geometrie zerfällt, setzt er sich neben einen Verkaufsstand, wartet, bis es ganz dunkel ist. Er hat Durst. Er sieht sich wie Rick – sonst sind nur noch Carl und Sam im Lokal – an einem Tisch sitzen, die Arme weit nach vorn geschoben, in den Händen ein Glas. Er sieht seinen Durst auf einem Bild. Dann erkennt er im Lichtband der Tür einen Schatten, der sich nähert, auf ihn zukommt, aber es ist nicht Ilsa; er könnte schwören, es sei Anna.

In einer engen, schmutzigen Bar, nicht weit von seinem Hotel, setzte er sich fest, trank sich endgültig wach. Als er sich am andern Tag von seinen Verhandlungspartnern verabschiedete, bemerkte er die prüfenden Blicke der Männer und spielte sich selbstsicher gegen sie aus.

Wenn der sich nicht eine tolle Puppe angelacht hat, hörte er im Weggehen.

Au revoir, Monsieur Windisch.

»Who are you, really? And what were you before?«

26.
Niederlagen deuten sich an

Er kam als ein anderer nach Hause. Die gewohnte Umgebung wurde ungewohnt. Seine Veränderung übertrug sich. Er hatte die wunderbare Begegnung mit Rick verheimlichen wollen; doch sein Geheimnis hatte seltsame Wirkungen. Dorothee verdächtigte ihn, was er für plump und gemein hielt, amouröser Abenteuer, und im Verlag schien seine Stellung geschwächt, obwohl man die Ergebnisse seiner Pariser Verhandlungen feierte, Hetzel in einem Bericht an den Verwaltungsrat Huberts Erfolg unterstrich. Alles zog sich um ihn zusammen, schnürte ihn ein. Er überging die Intrigen im Büro ebenso wie den Argwohn Dorothees. Er hatte den Eindruck, als ob jeder ihm Niederlagen wünschte, als ob sie ihn in Ricks Geschichte hineintreiben wollten. Zum ersten Mal seit Monaten ging er wieder zu Jimmy's. Man feierte seine Rückkehr, Charly schenkte den besten, ältesten Scotch aus; unter den Neulingen wurde Huberts Legende gemurmelt. Wie Hubert damals den Zweizentnermann unter den Tisch soff; wie er sich beinahe mit einem Kleinstadtfabrikanten schlug, der sich als unbelehrbarer Nazi erwies; wie er einmal mit ein paar Kumpanen überhaupt nicht aus der Bar hinauszubringen war und zum ersten und letzten Mal bei Jimmy ein Frühstück serviert wurde, und was für eines, Steaks mit Pfifferlingen; wie er, wißt ihr noch, einem Großmaul, das sie um drei Uhr morgens zu einem Champagnerumtrunk auf das Hotelzimmer eingeladen hatte, tatsächlich nachlief, den Kerl durch die Hotelflure hetzte, bis der Portier dem Spuk ein Ende bereitete?

Hier hatte er seine Vergangenheit.

Hier glaubte man ihm seine Unnachgiebigkeit, seine Melancholie, und es fiel ihm leicht, über Marlowe hinauszukommen bis zu Rick.

Sie trinken zu schnell. Dafür ist der Whisky zu gut. Du hast recht, Charly. Aber heute herrscht Ausnahmezustand.
Nur heute?
Wenn du so fragst: Fast immer.
Mal wieder, sagt Charly leise, und schiebt die Flasche neben das Glas.
Kannst du mir sagen, du mit deiner Menschenkenntnis, wieso es Männer ohne Vergangenheit gibt? Ganz ohne Vergangenheit? Ich habe einen Freund, einen Amerikaner, der hat in Paris ein Café. Hier würde man es eine Bar nennen. Das ist ja egal. Ihn kenne ich gut, von ihm weiß ich alles, jede neue Weibergeschichte, weiß auch, daß er an einer großen, vergeblichen Liebe leidet wie ein Hund, doch woher er kommt, weiß ich nicht, und ich würde auch nie wagen, ihn danach zu fragen. Er ist als Mann geboren worden, vom Himmel in seine Kneipe gefallen, ohne Kindheit, ohne Jugend. Komisch.
Das gibt es, sagt Charly. Trinken Sie noch einen, dann lassen Sie Ihren Wagen stehen und sich von einem Taxi nach Hause bringen.
Teurer Spaß.
Alle Späße sind teuer geworden.
Du bist noch immer gut, Charly.
Ich hoffe es.
Solche Wortwechsel kann er weiterführen, wenn er im Auto sitzt, allein im Büro, wenn er auf Dorothee wartet, wenn er nicht einschlafen kann.
Nicht nur Rick, auch Spade und Marlowe, dachte er, kommen ohne Anfang aus. Mitten in der Geschichte beginnen sie zu leben.
Nehmen Sie bloß nicht den eigenen Wagen, warnt Charly noch dringlicher. Hubert rutscht vom Hocker, schwankt durch den dunklen Raum, verwechselt Übelsein mit Müdigkeit, zieht sich am Geländer hoch. Die Nachtluft greift ihn an. Er steigt dennoch ins Auto, fährt langsam auf die schwarze Wand zu, die der Taunus sein könnte oder auch Nachtwol-

ken, er hält sich stur an den weißen Randstreifen, der rechts vom Wagen wegzieht, redet nach, was er geredet hatte, hofft, daß Dorothee schläft, doch als er vorfährt, den Wagen vor der Garage stehenläßt, wartet sie in der Tür, wächst vor dem Licht im Flur, ein aufragender Schatten, wieder so groß wie zu Beginn.
Warum tust du das, Hubert?
Sie hält ihn fest, möchte Auskunft. Sie sitzen im Wohnzimmer und belauern sich. Den Kaffee habe sie für ihn warmgehalten, Mokka, der werde ihm guttun. Der wird dir guttun, Hubert. Ich verstehe nicht, wieso du das wieder anfängst. Du hast ein Haus. Du hast mich.
Denkt er zurück, hat er das Haus nie richtig bewohnt. Es ist ihres, nicht seins. Er würde ihr das nicht sagen. Sicher war es eine Frage der Zeit. Er würde sich eingewöhnen. Wenn es nicht so auskühlte, wie jetzt.
Ihre Fragen prasseln auf ihn nieder. Er duckt sich, hält sich für einen Augenblick, wie ein Kind, die Ohren zu, worüber sie spottet: Das hilft dir auch nicht, Hubert. Du machst dich lächerlich, wirklich.
Ja? Warum wehrt er sich nicht, warum sagt er nicht: Wenn du unbedingt darauf bestehst, daß ich mir in Paris ein Mädchen angelacht habe oder eine Nutte, wie du meinst – es stimmt, es war so, und ich habe noch, als ich zurückkehrte, nach ihrem billigen Parfüm gestunken. Das wirfst du mir doch vor, Dorothee. Natürlich war es kein Parfüm, das zu Tweed paßt, zu Schantungseide oder Kalbsleder. Aber mich hatte es gepackt. Verstehst du.
Er sagt nichts. Er hört ihre Stimme, sagt sich, daß sie nicht ihn meine, wieder eine Stimme von nebenan: Weshalb er sich derart gehen lasse? Als sei sie schuld daran. Das Mädchen in Paris wolle sie ihm nicht vorwerfen, nicht mehr, nur daß ihm seine Arbeit auch gleichgültig werde – hörst du überhaupt zu, Hubert?
Ja.

Stimmt es, daß Glaser womöglich Forsters Nachfolger wird und nicht du?
Das ist doch Schwachsinn.
Ist das alles, was du zu sagen hast?
Ja.
Er hätte ihr erzählen können, was tatsächlich vorgefallen ist, vorspielen, jede Geste hatte sich ihm eingeprägt, jedes Wort. Hetzel hatte ihn zu sich gebeten, ihn über die Pariser Abschlüsse ausgefragt, obwohl er die Einzelheiten aus dem Protokoll kennen mußte, ihn mit Cognac traktiert, über unausweichliche Entscheidungen geschwafelt. Dann waren, einer nach dem anderen, wie auf Verabredung, Forster, Glaser und, was selten genug geschah, Taschner, der Chefredakteur aufgetreten. Ihre Verlegenheit war unübersehbar. Sie rieben sich die Hände, räusperten sich, traten auf der Stelle, setzten sich erst, nachdem sie Forster mürrisch dazu aufgefordert hatte. Glaser gehörte nicht zu diesem Kreis. Doch er nimmt teil, tut sich hervor, smart, glatt, ein Zustimmer, ein Hätschelkind. Er sollte hinausgehen, an Glaser, an den Männern vorüber, die er jahrelang für seine Freunde hielt, die Tür hinter sich zuschlagen, aber er sitzt in sich zusammengesunken, ohne jeden Widerstand.
Alle versuchen sie ihn zu beschwichtigen, wie Dorothee: Du mußt verstehen. Sie müssen verstehen. Ich verstehe ja. Ist schon gut. Er versteht überhaupt nichts. Halten sie ihn für einen Versager? Ist er tatsächlich nicht in der Lage, die Abteilung nach den neuen Leitlinien zu organisieren?
Du hast es abgelehnt, daß wir alle Abteilungen durch die EDV zusammenfassen.
Ja. Ich halte es für unsinnig, was hat die Honorarbuchhaltung mit der Lohnbuchhaltung, was die Anzeigenbuchung mit der Abonnentenbuchung zu tun? Nichts!
Er haßt dieses Kürzel: EDV, Elektronische Datenverarbeitung, mit denen diese Schamanen jede ökonomische Wunde heilen wollten. War das Durcheinander vollkommen, waren die Ratlosen zu Predigern, Eiferern oder Selbstbezichtigern ge-

worden, erschienen regelmäßig die Priester der EDV, die Allzweckheiler.

Glaser hat bewiesen –

Was hat er bewiesen? Er hat vorgeschlagen, prophezeit, unverständliche Pläne rotieren lassen. Sonst nichts.

Setzen Sie Herrn Glaser nicht ins Unrecht.

Hetzel ergriff eindeutig Partei.

Wer tut wem ein Unrecht?

Hubert!

Laß mich in Frieden, Forster, wir haben miteinander gerakkert, als man an diese Scheiß-EDV noch nicht im Traum dachte. Uns haben Handrechenmaschinen genügt, kleine, ratternde, knirschende Dinger, die unsere Zahlen ordentlich auswarfen. Wir haben mit unserem Kinderspielzeug nichts verdorben, im Gegenteil, der Verlag ist groß geworden. Haben wir Blödsinn gemacht?

Nein, Herr Windisch. Nur bleibt die Zeit nicht stehen.

Diese Floskel kenn ich, Herr Taschner, neuerdings hat der Mensch die Zeit gedankenlos an die Maschinen abgegeben, beugt sich ihnen und hält es für Fortschritt.

Ich habe gedacht, Sie seien ein Linker. Nun argumentieren Sie so konservativ wie keiner von uns.

Was hat das mit Links oder Rechts zu tun?

Ich gebe zu, das war nicht sonderlich klug.

Und was soll das alles? Hubert stand auf; die andern sprangen, nach einem winzigen Zögern, ebenfalls auf. Der Anstand erlaubte ihnen nur leise Gemeinheiten, gesittete Morde.

Sag es doch gerade heraus, Forster. Du hast einen besseren Nachfolger gefunden.

So weit ist es noch nicht.

Für euch ist es eine beschlossene Sache.

Hubert, du weißt –

Ich habe gewußt, Forster. Jetzt weiß ich nur noch, daß so ein kleiner, wendiger, windiger, maschinenkundiger Speichellekker kommen mußte, um mich abzuservieren.

Glaser war auf ihn zugetreten. Hubert hielt ihn mit einem Lächeln auf. Er könnte den Kerl am Schlafittchen nehmen, ihn verdreschen, vor diesen alten Männern da, er zog nur die Achseln hoch, ließ sie wieder fallen.
Was sie ihm nachredeten, würde er nie erfahren. Ein guter Mann. Er ist einfach stehengeblieben. Einer dieser übermüdeten Nachkriegstypen. Er säuft auch wieder.
Er hätte Dorothee erzählen können, wie rasch die Macht von einem abfällt, als wäre einem ein unsichtbarer Mantel von den Schultern genommen worden. Der König Laurin der Korridore. Er hätte ihr erklären können, wie der Ton sich ändert, wie aus Bitten Mitteilungen werden, aus Freundlichkeit Frechheit. Er hätte ihr sagen können, was ihn erwartet: Das Mitleid der ehemaligen Freunde, die ihm klarmachen würden, daß auch ein kleineres Büro seinen Einfluß nicht schwäche, daß seine Sekretärin schon ihrer Kenntnisse wegen Herrn Glaser zugeteilt sei. Sie schieben, verschieben, ordnen um. Er hat es auch getan.
Warum läßt du das alles mit dir geschehen? Glaser hat dich ausgetrickst.
Ich gebe mich mit solchen Ratten nicht ab, Dorothee. Aber sie sich mit dir. Glaubst du, es genügt, den Helden zu spielen, den Einsamen an der Bar, den Stadtstreicher im maßgeschneiderten Zweireiher?
Ich geh jetzt schlafen, sagt er.
Du haust ab, weichst aus.
Ich bin müde und habe die Schnauze voll.
Du bist tatsächlich ein Schlappschwanz, Hubert, der sich als Einzelgänger ausgibt. Du spielst dir dauernd etwas vor.
Er würde es nicht zulassen, daß sie ihm seine Geschichten verdürben. Sie alle waren zu weit gegangen.

27.
Ein Hut wurde gekauft

Sie sehen ein wenig aus wie Humphrey Bogart, hatte der Verkäufer gesagt, erstaunt über eine Ähnlichkeit, die ihm erst auffiel, als Hubert den Hut, den Borsalino, trug. Hatte er ihn lächerlich machen wollen oder war es eine Anerkennung? Der hohe Preis wurmte Hubert nachträglich. Für dasselbe Geld könnte er sich einen guten Trenchcoat kaufen. Er ging ein wenig nach vorn gebeugt, nicht sonderlich schnell, aber wachsam. Die Hände wieder in den Manteltaschen. Die Falten in seinem Gesicht wurden deutlicher. Er kniff die Augen zusammen. Er spürte den Hut nicht mehr. So vertraut war er ihm schon, und er hatte die Vorstellung, daß die Krempe einen Schatten werfe, einen Kreis von männlicher Einsamkeit.

Im Wagen fragte er sich einen Moment, ob er den Hut abnehmen solle. Er kam sich seltsam vor. Wer fuhr schon mit Hut. Dann entschloß er sich, ihn aufzubehalten, denn als er flüchtig in den Rückspiegel sah, seinem Bild auswich, begriff er, welche Szenen in ihm den Wunsch ausgelöst hatten, den Borsalino zu kaufen. Nicht die Erinnerung an Spade und Marlowe, die ohnedies verblaßte, sondern Ricks Auftritt auf dem elenden Flugplatz von Casablanca. Der Abschied im Abendnebel. Er hatte mit Capitaine Renault ungeduldig auf Ilsa und Laszlo gewartet. Versäumten sie die Maschine, wären sie verloren. Den Hut hatte er in die Stirn gezogen, die aus Furcht und Ungeduld geballten Fäuste in den Taschen des Wettermantels vergraben. Sie kamen rechtzeitig. Er würde Strasser töten müssen. Auch Ilsa trug einen Hut. Einen jener flachen, breitkrempigen Hüte, wie sie damals Mode waren. Als sie miteinander redeten, gehetzt, einander verlierend, »last

night we said a great many things«, berührten sich die Krempen ihrer Hüte.
Der Pförtner im Verlag blickte ihm verdutzt entgegen, erwiderte verspätet Huberts Gruß. Guten Tag, Herr Windisch. Er fuhr mit dem Aufzug in den 6. Stock, ging über den Korridor, die ihm folgenden Blicke aufsammelnd wie die ungeschriebenen Nachrichten auf einer Schnitzeljagd. Auch seine neue Sekretärin, eine junge, ohnedies eingeschüchterte Frau, wagte keine Bemerkung. Eine Weile stand er regungslos mitten in seinem Zimmer, grinste zufrieden, warf den Hut schwungvoll auf einen Sessel.
Er arbeitete den Nachmittag über, ohne gestört zu werden. Anrufe kamen viel weniger als früher. Sicher wendeten sich die meisten schon an Glaser. Er nahm sich vor, den Verlag später zu verlassen, wie so oft, wenn die Flure leer waren, die Türen zu den Zimmern offen standen, Putzfrauen Papierkörbe in riesige Behälter leerten. Forsters Anruf machte diesen Vorsatz zunichte.
Hast du Lust, auf einen Sprung zu Jimmy mitzukommen?
Zu Jimmy? Hast du was zu feiern, Forster?
Nein. Nur so. Eine plötzliche Anwandlung.
Gut. Ich komme gleich.
Hubert nahm den Mantel über den Arm, den Hut in die Hand. Er scheute sich, vor Forster so aufzutreten. Doch auf dem Parkplatz, ehe sie in Forsters Wagen stiegen, Forster hatte Hubert versprochen, ihn nach Hause zu bringen und am andern Tag abzuholen, zog er kurz entschlossen den Mantel an, setzte den Hut auf. Forster sah ihm dabei zu, als beobachte er einen Schauspieler bei der Kostümierung, sagte jedoch nichts.
Die Treppen zu Jimmy ging Forster voraus. An der Garderobe hielt er an, obwohl sie nicht besetzt war. Leg hier ab, forderte er Hubert auf.
Wieso? Alle haben, wie du an den leeren Haken sehen kannst, ihre Mäntel mit in die Bar genommen.

Das ist mir egal.
Wenn du meinst? Hubert zog den Trenchcoat aus, nahm den Hut ab, hängte ihn auf einen Haken. Es sah merkwürdig aus: dieser eine Mantel, dieser eine Hut in der leeren Garderobe. Ein melancholisches Stilleben oder die Erinnerung an eine tolle Story, die man sich an der Bar seit Jahren erzählt.
Charly freute sich, murrte aber gleich, als sie sich nicht an den Tresen setzten, sondern Forster Hubert in eine dunkle Ecke zog.
Sie benehmen sich ja wie ein Liebespärchen.
Sind wir, wenn auch angejahrt, sagte Forster.
Ach so, die Geschäfte.
Sie sagen es, lieber Charly. Bringen Sie uns zwei Doppelte.
Was willst du, Forster? Willst du wieder deinen Musterknaben preisen?
Nein, Hubert. Die Sache ist gelaufen. Es ist nichts mehr zu machen. Und es ist deine Schuld, nicht unsere. Selbst wenn du es dir anders einredest.
Naja.
Soll ich dir erklären, was ich unter deiner Schuld verstehe?
Unter Freunden natürlich, Forster.
Mit solchen Sarkasmen hilfst du niemandem.
Leg los.
Mir ist das in den ersten Jahren nicht aufgefallen, Hubert. Ich kann es auch nicht genau erklären. Du hast ausgezeichnet gearbeitet. Ja, du hast fabelhafte Ideen gehabt, hast mit uns den Karren aus dem Dreck gezogen. Aber schon damals warst du nie – wie soll ich es ausdrücken: nie ganz du selbst. Deine Vorliebe für die Amis oder das, was du unter Amis verstehst. Deine Redensarten. Wie du dich angezogen hast. Es fiel nicht so auf, weil wir damals alle ein bißchen verrückt waren.
Du auch?
Aber jetzt paßt es nicht mehr. Du hast zu trinken begonnen. Dich in Bars herumgetrieben.

Frag Charly.
Mach keine Witze, Hubert. Du hast dich immer ein bißchen, na ja, exotisch gekleidet.
Wie?
Ich meine deine Vorliebe für Zweireiher. Irgendwie hast du den Tick gehabt, du trittst in einem Amifilm auf.
Du weißt ja gar nicht, wie ein Kino von innen aussieht, Forster.
Das ist egal.
Nein.
Und nun noch der Hut!
Was willst du? Es ist ein schöner, sehr teurer Hut. Ein Borsalino.
Möchtest du nicht verstehen, Hubert? Stellst du dich blöd?
Es kann sein und es muß dich nicht bekümmern, da Herr Glaser sich unauffällig kleidet, unauffällig benimmt und ganz bestimmt nie einen Hut – sag mal, Forster, sind wir noch normal?
Das frag ich dich, Hubert.
Ich bin es. Ich fühl mich so gut wie selten.
Du spielst dir etwas vor, Hubert. Das ist es. Die Sache mit deinem Vater ist ja noch erklärlich.
Mit meinem Vater? Was ist mit meinem Vater?
Dem Hotelier, der ein ss-Führer war.
Das ist eine Verleumdung.
Beruhige dich. Wir wissen es seit Jahren. Hetzel hat es herausgekriegt. Niemand hat dir die Vertuschung übelgenommen. Jeder hat in seinen Fragebögen gemogelt. Nur –
Nur?
Brüll nicht so. Willst du, daß es jetzt publik wird?
Nur?
Komm, ich bring dich nach Hause.
Weich mir nicht aus, Forster.
Also gut. Vielleicht hast du dir nicht nur da etwas vorgelogen, verstehst du? Auf diese Idee muß man ja kommen.

Bring mich nach Hause.
Charly bedauerte es, daß sie ihn nach einem Doppelten schon wieder verließen. Bei Herrn Forster könne er es noch verstehen. Bei Herrn Windisch halte er es fast für einen Affront.
Selbst der beste Whisky schmeckt nicht immer, Charly.
Wenn es so ist.
Er hat das Gefühl, als ob Forster ihn hinter sich herschleife, einen Boxer, der zu Boden gegangen ist, wundgeschlagen, alle Gedanken aus dem Kopf geprügelt.
Forster hilft ihm in den Mantel, hält ihm den Hut hin. Hubert fragte sich, ob aus Mitleid oder aus Ironie. Danke!
Er sitzt wortlos neben Forster im Wagen. Sie haben es gewußt und ihm verschwiegen, wie er es ihnen verschwiegen hat, sie haben sich amüsiert über seine Lügen, seine Ausflüchte, waren gespannt gewesen, was er erfinden würde, um ungeschoren davonzukommen, sie haben ihn über mehr als ein Jahrzehnt in der Hand gehabt. Und doch nicht, denn wer haftet für seinen Vater?
Sie halten vorm Haus. Hubert sagt: Der Garten wird nie in Ordnung kommen. Ich habe keine Zeit und Dorothee hat kein Interesse. Jetzt sieht er aus wie eine Lehmgrube. Später wird er verwildern.
Ihr werdet mit euren Nachbarn Ärger bekommen, sagt Forster, beugt sich über ihn, öffnet die Wagentür.
Mit unsern lieben Nachbarn auch.
Reiß dich zusammen. Ich hol dich morgen früh ab.
Hubert schaut dem Auto nach, zieht den Hut in die Stirn. Wahrscheinlich war er Rick noch nie so nah.
Dorothee stand in der Tür, sah ihm entgegen. Er ging langsam, abwartend in ihren Blick hinein und spürte, wie er sicher, wie sein Gang genau wurde. Er sah, mit ihr, einen leicht nach vorn gebeugten Mann mit Hut auf sich zukommen, den Mantelkragen hochgeschlagen, wie aus einer langen, zähen, aufreibenden Geschichte heraustreten.
Du siehst müde aus.

Sie umarmt ihn, küßt ihn auf die Wange. Er riecht sie, ihre Haut, schließt die Augen.
Bin ich auch.
Ist der Hut neu?
Ja.
Er steht dir. Aber er macht dich auch fremd.
Fremd?
Ach, er paßt schon zu dir.
Lieb von dir, daß du es so sagst.

28.
Hör zu, Dorothee!

Dieser Abend hatte auf ihn gewartet. Ein Abend voller Stimmen, noch konturloser Gestalten, voll begonnener, aus Unlust abgebrochener Geschichten, die weitererzählt werden wollten. Seine Müdigkeit machte ihn hellsichtig und hellhörig. Dorothee gab seiner Stimmung nach. In den letzten Wochen hatte sie ihn mit ihren Vorwürfen aus dem Haus gejagt, ihm die Unfähigkeit vorgeworfen, sich mit Glaser auseinanderzusetzen, hatte seine Schwächen aufgesagt, eine bitterböse Litanei, hatte ihn Schlappschwanz geschimpft, einen impotenten Wichtigtuer, und er hatte sich in sein Zimmer verkrochen, wäre an der aufgestauten Wut fast erstickt. Vielleicht fürchtete sie, er könne alles stehen- und liegenlassen, ohne ein Wort verschwinden. Vielleicht hatte Forster sie gewarnt, bei dem sie manchmal Rat holte.

Hast du schon zu Abend gegessen?

Ja, log er, denn er wollte, daß sie in seiner Nähe bleibe wie jetzt. Sie brachte ihm Whisky, ohne Eis und mit Wasser in der Karaffe, wie er es mochte, setzte sich nicht zu ihm, sondern an den Sekretär, machte sich dort leise zu schaffen, wartete. Die Ruhe tat ihm wohl, machte ihn sicher. Er schaute durch das große Fenster auf den im Regen und im Dunkel nur zu ahnenden Feldberg und wußte, daß er seine Geschichte erzählen konnte, daß Bilder und Figuren sich geordnet und einen Sinn gefunden hatten. Er war schon dort, wo er nie gewesen war. Er erkannte plötzlich alle wieder, die in seinem Gedächtnis Namen austauschten, zu reden und zu handeln anfingen.

Ich war nicht immer so. Einmal habe ich gekämpft, murmelte er.

Was meinst du, Hubert?

Hör zu, Dorothee, ich will dir etwas erzählen, was ich noch nie erzählt habe, wovon ich nicht loskomme, woran ich ständig denke. Darum benehme ich mich oft so unverständlich für dich, für euch. Bleib am Sekretär sitzen, bitte, hör zu und rede nicht rein. Es ist so schwierig anzufangen.
Er hatte einen Tonfall im Ohr, auf den er sich einließ. Er hörte sich im Grunde selber zu. Die Spannung packte ihn dermaßen, daß er aufstand, im Zimmer hin und her ging, ohne auf Dorothee zu achten. Er lauschte nur noch auf die Stimme, die in ihm laut wurde und ihm erzählte, wie es gewesen war.
Ich muß mit Anna anfangen. Mit Prerau.
Von Anna hast du schon einmal gesprochen.
Bitte, unterbrich mich nicht, Dorothee. Anna führte, zusammen mit ihrer Mutter, ein Hotel in Prerau. Kein Grandhotel. Ein behagliches Hotel für Familien, Reisende. Es hatte eine gute Küche. Mein Major hatte mich mit einem Brief zu ihr geschickt, zu Anna Slotosch. Vielleicht kannte er die Slotoschs von früher. Ich habe keine Ahnung, welche Verbindungen zwischen ihnen bestanden. Auf jeden Fall tauschte ich jedesmal für den einen Brief einen Schinken ein. Unsere Kompanie lag in Meseritsch, in der Etappe. Du kannst dir nicht vorstellen, wie wir uns langweilten, wie mich meine Arbeit in der Schreibstube anödete. Immer dasselbe. Die Dienstfahrten nach Prerau bedeuteten für mich eine wunderbare Abwechslung. Und da die alte Frau Slotosch bettlägerig war, hatte ich es stets mit Anna zu tun. Ich weiß nicht, wie ich sie dir schildern soll. Wenn ich an sie denke, fallen mir lauter Gegensätze ein. Sie hatte weißblondes Haar, wahrscheinlich gefärbt, wirkte jedoch wie eine Zigeunerin. Sie hatte eine breite Nase, ein sonderbar derbes Gesicht, doch wenn man es eine Weile ansah, schien es zart, sehr mädchenhaft. Eigentlich war sie mager, zierlich. In meinen Armen wurde sie schwer und üppig. Ich verliebte mich in sie. Sie fing mich mit Kleinigkeiten. Zum Beispiel redete sie mit böhmischem Akzent. Das gefiel mir. Und sie pflegte ihre kranke Mutter mit großer Geduld und

Zärtlichkeit. Ich erinnere mich, daß sie ihr Kümmelsuppe kochte, auf deren Heilkraft sie schwor. Wir benahmen uns wie Verrückte, lebten außerhalb der Zeit. Zwischen den Fahrten nach Prerau war ich tot, dachte nichts, hörte nur auf Befehle. Anna brachte mir das Leben bei.
Hast du nach dem Krieg Verbindung mit ihr gehabt? Nein. Hubert setzte sich auf das niedere Fensterbrett. Dorothee saß sonderbar steif vor dem Sekretär, mit dem Rücken zu ihm.
Bleib so, sagte er. An keinem Wochenende hatte ich dasselbe Zimmer. Jedesmal wies mir der alte Portier ein anderes zu. Jedesmal kam sie in der Nacht und blieb, bis es hell wurde. Ich konnte mir nicht vorstellen, daß es sich je ändern würde. Wir gingen spazieren, sie machte mich mit Leuten bekannt. Richtige Kleinstadt-Sonntage. Über die Zukunft unterhielten wir uns nicht. Ich hätte es nie gewagt, ihr einen Antrag zu machen. Ich nahm an, sie würde sich nicht binden, sie war den Amazonen ebenso verwandt wie den Hetären. Wenn ich das sage, weiß ich schon wieder nicht, ob es zutrifft. Vielleicht benahmen wir uns wie Kinder oder wie Unantastbare. Wir hatten unsere Spiele, unsere Vorlieben, unsere Signale. Zum Beispiel pfiff ich, wenn ich ins Hotel trat, leise »Good bye Jonny«, und von irgenwo antwortete sie: »Schön wär's mit uns zwein. Aber leider, aber leider kann's nicht immer so sein.« Kennst du diesen Schlager, Dorothee? Damals sangen ihn Kinder und Alte. Wir sangen ihn, ohne seine banale Botschaft ernst zu nehmen.
Irgendwann tauchte Nesvadba auf. Wie mir schien, eine Randfigur, ein alter, kaum beachteter Freund des Hauses. Ich täuschte mich, wollte mich täuschen. Es hätte mir auffallen müssen, wie vertraut er sich gab, und daß Frau Slotosch ihn behandelte wie einen Sohn. Ich sah nur Anna. Trotzdem wurden mir Nesvadbas Besuche unheimlich. Womöglich gehörte er zum tschechischen Widerstand, von dem in der Kaserne gemunkelt wurde, über den man sich im allgemeinen lustig machte. Er tauge nichts. Die Tschechen hätten nicht den Mut der Serben, der Polen, der Franzosen. Sie kollaborierten

lieber, ein Volk von Schwejks. Warum nicht? Nesvadba war aber kein Schwejk. Ich hielt mich von ihm fern. Wenn er kam, veränderte sich Anna. Es war, als zöge sie ihr Leben von mir ab. Ich kann es kaum ausdrücken. Hörst du mir zu, Dorothee?
Ja, erzähl weiter.
Ende dreiundvierzig – in Wirklichkeit war es fast ein Jahr später; er setzte das falsche Datum ohne Zögern ein, log, log nicht, da er sonst für die Geschichte nicht genügend Zeit hätte – also Ende dreiundvierzig hatte alles ein Ende. Vielleicht hatte ich damit gerechnet. Unsere Einheit wurde verlegt, nach Brünn, ich wurde krank, lag Wochen im Lazarett. Von Anna hörte ich nichts. Ich war zu schwach, zu lustlos, um zu schreiben oder zu telefonieren. Sie war fort. Es tat schon weh.
Während er sprach, suchte er nach Erklärungen für Zusammenhänge, die plötzlich unmöglich schienen, aber die Sätze waren rascher als seine Gedanken, räumten seine Unsicherheit beiseite, und wie in einem Traum raste er auf einen Ort, einen Raum zu, in dem die Personen sich versammelten, an die er gedacht, die er vergessen, die er sich eingebildet hatte. Er bewegte sich ganz selbstverständlich unter ihnen. Er war unversehens ein Teil dieser ersehnten Welt. Hast du sie nie mehr gesehen?
Doch. Doch. Aber vorher passierte eine Verrücktheit nach der anderen. Major Lauer spielte dabei wieder eine wichtige Rolle. Nach meiner Entlassung aus dem Lazarett befahl er mich zu sich. Er sagte mir Verdienste nach, die ich nicht hatte. Ich schob in der Schreibstube eine ruhige Kugel, sonst nichts. Mitten in seiner Ansprache erschien ein Offizier, den ich nicht kannte, nahm mich in Augenschein, und ich kam mir ziemlich verlassen vor. So umständlich, wie die beiden damals vorgingen, will ich hier nicht sein. Der unbekannte Offizier war, wie sich herausstellte, von der Spionageabwehr. Er und Major Lauer hatten einen Plan ausgeheckt, der auf lauter Mißverständnissen beruhte. Lauer hatte nämlich schon in Meseritsch angenommen, ich könnte Tschechisch. Ich habe ihm das nie

ausgeredet. Für einen Landser kann alles von Vorteil sein, verstehst du. Lauer dachte auch, ich kennte die Tschechei von früher. Jedenfalls schlugen sie mir vor, pro forma eine Kneipe in Brünn zu übernehmen, die eingeführt, deren Wirt jedoch spurlos verschwunden sei, und die mit Vorliebe von Tschechen besucht werde. Erst wehrte ich mich mit Händen und Füßen. Die beiden gaben nicht nach. Lauer hielt mir vor, ich müsse doch etwas Erfahrung haben, nachdem ich aus einer Hoteliersfamilie komme.
Hubert staunte, wie Lüge und Wahrheit sich zu einer zweiten Wirklichkeit fügten, die er erzählend mühelos beherrschte, in der er sich von Satz zu Satz mehr zu Hause fühlte.
Sie hätten mir ohnehin einen Befehl erteilen können. Also gab ich nach. Zum Nachdenken kam ich nicht mehr. Alles war vorbereitet. Ein schweigsamer Herr in Zivil fuhr mich auf Umwegen in die Stadt. In der Nähe des alten Rathauses parkten wir, gingen zu Fuß weiter. Jetzt müßtest du dir Brünn vorstellen können, den Spielberg, diese gewaltige Festung mit ihren Kasematten, den Dom und eben das Rathaus, den Markt und die engen Gänge und Gassen rundum. In den Arkaden am Rathaus hingen an der Decke ein Rad und ein ausgestopfter Drache. Was weiß ich, warum. Wahrscheinlich waren es Symbole aus Sagen und Legenden. Bei nächtlichen Spaziergängen war mir die Gegend unheimlich. Der Mann führte mich über den Marktplatz, wir bogen in eine jener Gassen, in denen es immer stank, dumpf, als hätte sich Geschichte abgelagert. An deren Ende stellte sich ein flaches, ockergetünchtes Haus quer und machte sie zur Sackgasse. Vor Fenstern und Türen waren braune Läden geschlossen. Ich dachte, das Haus schläft. Über dem Portal stand in Zierschrift »Weinstube Sedlatschek«. Darunter jedoch war ein hölzernes Schild angebracht, auf dem der Lack frisch glänzte: »Hubert's Café und Weinstube«.
Sie hatten schnell gearbeitet, fast gezaubert.
Das hört sich wie erfunden an oder wie ein Traum, Hubert.

Aber es ist wahr. Bitte, hör zu. Der Kerl schloß, ohne ein Wort zu sagen, eine Nebentür auf, wir stiegen eine schmale, halsbrecherisch steile Treppe hoch, er öffnete eine weitere Tür, sagte schließlich: Hier wohnen Sie. Es war eine gemütliche, altmodische Wohnung. Von jemandem eingerichtet, der wohl niemals daran gedacht hatte, sie für längere Zeit zu verlassen oder gar spurlos zu verschwinden. Hätte der Mann nicht stumm und drohend neben mir gestanden, wäre ich vielleicht davongelaufen. Bald bewegte ich mich in der Wohnung, dem winzigen Salon, der Schlafkammer, der Küche so, als hätte ich sie eingerichtet, wäre nie woanders gewesen.
Der Mann zeigte mir alles. Auf dem Bett lagen zwei Anzüge, Hemden, die notwendige Zivilkleidung.
Die Uniform ziehen Sie aus, die geben Sie mir gleich mit, sagte er. Ich tat es. Er sah mir dabei zu, als sei die Verwandlung eines Obergefreiten der deutschen Wehrmacht in einen Zivilisten, einen Kneipenbesitzer ein obszönes Schauspiel. Sorgfältig packte er die Uniform in einen kleinen Koffer, der schon bereitstand. Sie hatten jedes Detail bedacht. Beim Abschied sagte er: Erschrecken Sie nicht, wenn Sie gleich wieder Besuch bekommen. Es ist der Klavierspieler, Herr Josef Doležal. Er ist Ihnen zugeteilt. Weil das Lokal als Attraktion stets einen Klavierspieler hatte. Doležal weiß Bescheid. Er ist Tscheche. Ein Kollaborateur. Der Mann spuckte das Wort aus wie einen Kern, auf den er versehentlich gebissen hatte.
Tatsächlich: Kaum war der eine draußen, erschien der andere. Doležal. Ich hab ihn rasch liebgewonnen. Was heißt Kollaborateur. Er war nie einer. Wenn er einer gewesen ist, dann nur dem Anschein nach. Auf ihn konnte ich mich verlassen. Er stand in der Tür, sagte: Servus, ein Hüne mit einem feisten, rot angelaufenen Gesicht, das sich im Grinsen geübt hatte, von ihm entstellt war. Ich bin Josef Doležal, der Pianist, stellte er sich vor. Aber sagen Sie Beppo zu mir. Sein Auftritt brachte mich zum Lachen. Er lachte mit. Um vier müssen wir öffnen, sagte er, dann geht es bis elf. Eine Serviererin kommt noch,

Frau Spatschek, und zwei Frauen für die Küche. Also ist es besser, wir schauen uns um. Wie soll ich Sie rufen? fragte er.
Hubert, antwortete ich. Er schüttelte nachdenklich den Kopf.
Nein, ich werde Chef zu Ihnen sagen, das ist besser.
Wenn Sie meinen, wenn du meinst, Beppo.
Ich meine.
Eine andere, ebenso steile Stiege führte unmittelbar ins Lokal. Beppo stieß eine mit geschliffenen Glasscheiben versehene Tür auf, zog mich hinter sich her.
Es war wie das Aufeinandertreffen von Traum und Träumer. Warum hatte ich so lange gebraucht, um hierher zu finden, in diese schöne Scheune? Das Licht sickerte in schmalen Streifen durch die Fensterläden. Die Tische standen in einer erwartungsvollen Unordnung. Es stank nach kaltem Rauch, vergossenem Bier. Die ausgetretene, rissige Holzdiele war weiß gescheuert.
Schön, sagte ich.
Schön? fragte Beppo.
Er setzte sich an das Klavier, das blödsinnigerweise schräg vor der Theke und im Weg stand, das wir aber nie von dort wegrückten, und spielte ein paar Takte. Kennen Sie das? fragte er und pfiff den Anfang von Good bye Jonny vor.
Natürlich, sagte ich, was soll ich das nicht kennen. Ich kenne Tschaikowsky und Smetana und Beethoven. Warum nicht dieses Lied von Peter Kreuder.
Der hat das geschrieben?
So ist es, Beppo.
Er spielte, sang, wußte den ganzen Text auswendig; ich wanderte zwischen den Tischen, sah die Kneipe voller Menschen, hörte das Gesumm der Stimmen, wußte alles im voraus, war vorbereitet und, so verrückt es auch schien, glücklich, hätte nicht mit einem Mal der Schlager mein Gedächtnis aufgestört, verletzt.
Hör auf mit diesem blöden Lied, Beppo. Spiel es nie wieder, ich sag dir, spiel es nie wieder, befahl ich ihm.

Da warst du gerade zwanzig, Hubert, sagte Dorothee.
Ja.
Ich kann mir das kaum vorstellen.
Bitte, unterbrich mich nicht. Es ist wahr. Die Geschichte ist wahr. Jemand pochte an der Tür. Beppo hörte auf zu spielen. Wir sahen uns erschrocken an; dann grinste Beppo. Das wird die Spatschek sein, sagte er. Ich bin nicht sicher, ob man sich darüber verständigen kann, was oder wer häßlich ist – Manja Spatschek hätte man als Nenner dafür wählen können. Ihr Körper glich dem eines Kindes, das nicht mehr wuchs, sondern schon alterte. Auf dünnen Beinchen sauste sie zwischen Tisch und Theke, auf dünnen Ärmchen balancierte sie schwerbeladene Tabletts. Auch ihr Gesicht war das eines altklugen Kindes. Winzige, flinke, farblose Augen unter einer rachitisch gewölbten Stirn. Eine spitze Nase, der ein üppiger, beinahe runder Mann widersprach, und ein fliehendes Kinn. Ihr schon graues Haar kämmte sie offenbar wenig, schnitt es jedoch regelmäßig kurz. Sie behauptete, die Tochter eines Bankiers zu sein, der vor einiger Zeit verschwunden sei. »Verschwunden«, das hieß: gefangen, verschleppt, ermordet. Manja Spatschek war ein Volltreffer. Sie paßte zu uns. Von Geld verstand sie viel. Ich überließ ihr die Buchhaltung, manche Gäste beriet sie, wie sie ihr bißchen Gespartes über schlimmere Zeiten retten könnten, und beim Abrechnen folgte sie stur der Regel, daß Tschechen nur mit Kronen zahlen dürften, Deutsche, wenn es nicht anders ging, auch mit Reichsmark. Ihre Güte war vernünftig und ihre Vernunft gütig. Ohne sie wären wir oft aufgeschmissen gewesen. Ich erinnere mich, wie sie sich die weiße Schürze vorband, den Hahn aufdrehte, prüfte, ob ein Faß angeschlossen war, aus einer Schublade eine Flasche Slibowitz holte, drei Gläser bis zum Rand füllte, wir uns zuprosteten, wie Manja vor sich hinmurmelte: No, auf ein Überleben!, wie sie die Läden aufriß und die ganze Schäbigkeit des Lokals sichtbar wurde. Als sie die Tür aufschloß, sagte sie: Wir werden sehen, wer der erste Gast sein wird. Ob er uns Glück bringt oder nicht.

Der erste Gast war keiner. Es war ein tschechischer Polizist. Die gab es im Protektorat, wie die Tschechoslowakei nach Hitlers Willen hieß. Meistens übertrieben diese Hilfspolizisten, wollten den Deutschen beweisen, was Durchgreifen bedeutet. Kapitän Navratil! Eine Type, sage ich dir. Und ein Mensch. Schlau, verschlagen, tapfer. Er sah aus wie ein Franzose und betonte es. Ein Menjou-Bart zog sich schmal und gepflegt über seine Oberlippe. Ich nahm die Maske ernst und redete ihn grundsätzlich mit »mon Capitaine« an. Das gefiel ihm. Navratil verdanke ich wahrscheinlich mein Leben.
Bei diesem ersten Auftritt plusterte er sich auf, verlangte nach meiner Lizenz, ließ sich von Beppo und Manja die Pässe zeigen, wußte wahrscheinlich alles, war eingeweiht und schützte Unwissen vor. Weiß der Teufel, weshalb er uns so einschüchterte und weshalb er einigen unserer Gäste später so mitspielte. Wahrscheinlich mußte er sich tarnen. Wir waren alle nicht wir selber. Das heroische Zeitalter machte aus Helden Feiglinge, aus Feiglingen Mörder und aus Mördern Helden. Frag mich nicht, wie ich zu dieser Charakterisierung komme.
Eine Untat habe ich Navratil allerdings nie vergessen. Zu den Stammgästen des Anfangs zählte Ujlacki, ein kleiner, scheuer Ungar. Vielleicht kennst du Peter Lorre, den Schauspieler. An ihn erinnerte er mich. Manchmal schien er an seiner Traurigkeit zu ersticken. Auf irgendeine Weise war Ujlacki in Brünn gestrandet. Er spielte, verleitete immer wieder Gäste, mit ihm zu würfeln. Das war verboten. Navratil übersah es einfach. Doch als der Zulauf immer größer wurde, selbst Parteibonzen, die hinter vorgehaltener Hand Goldfasane genannt wurden, Hubert's Weinstube anderen Lokalen vorzogen, als ein Gestapo-Mann namens Stössel sich mit seinen Kumpanen bei uns einnistete und einige der tschechischen Gäste vertrieb, als Stössel über die Umtriebe Ujlackis deutlich Unmut zeigte, griff Navratil durch. Da Ujlacki Ungar war, durfte Navratil ihn verhaften. Bei Deutschen war es ihm nicht erlaubt.

Ich habe nichts vergessen, nichts. Es herrschte Hochbetrieb. Ujlacki spielte mit einigen Tschechen. Sie taten es unauffällig, saßen an einem abgelegenen Tisch. Beppo improvisierte auf dem Klavier; keiner hörte ihm zu. Stössel grölte mit seiner Clique. Navratil erschien in Begleitung von vier tschechischen Polizisten und zwei deutschen Beamten. Der Lärm legte sich im Nu. Man war immer aufs Schlimmste gefaßt. Navratil ging auf Ujlacki zu, der, ins Spiel vertieft, nichts bemerkt hatte; er stellte sich hinter Ujlackis Stuhl, sagte: Herr Ujlacki. Der fuhr hoch. Möchten Sie bitte mit uns kommen. Ich sah Ujlacki an. In seine Augen schossen die Erfahrungen und Ängste aller Verfolgten dieser Erde. Es waren Augen, die unterwegs waren, aber auch schon aufgegeben hatten. Ujlacki erwiderte, so daß es jeder hören konnte: Ja – nur darf ich noch meinen Gewinn kassieren? Bitte. Navratil beobachtete die Transaktion genau. Ujlacki nahm die Geldscheine, ging ein paar Schritte vor Navratil her, betrachtete traumversunken die Kronen, faltete sie, steckte sie in die Tasche. Dann brach er aus. Er war flink. Er hatte zu fliehen gelernt. In der Hand hielt er plötzlich einen Revolver. Er rannte die Treppe zu meiner Wohnung hinauf, wollte wohl durch den Nebeneingang aus dem Haus. Er schoß. Die anderen schossen besser. Die beiden deutschen Polizisten schleppten ihn die Treppe herunter, hinter die Theke. Er hing zwischen ihnen und stammelte: Hubert. Hubert. Als könnte ich ihm helfen. Wenn ich die Augen schließe, jammert er noch immer und ich sehe diesen in tausend Ängsten geschrumpften Kopf, dieses Peter-Lorre-Gesicht. Entschuldige.

Hubert geht aus dem Zimmer. Im Entree schluchzt er auf, lehnt sich gegen die Wand. Er hat sich mit einer erfundenen Geschichte zum Weinen gebracht. Ist es nicht seine? Niemand außer ihm hat sie gekannt, Ujlacki, Navratil, Manja und Beppo. Er will weitererzählen, sein elendes Leben bereichern mit Bildern.

Dorothee sitzt nicht mehr am Sekretär, sondern auf der Couch.

Es nimmt dich sehr mit, Hubert.
Schon.
Willst du nicht aufhören? Du kannst morgen abend weitererzählen.
Nein.
Wie war das mit Anna?
Sie tauchte unerwartet, unangekündigt im Sommer vierundvierzig auf. Nicht allein. Ehe ich von Anna erzähle, muß ich noch etwas über unsere Nächte sagen. Sie waren mir am liebsten, die ein, zwei Stunden, nachdem wir Punkt elf das Lokal geschlossen hatten. Mit der Polizeistunde nahm man es streng, die Streifen kannten kein Pardon, vor allem die Kettenhunde, die Militärpolizisten nicht. Immer häufiger heulten die Sirenen und wir mußten mit unseren Gästen in den Keller. Selbst darauf machten wir uns einen Jux. Genießt den Krieg, der Frieden wird fürchterlich, hieß eine der Parolen. Zynismus hatte Konjunktur, von Weltuntergängen redete man wie von Zimmerbränden.
Hatte der letzte Gast das Lokal verlassen und Manja die Fensterläden geschlossen, ging ich hinter die Theke, wusch Gläser, Manja rechnete ab, brachte fluchend die Buchhaltung à jour und Beppo klimperte vor sich hin, a bissel Tschaikowskij, a bissel Smetana, wie er seine Hintergrundmusik erklärte. Mitunter, nicht immer, kam es zu einem geisterhaften Gespräch. Manja erwähnte einen Juden, dem sie bis Ende zweiundvierzig mit dem Stern am Mantel noch begegnet sei, in der Anlage beim Dom, und der nun wie vom Erdboden verschwunden war. Wahrscheinlich haben sie ihn nach Theresienstadt gebracht. Oder nach Polen, sagte Beppo. Sie sprachen über meinen Kopf weg und dennoch in ihn hinein. Sie flüsterten das Verbrechen, das Unglück; ich lernte von ihnen. Im Grunde zogen sie mich allmählich ins Vertrauen; sie fürchteten sich nicht mehr, auf Beneš zu schimpfen, wie Beppo, oder für ihn Partei zu ergreifen, wie Manja: sie erinnerten sich an Kommunisten, Sozialdemokraten, an alte

Anhänger Masaryks und fragten sich regelmäßig, wo sie geblieben seien. Ihr Vertrauen stärkte mich, verstehst du? Ging es uns gut, tranken wir noch ein Glas, schwatzten. Die beiden verließen stets gemeinsam das Lokal. Ich drehte hinter ihnen den Schlüssel um, wußte nicht, bis zum Ende nicht, wo sie wohnten, ging hinauf, legte mich hin, schlief bis in den späten Morgen. Dann konnte es sein, daß Beppo schon schellte, mir half oder am Klavier Melodien ausprobierte. Er war so allein wie ich.
Anna stand in der Tür. Sie mußte schon eine Weile dort gestanden haben. Ihr Wettermantel, das Barett übers linke Ohr gezogen. So sehe ich sie. In Wirklichkeit –
Was meinst du mit Wirklichkeit, Hubert?
Weißt du, vielleicht war sie gar nicht so angezogen.
Nur kann ich sie mir anders nicht vorstellen. Deshalb. Anna achtete nicht auf mich, bahnte sich kurzentschlossen einen Weg durch die Menge – oft standen auch Gäste zwischen den Tischen – und erst jetzt fiel mir ihr Begleiter auf. Nesvadba. Ein Auftritt sage ich dir! Bei gewissen Leuten mußte er bekannt gewesen sein wie ein roter Hund. Stössel setzte sich aufrecht, als sei der Blitz in ihn gefahren; endlich röhrte er einmal nicht. Navratil, der neben mir an der Theke stand, war so perplex, daß er laut »Jeschusch Maria« stöhnte.
Irgend jemand mußte den beiden Platz gemacht haben. Plötzlich war einer der kleinen Tische am Fenster frei. Sie setzten sich. Nesvadba schien die Aufregung zu genießen, Anna benahm sich gleichgültig, als erlebe sie so etwas jeden Tag. Ich sah nur sie. Die Spannung legte sich rasch. Beppo spielte wieder. Die Leute quasselten von neuem. Solch eine Kneipe ist ein Ausschnitt von Welt. Sicher, ich übertreibe. Aber so fing ich damals an zu denken. Jeder Abend preßte Erfahrungen von Jahren zusammen. Im Umgang mit den Gästen, deren verschwiegene Schicksale mich doch bedrückten, wurde ich listiger und einsamer. Ich war kein Grünling mehr. Man respektierte mich. Nur Manja wagte noch, nachts, in der Dreierrun-

de, wenn ich über dieses und jenes stöhnte, zu tadeln: Du bist ein Bub, ein blöder Bub, und wirst es bleiben.

Navratil erholte sich von seinem Schock und flüsterte in mein Ohr: Wissen Sie, wer das ist, Jeschusch Maria, wer das ist? Jan Nesvadba, ein Gesuchter. Nur festnehmen soll man ihn nicht. Ein Vertrauter von unserem armen Präsidenten Hacha, der kein Präsident ist und Nesvadba ist auch kein Vertrauter, bloß glaubt man von Nesvadba, er gehöre zu den Drahtziehern von Heydrichs Mord, was man nennt Hintermänner, Jeschusch Maria, und nun kommt er mir nichts, dir nichts zur Tür hereinspaziert, mit einer schönen Frau, trinkt ein Budweiser, was nicht möglich sein kann, aber so ist, was ich mit meinen eigenen Augen seh.
Regen Sie sich nicht auf, mon Capitaine, sagte ich.
Wie soll ich mich nicht aufregen, bei solch einem Wahnsinn?
Schauen Sie sich lieber Stössel an.
Er wird ihm nichts tun, wenigstens hier nicht. Man soll jedes Aufsehen vermeiden, heißt die Anweisung. Weil der Nesvadba eine Art Heiliger ist für das tschechische Volk.
Für Sie auch, mon Capitaine?
Bin ich das Volk?
Den Eindruck machen Sie mir nicht gerade. Während Navratil mich in Anspruch nahm, ich über Nesvadba nachdachte und alle meine Prerauer Befürchtungen bestätigt, von der Realität sogar übertroffen wurden, während ich mechanisch Bier in Gläser füllte, den Schaum abstrich, war Anna zu Beppo gegangen, hatte leise mit ihm verhandelt, gestritten, hatte ihn überredet zu spielen, was ich nicht hören wollte, was ich nun hören sollte, und verzögert, als wäre es ein Trauermarsch, setzte Beppo ein: »Good bye Jonny«. Es wurde stiller. Beppo sprach den Text mehr, als daß er ihn sang.
»Good bye Jonny, good bye Jonny!
Schön wär's mit uns zwein,
aber leider, aber leider kann's nicht immer so sein.

Good bye Jonny, good bye Jonny!
Mach's mir nicht so schwer!
Ich muß weiter, immer weiter, meinem Glück hinterher.
Bricht mir auch heut das Herz entzwei,
in hundert Jahren Jonny ist alles vorbei.
Good bye Jonny, good bye Jonny!
Warst mein bester Freund.
Eines Tages, eines Tages,
mag's im Himmel sein, mag's beim Teufel sein,
sind wir wieder vereint.«

Ein blöder Text. Ich wehrte mich gegen alles, was ich verdrängt hatte, gegen Annas Gegenwart und Nesvadbas Legende. Manja, die eben Gläser aufs Tablett reihte, murrte zurück: Was willst du? Goethe oder Schiller in deinem Beisel? Das geht dir doch ans Herz, Bub. Also mach aus Schmalz keine Butter.

Ist schon gut, Manja. Sie hatte recht. Ich schämte mich meiner Verwirrung und beschuldigte die Falschen.

Bring Beppo einen Slibowitz, ausnahmsweise.

Das ist schon besser, Chef. Manjas Anzüglichkeit richtete mich auf.

Sie kennen die Frau? fragte Navratil.

Ja. Aus Prerau.

Sie lieben sie, nicht wahr?

Die einfachsten Fragen bekommen oft ein vielfältiges Echo. Was sollte ich ihm antworten? Ich habe sie geliebt, ich habe sie vergessen, nie vergessen? Sie hat mir Furcht eingeflößt, war mir überlegen? Ich habe mich davongemacht?

Ich nickte; er konnte es sich auslegen, wie er wollte. Da er neugierig war wie kein zweiter, jeder Andeutung nachhechelte, aus jeder Anekdote eine Oper machte, wußte ich, daß er eine große tragische Liebe vermutete und begierig auf eine Fortsetzung hoffte.

Hubert holt Atem. Er muß nicht mehr nachdenken, eines ergibt sich aus dem andern, er sieht sie alle, hat ihnen Namen

genommen und gegeben, dennoch zögert er, weiterzuerzählen. Nun wird er nicht mehr Zuschauer bleiben können, nun wird er handeln müssen.
Dorothee fragt: Hast du mit ihr gesprochen?
Ja.
Wenn ich dir zuhöre, mir alles vorzustellen versuche, verstehe ich dich ein bißchen besser.
Deswegen erzähl ich.
Warum hast du die Geschichte so lange mit dir herumgeschleppt?
Ich kann es nicht sagen. Ich habe sie vielleicht erst finden müssen.
Hast du noch an jenem Abend mit Anna gesprochen?
Ja. Eigentlich dauerte das Abenteuer mit Nesvadba mehrere Tage. Für mich drängte es sich in einer viel kürzeren, gehetzten Zeitspanne zusammen. Navratil war es, der mich aufforderte, Anna zu begrüßen. Er schlug vor, mich zu begleiten, als handle es sich um eine anstrengende Wanderung oder eine schwierige Geschäftsverhandlung.

Das wird mir helfen, mon Capitaine.
Navratil und ich streiften gleichsam durchs Revier, hielten an Tischen an, plauderten, sahen beim Kartenspiel zu, gaben unsinnige Ratschläge, näherten uns vorsichtig Nesvadba und Anna. Amüsiert beobachteten sie unsere Attacke. Nesvadba schien die unmittelbare Bedrohung nicht zu bekümmern. Stössels Aufmerksamkeit erwiderte er mit einem freundlichen Lächeln.
Nicht ich kam auf sie zu, sondern sie auf mich. Du darfst es nicht falsch verstehen. Sie blieb sitzen, blickte mir entgegen, doch ihr Gesicht wurde immer größer, beherrschte meinen Blick. Sie war schön, gab mir Rätsel auf. Ich glaubte ihren aufgerissenen Augen abzulesen, daß sie nur mich liebe. Ich wünschte mir, daß sie es ausspräche, vor Nesvadba, Navratil und allen Gästen. Es kam kein Wort über ihre halbgeöffneten

Lippen. Genauso bleibt das Bild stehen. So sehe ich sie. Bis heute.
Navratil übernahm die Vorstellung, als wären mir beide unbekannt. Er verbeugte sich elegant, wie ein französischer Offizier, fragte:
Sie wollen doch Herrn Windisch sprechen, gnädige Frau?
Nesvadba war aufgesprungen. Es gibt eine Höflichkeit, die Schmerz ausdrückt. Ich sagte: Guten Tag, Ilsa.
Wieso Ilsa? Wie kommst du auf diesen Namen?
Verzeih.
Der Name war durch ihren Anblick wachgerufen worden. Zwei Erinnerungen hatten sich vermischt, Zeiten waren durcheinandergeraten. Dorothees rasche, zweifelnde Frage hatte ihn kaum getroffen, da Ilsa und Anna inzwischen für ihn eins geworden waren.
Verzeih. Ich dachte an eine Frau, die Anna glich, die ich nach dem Krieg kennenlernte. Es ist schon lange her.
Ich sagte: Guten Tag, Anna.
Sie erwiderte: Guten Tag, Hubert.
Navratil, ein Regisseur eher aus Menschenverachtung, betrachtete uns zufrieden, dann wandte er sich Nesvadba zu: Und dies ist Pan Nesvadba, ein berühmter oder, soll ich sagen, berüchtigter Tscheche? Ich begrüßte Nesvadba. Navratil fragte: Sie kennen den Herrn? Ich wollte erklären. Nesvadba kam mir zuvor: Flüchtig. Navratil fragte, ob wir uns für einen Moment zu ihnen setzen dürften. Wir nahmen Platz, suchten nach Worten. Nesvadba bemerkte spielerisch: Das ist eine hübsche Weinstube. Ich gratuliere Ihnen zu dieser, wie soll ich sagen, Errungenschaft. Mich ritt der Teufel, ich versuchte seine ironischen Ton aufzunehmen: Lassen Sie mich auch Ihnen gratulieren.
Wofür?
Für Ihren Mut, Ihre Politik.
Danke, antworterte er sehr ernst, es ist mir wichtig, ich versuche mein Teil.

Wir alle, sagte ich, versuchen unser Teil. Aber Sie bringen wenigstens die Mächtigen durcheinander.
Navratil, für den das Gespräch eine gefährliche Wendung nahm, fragte Anna: Wo haben Sie und Hubert sich eigentlich kennengelernt?
In Slotoschs Hotel. Er kam, um einen Schinken abzuholen.
Ich wurde, sagte ich, ausgeschickt von einem Major der Wehrmacht und strandete in Prerau als eine Art von Schwejk fürs Wochenende. Keines habe ich vergessen.
Nein, sagte Anna, und dieses Nein war ein zärtliches Ja zu unserer gemeinsamen, verlorengegangenen Vergangenheit, eine nachträgliche Liebeserklärung.
Ich entsinne mich jeder Einzelheit. An die Kümmelsuppe für Frau Slotosch. Wie geht es deiner Mutter?
Ganz gut. Sie kommt wieder ohne Kümmelsuppe aus.
Navratil lachte: Windisch, Sie bekommen ja menschliche Züge. Ich glaube, das haben wir Anna zu verdanken.
Nesvadba drängte unvermittelt zum Aufbruch: Anna, nimm es mir nicht übel, aber es ist Zeit.
So ist es, bekräftigte Navratil. Wir haben bald Polizeistunde und als Polizist lege ich Wert darauf, daß sie eingehalten wird.
Ich hoffe, wir sehen uns wieder, sagte Nesvadba.
Ich fürchte, ja, sagte Navratil.
Kommen Sie bald, sagte ich, wann immer Sie Lust haben.
Sag dem Klavierspieler, bat Anna, daß ich mich noch einmal entschuldige und ihm danke. Ich habe mich an unser Lied erinnert.
Ich sag's ihm.
Er spielt sehr gut.
Beppo hat es, bevor du kamst, nur ein einziges Mal gespielt.
Gute Nacht.
Gute Nacht.
Vergessen Sie nicht Ihre tägliche Meldung bei der Polizei, Pan Nesvadba, sagte Navratil.
Wie könnte ich?

Navratil ging den beiden nach; auch Stössel brach auf. Beppo spielte, als wollte er unsere Unterhaltung fortführen. Variationen über Jonny.
Ich bat Manja, darauf zu achten, daß die Gäste spätestens in einer halben Stunde zahlten und das Lokal verließen. Auch die besoffenen Nazis. Es gäbe keine Sonderrechte. Ich geh für einen Augenblick hinauf, bin bald wieder zurück.
Sie strich mir mit ihrer rauhen Hand über die Wange. Du bist wirklich ein blöder Bub.
Ich kam nicht dazu, mich zu sammeln, zu beruhigen. Oben, im kleinen Salon, erwartete mich jener Mann, der mich seinerzeit hergebracht hatte. Er überraschte mich nicht, denn er war schon einige Male zu Besuch gewesen, hatte sich nach Gästen erkundigt, mich ausgefragt, war unzufrieden mit meinen vagen Auskünften, hatte mir mit der Schreibstube gedroht. Es war mir egal. Jetzt war er erregt, fiel über mich her: Gut, daß Sie so früh sind.
Ich muß gleich wieder hinunter, sagte ich.
Nesvadba war bei Ihnen, in Ihrer Gaststätte.
Er sagte immer »Gaststätte«, nie Lokal oder Restaurant oder Kneipe. Es hörte sich abscheulich an.
Ja.
Sie mußten anscheinend Nesvadba und Anna auf Schritt und Tritt folgen, beobachten.
Und?
Sie kennen ihn, ihn und seine Frau.
Seine Frau?
Dorothee redet in seine Geschichte hinein, fragt ebenso entsetzt, wie er sich gefragt hatte: Seine Frau? Sie war seine Frau, Dorothee. War es schon gewesen, als wir uns liebten. Ich begriff es nicht. Meine Liebe wurde durch diese Feststellung besudelt, hinfällig. Sie hatte mich gebraucht, mehr nicht. Ich war ihr Werkzeug gewesen.
Was regen Sie sich so auf, herrschte mich der Kerl an. Wir wissen, daß sie in Prerau Ihr Gschpusi war.

Ich hätte ihn erschlagen sollen. Aber ich bin zu feige.
Du bist es nicht, Hubert. Nun weiß ich es.
Du weißt wenig, Dorothee. Und ich auch nicht viel mehr.
Was wollen Sie von mir? fragte ich ihn. Sagen Sie mir endlich Ihren Namen, oder wenigstens einen, mit dem ich Sie anreden kann.
Nennen Sie mich Wagner, wenn es Ihnen hilft.
Bitte, Herr Wagner, man wartet unten auf mich.
Wer? Stössel?
Ich bin für Witze nicht aufgelegt.
Halten Sie Stössel für einen Witz?
Nein, bestimmt nicht.
Dieser Schmutzfink, den ich mit Wagner anreden durfte, legte mir den Plan dar, Nesvadba unauffällig und gewissermaßen auf der Flucht zu fangen. Es sei ihm zugetragen worden – wie viele Zuträger trieben sich damals herum, was ist aus ihnen geworden? fiel ihnen die Zunge aus dem Mund? –, Nesvadba wolle mit Hilfe einiger Vertrauter ein Versteck in Schlesien erreichen. Irgendwann in diesen Tagen warte ein Wagen am Stadtrand.
Mir kommt es darauf an, sagte Wagner, zu erfahren, wann, und wenn möglich, wo. Er drückte sich schmucklos und genau aus.
Beinahe hätte er mich gefügig gemacht. Er hatte mich verwundet, ganz nebenbei meinen Stolz besudelt mit einem einzigen Satz: Und seine Frau. Hat sie mich nicht verraten? Was verlangte sie von mir?
Ich werde mich umhören, sagte ich. Indem ich es sagte, wendeten sich die Sätze wie in einem Spiegel, bekamen eine zweite Bedeutung, die Welt stand kopf. Ich beschloß, sie so zu sehen. Auch die Liebe hinter der Liebe, die Liebe zwischen Schwejk und Anna, die Liebe, deren Wahrzeichen ein Napf Kümmelsuppe war.
Sie müssen aufpassen.
Ich werde mich umhören.

Reden Sie vor allem mit Nesvadba. Lassen Sie sich nichts anmerken.
Was sollte man mir anmerken?
Schließlich sind Sie der beschummelte Liebhaber.
Meinen Sie.
Ihre Einbildung möcht ich haben.
Jedem das Seine, Herr Wagner.
Hier haben Sie meine Telefonnummer.
Ich steckte den Zettel ein und verabschiedete ihn. Er drohte:
Wehe, Sie spuren nicht.
Was dann? fragte ich.
Rechnen Sie es sich aus.
Ich war immer schlecht im Rechnen.
Er schüttelte sich, polterte die Treppe hinunter. Ich freute mich, ihm das letzte Wort genommen zu haben. Unten, im Beisel, das ohne mein Zutun zur Fluchtburg geworden war, ein dem Untergang entzogenes, von Flüchtenden und Furchtsamen gewärmtes Stück Heimat, Treffpunkt für Jäger und Gejagte, eine verrauchte Bude, die nur an den Abenden lebte, unten im Beisel hatte Manja die Theke schon geputzt, saß an einem Tisch, verbiß sich in einen Bleistift, rechnete. Beppo klimperte und gab Manjas Zahlenreihen einen melodischen Halt. Beppo ließ mich nicht aus den Augen. Ich setzte mich an einen Tisch neben dem Klavier, stand wieder auf, holte mir einen Slibowitz, ihm und Manja auch.
Trinkt!
War es schlimm, Chef? fragte Beppo.
Was?
No, der Besuch?
Woher weißt du?
Ich interessier mich halt.
Anna ist mit Nesvadba verheiratet.
Trink, Chef, sagte Beppo.
Manja schob unwillig das Papier zusammen, lästerte über die verdammte Rechenarbeit, prostete mir zu. Plötzlich

huschte sie durch den Raum und saß neben mir, ein Gnom, der sich energisch bemühte, eine Elfe zu sein, legte ihre Hand auf meine, knetete sie, wiegte den uralten Kopf und sagte endlich: So blöd, Bub, bist du nicht, wie dieser Herr meint.

Ich hatte Beppo und Manja unterschätzt, sie für Kollaborateure gehalten, eine gutgewählte Mitgift meiner Auftraggeber. Mit einem Sprung machten sie sich selbständig, zappelten nicht mehr an den Fäden, ließen eher mich zappeln, prüften mich in meiner Hilflosigkeit. Hatten sie alle so täuschen können? Aber wurden wir nicht ständig von diesem Volk getäuscht, das die Kunst der Verstellung unvergleichlich beherrschte? Ich sollte einmal nach Brünn reisen, Dorothee.

Vielleicht gibt es dein Beisel noch.

Ich glaube nicht. Es sei denn, Navratil . . .

Dein Navratil?

Ja. Erstaunlich, wie Zufälle mit seiner Geschichte spielten.

Ja, mein Navratil.

Beppo sagte: Wahrscheinlich wollte dieser Spitzel wissen, wer Nesvadba hilft.

Nein, Beppo. Entweder ist ihnen das gleichgültig oder sie haben es längst heraus. Er möchte den Zeitpunkt der Flucht erfahren und den Ort, wo man sich trifft.

Und? fragte Manja.

Ich werde nichts erfahren. Wer wird so blöd sein, mir Bescheid zu sagen, einem Reichsdeutschen.

Das sag ich mir auch. Beppo spielte Good bye Jonny wie einen Triumphmarsch. Ich mußte ihn mahnen, leiser zu sein, wir bekämen womöglich ungebetenen Besuch. Manja stahl sich hinaus, ohne daß ich es bemerkte. In äußerster Not würde sie sich in eine Maus verwandeln und immer davonkommen.

Spiel weiter, Beppo.

Gut, Chef.

Es fiel mir nicht auf, als Beppo endete, den Stuhl ans Klavier schob, hinter die Theke ging. Tasche und Mantel holte. Er klopfte auf den Tisch wie an eine Tür. Gute Nacht, Chef. Auch schlimmen Nächten sollte man ihren Morgen erlauben.
Du hast recht, Beppo. Danke.
Wofür?
No, so.
Das haben Sie sich von Manja angewöhnt.
Ihr färbt eben ab, ihr beiden. Gute Nacht.
An diesem Abend löste ein Besucher den andern ab. Manchmal, Dorothee, gleichen Erinnerungen Filmen und dann wieder werden Filme zu Erinnerungen. Es ist verrückt. Weil wir in Bildern zurückdenken, in Gesichtern, Gesten, Einzelheiten. Sehe ich eine Türklinke, kann ich ein Haus aufbauen, sehe ich die Bewegung einer Hand, erinnere ich mich an den Mann, die Frau, und wenn ich spazierengehe, zufällig an einem blühenden Holunderbusch vorüberkomme, ändert sich die Landschaft vor meinen Augen, ich wandre in einen Garten hinein, der mir vertraut ist, jede Ecke, jedes Versteck, in dem ich als Kind gespielt habe, oder höre ich, zum Beispiel, in einem Café eine Stimme unter vielen, dann fängt meine Vorstellungskraft ungeduldig an, ein Gesicht zu formen, eine Gestalt. Manchmal gelingt es ihr.
Ich frage mich, wieso gerade du Buchhalter geworden bist.
Weil ich mich vor meinen Träumen ängstige.
Sie lacht, nimmt aus einem Döschen eine Tablette, schluckt sie mit Whisky herunter.
Hast du Kopfschmerzen?
Ein wenig.
Soll ich aufhören?
Nein. Du unterbrichst dich immer selbst, wenn es am spannendsten ist.
Es war ein Film, Dorothee, ein Film, den der Operateur bei einem Bild anhielt, in das er sich während der vielen Vorführungen verliebt hat, auf das er wartete in seinem engen

stickigen Raum, neben all den Apparaturen. Immer wieder hat er durch das Guckloch auf die Leinwand gestarrt. Jetzt! Das Bild stand still.
Ihr Schatten schwebte vor den durchbrochenen Vorhängen. Die Nacht war hell. Ich hätte am liebsten geschwiegen und mußte reden:
Anna, wie kommst du herein?
Durch die Hintertür. Über die Treppe.
Nachdem der Kerl mich verlassen hatte, vergaß ich, die Tür abzuschließen.
Ich hab zwar vorher gesagt, du solltest wiederkommen. Aber schon so bald? Möchtest du dich nicht setzen?
Sie sagte, und ich wiederhole es mir, weil ich es von neuem hören möchte: Ich muß dich allein sehen, Hubert.
Willst du Prerau fortsetzen, Anna?
Ich bitte dich, Hubert.
Du willst doch etwas, Anna. Du kommst doch nicht meinetwegen.
Wir brauchen einen Militärführerschein. Kannst du uns einen besorgen?
Ich bin doch nicht von allen guten Geistern verlassen. Und das alles, weil der große Nesvadba seine Haut für die tschechische Zukunft retten möchte. Nein, das kommt nicht in Frage.
Denkst du nicht wie er? Hast du nicht immer so gedacht?
Ich denke nichts, Anna. Denken war nicht Fach in unserer Ausbildung. Ich kämpfe auch nicht für nichts. Ich sehe nur, wohin man damit kommt. Ich will ungeschoren aus diesem Schlamassel, und den Gröfaz überleben. Das ist alles.
Wir haben uns geliebt, Hubert. Bedeuten dir die Prerauer Tage nichts mehr?
Wir sind in Brünn, nicht in Prerau.
Die Gestapo wird Nesvadba umbringen. Zweimal ist er ihnen entwischt. Das erste Mal nach Paris, neununddreißig, er kehrte freiwillig zurück, weil er das Vertrauen Hachas besaß und weil er hoffte, den Widerstand stärken zu können. Sie sperrten ihn ein,

folterten ihn. Er gab nichts preis. Sechs Monate peinigten sie ihn, dann mußten sie ihn entlassen. Damals lernte ich ihn kennen. Wir heirateten. Mutter hatte Verbindungen, die für ihn wichtig waren, kannte schlesische und mährische Sozialdemokraten.
Ihr werdet euch umschauen, wenn alles zusammenkracht.
Meinst du, Zynismus wird uns dann nützen?
Sie war aufgestanden, hatte mit ihren Händen Gegenstände berührt, als könne sie bei ihnen Unterstützung finden, der kleine Raum war erfüllt von ihrer unausgesprochenen Wut, ihrem Haß, und als nichts mehr ruhig war, auch das Haus zu beben schien, als die Sätze von einst laut in meinem Kopf tönten, riß ich sie an mich, hielt sie fest, küßte sie, wir beteuerten uns gegenseitig, daß wir uns liebten, immer geliebt hätten, alle diese Formeln, die nichts bedeuten und Schöpfungsworte sind, Wahrheit und Lüge, ich kann es mir nicht erklären, Dorothee. Sie versprach, bei mir zu bleiben. Nur müsse ich Nesvadba den Paß überlassen, seinem Fahrer. Sie werde nicht mitgehen. Aus dem Liebesgeflüster wurden Befehle, präzise und hastig. Um halb fünf an der Ecke beim Meindl. Du weißt, wo. Du darfst keine Minute zu spät kommen. Ich werde dort sein und nicht mitfahren. Ich fragte: Tauschst du dich ein gegen Nesvadbas Freiheit? Aber sie war schon aus dem Zimmer. Ich hatte zwei Stunden Zeit, mich zu entscheiden, zu überlegen, Anna zu gewinnen, zu verlieren. Ich stellte den Wecker auf vier, legte mich hin, schlief sofort ein. Das Schellen riß mich aus einer bodenlosen schwarzen Tiefe. Ich zog den Mantel an, setzte den Hut auf.
Deswegen der Hut.
Ja. Damals trug man Hüte. Es war kalt, neblig. Ich atmete mühsam gegen den Frost. Die nächtlichen Städte im Krieg waren unheimlich; menschenleere, von verrotteten Kulissen gesäumte Straßen. Jeder Schritt wurde laut, verfolgte einen als Echo. Ich hätte am liebsten die Stiefel ausgezogen. Am Meindl-Eck stand das Auto. Jemand rief leise. Sie warteten im Schutz einer Toreinfahrt. Mit dem immer dichter werdenden Nebel

hatten sie Glück. Nesvadba, Anna, zwei mir unbekannte Männer und Navratil. Ich erschrak. Navratil grinste, legte beruhigend die Hand auf meine Schulter. Man soll nicht alles wissen, Windisch. Anna erkundigte sich nach dem Führerschein. Ich zog ihn aus der Jackentasche. Sie reichte ihn Nesvadba, der ihn weitergab an einen der Männer. Danke, sagte der. Die beiden rannten über den Bürgersteig, setzten sich vorn in den Wagen. Ihr müßt gehen. Navratil drängte. Anna lehnte sich gegen mich. Ich wiederholte Navratils Aufforderung: Ihr müßt gehen. Ich bleibe, sagte sie, ich hab es dir versprochen. Ich küßte sie, ich küßte nicht sie, sondern eine Erscheinung der Vergangenheit. Geh mit Nesvadba, ihr braucht euch. Danke, sagte sie. Beeilt euch. Sie rannten auf das Auto zu, der Motor heulte auf, viel zu laut in dieser entsetzlichen Stille, Navratil und ich duckten uns unwillkürlich. Es hätte ein Flugzeug sein können.

Ein Flugzeug?

Ich meine: Dieser Krach, dieser Wirbel, wie sie vom Nebel verschluckt wurden, wie sie verschwanden. Und damit hat die Geschichte noch kein Ende. Wagner, der Kerl, der sich Wagner nannte, mußte plötzlich aus der Nebelwand treten. Mit ihm hatten wir nicht gerechnet. Navratil erstarrte, stammelte ununterbrochen: Jeujeujeujeu.

Sind sie Ihnen entkommen?

Anscheinend nahm Wagner an, wir hätten Nesvadba und Anna vergeblich verfolgt. Ich hätte losbrüllen, vor Übermut tanzen können. Doch ich spielte den Betrogenen: Ja, leider. Navratil nickte zustimmend: Leider.

Wagner sah sich um und rannte auf eine Telefonzelle zu.

Weißt du, Dorothee, ich war wie vor den Kopf gestoßen. Wagner hatte ich nicht einkalkuliert. Alles war gut verlaufen. Ich war sogar stolz auf mich gewesen, denn ich hatte Mut bewiesen. Und ich hatte mit Nesvadba nicht um Anna gescha-hert. Jetzt könnte dieser Idiot alles verderben. Ich rief ihm nach. Wagner ließ sich nicht aufhalten. Jeschusch Maria, seufzte Navratil, alles ist

umsonst. Sie hatten mir, als sie mich in die Kneipe schickten, einen Revolver gegeben, nur für den Notfall. Ich hatte ihn in die Manteltasche gesteckt, dort war er geblieben, ich hatte ihn vergessen, da ich ohnehin selten aus dem Haus kam. Nun spürte ihn meine Hand, ich zog ihn aus der Tasche. Jeschusch Maria. Navratil schüttelte heftig den Kopf: Nicht! Um Himmels willen nicht! Wagner hatte inzwischen die Zelle erreicht. Halt! rief ich. Wagner drehte sich um, sah den Revolver. Schritt für Schritt ging ich auf ihn zu. Sind Sie verrückt geworden. Windisch? Stecken Sie die Waffe ein! Sie werden keinen Alarm geben, sagte ich. Dann überstürzte sich alles. Wagner riß die Tür der Telefonzelle auf, nahm den Hörer ab. Ich schoß und sah, wie er zusammensank. Navratil packte mich, wir rasten durch Gassen, die ich nicht kannte, kreuz und quer, der Atem riß meine Kehle wund, alles ging durcheinander in meinem Kopf. Ich hätte nie geschossen, hätte er einen Namen gehabt, eine Geschichte, ein Leben, hätte ich ihn wirklich gesehen, wie Rick Strasser sah, aber auch Rick hat schießen müssen, weil er keinen Ausweg wußte und weil Strasser nicht aufgab.
Ich versteh das nicht, Hubert.
Das mußt du auch nicht.
Es ist lang her, reg dich nicht auf.
Trink, irgendwie ist es unvorstellbar, daß du einen erschossen hast.
Manchmal sehe ich mich selbst, geh hinter mir her. Nach einer endlosen Zeit hörten wir auf zu rennen, ich erkannte die Gegend wieder, wir hatten nicht weit zur Kneipe. Ich sehe uns, Navratil und mich, nebeneinander im Nebel.
Was haben Sie vor, wenn der Krieg zu Ende ist, Windisch?
Soweit habe ich noch nicht gedacht, mon Capitaine.
Wir könnten miteinander eine Kneipe aufmachen.
Das wäre nicht übel, doch wie kommen Sie nach Deutschland, mon Capitaine?
Ja, wie? Er brachte mich bis vor die Tür, salutierte und machte eine übertrieben exakte Kehrtwendung.

Der Schluß war ihm gelungen. Er entsprach seiner Stimmung. Er war zufrieden und erschöpft. Zu Beginn hätte er Navratil diese Freundschaft nicht zugetraut. Navratil war ihm davongelaufen, hatte seine Phantasie besetzt wie auch Beppo oder Manja, die er nun beide liebte. Vielleicht hätte Manja nicht Manja sein dürfen, sondern eher ein gewandter listiger alter Mann wie Carl, doch Beppo wäre ohne sie nie ausgekommen. Und einzige Szenen hatte er verschenkt, vergessen. Was wäre geschehen, hätten Stössel und seine Satrapen die Wacht am Rhein gesungen und Nesvadba hätte die anderen Gäste aufgestachelt, mit der tschechischen Hymne zu erwidern? So melodramatisch konnte es bei ihm nicht zugehen. Jede Geschichte hat ihre eigenen Regeln.
Woran denkst du? An Anna?
An alle.
Hast du von irgendeinem später gehört?
Nein.
Und sie haben auch nie herausgekriegt, daß du diesen Wagner erschossen hast?
Man vermutete, Wagner habe Nesvadba gestellt und sei dabei umgekommen.
Und deine Kneipe?
Ein paar Tage nach Nesvadbas Flucht rief man mich ab. Meine Mission habe keinen Nutzen mehr. Ich hockte wieder auf der Schreibstube, allerdings nicht mehr lange, wir wurden nach Prag verlegt, da die Front sich näherte.

In der Nacht kam Dorothee zu ihm. Ich will nur ein bißchen bei dir sein. Er dachte an Anna, die er erzählend verändert und endgültig an Nesvadba verloren hatte. Auch er hatte sich verändert. Er hätte erleichtert sein können, aber er fühlte sich unglücklich. Die Geschichte war ihm über den Kopf gewachsen und er fragte sich verzweifelt, wie er sie wieder losbekäme, warum er sich so bedenkenlos mit Rick verbündet hatte.

29.
Zettelwirtschaft und Degradierung

Huberts Phantasie verwilderte, seine Existenz, die er ordnen, der er einen Grund geben wollte, geriet aus den Fugen. Nun besaß er, wenigstens für Dorothee, eine Vergangenheit, doch die wurde unter Dorothees wachsendem Mißtrauen brüchiger. Bisweilen schien es ihm, als spielten zu schnell drehende Schallplatten in seinem Kopf: Stimmen, die haspelnd nacherzählten, was er erzählt hatte, die ihn verwirrten und verspotteten.

Wie alt warst du, als man dir diesen Auftrag gab?

Zwanzig, einundzwanzig.

Das ist ziemlich unwahrscheinlich.

Im Krieg geschieht viel Unwahrscheinliches.

Soviel auf einmal?

Laß mich in Frieden, Dorothee. Du brauchst mir ja nicht zu glauben.

Sie verhörte ihn, freundlich, zweifelnd, durchaus noch mit Respekt vor seinen Erfahrungen.

Und Nesvadba? Und Anna? War Nesvadba wirklich ein Widerstandskämpfer?

Ich schwöre es dir. Glaub mir doch.

Von Anna hast du schon vorher gesprochen.

Eben.

Liebst du sie noch?

Wie kann ich es. Nach zwanzig Jahren.

Das ist verrückt, aber möglich. In Büchern und Filmen kommt das vor.

In Filmen, ja.

Erzähl mir von ihr. Wie sah sie aus?

Du weißt es doch. Warum quälst du mich?

Um ihr zu entrinnen, verläßt er sehr früh das Haus, hält sich, wie in seiner Junggesellenzeit, lang im Verlag auf, hockt bei Jimmy, gibt sich schweigsam, unterdrückt seine Phantasie. Er hat begonnen, Zettel zu schreiben, kleine, hingesudelte Briefe an Dorothee, und er versieht sie, als schriebe er ein Tagebuch, jedesmal mit dem Datum:

6. 11. 64

Ich hab Dir Rosen auf die Anrichte gestellt, liebe Dorothee. Leider sind sie schon ein wenig welk. Sie lagen den ganzen Abend über im Wagen. Ich bitte Dich, frag mich nicht mehr aus. Liebst Du mich nicht mehr?

10. 11. 64

Ich habe nicht vor, meine Gewohnheit aufzugeben, allein zu frühstücken, allein mich mit blödsinnigen EDV-Programmen herumzuschlagen, allein bei Mario zu Mittag zu essen und allein mich bei Jimmy zu besaufen. Es ist nicht meine Schuld. Deine wahrscheinlich auch nicht. Wessen Schuld ist es dann?

16. 11. 64

Bitte passe mich nicht ab, wie gestern abend. Ich bin betrunken und wir streiten uns. Weshalb zweifelst du, ob ich den Kerl damals erschossen habe? Ich habe einen namenlosen Mörder aus der Welt geschafft. Das ist alles.

20. 11. 64

Heute nacht habe ich von Dir geträumt, Dorothee. Ich habe Dich geliebt. Dieser Traum soll Dich aber nicht einladen, mich zu besuchen, meinen Säuferschlaf zu stören. Ich wäre gar nicht fähig, Dich zu umarmen.

2. 12. 64

Auf diese Weise kann ich es Dir sagen, Dorothee, ich höre Dich, Deinen Triumph. Du hast es erwartet. Es hat so kommen müssen: Hetzel hat mich degradiert. Ich bin meinen Job los. Die Herren haben mich nicht hinausgeworfen. Die Jahre auf meinem Buckel zählen, haben ihr Gewicht. Ich ziehe aus dem sechsten in den vierten Stock, aus der Direktionsetage in die Anzeigenabteilung. Als Anzeigenwerber werde ich viel auf Reisen sein. Ich habe, so versicherte man mir, das beste Gebiet, den goldenen Westen. Willst Du etwas sagen? Sag nichts, ich bitte Dich.

Unterredungen wie diese, gedämpft und voller Bedeutung, Gespräche unter Männern, die kennt er, hat er kennengelernt, hat sie selber geführt mit jungen Spritzern, hat zugesehen, vorausgewußt, wie Nacken kürzer werden, Hände sich falten, demütig gerieben werden, hat entschieden und Bescheide gegeben, doch das ist schon eine Weile her, neuerdings wird über ihn entschieden, wird ihm Bescheid gegeben, wie es nun Hetzel vorhat, der, wie er behauptet, sich eigens für ihn Zeit genommen habe, was nichts anderes ausdrückt als die Herablassung des einen und den Fall des andern, ein Fall in jeder Hinsicht, gefallen und fällig – Hubert weiß es, spürt jede Nuance, ahnt sie, sein Gesicht verzieht sich ohne sein Zutun.
Hetzel, der von sich aus gekommen ist, Hubert mit seinem Besuch überrascht, besetzt das Büro, macht es zu seinem eigenen, läßt sich, wenn auch mit einer verlegenen Bemerkung, hinter Huberts Schreibtisch nieder, während Hubert mit dem Besucherstuhl vorliebnehmen muß, fragt, damit die schützende Unruhe sich nicht lege, ob ein Cognac zu dieser Stunde nicht guttäte, und Hubert sucht nach der Flasche, nach den Gläsern, ist so eilfertig, wie er es zu sein hat, so störrisch, wie es erlaubt ist, wartet ab, weiß alles, will davon nichts wissen, redet sich Rettung ein, läßt seine Hoffnung tanzen auf gefallenen Würfeln.
Nun, mein lieber Windisch.
In wie vielen Büros, mahagonigetäfelt oder schlicht geweißt, Vorstandsetagen oder Großraumrevieren, öffnen sich in diesem Moment die Münder Gewaltiger und erklären mörderisch Besitz und Liebe: Mein lieber Windisch. Mein lieber Müller. Mein lieber Schmidt. Wie viele Delinquenten beugen sich in diesem Moment aufmerksam nach vorn, dem Urteil entgegen, Beförderung oder Sturz, Aufstieg oder Niederlage. Mein lieber Windisch.

Ihre Beziehung zu Glaser ist ja überaus problematisch.
Und seine zu mir?
Beziehungen werden geordnet, unterliegen einer höheren Perspektive: Der eine darf, der andere nicht, dem einen wird der Stuhl unter den Hintern geschoben, der andere muß sich an ihm festklammern.
Geben Sie doch zu, daß Sie sich nie bemüht haben, mit ihm zusammenzuarbeiten, ihm, im Gegenteil, die Arbeit erschwerten.
Zugeben muß er, was kann er anderes als zugeben, weil es zutrifft und doch nicht. Wie könnte er, da sich alles vereinfacht, da geschlichtet und bereinigt werden soll, eine komplizierte Geschichte erzählen?
Sie haben da eine Art –
Die Unterlegenen haben stets eine Art, sind aus der Art geschlagen, unartig, abartig, eine Art eben, die von den Artigen, denen, die nach der Art sind, über Arten zu bestimmen, Arten zu delegieren, als Art nicht ertragen werden kann.
Ich will ganz offen sein.
So offen wie ein Tresor, wie alle Bilanzen, über deren Offenheit sie sich belustigten, offen wie der Himmel in den Reden von Bußpredigern, so offen hatte auch er, in aller Offenheit, vor anderen die Türen zugeschlagen.
Wir können die Diskussion über die Nachfolge Forsters nicht mehr aufschieben.
Das heißt, sagte Hubert, einfach ausgedrückt, man hat sie schon diskutiert, sie ist bereits geregelt.
Sie drücken das allzu rabiat aus, lieber Windisch, wie so oft. Machen Sie es kurz.
Also gut: Glaser wird Forsters Posten übernehmen.
Hubert hatte es gewußt. Weshalb traf ihn diese Mitteilung dennoch? Warum fühlte er sich übergangen, beleidigt, geschmäht? Er hätte sich doch wappnen und den Bettel hinwerfen können.
Trinken Sie erst mal einen Schluck!

Da wird dann getröstet, werden Blicke weich und nachdenklich, legen sich Männerhände auf Männerschultern, da werden Erinnerungen wach und ausgetauscht, wie man gemeinsam, wie man damals, als noch nichts, als noch kaum was.
Ich glaube, wir haben eine Lösung.
Wir, sagte Hetzel, wir, die dröhnende Stimme aus dem Olymp, das mächtige Wir, zu dem auch er einmal gehört, hinter dem auch er sich verschanzt hat, wie nun Hetzel, wir, nicht mehr der Pluralis majestatis, die königliche Summierung, mit der man Heerscharen in die Knie zwang oder vor sich hertrieb, sondern eine kühle Abstrahierung regierender Demokraten, das Wir, das uns meint, nicht euch.
Ja?
Er kann nur noch kleinlaut fragen, ausgehöhlt von langem Warten, gedemütigt von Freundlichkeit.
Sie kennen den alten Weinbrenner?
Den Anzeigenfritzen?
Das ist nicht gerade die treffende Bezeichnung. Nicht mehr. Früher jedenfalls haben sie auf die Anzeigenabteilung heruntergeschaut, sich über deren Umtriebe und Erfolge lustig gemacht, nun jedoch soll ihm etwas schmackhaft gemacht werden.
Weinbrenner hatte einen Infarkt. Es ist nicht mehr mit ihm zu rechnen. Selbst wenn er wieder gesund wird, kann er diese Arbeit nicht mehr verrichten.
Sie meinen, ich könnte.
Sie sollen, lieber Windisch, seine Arbeit übernehmen. Wie Sie wissen, hat er den Westen von Mainz bis Münster, die großen Konzerne und Agenturen. Eine Pfründe, sage ich Ihnen.
Eine Pfründe für wen?
Lassen Sie doch Ihre Sprüche, Windisch.
Sie setzten ihn ab, setzten ihn um. Was geschähe, wenn er aufstünde, wortlos an Hetzel vorüberginge, die Tür hinter sich zuschlüge, wie es vielleicht Marlowe oder Rick getan hätten? Er war zu feige, er wußte nicht, was ihn hinter der Tür

erwartete. Dorothees Mitleid oder Hohn würden ihn umbringen. Gut, sagte er. Wer führt mich ein?
Dafür ist gesorgt. Ich freue mich, daß wir uns verständigt haben. Ich gratuliere Ihnen.
Wozu gratulierte Hetzel ihm? Dazu, daß er sich ohne Widerstand hatte hinauswerfen lassen? Oder gratulierte er sich selbst, weil es ihm gelungen war, ihn ohne Eklat zu entfernen?
Sie gestatten, daß ich ein wenig an die Luft gehe.
Bitte.
Prost.
Prost, lieber Windisch.

Hubert ließ keine Verzögerung zu, saß am andern Morgen schon im ehemaligen Büro Weinbrenners, schuftete, wütete gegen Schadenfreude und Mitleid, hatte sich ungewöhnlich schnell eingearbeitet, galt nach wenigen Wochen als ein As unter den Kurries, wie die Anzeigenwerber verächtlich im Verlag genannt wurden. In den Agenturen und Werbeabteilungen gewöhnte man sich an ihn. Man hielt ihn für einen Sonderling, äffte eine Zeitlang seine lakonische Redeweise nach, spöttelte über seine Kleidung, den zerknautschten nadelgestreiften Zweireiher, den Trenchcoat, den Hut, sang in den Agenturen, wenn er erschien, Mutter der Mann mit dem Koks ist da, er ging auf die Späße ein, antwortete mit Selbstironie, wurde schließlich akzeptiert. Er tat alles, um Hetzel und Glaser zu widerlegen. Außerdem gefiel ihm das unstete Leben, die vielen Reisen. Mit Dorothee hatte er sich arrangiert. Sie bewohnten ein Haus, sahen sich kaum, lebten nebeneinander her, wie sie es vorher getan hatten, waren darin geübt, nur hörte er nicht mehr auf ihre Stimme; sie hatte ihren Zauber verloren. Ein einziges Mal hatte sie ihm einen Zettel hingelegt. Er war derart betrunken, daß er ihn abends übersah, erst am nächsten Morgen, beim Hinausgehen, auf dem Garderobentisch, fand. Er steckte ihn in die Manteltasche, las ihn unterwegs auf einem Parkplatz an der Autobahn:

2. 9. 65

Lieber Hubert, auf der Anrichte steht eine Teekanne unter der Mütze. Ich hoffe, der Tee ist noch warm, wenn Du heimkommst. Er wird Deinem vom Whisky verkorksten Magen guttun. Kürzlich traf ich Forster auf einer Party. Er ist ja im Ruhestand, aber, wie er meint, hält er enge Kontakte zum Verlag, ist noch immer gut unterrichtet. Er lobte Dich sehr. Alle seien überrascht über Deine Erfolge. Das freut mich. Trotzdem glaube ich, daß Du nicht ganz normal, daß Du vielleicht verrückt bist. Verzeih. Was kann ich anderes denken, wenn ich höre, daß Du Deine Brünner Kneipengeschichte einem Film nacherzählt hast. Ahnungslos habe ich sie einem Bekannten erzählt, um Dich herauszustreichen. Der meinte nach einer Weile, viele Einzelheiten ähnelten einem berühmten Film mit Humphrey Bogart, Casablanca. Bist Du da nicht zu weit gegangen? Ich habe mich sehr geschämt.

Er zerriß den Brief, warf die Schnipsel aus dem Wagen, legte den Kopf aufs Steuerrad, hörte das Rauschen der vorüberjagenden Autos. Man nahm ihm eines nach dem andern weg. Sie rissen an ihm wie eine Hundemeute am schon gefallenen Wild. Hinter den geschlossenen Augenlidern sah er auf einer überdimensionalen Leinwand Bogie abwartend, gefaßt vor der Theke stehen, ohne Gedächtnis, ohne Geschichte.

30.
Und

Manchmal las er unterwegs Mädchen auf. Er prüfte, ob er noch wirkte, sich hinter Rätseln verschanzen konnte, erzählte, oft wie in einem Rausch, wobei er die Zuhörerin ganz vergaß, die Brünner Geschichten weiter und um, schleppte Beppo, Manja, Navratil, Anna und Nesvadba auf seinen Fahrten mit, gestattete es Nesvadba endlich, mit der ganzen Kneipe gegen Stössel anzusingen, ließ ein Flugzeug auf einem Acker warten und mit Nesvadba und Anna über die Front nach Polen fliegen, beherrschte virtuos, was nie gewesen war, und war froh, wenn die Mädchen sich an einer Autobahnabfahrt von ihm verabschiedeten.

Er hatte eine anstrengende Reise hinter sich, Aachen, Düsseldorf, Dortmund, Köln, Neuwied, Koblenz. Da er inzwischen Hotels dem Haus in Eschborn vorzog, zu einem Vagabunden geworden war, der seine festen Adressen hatte, Bars in jeder Stadt kannte, als Stammgast begrüßt und gefeiert wurde, whiskyschwere Unterhaltungen mit Nachtportiers genoß, auf seinen Zimmern bestehen konnte, immer Zimmer nach vorn, zur Straße (denn am Lärm wache ich auf, die Stadt ist mein Wecker), da er die gereizte Spanne zwischen Wachsein und Müdigkeit gewohnt war, überkam ihn die Laune, die Reise wenigstens um einen Tag zu verlängern. Nicht zuletzt wegen Effi. Er hatte sie in Koblenz aufgegabelt. Sie stand an der Autobahn, winkte, eine von Regen und Wind gekrümmte, zierliche kleine Person mit einem Schwanenhals und einem Kopf, der durch die straff zu einem Dutt zusammengezogenen Haare winzig wurde. Sie hatte Teddyaugen, schwarz und gläsern. Sie saß neben ihm, redete nicht, war mit sich

beschäftigt, wischte sich mit einem Taschentuch Gesicht und Hände trocken, verdrehte den Rückspiegel, um hineinzusehen, kippte sich über die Lehne, um in ihrem Seesack zu wühlen, saß wieder still, beobachtete ihn von der Seite, fragte:
Warum haben Sie den Hut auf?
Stört er Sie?
Nein, aber ich komme mir vor wie im Kino, wie in einem alten Hollywoodfilm.
Den hab ich schon lang.
So alt sind Sie auch wieder nicht.
Soll ich ihn abnehmen?
Nein, er paßt schon irgendwie zu Ihnen.
Er lädt sie zum Mittagessen ein, fragte sie aus. Sie suche in Frankfurt einen Job, sei Kindergärtnerin, könne aber auch was anderes machen. Sie werde schon sehen.
Ihre Unbefangenheit beeindruckte ihn. Sie ängstigte sich nicht, war sicher, irgendwo unterzukommen.
Wie heißen Sie eigentlich?
Effi.
Effi – sie gab ihm ein Stichwort und der Film fing von vorn an, eine Stimme erzählte:
So hieß die Sekretärin Sams, eines amerikanischen Freundes.
Aber ich heiße nach Effi Briest, sagen meine Eltern.
Von der wußte meine Effi bestimmt nichts.
Und wie heißen Sie?
Hubert.
Das ist genauso altmodisch wie Effi. Was hat Ihr Freund getrieben, dieser Sam?
Er war Privatdetektiv.
Das ist doch schon wieder Kino. Das gibt's nicht.
Er ließ sich nicht beirren, verwickelte sie in seine Geschichte, der sie immer gespannter zuhörte, die den Nachmittag füllte, bis Sam zu Effi sagt: »Morgen, mein Engel«, und sie fragt: »Stimmt das, was in den Zeitungen steht?«

Sie staunte: Eine tolle Geschichte. So was kann man kaum erfinden.
Doch, sagte er, das kann man.
Er fragte sich, weshalb er mit meinem Mal traurig war, warum ihm die Erzählung schal vorkam.
Als er ihr umständlich erklärte, er könne an diesem Abend nicht bis Frankfurt fahren, habe in Mainz einen Termin, müsse dort über Nacht bleiben, lachte sie: Ich hab's nicht eilig.
In einem Hotel am Bahnhof nahmen sie ein Zimmer. Er hatte sie gebeten, den Seesack im Auto zu lassen, hatte gefürchtet, der Portier könne ihn zur Rede stellen, als er Effi als seine Frau eintrug, einfach Familiennamen, Geburtsdatum und Zeitpunkt der Eheschließung erfand. Der Portier schaute mit einmal auf.
Im Zimmer warf sie sich aufs Bett. Du hast ganz schön Schiß gehabt. Offenbar hatte er mit der Unterschrift unter den falsch ausgefüllten Meldezettel seine Distanz verspielt.
Das Zimmer verlasse ich bis morgen nicht mehr.
Er fing ihre frechen Sätze auf, warf sie zurück.
Aber einen Wein könnten wir uns bringen lassen.
Das ist das mindeste.
Erzähl noch was. Auch wenn es nicht wahr ist.
Ich erzähle nur wahre Geschichten.
Ich glaub dir ja.
Wirklich?
Ein bißchen.
Nicht immer?
Wenn du unbedingt willst, immer.
Ich will unbedingt.
Sie zog sich aus, hüpfte im Zimmer umher, wusch ihre Unterwäsche im Bad, beschwor die Höschen, bis morgen trocken zu sein, benahm sich kindisch, entzückte ihn, und er verglich sie mit Dorothee, die seit Monaten nicht mehr zu ihm gekommen war, dachte einen Augenblick an Anna, dann löschte er die alten Bilder, lag neben ihr, redete und streichelte

sie. Ihre Zärtlichkeit beruhigte ihn. Ich mag das, so nebeneinander liegen, sagte sie. Wegen der Wärme, und weil jemand da ist. Er sagte, und überraschte sich selbst, hätte sich am liebsten auf den Mund geschlagen: Mein Vater war SS-Führer. In Holland. Er hat Juden ermordet.
Schon wieder so eine Geschichte.
Die stimmt aber, Effi.
Das ist doch ewig lange her.
Ja.
Da warst du ein Kind.
Ja.
Also, das geht dich doch nichts an, Hubert. Das kann dir egal sein.
Egal? schrie er.
Sei leise, Mensch, du weckst ja alle auf.
Sie hatte ihn nicht aufgefangen, ihn stürzen lassen in einen Grund ohne Boden, all die Jahre zurück. Am Ende blieb nichts als Unwissen: Du warst doch ein Kind. Das kann dir egal sein. Er fühlte sich leer, wartete auf eine Geschichte.
An ihren Bewegungen wachte er auf. Es war hell. Sie sagte: Dreh dich um, Hubert, ich möcht dich sehen.
Sie balgten sich, liebten sich.
Sie hatte ihm erklärt, es sei egal. Mit einem Satz hatte sie die Narbe aufgerissen und den Schmerz gestillt. Sie hüpfte vor ihm her, lachte, er wollte sie einfangen.
Mach nicht solchen Krach, Hubert.
Beim Frühstück sprachen sie kaum. Du gefällst mir, sagte sie, stopfte sich den Mund mit Brot und Wurst.

Sie hat zuerst den brennenden Wagen bemerkt.
Halt an! Schnell!
Er handelt automatisch, geht auf Bilder zu, die Bilder kommen auf ihn zu, erfüllen ihn mit Entsetzen. Der Wagen hält. Er läuft vor sich her, sieht sich, sieht ihn, den gebeugten Rücken, den Hut. Die Flammen brechen aus dem Auto, fressen es zu einem

sich ständig wandelnden Gerüst. Tu doch was! hörte er. Mensch, tu doch was! Die Hitze entfaltet einen unerhörten Sog.
Rick würde wahrscheinlich, ohne zu zögern, in das Feuer gehen, sie herausholen.
Sie steht neben ihm, heult.
Ich hätte es tun sollen.
Was? fragte sie. Es war unmöglich.
Ich hätte es tun sollen. Rick hätte es getan.
Niemand hätte es getan.
Alles, was folgt, das Geheul der Sirenen, die Löscharbeiten, Menschen, viele Menschen, die ihn hin und her stoßen, ausfragen, trösten, ihm die Hände verbinden, Schreie, Jammern, Befehle, alles dröhnt in ihm weiter.
Laß mich fahren, sagt Effi.
Kannst du?
Klar.
Irgendwas war in den Flammen aufgegangen.
Also fahr los.
Er greift sich an die Stirn, stößt gegen die Hutkrempe, nimmt den Hut und wirft ihn auf den Rücksitz.
Sie hält an, faßt nach hinten, reicht ihm den Hut: Setz ihn wieder auf!
Nein. Das wäre albern.
Doch. Er paßt zu dir. Du brauchst ihn.
Er fügt sich. Stellt erstaunt fest, daß er den Hut tatsächlich braucht, daß er ihm gefehlt hat, der Schatten der Krempe.
Sehen wir uns wieder? fragt sie.
Sicher, sagt er. Du rufst mich an. Wir treffen uns jeden Tag.
Übertreib nicht.
Ich übertreibe immer.
Er könnte ihr, sagt er sich, von dem Jungen erzählen, dem alle Spiele verdorben wurden, von dem Garten in Kassel und den Männern, die auszogen, die Welt in Trümmer zu legen, auch von Edith und Anna und.

Inhalt

Peter Härtling

in der Sammlung Luchterhand

Die Gedichte
1953–1987
SL 826

Die dreifache Maria
Eine Geschichte. SL 476

Eine Frau
Roman. SL 435

Felix Guttmann
Roman. SL 795
Dieser Lebens-Roman eines jüdischen Intellektuellen war 1986 eines der meistbesprochenen Bücher. 1987 erhielt sein Autor dafür den Hermann-Sinsheimer-Preis.

Hölderlin
Ein Roman. SL 260

Hubert oder
Die Rückkehr nach
Casablanca
Roman. SL 663
Hubert Windisch, geboren 1923, zählt zu jener Generation, die im Dritten Reich aufwuchs, in den Krieg geschickt wurde, desillusioniert heimkehrte und sich dem Wiederaufbau verschrieb. Trotzdem: diesem Hubert Windisch passen die Rollen nicht. Er flüchtet in die Traumwelt des Kinos.

Janek
Porträt einer Erinnerung. SL 696

Nachgetragene Liebe
SL 357

Niembsch oder Der Stillstand
Eine Suite. SL 189

Der spanische Soldat oder
Finden und Erfinden
Frankfurter Poetik Vorlesungen
SL 600. Originalausgabe

Waiblingers Augen
Roman. SL 886

»Wer vorausschreibt, hat zurückgedacht«
Essays. SL 848
Literatur und Politik – Literatur oder Politik: In diesem Band finden sich alle wichtigen Aufsätze von Peter Härtling, die sein Ansehen und seinen Einfluß auf das geistige Leben hierzulande mitbegründet haben.

Das Windrad
Roman. SL 599

Zwettl
Nachprüfung einer Erinnerung
SL 447

Geschichten für uns
Ausgewählt von Peter Härtling
SL 560. Originalausgabe
Peter Härtling hat hier Texte der modernen Literatur speziell für Jugendliche ausgewählt, um etwas von der Faszination zu vermitteln, die Literatur von jeher auf ihn ausgeübt hat.

Peter Härtling:
Auskunft für Leser
Hg. von Martin Lüdke
SL 680. Originalausgabe

Max von der Grün

in der Sammlung Luchterhand

Etwas außerhalb der Legalität
und andere Erzählungen
SL 299. Originalausgabe

Die Lawine
Roman. SL 733

Leben im gelobten Land
Gastarbeiterporträts. SL 174

Männer in zweifacher Nacht
Roman. SL 293
»Männer in zweifacher Nacht ist bis heute mein liebster Roman geblieben. Er wurde geschrieben aus dem unmittelbaren Erleben, dem Leben unter Tage als Kohlenhauer auf einer Zeche im Ruhrgebiet. Weil ich meine Ohnmacht spürte, konnte ich mich nicht anders zur Wehr setzen, als das aufzuschreiben, was mich und meine Arbeitskollegen bedrückte.«
Max von der Grün

Späte Liebe
Erzählung. SL 449

Stellenweise Glatteis
Roman. SL 181

Wie war das eigentlich?
Kindheit und Jugend im Dritten Reich. Mit 40 Abbildungen. SL 345
»Das Buch sollte wegen seines redlichen und gerechten Bemühens um die Wahrheit über das ›Tausendjährige Reich‹ zur Pflichtlektüre im Geschichtsunterricht werden. Eltern sei empfohlen, es mit ihren Kindern zusammen zu lesen.«
Süddeutsche Zeitung

Zwei Briefe an Pospischiel
Roman. SL 155
»Max von der Grün kennt die Leute, die er beschreibt, er weiß, wie sie reden, was sie denken, er hat mit ihnen gelebt und vermag sie mit sicherem Griff darzustellen ...«
Hans Albert Walter, Die Zeit

Max von der Grün: Auskunft für Leser
Hg. von Stephan Reinhardt
Erweiterte Neuausgabe
SL 644. Originalausgabe

Gabriele Wohmann

im Luchterhand Literaturverlag

Ach wie gut, daß niemand weiß
Roman. 396 Seiten. Gebunden

Ausflug mit der Mutter
Roman. SL 213

Ausgewählte Gedichte 1964–1982
SL 437. Originalausgabe

Ein russischer Sommer
Erzählungen. 288 Seiten. Leinen

Entziehung
Materialien zu einem Fernsehfilm
SL 152
Erzählt wird die Leidensgeschichte einer jungen Frau, die immer abhängiger von Psychopharmaka wird. Ihr ist die Kraft abhanden gekommen, sich nach den Erwartungen der anderen zu dressieren. Ihre Flucht endet im Sanatorium.

Der Flötenton
Roman. 480 Seiten. Leinen

Frühherbst in Badenweiler
Roman. 266 Seiten. Gebunden

Gegenangriff
Prosa. SL 55

Gesammelte Erzählungen aus dreißig Jahren
3 Bände. SL 651/652/653

Das Glücksspiel
Roman. SL 459

Ich lese. Ich schreibe
Autobiographische Essays
SL 554
Originalausgabe

Der Irrgast
Erzählungen. 245 Seiten. Leinen
Auch lieferbar als SL 695

Jetzt und nie
Roman. SL 385

Kassensturz
Erzählungen
256 Seiten. Leinen
Geschichten vom mühsam verteidigten bürgerlichen Alltagsfrieden und von den heimlichen, zerstörerischen Fluchtversuchen.

Komm lieber Mai
Gedichte. 128 Seiten. Broschur

Der kürzeste Tag des Jahres
Erzählungen. SL 531

Ländliches Fest
Erzählungen. SL 204

Paarlauf
Erzählungen. SL 360

Passau, Gleis 3
Gedichte. 128 Seiten. Broschur

Paulinchen war allein zu Haus
Roman. SL 219
Auch als bibliophile Ausgabe in der Luchterhand Bibliothek

Schönes Gehege
Roman. SL 620

Unterwegs
Ein Tagebuch
SL 672. Originalausgabe

Verliebt, oder?
Erzählungen. SL 485

Gabriele Wohmann: Auskunft für Leser
Hg. von Klaus Siblewski
SL 418. Originalausgabe

Christoph Hein

im Luchterhand Literaturverlag

»Christoph Hein steht im Verdacht, zu jener seltenen Klasse von literarischen Gestalten zu gehören, die, kraft der Höhe ihres poetischen Vermögens, über den Gattungsschranken stehen. Dieser endgültig letzte Vertreter der schlesischen Dichterschule ist auf dem Weg, ein deutscher Dichter zu werden.«
Peter Hacks

Drachenblut
Novelle. 158 Seiten. Gebunden
Auch als SL 616

Die fünfte Grundrechenart
Aufsätze und Reden 1986–1990
248 Seiten. Broschur
Der Band sammelt neben Essays zu Ästhetik und Politik die Reden, mit denen Hein die Beendigung des »Schlafs der Vernunft« forderte und zur Umgestaltung in der DDR beitrug.

Horns Ende
Roman
268 Seiten. Leinen
Auch als SL 699

Nachtfahrt und früher Morgen
Erzählungen
SL 841

Passage
Ein Kammerspiel
80 Seiten. Broschur
Luchterhand Theater

Die Ritter der Tafelrunde
Eine Komödie
80 Seiten. Broschur
Luchterhand Theater
»Christoph Hein hat eine Komödie geschrieben, die es bitterernst meint und einen intimen Einblick in die Innenausstattung der Macht und der Mächtigen gewährt.«
Theater heute

Schlötel oder Was solls
Stücke und Essays. SL 670

Der Tangospieler
Roman
224 Seiten. Gebunden
»Christoph Hein bestätigt mit dem ›Tangospieler‹ sein außerordentliches Talent – er ist, innerhalb der deutschen Literatur in Ost und West, ein Autor von erstem Rang. Sage niemand, daß es in der Literatur der deutschen Sprache derzeit nichts zu lesen gebe.«
Volker Hage, Die Zeit

Die wahre Geschichte des Ah Q
Stücke und Essays. SL 550